Sei mir ein Vater

Das Buch

In ihrer Pariser Wohnung erwischt Lilie einen Einbrecher, der sich gerade an einem Gemälde zu schaffen macht. Sie schlägt ihn in die Flucht und entdeckt einen alten Brief im Bilderrahmen, der von einer gewissen Georgette Agutte stammt, Lilies Ururgroßtante, die eine französische Malerin der Belle Époque und enge Vertraute von Matisse war. Gemeinsam mit ihrer besten Freundin Hanna und deren Vater macht sich Lilie auf eine Reise durch Europa in der Hoffnung, mehr über diese geheimnisvolle Frau herauszufinden – und am Ende vielleicht sogar über sich selbst.

Die Autorin

Anne Gesthuysen wurde 1969 am unteren Niederrhein geboren. Nach dem Abitur in Xanten studierte sie Journalistik und Romanistik. Seit Ende der Achtzigerjahre hat sie als Reporterin und Moderatorin für Radio France, WDR, ZDF und VOX gearbeitet. Ab 2002 moderierte sie das »ARD-Morgenmagazin«. Diese Nachtschichten gab sie nach dem großen Erfolg ihres ersten Romans »Wir sind doch Schwestern« Ende 2014 auf, um weitere Bücher zu schreiben. Sie lebt mit ihrem Mann, Frank Plasberg, ihrem Sohn und dem Goldendoodle Freddy in Köln.

Anne Gesthuysen

Sei mir ein Vater

Roman

Kiepenheuer & Witsch

Der Verlag Kiepenheuer & Witsch hat
sich zu einer nachhaltigen Buchproduktion
verpflichtet. Gemeinsam mit unseren Partnern
und Lieferanten setzen wir uns für eine
klimaneutrale Buchproduktion ein, die den Erwerb
von Klimazertifikaten zur Kompensation des
CO_2-Ausstoßes einschließt. Weitere Informationen
finden Sie unter www.klimaneutralerverlag.de

1. Auflage 2023

© 2015, 2023, Verlag Kiepenheuer & Witsch, Köln
Alle Rechte vorbehalten.
Covergestaltung: Barbara Thoben, Köln
Covermotiv: © Keystone France/Getty Images
Gesetzt aus der Minion
Satz: PrintCSS
Druck und Bindung: CPI books GmbH, Leck
ISBN 978-3-462-00454-0

Dieses Buch ist ein Roman, wenn
auch einige seiner Charaktere erkennbare
Vor- und Urbilder in der Realität haben.
Dennoch handelt es sich um Kunstfiguren.

Prolog

Xanten, Oktober 1986

Felder, Wiesen und vereinzelte Nebelschwaden zogen an ihr vorbei, ab und zu eine einsame Kopfweide, die ihre Zweige abwehrend in den Himmel reckte, aber keine Landmarke, nichts, woran das Auge sich hätte festhalten können, so flach und weit mutete die Landschaft an. Seit einer ihr unendlich erscheinenden Zeit ratterte der Zug an der grünen Reizlosigkeit vorbei, doch nun endlich bremste er schnaufend. Lilie war angekommen. »Bahnhof Xanten«, hörte sie den Schaffner rufen. Es war nicht einmal ein Hauptbahnhof, dachte sie, so klein war der Ort. Vermutlich war allein schon Le Marais, das mondäne Pariser Stadtviertel, in dem sie wohnte, größer als dieses kaum wahrnehmbare Fleckchen auf der Landkarte. Es war ein böser Scherz des Schicksals, dass sie ausgerechnet hier, in dieser Einöde, gelandet war. Ein Jahr vor dem Abitur hatte sie die Schule geschmissen und deswegen riesigen Krach mit ihrer Mutter bekommen. Daraufhin hatte Lilie all ihr Erspartes zusammengekratzt und war Hals über Kopf in die Karibik abgehauen, wo sie ihren Vater wähnte und auch fand. Nur von

Wiedersehensfreude konnte keine Rede sein, denn ihr Vater fuhr kurz nach ihrer Ankunft auf »Geschäftsreise«, wie er sich ausdrückte, und ließ sie allein zurück. Nach drei Tagen lernte sie Patrick kennen, nach vier Tagen lieben, und am fünften Tag war sie überzeugt davon, mit ihm den Rest ihres Lebens verbringen zu wollen. Doch ihre Mutter machte ihr einen Strich durch die Rechnung, denn nachdem sie ihre Tochter ausfindig gemacht hatte, stand sie auch schon vor Patricks Tür und rang Lilie einen Vertrag ab: Sie durfte bis zum Ende des Sommers in der Karibik bleiben, wenn sie im Gegenzug danach ein Jahr im Ausland zur Schule ginge. Lilie hatte, als sie dem Kompromiss zustimmte, natürlich an die USA gedacht, vor allem Miami lag deutlich näher an der Karibik als Europa, und so schrieb sie sich bei einem Austauschprogramm ein. Als sich herausstellte, dass sie sich deutlich zu spät beworben hatte, um ein so heiß begehrtes Ziel wie Miami zu ergattern, half alles Heulen nicht. Sie musste nehmen, was übrig blieb: Veen bei Xanten. Das klang in ihren Ohren ungefähr so attraktiv wie »Physik-Klausur«.

Die deutsche Familie hatte sich wohl genauso spät entschieden, an diesem Gastfamilien-Programm teilzunehmen. Sie hatte sich eine US-Amerikanerin gewünscht und lediglich eine Französin bekommen. Lilie seufzte und dachte: Gleich treffen sich die Letzten von der Resterampe. Sie kam sich vor wie im

Sportunterricht, wenn schon alle in die Mannschaften gewählt worden waren und nur ein elendes Häufchen von Ungewollten auf der Bank zurückblieb.

Deutschland war so ziemlich das Schlimmste, was sie sich vorstellen konnte. Nazis, Winter und behaarte Beine war alles, was ihr dazu einfiel, außerdem eine unmelodische Sprache, die sich anhörte, wie ihr Labrador Bull, wenn er auf einem Knochen herumkaute.

Lilie sollte hier auf dem flachen deutschen Land gemeinsam mit ihrer Gastschwester Hanna zur Schule gehen. Sie hatte keine Vorstellung von dem Ort, an dem sie das nächste Lebensjahr verbringen würde. Veen hieß diese Einöde, damit war ihr Wissen auch schon erschöpft. Sie kannte die Schreibweise, hatte aber keine Ahnung, wie man es aussprach – Fihn oder Ouènne oder besser gleich Fin? So fühlte es sich nämlich an: wie das Ende – von allem. Auf der Landkarte war der Ort nicht zu finden. Er lag in der Nähe von Duisburg, hatte die Familie in die Bewerbung geschrieben. Als ob irgendjemand jemals von Duisburg gehört hätte.

In Duisburg also hatte Lilie noch einmal den Zug wechseln müssen, und nun stand sie in einem niederrheinischen Ballungszentrum, das nicht mehr war als eine größere Ansammlung von Häuschen: Xanten.

»Jetzt aber raus hier«, schimpfte in diesem Moment der Schaffner. Mit schweren Schritten schleppte sich Lilie samt ihren zwei großen Koffern aus dem Abteil.

Da sie als Letzte den Zug verlassen hatte, war der Bahnsteig inzwischen beinahe menschenleer, nur am anderen Ende standen drei Personen. Das musste sie sein, Familie Terhöven. Die drei Menschen setzten sich in Bewegung und kamen gemessenen Schrittes auf Lilie zu. In ihrer Kurzsichtigkeit erkannte sie keine klaren Konturen, nur eine an den Rändern ausfransende Masse, die auf sie zuwogte und ein Schild hochhielt: LILIE AGUTTE stand dort in großen, ungleichmäßigen Buchstaben. Es war ein Stück Pappkarton, das mit einem dicken Klebeband an einem Besenstiel befestigt worden war. Der große Mann in der Mitte hielt das Schild, auf das Lilie entgeistert starrte. Langsam wanderte ihr Blick an dem Besenstiel nach unten, als sich plötzlich jemand vorstellte. »Est-ce que tu es Lilie?«, fragte das Mädchen unbeholfen deutlich, und Lilie überlegte kurz, sich zu verleugnen, nickte dann aber. Wer hätte sie auch sein sollen, es war ja sonst niemand da. Noch ehe sie diesen Gedanken zu Ende bringen konnte, drückte ihr das Mädchen, es musste Hanna sein, drei Küsse auf die Wange, rechts, links, rechts, und hielt sie dabei an den Schultern fest. Lilie zuckte zurück; die hatte richtig geküsst, das machten sonst nur alte Tanten irgendwo auf dem Land, es war unangenehm, aber sie war zu höflich, um sich die Wangen abzuwischen. Erwartungsvoll sah Hanna sie an, und erst jetzt wagte Lilie einen ungenierten Blick auf ihre »Schwester für ein Jahr«.

Hanna entsprach jedem Klischee einer Deutschen: blond, mit einem unmöglichen Stufen-Haarschnitt, der ein bisschen an Andy Gibb in seiner Langhaarperiode erinnerte, das Gesicht breit und flächig mit großen, runden, freundlichen Augen, ein bisschen pummelig und unsagbar geschmacklos gekleidet. Sie trug wadenhohe Wildlederstiefel, darüber eine weite Karottenlatzjeanshose, in der ein zitronenfalterfarbenes Sweatshirt steckte. Der dicke Stoff wölbte sich rund um die Taille, die mit einem schmalen schwarzen Lackgürtel, so gut es ging, in Form geschnürt war. All das gab diesem ohnehin nicht gerade zarten Mädchen etwas absurd Walkürenhaftes. Das kann ja heiter werden, dachte Lilie, wenn alles andere hier ähnlich rückständig ist wie die Mode, dann werde ich das nächste Jahr in einer Höhle verbringen.

Plötzlich wurde ihr bewusst, dass auch Hanna sie mit weit aufgerissenen Augen anstarrte und mit ähnlich entsetztem Blick betrachtete. Sie sieht, was ich sehe, dachte Lilie: einen Menschen, der ihr so gegensätzlich ist wie ein Fotonegativ; ein schlankes Mädchen mit dunklen Haaren, die Augen mit schwarzem Kajalstift umrandet, schwarzer Rollkragenpulli, schwarze Steghose, wie sie derzeit in Paris en vogue war, und als Farbklecks grüne Strümpfe in schwarzen Ballerinas.

Was für eine aberwitzige Kombination diese Gastfamilien-Agentur zusammengewürfelt hatte: Stadtneurotikerin trifft Landpomeranze, sie hatten so viel Ähnlichkeit wie Audrey Hepburn und Marilyn Monroe, dachte Lilie entmutigt, dann rutschte ihr die Handtasche von der Schulter. Schnell schnappte sie danach, um zu verhindern, dass sie auf den Boden fiel, wobei sich der lockere Verschluss der Tasche öffnete und Zigarettenschachtel, Feuerzeug und ihr Kajalstift herausfielen. Lilie ging auf die Knie, klaubte die Rauchutensilien auf und sah dem Kajalstift nach, der über den Boden kullerte und vom Bahnsteig hinunter auf die Gleise plumpste.

In diesem Moment beugte sich der Familienvater zu ihr hinunter, ergriff ihre Hand und drückte sie fest. Seine Hand fühlte sich warm und angenehm an, und Lilie merkte, wie sie sich unwillkürlich entspannte. Hermann Terhöven half ihr mit Schwung wieder auf die Beine.

»Willkommen am Niederrhein«, sagte er.

Ein alter Schinken

Sie hatte es fast geschafft, nur noch ein Block, dann wäre sie zu Hause. Lilie schleppte sich über den nassen Asphalt und keuchte unter der Last der schweren Einkaufstüten wie eine alte Frau. Ich muss endlich mit dem Rauchen aufhören, dachte sie nicht zum ersten Mal. Die Rue Georgette-Agutte hatte so viele Unebenheiten, dass es nach dem Regen der vergangenen Nacht unzählige dreckige Pfützen gab. Lilie versuchte gar nicht erst, sie zu umgehen, ihre Ballerinas waren längst durchtränkt, die Füße nass. Im Juni, wenn der Asphalt die Wärme des Sommers gespeichert hatte, war Paris morgens dunstig. Leichte Nebelschwaden stiegen vom Boden und aus den Gullis empor, und scharfe Gerüche krochen den Frühaufstehern entgegen. Notgedrungen gehörte Lilie inzwischen zu denen, die früh rausmussten. Ihr Terriermischling Intox fing pünktlich um sechs Uhr dreißig an zu fiepen, stupste sie zunächst freundlich, schließlich drängelnd bis drohend mit seiner kalten Nase, bis sie sich aus den Federn quälte und mit ihm Gassi ging. Jetzt, am Nachmittag, bei seinem zweiten Spaziergang, hüpfte der kleine Hund wie ein Flummi zwischen den Pfützen hin und her und versuchte, ein paar der von ihm aufgewirbelten Tropfen mit der Schnauze zu fangen. Hunde und kleine Kinder ähneln sich sehr, stellte Lilie wieder mal fest und wünschte sich, sie hätte nur einen Bruchteil dieser Energie. Intox war ein Findelkind, wie alle ihre Tiere. Sie hatte schon als kleines Mädchen die kranken Spatzen ins Haus geholt und liebevoll umsorgt. Unglücklicherweise hatten die Vögelchen ausnahmslos ihre 1,5-Prozent-H-Milch nicht vertragen und waren aller wohlmeinenden Pflege zum Trotz verendet. Mit den robusteren Tieren, Katzen und Hunden, hatte sie mehr Erfolg gehabt, Intox war dafür das letzte und beste Beispiel. Der Kleine war vielleicht sechs Wochen alt gewesen und hatte eines Morgens mehr tot als lebendig auf dem Trottoir vor der Haustür gelegen. Sie hatte das Häufchen Elend vorsichtig auf ein weiches Kissen geschoben, in eine alte Weinkiste gelegt und zum Tierarzt gebracht. Intox, so erfuhr sie, war vermutlich erst vergiftet und dann ausgesetzt worden. Dass er überlebt hatte, war ein kleines Wunder. Jede Stunde träufelte sie dem Hund Medikamente mit einer Pipette ein. Nach zwei Wochen war sie sicher, dass er überleben würde, nach drei Wochen wusste sie, dass sie den kleinen Quälgeist nie wieder hergeben würde, noch eine Woche später nannte sie ihn Intox. Sieben Jahre war das nun her, doch Intox benahm sich immer noch wie ein Welpe. Er nagte an Stromkabeln, zerriss Kissen und sorgte täglich für Chaos in ihrer kleinen Wohnung.

Es waren nur noch wenige Meter bis dorthin. Intox schnüffelte an einem zerrissenen Wahlplakat. »Du kannst ruhig davor pinkeln«, ermunterte Lilie ihren Hund, »ich hätte nichts dagegen.« Das Bild zeigte Nicolas Sarkozy, er hatte vor knapp sechs Wochen die Präsidentschaftswahlen gegen Ségolène Royal gewonnen. Lilie war darüber sehr enttäuscht, sie hatte für die linke Ségo gestimmt, wie ihre ganze Familie und alle ihre Freunde. Noch einmal fünf Jahre konservative Regierung würde das Land spalten, so viel war sicher.

Sie war an der Nummer 18 angekommen, tippte 5435A in die Codeanlage, und der Summer verriet ihr, dass sich die Haustür nun öffnen ließ. Sie überlegte kurz, ob sie die vier Etagen zu Fuß gehen sollte, zumal Intox schon vorgeflitzt war, entschied sich dann aber für den Aufzug. Seit einigen Jahren zwang sie sich ab und an, die vielen Stufen zu gehen, um ein Minimum an Bewegung zu haben. Sie rauchte zu viel und war noch nie eine begeisterte Sportlerin gewesen. Im Grunde hatte sie es niemals nötig gehabt, zu trainieren, zumindest nicht, um ihre Linie zu halten, denn sie war von Natur aus zart und feingliedrig und mit gut einem Meter siebzig relativ groß. Allerdings musste sie sich eingestehen, dass seit der Geburt ihres Kindes die gute Figur dahin war, der Bauch war rundlich geblieben, auch an den Hüften hatte sich der

Speck hartnäckig gehalten. Was soll's?, dachte sie, der Junge ist gesund und kräftig, das ist die Hauptsache.

Endlich klingelte der alte Fahrstuhl, die Tür ging stockend auf, und Lilie drückte auf die 4. Man durfte in diesem Aufzug nicht unter Klaustrophobie leiden, und wenn zwei Menschen gleichzeitig in der Kabine waren, musste man sich sehr nahe stehen. Der Aufzug ächzte und stöhnte, während er in die vierte Etage schaukelte. Als er oben ruckartig zum Stehen kam, hielt Lilie sich fest, um nicht das Gleichgewicht zu verlieren. Sie kramte in ihrer Handtasche nach dem Wohnungsschlüssel und stutzte. Normalerweise hätte Intox längst auf sie warten müssen. War der Hund vielleicht in der zweiten Etage bei der Nachbarin aufgehalten worden? »Intox«, rief sie nach unten ins Treppenhaus, aber sie bekam keine Antwort, kein Bellen, kein Fiepen, kein Trippeln der Pfoten auf den Holzdielen der alten Treppe. Mit dem Schlüssel in der Hand ging sie auf ihr Apartment zu, und plötzlich erkannte sie, dass die Wohnungstür nur angelehnt war. Lilies Nackenhaare sträubten sich. Vielleicht war ihre Mutter schon früher als erwartet in die Stadt gekommen und hatte Intox die Tür geöffnet, versuchte sie, sich zu beruhigen. Marguerite lebte etwa hundert Kilometer nördlich von Paris in einem kleinen Dorf. Sie war frühzeitig in Rente gegangen und konnte sich die teure Miete in der Stadt nicht mehr leisten, aber alle ihre Freundinnen waren in der Metropole geblieben, und so war sie mindestens einmal in der Woche hier zum Kino oder Restaurantbesuch verabredet. An diesen Tagen kam sie am frühen Nachmittag, um den Feierabendverkehr zu umgehen, und legte sich bei ihrer Tochter exakt eine Stunde aufs Sofa, um für den Abend mit ihren Freundinnen gerüstet zu sein. Sie hat mir gar nicht Bescheid gesagt, überlegte Lilie. »Maman«, rief sie, »Maman, ich bin zurück. Du kannst nicht einfach so in meine Wohnung hineinspazieren. Ruf mich wenigstens vorher an, wenn du schon so früh kommst!«

Als sie immer noch keinen Mucks hörte, wurde sie erneut unruhig. Sie hielt den Atem an. Es war jemand in ihrem Apartment, sie spürte die Anwesenheit eines Menschen mehr, als dass sie etwas hörte, und sie fühlte Panik in sich aufsteigen. Vorsichtig öffnete sie die Tür und ging durch den Flur, wobei sie die knarzenden Dielen unter dem Teppich vermied. Ihr Herz klopfte heftig, und das Blut rauschte in den Ohren. Ihr Sohn, der sich vor ihr versteckte, um sie dann zu erschrecken, konnte es nicht sein, Pierre war um diese Zeit noch in der Schule, und ihre Mutter hätte sich längst zu erkennen gegeben.

»Wer ist da?«, brüllte sie so laut, wie sie konnte, und sprang mit einem Satz in das kleine Wohnzimmer. »Intox« schrie sie, als sie ihren Hund leblos in der Ecke liegen sah, und im selben Moment knallte ihr etwas an den Kopf. Sie taumelte rückwärts in den

Flur und schlug gegen die Heizung. Vor ihren Augen tanzten Muster, sie spürte einen weiteren Schlag an der Stirn, ihre Schläfe pulsierte. Sie hielt die Arme vor das Gesicht, jemand schien über ihre Beine zu stolpern, sie hörte ein Geräusch, das in etwa so klang, als würde ein Pappkarton aufgerissen, dann umgab sie nur noch Dunkelheit.

Etwas Kaltes rann von der Stirn an ihrer Nase entlang und benetzte ihre Lippen, als sie wieder zu Bewusstsein kam. Nein, kein Blut, dachte sie, als sie es schmeckte, nur Wasser. Sie versuchte, die Augen zu öffnen, doch ein Schmerz durchzuckte sie wie ein Stromschlag. Er breitete sich von ihrer rechten Schläfe in den ganzen Körper aus. »Oh, das sieht böse aus«, murmelte Madame Brabant, Lilies Nachbarin, die ihr offensichtlich gerade das Gesicht mit einem nassen Waschlappen abtupfte, »ich fürchte, das muss genäht werden. Können Sie mich verstehen? Mademoiselle Agutte, sind Sie bei sich? Soll ich einen Arzt rufen? Oje, da hat Sie jemand böse zugerichtet, und das nur wegen eines so ollen Schinkens.« Lilie nickte kurz, um Madame Brabant zu signalisieren, dass sie bei Verstand war, dann wurde ihr erneut schwindelig.

Als Nächstes hörte sie ihre Mutter schluchzen. Marguerite war offenbar inzwischen eingetroffen, sie wiegte Intox in den Armen. Der Hund hatte die

Augen geschlossen, roter Schaum tropfte von seinen Lefzen, sein Kopf hing kraftlos nach unten.

Als sie diese Szene sah, war Lilies Benommenheit schlagartig verschwunden. »Maman, was ist los? Was ist mit Intox?«

»Sie haben ihn getreten«, schluchzte Marguerite und streichelte dabei das Fell des leblosen kleinen Hundekörpers, »diese Bestien haben unseren Schatz getreten und ihn gegen die Wand geschleudert.«

Lilie richtete sich auf, während ihre Mutter unentwegt weiterredete: »Madame Brabant hat mich auf dem Handy angerufen, da war ich schon am Périphérique, und als ich wenige Minuten später hier ankam, habe ich Intox im Salon gefunden, er lag in seinem Erbrochenen, das arme Kerlchen. Ich bin sofort mit ihm nach nebenan zum Tierarzt gelaufen, Madame Brabant hat in der Zwischenzeit auf dich aufgepasst. Monsieur Marignol war so freundlich, mich vorzulassen. Er hat ihm ein Medikament gegeben. Lilie, es war furchtbar, er hat ihm das Mittel in den Hals gedrückt und dann den Mund zugehalten, damit er es schluckt. Aber wenigstens hat Intox nun keine Schmerzen mehr. Er schläft sich aus.« Marguerite rieb die Nase in dem struppigen Fell des Terriermischlings und liebkoste ihn. »Mein Springteufelchen, wenn wir diese bösen Menschen finden, dann zeigen wir es denen. Bald ist alles gut«, dabei zog sie das U so in die

Länge, dass daraus ein lang gezogenes beruhigendes Brummen wurde.

»Maman, hast du mir auch einen Arzt gerufen?«

»Warum, mein Kind, geht es dir so schlecht?«

Lilie traute ihren Ohren nicht.

»Lass mich kurz überlegen. Ich bin überfallen worden, jemand ist in meine Wohnung eingedrungen, hat mir einen Schlag auf den Kopf gegeben, ich habe eine Wunde auf der Stirn, Kopfschmerzen. Ja, um genau zu sein, ich hatte schon bessere Tage.«

»Warum wirst du so bissig«, fragte ihre Mutter mit beleidigtem Unterton, »was habe ich denn jetzt schon wieder falsch gemacht? Ich habe deinen halb toten Hund versorgt und ein wenig Ordnung gemacht, während du dich auf dem Sofa erholt hast, außerdem hat immer jemand nach dir geschaut. Und hier sah es schlimm aus. Das Agutte-Bild hat auch etwas abbekommen. Aber es war ja sowieso nicht besonders schön.«

Lilie hatte Kopfschmerzen. Sie wollte nicht mit ihrer Mutter streiten. Sie meinte es ja nicht böse, es war nur so, dass sie jegliche Form der Fürsorge immer nur für andere Lebewesen bereithielt. Ihre Mutter war der festen Überzeugung, dass Lilie ihr Leben schon allein meistern würde, und zwar seit sie etwa fünf Jahre alt war. Lilie seufzte. Sie versuchte, sich zu sammeln. Bei ihr war also eingebrochen worden. Ob es sinnvoll wäre, die Polizei zu rufen? Sie verwarf die Idee schnell.

In Paris wurde ständig und überall eingebrochen; dass sie in ihrem fast vierzig Jahre währenden Leben bislang davon verschont geblieben war, hatte eh an ein Wunder gegrenzt. Bei ihrer Freundin Muriel war eine Zeit lang beinahe wöchentlich eingebrochen worden. Der Familienschmuck war schon lange weg, den Fernseher hatte Muriel irgendwann angekettet, und im Flur lagen bei ihr stets ein Zehn-Euro-Schein und ein Zettel mit der Aufschrift: »Weitersuchen lohnt sich nicht. Das ist alles, was ich habe«.

Es waren fast immer erbarmungswürdige Junkies, und Lilie vermutete, dass es auch in ihrem Fall so war. Sie schaute sich in der Wohnung um, der Fernseher war noch da, ihren Laptop hatte sie bei sich gehabt, erinnerte sie sich, denn sie hatte sich noch darüber geärgert, dass sie vor dem Einkauf versäumt hatte, das schwere Ding aus der Tasche zu nehmen. »Maman, liegt meine Tasche noch im Flur, oder ist sie gestohlen worden?«, fragte sie ängstlich, denn sie hatte nicht genug Geld, um einen neuen zu kaufen, und außerdem waren darauf alle ihre Fotos und ihre Lieblingsfilme. Mit Erleichterung hörte sie ein brummiges »Ja, sie liegt da, wo du sie hingeworfen hast«.

»Wo du angegriffen wurdest, wäre sicher treffender«, murmelte Lilie. »Fehlt sonst irgendetwas?«, fragte sie stattdessen laut.

»Für deinen Laptop hat sich niemand interessiert, die wollten tatsächlich nur das Bild, behauptet

Madame Brabant. Aber was hätten sie mit dem wertlosen Ding bloß anfangen sollen?«, sagte Marguerite, die das offenbar nicht für besonders glaubwürdig hielt. »Madame Brabant beteuert, sie habe die Diebe im Flur gehört, eine Frau habe einen Mann gescholten, weil er das dusselige Bild hier oben gelassen hat.« Sie schüttelte den Kopf: »Leute gibt's!«

Das Bild war ziemlich groß, möglicherweise hatte man sie mit dem Rahmen niedergeschlagen, das würde ihre Wunde an der Stirn erklären, überlegte Lilie. Sie drückte immer noch ein Kühlkissen darauf, das die Blutung inzwischen gestoppt hatte.

»Maman, lag das Bild im Flur?«

»Ja«, antwortete ihre Mutter und fügte entschuldigend hinzu, »es hat einen Riss, und ich konnte es auch nirgendwo verstauen, am besten wir bringen es nachher in den Müll.«

»Hm«, antwortete Lilie. Vermutlich hatten die Eindringlinge das Bild auf der Suche nach wertvollem Schmuck in der Abstellkammer entdeckt, und als sie in die Wohnung kam, hatte man sie damit niedergeschlagen. Vielleicht hatte sie die Arme zur Abwehr des Schlages hochgerissen und dabei die Leinwand beschädigt. Dass die Diebe aber, wie Madame Brabant behauptete, tatsächlich nur das Bild stehlen wollten, konnte sich Lilie beim besten Willen nicht vorstellen.

»Ist Madame Brabant noch hier?«

»Nein, sie ist gerade weg, sie hatte einen Kuchen im Ofen. Warum?«

»Ich wollte mich für ihre Fürsorge bedanken. Und außerdem hätte ich gerne gewusst, ob die Diebe das mit dem Bild wirklich so gesagt haben. Ist doch seltsam, oder?«

Andererseits, dachte Lilie, ist es das Einzige, was es hier überhaupt zu holen gab. Unter dem wertlosen Zeug in der Wohnung erschien es ihnen vielleicht am reizvollsten. Im Grunde war es auch nicht so wichtig, denn sie war mit dem Schrecken davongekommen. Na ja, wie man es nahm, dachte sie und betastete vorsichtig die Wunde an ihrer Schläfe, als ihr Handy im Flur klingelte. Sie hörte, wie ihre Mutter ranging und fröhlich zu plaudern begann.

»Es ist Hanna«, rief sie Lilie zu.

»Sag ihr bitte, dass ich später zurückrufe. Im Moment kann ich nicht«, antwortete sie, ging in das schlecht beleuchtete Badezimmer und betupfte die Blessur mit Betaisodona, das sie immer für ihren Sohn parat hatte. Zwei Löcher in zwei Aguttes, fasste sie den Schaden zusammen.

»Maman, kannst du Pierre nach der Schule in Empfang nehmen? Ich gehe zum Arzt und lass die Wunde nähen.«

Vater meiner Wahl

Lilie fühlte einen merkwürdigen Druck hinter ihrem Solarplexus, ein ungutes Gefühl. Ihre Freundin Hanna hatte sie angerufen und eindringlich gebeten, zu kommen. Ihr ehemaliger Gastvater Hermann war krank, er kämpfte bereits seit drei Jahren gegen den Krebs, doch jetzt hatte sich sein Zustand wieder verschlechtert. Hanna hatte am Telefon sehr aufgeregt geklungen: »Warte nicht zu lange«, hatte sie gesagt, »es ist ernst.« Lilie hatte ihre Mutter gebeten, in Paris bei Pierre zu bleiben, und den nächstbesten Zug genommen. Obwohl sie es sich eigentlich nicht leisten konnte, hatte sie ein teures Thalys-Ticket gekauft.

Nun saß sie in der Bahn. Den Thalys hatte sie in Duisburg verlassen und war in einen Regionalzug umgestiegen. Das Geratter klang wie eine Nähmaschine. Rattatat, rattatat, rattatat, summte Lilie in Gedanken mit und hatte das Gefühl, dabei in eine Art Trance zu verfallen. Bald wäre sie da, das Geräusch und Geruckel des Zuges ließen keinen Zweifel daran. Die Schienen auf dem letzten Stück von Duisburg nach Xanten waren sehr alt, jede einzelne war deutlich kürzer, als man das von modernen Strecken gewohnt war, wodurch es zu diesem hektischen Gerumpel kam. Neben der Sorge um Hermann spürte Lilie eine altbekannte Nervosität in sich aufsteigen. Noch immer befiel sie diese Aufregung, kurz bevor sie in Deutschland ankam, obwohl sie mittlerweile seit mehr als zwanzig Jahren regelmäßig hierherfuhr, aufs Land, in die deutsche Pampa, wie sie es liebevoll nannte. Beim ersten Mal hatte es sich wie eine Strafe angefühlt, dabei war ihre Mutter nur überfordert gewesen von einem aufsässigen Teenager, der sein Abitur schmeißen wollte. Lilie schmunzelte. Sie würde vermutlich das Gleiche tun, wenn ihr Sohn später derart über die Stränge schlüge, zumal die Entscheidung im Nachhinein genau richtig gewesen war. Aus den fremden Menschen in Deutschland, zu denen man sie damals geschickt hatte, war ihre deutsche Familie geworden. Eine richtige Familie, wie sie sie in Frankreich niemals gehabt hatte, eine Familie mit Vater und Mutter, mit Großeltern und Tanten und Großtanten, die sie mit überraschender Herzlichkeit aufgenommen hatten. Ihre anfängliche Überheblichkeit und Verachtung für diese provinziellen Bauerntrampel war sehr schnell etwas anderem gewichen: einem Gefühl von Vertrauen und Geborgenheit. Ihr Gastvater, Hermann, zeigte sich völlig unbeeindruckt von ihrer vor sich hergetragenen Pariser Nonchalance, mit der sie doch nur ihre Unsicherheit verbergen wollte, nahm sie mit all ihren Neurosen und Komplexen an und kümmerte sich um sie, wie sie es bei ihrem leiblichen Vater nie erlebt hatte.

Eines Tages hatte sie dann all ihren Mut zusammengenommen und Hermann quasi einen Antrag gemacht. Ja, dachte Lilie, es war im Grunde ein Antrag gewesen. Nur, dass sie nicht auf die Knie gefallen war und auch keinen Ring hervorgeholt hatte. Aber sie war mindestens genauso nervös und verlegen gewesen. Mit hochrotem Kopf war sie auf Hermann zugegangen, der gerade in seine Sonntagszeitung vertieft war.

»Eine Frage, bitte«, sagte sie viel zu laut und undeutlich und sah ihn zusammenzucken.

»Was?«, antwortete Hermann und ließ die Zeitung sinken. Sie hatte das Gefühl, dass es, nun da sie ihn einmal gestört hatte, kein Zurück mehr gab. Sie räusperte sich mehrmals, aus Angst, ihre Stimme würde sie im Stich lassen, dann stammelte sie:

»Darf isch Sie meine Vatär ruffen?« Hermann riss bei ihren Worten die Augen so weit auf, dass Lilie für einen Moment Sorge hatte, seine Augäpfel könnten aus den Höhlen treten. Dann kniff er die Augen wieder zusammen, wie er es immer tat, wenn er sich konzentrierte, schob die Lippen nach vorne, als hätte er eine seiner dicken Zigarren im Mund, sog vernehmbar Luft ein, warf einen entschlossenen Blick auf die Uhr und fragte skeptisch:

»Muss das sofort sein? Nach neunzehn Uhr ist es günstiger.«

»Wie bitte?«, fragte Lilie entsetzt, und Hermann antwortete sehr deutlich und sehr langsam:

»Wenn du mit deinem Vater auf den Antillen telefonieren willst, dann warte bitte noch ein paar Stunden. Abends sind die Anrufe billiger.«

Lilie wollte das Missverständnis aufklären, doch sie brachte nur ein »Non. Nein. Morgen« heraus und stürmte in ihr Zimmer, wo sie den Rest des Abends blieb und den Kopf im Kissen vergrub. Aber so leicht wollte sie sich nicht geschlagen geben, entschied sie am nächsten Morgen. Sie vertiefte sich in ihr Lexikon und startete einen neuen Versuch.

»Sei mir ein Vater. Der Vater meiner Wahl« – sie hatte den Satz stundenlang vor dem Spiegel geübt, und als sie ihn endlich ausgesprochen hatte, war sie glücklich, schon allein deshalb, weil sie ihn einigermaßen fehlerfrei hervorgebracht hatte. Wie zum Tusch schlug in diesem Moment die alte Standuhr zur vollen Stunde, und sie sah, wie Hermanns Hand automatisch zur Fernbedienung griff. Es war Zeit für die Nachrichten. Doch dann lächelte er sie an. »Hast du etwa was ausgefressen?«

»Nein, nein«, wollte Lilie sich gerade erklären, doch Hermann unterbrach sie:

»Das war nur ein Scherz. Ich habe dich sehr wohl verstanden.« Dann stand er auf, gab ihr einen Kuss auf die Stirn und setzte sich wieder vor den Fernseher. Lilie war sich keineswegs sicher, ob er sie wirklich verstanden hatte, doch sie nahm die Geste für die Tat und gab sich damit zufrieden.

Ihr war vorher nicht bewusst gewesen, wie sehr sie sich einen echten Vater gewünscht hatte, einen, der für sie da war, einen Vater, auf den man sich verlassen konnte und der nicht irgendwo als Abenteurer in der Weltgeschichte herumgondelte und nebenher noch mehr Familien gründete. So nämlich war Yves, ihr leiblicher Vater. Lilie hatte neben zwei Vollgeschwistern noch fünf Halbschwestern und -brüder. Wie viele es insgesamt tatsächlich waren, wollte sie lieber nicht wissen.

Lilie lauschte wieder dem Rattern des Zuges. Sie sah aus dem Fenster und erkannte die Kopfweiden des alten Rheinarms rund um die Bislicher Insel. In wenigen Minuten würde sie ankommen. Sie schloss den Laptop und schob ein Lesezeichen in ihr Buch. Dann nahm sie den Brief, der vor ihr auf dem Tischchen gelegen hatte, steckte ihn vorsichtig in den Umschlag zurück und drückte ihn an die Brust. Es war der Brief eines kleinen Mädchens, und er hatte sie zutiefst berührt. Sie hatte ihn in dem alten Bilderrahmen gefunden, mit dem sie niedergeschlagen worden war. Es war purer Zufall gewesen. Sie hatte das unhandliche Teil entsorgen wollen, wie ihre Mutter es vorgeschlagen hatte, zumindest den Rahmen, der ganz besonders hässlich war. Da sie ihn in voller Größe nicht im Aufzug hätte transportieren können, hatte sie die Leinwand abgelöst, und dabei war ihr plötzlich ein Papier in den Schoß gefallen. Es war der Brief eines kleinen Mädchens namens Georgette, gerichtet an ihren verstorbenen Vater Georges, den Maler des Bildes, das angeblich die Einbrecher hatten stehlen wollen. Und auch, wenn Lilie Madame Brabants Theorie für absurd hielt, so hatte sie das Bild, einer seltsamen Intuition folgend, schließlich doch zusammengerollt, in ein Tuch gewickelt und in ihre große Reisetasche gepackt, um es mit an den Niederrhein zu nehmen.

Auf einmal hatte das Bild für sie einen ideellen Wert bekommen, es war zum Bindeglied zwischen ihr und dem Mädchen Georgette geworden, das sich, wie der Brief vermuten ließ, genauso sehr nach einem Vater gesehnt hatte wie sie in dem Alter, und Lilie fragte sich, was wohl erträglicher war: ein abwesender oder ein toter Vater. Sie fand diese Frage so makaber wie schwierig, denn natürlich wünschte sie ihrem Vater nicht den Tod. Andererseits war Yves für sie eine ständige Enttäuschung gewesen. Wie sehr hatte sie sich als Kind auf seine seltenen Besuche gefreut. Yves hatte die ganze Familie dann in teure Restaurants ausgeführt, aber meist schon am zweiten Tag seines Besuches einen Streit vom Zaun gebrochen, um einen Grund zu haben, wieder zu gehen. Lilie war traurig zurückgeblieben, hatte sich stets gefragt, ob sie schuld war an der Abreise ihres Vaters, war wütend gewesen und hatte ihn zugleich nur noch mehr vermisst.

Das Mädchen aus dem Brief jedoch kannte nur die Sehnsucht.

Freunde fürs Leben

Bonnières-sur-Seine, 17. Mai 1875

*Papa,
ich vermisse Dich. Heute ist mein achter Geburtstag, und ich wünschte mir so sehr, dass Du an diesem Tag bei mir sein könntest.
Mama hat mir erklärt, dass Du tot bist. Aber wo bist Du, wenn Du tot bist? Hältst Du Deine Hand über mich? Manchmal, wenn ich Angst habe, stelle ich mir das vor. Dann kann ich spüren, wie Du mich aus dem Himmel umarmst. Ich will, dass Du stolz auf mich bist. Siehst Du, wie fleißig ich übe? Wenn ich groß bin, werde ich Malerin, das verspreche ich Dir.
Deine Georgette*

Das Mädchen faltete den Brief akkurat zusammen. Dann kletterte sie auf die hölzerne Kommode, um an das Bild heranzukommen, hob den schweren Rahmen ein wenig hoch, sodass sich der Haken vom Nagel löste, und stellte es vorsichtig auf die Kommode. Sie hatte das Bild schon einige Male ab- und wieder aufgehängt und inzwischen Übung darin.

Das Bild zeigte eine Reiterin auf einer Waldlichtung, sie saß, den Rock nach links geschwungen, im Damensattel. Vom Betrachter hatte sie sich schon ein gutes Stück entfernt, ritt in der Mitte des Bildes. Licht fiel durch die Bäume, und erneut fragte Georgette sich, wohin die blonde Frau wohl unterwegs war. Ob sie jemanden besuchte. Es musste gegen Mittag sein, denn die Sonne schien hell und klar von oben auf die Reiterin. Nachdenklich betrachtete sie das Bild, das ihr Vater gemalt hatte. Wie schön es war. Ihr Vater hatte Georges geheißen, sie war nach ihm benannt, war auf die Welt gekommen, um sein Leben fortzusetzen, so hatte ihre Mutter es ihr erklärt.

Georgette erschrak, als sie ihre Tante Adèle rufen hörte.

»Georgette, komm herunter, wir wollen deinen Kuchen essen.«

»Ja, Tata, ich bin schon unterwegs«, rief Georgette, legte den Brief zur Seite und eilte zur Treppe.

Sie fühlte sich in Bonnières-sur-Seine bei ihrer Tante oft wohler als bei ihrer Mutter in Paris. Da ihre Tante keine Kinder hatte, hatte Georgette hier sogar ein eigenes Zimmer. Außerdem hatte sie im Dorf Freunde zum Spielen gefunden, auch wenn die zum Teil einige Jahre älter waren. Bernadette zum Beispiel kam fast jeden Nachmittag vorbei, wenn sie wusste, dass Georgette im Ort war. Sie durften im Sommer den ganzen Tag draußen bleiben, und

Georgette liebte es, gegen Mittag am Ufer der Seine eine Decke auszubreiten und unter freiem Himmel zu essen. Auf dem Land gefiel ihr einfach alles, alles war schöner als in Paris, denn wenn sie hier aus dem Fenster blickte, sah sie aus jedem Winkel den Fluss, während ihr Blick in Paris immer nur auf andere Häuser fiel. Hier gab es einen Garten direkt vor der Tür, während sie in Paris bis zum Bois de Boulogne laufen musste, aber vor allem hatte sie hier das Bild gefunden, das ihr Vater gemalt hatte.

Im Wohnzimmer standen ein selbst gebackener Apfelkuchen und ein Glas Milch für sie bereit.

»Hast du in deinem Zimmer gemalt?«, fragte ihre Tante und streichelte ihr über den Kopf.

»Hm«, sagte Georgette, setzte sich und nahm ein großes Stück vom Kuchen. Sie versuchte, dabei fröhlich auszusehen, denn sie wollte ihrer Tante keine Pein bereiten, indem sie ihr zeigte, wie traurig sie an diesem Tag in Wahrheit war. Ihre Tante hatte einen Kranz mit acht Kerzen auf den großen Esstisch gestellt, und Georgette musste sich auf den Stuhl knien, um sie zu erreichen. Sie pustete die Kerzen aus, ihre Tante klatschte. Georgettes Blick fiel auf das kleine Bild über dem Kamin, das sie erst im vergangenen Jahr gemalt hatte. Es zeigte die Seine, wie sie an der Haustür vorbeifloss, samt der kleinen Insel, die den breiten Fluss teilte. Georgette war nun, ein Jahr älter, nicht mehr zufrieden damit. Sie beschloss, ein neues, ein schöneres Bild zu malen, was sie ihrer Tante auch sogleich mitteilte.

»Ach Kleines, du bist genau wie dein Vater. Wo er ging und stand, hatte er seinen Notizblock dabei und zeichnete. Später ist er oft im Wald gewesen, um die Natur zu malen. Ich bin sicher, er sieht dir voller Wohlgefallen zu.« Sie seufzte, dann sah sie Georgette verschmitzt an: »So, und nun musst du dich noch ein wenig gedulden. Dein Geburtstagsgeschenk gibt es nämlich erst heute Abend.«

Georgette wusste, dass ihre Tante sich immer besondere Mühe gab, sie aufzuheitern, nachdem sie von Georgettes Vater gesprochen hatte. Dabei wäre das gar nicht nötig gewesen. Georgette liebte es, wenn ihre Tante über den Vater sprach, wenn sie Anekdoten aus ihrer Kindheit erzählte und vor allem wenn sie Georgette versicherte, dass sie auf dem besten Weg sei, genauso zu werden wie ihr Vater. Sie ging um den Tisch herum, gab ihrer Tante einen Kuss auf die Wange und lief zur Tür, denn draußen hatte sie den Nachbarsjungen gesehen. »Danke für den Kuchen, Tata«, rief sie ihrer Tante noch zu, »ich gehe zu Marcel.«

Marcel war der Sohn des Postmeisters in Bonnières, er war ein paar Jahre älter als Georgette, und sie bewunderte ihn sehr. Marcel wirkte so klug, er war still und konzentriert, und wann immer Georgette ihn sah, las er. Es gab Tage, da saßen sie nur nebeneinander und sprachen kaum, denn Georgette hätte es niemals gewagt, ihn grundlos zu unterbrechen. Auch heute wirkte er äußerst vertieft in sein Buch, doch heute war ein besonderer Tag, und so erlaubte Georgette sich, ihren Freund zu stören.

»Guten Tag, Marcel. Heute ist mein Geburtstag, möchtest du vielleicht ein Stück Kuchen mit mir essen?«

Der Junge lachte sie an. »Herzlichen Glückwunsch, kleine Gette. Warte einen Moment.« Dann ging er ein paar Schritte in den Garten, pflückte eine Blüte vom Magnolienbaum und steckte sie Georgette ins Haar, das ihre Tante ihr zu einem Knoten am Hinterkopf frisiert hatte. Georgette kannte Marcel, solange sie denken konnte. Wann immer sie bei Tante Adèle zu Besuch war, traf sie ihn, denn seinem Vater gehörten das Hinterhaus und der Garten.

Georgette hatte in Paris Privatlehrer, doch bis auf das Zeichnen machte ihr der Unterricht nicht besonders viel Spaß. Das änderte sich schlagartig, wenn Marcel ihr etwas erklärte. Eine Zeit lang hatte er ihr vorgetragen, was Homer geschrieben hatte, und Georgette hatte das Gefühl gehabt, am Trojanischen Krieg höchstpersönlich beteiligt gewesen zu sein. Wenn Marcel Geschichten erzählte, dann war sie Teil des Geschehens, und oft lag sie nach solchen Tagen abends noch lange wach und malte sich aus, was sie getan hätte, wenn sie die schöne Helena oder Kassandra gewesen wäre. Sie saugte jeden Satz von Marcel auf und gab sich große Mühe, alles zu behalten, denn es konnte passieren, dass er beim nächsten Treffen genau dort wieder anknüpfte, wo er aufgehört hatte. Sie wiederholte die Einladung zum Kuchenessen.

»Dazu habe ich leider keine Zeit«, antwortete Marcel bedauernd. »Weißt du, ich muss heute noch sehr viel lernen. Ich werde bald aufs Lycée gehen, um eines Tages ein großer Anwalt zu sein.« Vielleicht würde er sogar Richter, überlegte Georgette, denn alle Jungen im Dorf hörten auf ihn, sogar die frechsten. Zusammen mit Bernadette hatte sie einmal beobachtet, wie Marcel einen Streit geschlichtet hatte, fast ohne etwas tun zu müssen. Er hatte einfach nur mit ruhiger Stimme »Hört auf!« gesagt. Mehr nicht, dann war die Zankerei vorbei gewesen.

»Ganz bestimmt wirst du das«, bestätigte sie deshalb ihren Freund. »Was lernst du gerade?«

»Philosophie. Ich lese die *Persischen Briefe* von Montesquieu.«

»Ah«, sagte Georgette, die diesen Namen noch nie gehört hatte, sich aber keine Blöße geben wollte, »weißt du, ich schreibe auch Briefe an meinen Vater, aber der kann sie nicht lesen, weil er schon tot ist.« Marcel sah sie mitfühlend an, und sie sah sich ermuntert, weiterzureden. »Wie ist das, einen Vater zu haben?«

»Schön«, sagte Marcel nach einem kurzen Moment. »Mein Vater nimmt mich oft mit zum Angeln. Ihm ist es sehr wichtig, dass ich gute Noten in der Schule habe, und er hat mir immer gesagt, was gut und was schlecht ist.« Er runzelte die Stirn. »Ich glaube, er zeigt mir die Richtung, damit ich weiß, wo ich langgehen muss«, schloss er und sah sie an. Georgette wünschte sich in diesem Augenblick, ihr Vater könnte sie an die Hand nehmen, Staffelei und Leinwand unter dem Arm, und mit ihr in den Wald gehen, um zu malen.

»Kannst *du* mir nicht die Richtung zeigen? Bitte Marcel, ich habe doch heute Geburtstag, schenk mir eine Richtung.«

Marcel nahm ihre Hand in seine und schaute sie lange an. »Ich kann dir nicht den Vater ersetzen. Aber ich schenke dir meine Freundschaft.« Dann stand der Junge auf, nahm sein Buch, sagte bedauernd »Jetzt muss ich aber wirklich lernen« und ging zurück ins Haus. Georgette sah ihm nach, dann ging auch sie wieder hinein, nahm die Stufen zu ihrem Zimmer und faltete den Brief an ihren Vater auseinander. Unter dem Fenster stand ein kleiner Sekretär mit einer Holzbank davor, die ein wenig zu hoch für sie war. Wenn sie darauf saß, baumelten ihre Beine in der Luft. Sie nahm die Feder zur Hand, tunkte sie ins Tintenfass und schrieb. Sie berichtete ihrem Vater von dem Geburtstagskuchen und von Marcel und schloss mit den Worten: »Weißt du, Papa, Marcel kann ja nicht mein Vater sein, aber er kann mir eine Richtung zeigen, also werde ich ihn später heiraten.«

Dann nahm sie den Brief und ging damit zu dem Bild, das sie einige Stunden zuvor von der Wand geholt hatte. Sie klemmte den Brief in den Rahmen und hängte das Bild vorsichtig wieder an seinen Platz.

Ein festes Band

Diesem Mädchen hatte das Bild offenbar viel bedeutet, dachte Lilie und schämte sich, dass sie es all die Jahre so achtlos in der Abstellkammer hatte vermodern lassen. Dennoch brachte sie den ideellen Wert, den dieses Gemälde für die kleine Georgette gehabt hatte, nicht in Zusammenhang mit den Dieben, die in ihre Wohnung eingedrungen waren. Bei dem Mädchen handelte es sich, so vermutete sie, um Georgette Agutte, ihre Urahnin. Der exakte Verwandtschaftsgrad war ihr nicht bekannt, und sie hatte auch keine Ahnung, warum dieses Bild, das von deren Vater stammte, in ihrer Kammer gelandet war. Sie fragte sich, ob es vielleicht außer ihr und ihren Geschwistern noch andere Nachfahren von Georgette gab, die das Bild wiederhaben wollten. Aber die hätten doch keine Diebe geschickt. Welch ein merkwürdiger Zufall, dachte Lilie, dass ihr dieser Brief an einen toten Vater just in dem Moment in die Hände gefallen war, in dem sie erfahren hatte, dass der Mann im Sterben lag, den sie zu ihrem Herzensvater erkoren hatte.

Lilie betrachtete die Landschaft, die am Zugfenster vorbeifegte. Zu ihrer Rechten sah sie den alten Rheinarm, auf dem sie damals im Winter 1986 Schlittschuh gelaufen waren. Sie holte ihre Reisetasche aus dem Koffernetz und stellte sich in den Gang. Viel Gepäck hatte sie nicht dabei, denn sie wollte nur übers Wochenende bleiben. Hanna hatte am Telefon sehr niedergeschlagen geklungen. Sie hatten gehofft, dass die letzte Operation vor drei Jahren samt Chemotherapie den Krebs ein für alle Mal besiegt hätte. Doch jetzt war die Krankheit zurück, und auch wenn weder Lilie noch Hanna den Gedanken bislang ausgesprochen hatten, so war ihnen doch bewusst, dass Hermann sterben würde.

So wie Hermann zu ihrem Wahl-Vater geworden war, hatten Lilie und Hanna über die vielen Jahre ein schwesterliches Verhältnis zueinander entwickelt, das von Innigkeit und Konkurrenz gleichermaßen geprägt war, ein Verhältnis, das wie Gummi auseinandergehen konnte, ohne zu zerreißen, und das in schweren Zeiten zu einem festen, engen Band wurde. Jetzt waren schwere Zeiten.

Die eisernen Räder quietschten auf den Schienen, es ruckelte noch einmal, dann kam der Zug zum Stehen. Bahnhof Xanten. Und plötzlich fühlte Lilie sich wieder genauso wie damals, 1986, als sie den Bahnsteig zum ersten Mal betreten hatte. Sie sah sich erneut das Zugabteil verlassen, fühlte sich für einen kurzen Moment so traurig, verwirrt und allein wie damals. Die Landschaft mit ihren unendlich scheinenden Wiesen und Feldern, die sie heute als beruhigend empfand, hatte sie damals verabscheut. Vor allem die Kälte hatte ihr zu schaffen gemacht, nachdem sie gerade von den Französischen Antillen zurückgekehrt war, wo sie sich unsterblich in Patrick verliebt hatte. Vielleicht die glücklichste Liebe ihres Lebens. Zumindest bis heute, aber man soll ja die Hoffnung nicht aufgeben, ermunterte sie sich, ich bin noch nicht einmal vierzig, da ist noch alles drin, auch, dass ich mich mal in den Richtigen verliebe. Der verheiratete Musiker, der seit vielen Jahren auf Jamaika lebte, um sich dort von Rastafari und Reggae-Musikern inspirieren zu lassen, der aber noch nicht eine einzige akzeptable Komposition zustande gebracht hatte und der sie, vielleicht, weil sie ihm zu gute Ratschläge gegeben hatte, vor drei Monaten hatte sitzen lassen, war es jedenfalls nicht gewesen, so viel stand fest. Sie hatte wochenlang depressiv im Bett gelegen, zwei Schachteln rote Gauloises am Tag geraucht und alle Kraft aufbringen müssen, um sich ihrem Sohn gegenüber so wenig wie möglich anmerken zu lassen.

Lilie sah Hanna schon von Weitem auf dem Bahnsteig stehen. Statt der Karottenlatzhose von damals trug sie heute eine zerschlissene Levis 501 und dazu Plateauschuhe, die zumindest in Paris schon wieder aus der Mode waren und die ihr zwar eine eindrucksvolle Größe bescherten, aber ihren Gang nicht gerade elegant erscheinen ließen. Lilie war froh, dass sie ihre Converse-Sneaker angezogen hatte, um die niederrheinischen Pflastersteine unbeschadet zu überstehen.

»Schön, dass du gekommen bist. Hermann freut sich schon auf dich«, begrüßte Hanna sie herzlich und hauchte ihr einen Kuss auf beide Wangen. Doch dann stutzte sie, als sie Lilies ramponiertes Gesicht sah:

»Um Himmels willen, was ist denn mit dir passiert? Sag nicht, du hast dich wieder mit deinem Möchtegern-Jamaikaner getroffen«, rief sie entrüstet und setzte an, ihren Vortrag über das Thema »Jeremy ist nicht der Richtige« zum wiederholten Mal anzubringen. Schnell ging Lilie dazwischen und berichtete in knappen Worten von dem Überfall.

»Wann ist das denn passiert?«, fragte Hanna erschrocken.

»Kurz bevor du angerufen hast, aber ich habe nichts erzählt, weil ich dachte, dass du gerade genug Sorgen hast.«

Lilie war erleichtert, dass die Freundin in diesem Moment deutlich gefasster wirkte als noch zwei Tage zuvor am Telefon. Sie wollte Hanna überlassen, wann und wie sie von Hermanns Zustand berichtete, und wie sie ihre Freundin kannte, brauchte diese gerade so viel Normalität wie möglich. Also begann Lilie mit ihrem gemeinsamen Wiedersehensritual: Sie erinnerten einander an Momente voller komischer

Missverständnisse, die sie ausstellten wie Blasen an den Füßen nach einem langen, gemeinsam gegangenen Weg.

»Komm, lass uns einen Kaffee trinken, dann musst du mir das mit dem Überfall genauer erzählen. Die Waschräume im Hotel van Bebber warten nämlich schon auf dich«, lästerte Hanna in Anspielung auf ihre erste Begegnung.

Lilie würde nie vergessen, wie sie damals nach ihrer Ankunft zum Begrüßungskaffee ins Hotel van Bebber gegangen waren. Sie war irritiert gewesen von den weißen Tischdecken und apricotfarbenen Stühlen und sich vorgekommen wie in einem Dienstbotenzimmer von Versailles. Schwer hingen brokatbestickte Übergardinen im Bogen über den Fenstern und hinderten das Sonnenlicht daran, den Raum zu erhellen. Am schlimmsten aber waren die Wände. Sie waren übersät mit Hirsch- und Rehgeweihen samt Schädelknochen, die an schwarzen Brettern klebten. Die Familie nahm Platz, und Hermann bestellte für alle, ohne nach Lilies Wünschen zu fragen. Es vergingen ein paar stumme Minuten, bis die Kellnerin kam und vier Kännchen Kaffee brachte. Jeder bekam eines, und Lilie wunderte sich über die Mengen. Ein Kaffee in Paris passte in zwei Fingerhüte, das hier war mindestens ein großes Glas voll. Doch als sie den Kaffee begierig einschenkte, erkannte sie den Unterschied: In die weiße Porzellantasse ergoss sich statt der erwarteten schweren, schwarzen Flüssigkeit eine braune Plörre, die bis auf den Tassenboden blicken ließ. Lilie wurde übel. Sie schluckte und sah mit schreckgeweiteten Augen, wie sich eine weitere Kellnerin dem Tisch näherte und große Stücke Apfelkuchen garniert mit einer überdimensionierten Sahnehaube servierte. Lilie hasste Sahne. Alles daran war widerlich, die Farbe, die Konsistenz, das Fett. Verzweifelt sah sie zu, wie Hermann mit einem großen Löffel die Sahne vom Kuchen abschöpfte, den Löffel in die halb gefüllte Kaffeetasse gleiten ließ, genussvoll umrührte, die flockende Brühe zum Mund führte, schlürfte und mit einem wohligen »Ah« wieder abstellte. Als er sich anschickte, auch in ihren Kaffee einen großen Löffel Sahne plumpsen zu lassen, übermannte sie ein Würgen. Lilie hielt sich die Hand vor den Mund, sprang auf, lief aus dem Saal und übergab sich auf der Damentoilette. Es war ihr unsagbar peinlich, und sie stellte sich vor, wie die Familie am Tisch über sie spottete. Tatsächlich aber war Hanna nach einer Weile zu ihr gekommen, hatte durch die Tür gefragt, ob es ihr besser gehe, und ihr einen Kaugummi gereicht, als Lilie endlich den Mut gefunden hatte, wieder herauszukommen.

Was für ein Auftakt, dachte sie und blickte sich zwanzig Jahre später im Hotel van Bebber um. Das Café hatte sich inzwischen sehr verändert, die einst überbordende Gemütlichkeit war einer praktisch modernen Einrichtung gewichen. Lilie hatte, wie immer, einen Espresso und ein Glas Wasser bestellt, und als die Kellnerin beides brachte, wunderte sie sich, dass es am Niederrhein inzwischen zwar starken italienischen Kaffee gab, aber der Wunsch nach Wasser ohne Kohlensäure immer noch großes Erstaunen hervorrief. Sie steckte sich eine Zigarette an und sog den Qualm genüsslich ein. Hanna wedelte vorwurfsvoll mit den Händen und nahm das Gespräch wieder auf:

»Und was ist das genau für ein Gemälde, das diese Junkies angeblich klauen wollten?«

»Ach, ich glaube, die wollten gar nicht das Bild klauen, sie haben es mir über die Rübe gezogen, um abhauen zu können.«

»Hm«, Hanna wirkte skeptisch. Sie war Redakteurin bei den *Niederrhein Nachrichten* und immer auf der Suche nach einer guten Story. Hier schien sie eine zu wittern, und vor ihrem geistigen Auge sah Lilie sie bereits im Trenchcoat auf den Spuren der Kunsträuber. Hanna und Hermann liebten Rätsel und Geheimnisse über alles und hatten eine blühende Fantasie, die sie regelmäßig mit Krimis der amerikanischen Autorin Elizabeth George fütterten, deren Romane sie geradezu verschlangen. Manchmal lasen sie sogar zeitgleich, um sich gemeinsam Gedanken zu machen, wer der Mörder sein könnte, und es war ihnen ein unglaublicher Triumph, wenn sie vor der letzten Seite bereits den Täter kannten.

»Vielleicht haben sie es für wertvoll gehalten. Oder ist es etwa ein Bild, das dein Sohn gemalt hat?«, feixte Hanna.

»Nein, es ist von Georges Agutte.«

Hanna zog die Stirn kraus. »Die Malerin, nach der deine Straße benannt ist? Deine – was ist sie? Großtante?«

»Georgette Agutte ist meine Ururgroßtante soundsovielten Grades. Leider ist das Bild aber von ihrem Vater, deshalb ist es komplett wertlos. Wobei ehrlich gesagt auch die Bilder von Georgette keinen allzu großen Wert haben. Wenn man nicht gerade ihren Nachnamen trägt, kennt man sie nicht, glaube ich.«

Hanna ignorierte Lilies Einwände, wie sie es immer tat, wenn sie sich eine Geschichte zurechtbog.

»Vielleicht hat irgendjemand geglaubt, es sei von ihr. Georges oder Georgette, da kann man sich doch mal vertun. In unserer Familie kursierte jahrelang das Gerücht, dass ein ziemlich einfaches Heiligenbild in Wahrheit ein echter Rembrandt sei. Es gehörte meiner Oma, und man hat mehrfach versucht, ihr dieses Bild zu stehlen. Als Oma starb, gab es deswegen beinahe einen Erbstreit, der die Familie auseinanderzureißen drohte. Erst als der x-te Kunsthistoriker bestätigte, dass es weder ein Rembrandt noch das Bild eines anderen bekannten Malers sei, herrschte Ruhe.«

Hannas Familie war ein Füllhorn an skurrilen Anekdoten und Personen, was möglicherweise daran lag, dass diese Familie mit Tanten und Onkeln weit verzweigt war und in der Großelterngeneration alle steinalt geworden waren.

»Weißt du noch, wie ich Tante Gertrud zum ersten Mal gesehen habe?«, fiel Lilie ein. Hanna grinste und sagte: »Wie könnte ich das vergessen!« Hannas Oma hatte damals Geburtstag gefeiert und war etwas über achtzig geworden, so genau konnte sich Lilie nicht mehr erinnern, die Großmutter war aber beileibe nicht die Älteste auf ihrer eigenen Feier gewesen. Irgendwann klingelte es an der Tür, und Lilie, froh, der geschwätzigen Kaffeetafel und dem ewigen »Du musst Deutsch sprechen, Kind« zu entkommen, stürzte los, um zu öffnen. Als sie die Tür schwungvoll aufriss, wurde sie kreidebleich, und ihr entfuhr ein spitzer Schrei, denn vor ihr stand ein Geist. Die Sonne schien Lilie geradewegs ins Gesicht, sodass sie im Gegenlicht nur ein großes, hageres Wesen ausmachte, das bedrohlich mit dem Stock fuchtelte und aussah wie der Sensenmann höchstpersönlich.

Als Lilie sich bewusst wurde, wie beleidigend ihre Reaktion für die Dame vor der Tür gewesen sein musste, stürzte sie verlegen und ohne ein weiteres Wort durch den Flur nach hinten in die Küche, wo Hanna gerade damit beschäftigt war, neuen Kaffee aufzubrühen. Sie blickte Lilie verdutzt an, als auch schon Tante Gertrud beschwingt im Türrahmen auftauchte und Lilie liebevoll die Wange tätschelte.

»Kindchen, du bist ja leichenblass. Ich glaube, du brauchst einen Schnaps«, sagte sie und grinste. Lilie schämte sich und brachte kein Wort heraus. Hanna ging lachend zu ihrer Großtante und herzte die alte Dame: »Soll ich für dich noch ein paar Löffel Kaffeepulver extra draufschütten?«, fragte sie.

Tante Gertrud hatte eine Vorliebe für starken Kaffee, und obwohl die erste Begegnung nicht allzu glücklich verlaufen war, hatten Lilie und die alte Dame bald darauf eine herzliche Kaffeefreundschaft gepflegt. Sie brühten sich regelmäßig ein Gebräu, bei dem alle anderen nur angewidert das Gesicht verzogen, und Tante Gertrud, die ein wenig Französisch sprach, bat Lilie bei diesen Treffen, ihr von Paris zu erzählen. Also beschrieb Lilie ihr die Stadt und immer wieder die Place des Vosges, die ganz in der Nähe ihrer Wohnung lag. Wenn Lilie erzählte, hielt Tante Gertrud die Augen geschlossen. Aus der Kaffeefreundschaft wurde später eine Brieffreundschaft, und aus den Briefen erfuhr Lilie irgendwann, dass Tante Gertrud sich in den 20er-Jahren in einen französischen Juden verliebt hatte. Sie hatte nicht den Mut gehabt, diese Liebe zu leben, denn für ihre katholische Familie am Niederrhein wäre die Ehe mit einem Juden nicht akzeptabel gewesen. Mit diesem Geständnis endete die Korrespondenz, denn Lilie wusste nicht, wie sie darauf antworten sollte. Sie setzte mehrfach an, zerriss die Seiten und schrieb der alten Dame nie zurück. Erst zehn Jahre später beschloss sie, ihr doch wieder zu schreiben. Wie zuvor Tante Gertrud, so schüttete dieses Mal Lilie in den Briefen ihr Herz aus. Sie erwartete keine Antwort, kein Wort des Trostes oder Verständnisses, denn sie wusste, dass die alte Dame längst gestorben war. Was Lilie unter dem Titel »Briefe an Gertrud« zu Papier brachte, war vielmehr eine Art Tagebuch während ihrer Schwangerschaft. Weder Lilie noch der Kindsvater konnten sich damals eine Beziehung, geschweige denn eine Ehe, wie Hermann sie vorgeschlagen hatte, vorstellen. Es hatte deswegen im Hause Terhöven Diskussionen gegeben, Hanna hatte ihr sogar vorgeworfen, einem Mann gegen seinen Willen ein Kind »anzudrehen«. Hermann hielt nichts vom Alleinerziehen, dennoch akzeptierte er Lilies Entscheidung, erwartete aber, dass sie den Vater des Kindes dann auch in Ruhe ließ.

So hatte es Lilie bis heute gehalten. Lediglich vom Niederrhein kamen mit schöner Regelmäßigkeit Pakete, die an »Monsieur Pierre Agutte« adressiert waren.

Das letzte war zu Ostern gekommen, und es hatte neben teuren Kindersportschuhen auch Marzipan enthalten, um das sich Pierre und Lilie regelrecht gebalgt hatten. Lilie liebte das echte Lübecker Marzipan, sie fand, dass es in Frankreich nichts Vergleichbares gab, und sie hatte ihren Sohn mit dieser süßen Leidenschaft angesteckt.

»Bitte erinnere mich daran, dass ich Pierre etwas Marzipan von hier mitbringe. Euer Osterpaket war schnell verputzt, und ich gestehe, dass nicht nur mein Sohn davon genascht hat«, sagte Lilie und trank den letzten Schluck Espresso. Hanna lächelte. Sie hatte eine Art Patenschaft für das Kind übernommen, eine weltliche Form der Patenschaft. Lilies Sohn war nämlich gar nicht getauft, da sie allen Religionen gegenüber eine große Skepsis an den Tag legte, was sich für eine Französin mit sozialistischer Gesinnung von selbst verstand.

»Wie geht es dem kleinen Terroristen?«, fragte Hanna.

»Meine Mutter ist bei ihm, dann geht es ihm immer gut. Er liebt es, wenn seine Oma sich um ihn kümmert, dann gibt es keine Regeln. Du kennst ja Marguerite«, lachte sie.

»Es müssten bald die Schulferien beginnen, oder? Fahrt ihr weg?«

Lilie verneinte. »Ich habe kein Geld. Aber ich habe ihn bei meiner Mutter auf dem Land in einem Schwimmcamp angemeldet. Nächste Woche geht es los, er freut sich wie verrückt, er ist eine richtige kleine Wasserratte.«

»Und wie ist der Kontakt zum Vater?«

Lilie zuckte mit den Schultern. »Pierre kennt das

Gefühl nicht, einen Vater zu haben, deshalb scheint er ihn auch nicht zu vermissen.«

»Das war bei dir früher aber anders, oder?«

Lilie überlegte. »In den schönen Momenten, wenn Yves mal da war, hat uns schon etwas verbunden. Aber wenn er wieder fort war, habe ich ihn umso schlimmer vermisst.« Sie steckte sich eine Zigarette an. »Das ist ein bisschen wie Nikotinsucht«, fuhr sie fort. »Wenn du dir vornimmst, nur eine Zigarette in der Woche zu rauchen, hast du dauernd Schmacht. Da ist es leichter, ganz drauf zu verzichten.«

»Was du offenbar immer noch nicht vorhast«, schmunzelte Hanna, die fünf Jahre zuvor mit dem Rauchen aufgehört hatte und es seitdem eisern durchhielt.

»Ich bin zu undiszipliniert«, grinste Lilie, »aber wie hätte ich das auch lernen sollen bei einem Weltenbummlervater und einer Hippiemutter? Als Respektsperson gab es in meinem Leben nur deinen Vater.« Sie sah Hanna an und erkannte in ihrem Blick, dass der Zeitpunkt gekommen war, über Hermann zu sprechen. Hanna atmete tief durch. »Er ist an diesem Wochenende zu Hause. Montag muss er zu weiteren Untersuchungen in die Klinik.« Hanna sprach sehr schnell und gefasst, und Lilie wusste, dass die Freundin versuchte, ihre Emotionen unter Kontrolle zu bekommen. »Die Ärzte haben Metastasen in der Leber gefunden.« Ihre Stimme wurde rauer. »Es kann sein, dass der Krebs auch in andere Organe oder die Knochen gestreut hat.« Hanna machte eine Pause, stumm rannen ihr die Tränen über die Wange, die sie ärgerlich mit dem Handrücken wegwischte. Lilie wartete geduldig. »Sie können nicht mehr operieren«, sagte Hanna leise.

Lilie fühlte, wie sich ihr Magen zusammenkrampfte, sie drückte die Hände auf die Augen, bis sie Muster sah. Das hatte sie als kleines Kind immer gemacht. Sie hatte sich so lange die Muster vor ihrem inneren Auge angeschaut, bis sie die Angst vergessen hatte.

»Ist es ihm bewusst?«, fragte sie vorsichtig.

»Ich denke schon. Ich werde jedenfalls dafür sorgen, dass er sich vernünftig verabschieden kann.«

Hannas Mutter war vor sieben Jahren gestorben, ebenfalls an Krebs. Als längst keine Hoffnung mehr bestand, rieten die Ärzte Hermann, er solle seine Frau besser nicht über ihren wahren Zustand aufklären. »Im Moment lebt sie von der Hoffnung. Wenn Sie ihr die nehmen, stirbt sie.« Hermann hatte sich an den Rat gehalten und die Familie in die Pflicht genommen. Lilie wusste, wie sehr Hanna bis heute damit haderte, dass es keinen Raum gegeben hatte, Abschied zu nehmen, geschweige denn letzte Dinge zu klären.

Hanna schob Lilie ihr Portemonnaie hin. »Kannst du bitte die Rechnung bezahlen? Ich gehe mich kurz frisch machen.« Sie versuchte ein kleines Lächeln:

»Ich wette, meine Wimperntusche sieht inzwischen aus wie ein Oberlippenbart.« Lilie winkte der Kellnerin. Sie bezahlte und wunderte sich wie schon so oft, dass der Kaffee hier viel teurer war als in Paris.

»Können wir?«, fragte Hanna, noch bevor sie den Tisch wieder erreicht hatte, und Lilie hörte die ihr so bekannte Ungeduld heraus. Im Gegensatz zu Lilie hatte Hanna stets das Gefühl, keine Zeit zu haben, und sie hasste es, warten zu müssen, selbst wenn es sich nur um wenige Minuten handelte. Mit ihren zu hohen Schuhen stöckelte Hanna energisch voran zum Parkplatz.

Einen halben Kilometer fuhren sie durch eine kleine Allee, vorbei an sauberen Autos und ordentlichen Vorgärten, die Lilie vor zwanzig Jahren spießig gefunden hatte und heute als pittoresk bezeichnen würde. Anders als damals genoss sie die Fahrt vorbei an Feldern, Wäldern und Wiesen, den Anblick von weidenden Kühen und die Sonne, die durch das Beifahrerfenster schien.

»Es ist schön hier«, sagte sie, als sie Veen schon fast erreicht hatten, »warum habe ich das nicht schon vor zwanzig Jahren so sehen können?«

»Vermutlich, weil du gerade von Guadeloupe zurückkamst und unsterblich verliebt warst. Und da hier in Veen wenig Kolibris unterwegs sind und auch keine sonnengebräunten Insulaner namens Patrick, war der Ort so gar nicht nach deinem Geschmack. Aber ich wusste von Anfang an, dass dir unser kleines Veen noch ans Herz wachsen würde.«

»Vielleicht nicht unbedingt der Ort, aber deine Familie. Ich vermisse deine Mutter. Und natürlich ihre wunderbaren Kartoffeln mit Soße, die allesamt auf der Hüfte gelandet sind.«

»Kein Wunder, du hast ja auch nur im Café oder vor dem Fernseher gesessen und gegessen.«

»Na, ich habe halt versucht, Deutsch zu lernen. Und ganz ehrlich, mit Fernsehserien wie *Hart aber herzlich* oder *Trio mit vier Fäusten* ging das gar nicht mal schlecht.« Lilie setzte eine übertriebene Unschuldsmiene auf, und Hanna schüttelte grinsend den Kopf.

»Dass mein Vater das geduldet hat, ist mir bis heute schleierhaft. Überhaupt ist mir euer Verhältnis manchmal ein Rätsel. Ich schwöre dir, wenn ich die Schule geschmissen, ständig meinen Job gekündigt hätte und dann auch noch mit einem unehelichen Kind nach Hause gekommen wäre, hätte ich mir eine Tracht Prügel eingefangen, selbst mit Mitte dreißig noch. Vermutlich hätte mich die ganze Sippschaft verstoßen. Vater, Mutter, Großtanten, ich sehe sie genau vor mir, wie sie im Tribunal über mich richten und mich zu lebenslanger Buße mit wöchentlicher Beichte verurteilen. Und du kommst daher, machst alles, was der liebe Gott verboten hat, aber mein Vater lächelt nur milde.«

Es stimmte, dachte Lilie, Hermann war immer schon überraschend nachsichtig mit ihr gewesen. Bei seiner eigenen Tochter war er ehrgeizig und streng, sie hingegen erntete im schlimmsten Fall einen erhobenen Zeigefinger. Manchmal schien es Lilie fast, Hermann hege die Hoffnung, sie nähme alle Unbill des Lebens auf sich, damit seine leibliche Tochter ungeschoren durchs Leben käme. Sie wäre sozusagen der Blitzableiter der Familie. Irgendwie gefiel ihr die Vorstellung. Sie ließen den kleinen Ort Veen links liegen und fuhren auf die große Kreuzung zu. Heute gab es hier eine Ampel, vor zwanzig Jahren hatten sie immer eine gefühlte Ewigkeit hier gestanden, denn Hannas Mutter war eine sehr ängstliche Autofahrerin gewesen und hatte die Kreuzung nur dann überquert, wenn weit und breit kein einziges Fahrzeug zu sehen gewesen war. Besonders morgens hatte das viel Zeit in Anspruch genommen, und die ungestüme Hanna war darüber jedes Mal halb wahnsinnig geworden. Die Ampel sprang auf Grün, es war nicht mehr weit. Hanna setzte den Blinker und fuhr auf die kiesbelegte Einfahrt. Der alte Hof war über zweihundert Jahre alt, und Lilie hatte den Eindruck, dass er immer schiefer wurde. Gebeugt wie ein altes rheumatisches Mütterchen stand das Herrenhaus einsam in der Landschaft. Hermann hatte dem Haus vor Jahrzehnten einen Tort angetan und die wunderschönen Backsteine überputzen lassen, Wärmedämmung war sein Argument für diese Geschmacklosigkeit gewesen. Hermanns Mutter und seine Ehefrau hatten alles versucht, um ihn davon abzuhalten, aber wenn Hermann einmal entschlossen war, dann wurde jeder Zweifel weggefegt. Er wollte es, er tat es, und es sah so scheußlich aus wie vieles, was in den 80er-Jahren entstanden war. Inzwischen hatte der Putz tiefe Risse bekommen, die sich nach jedem Neuanstrich sofort wieder zeigten, weil das alte Haus langsam in sich zusammensackte.

Als sie die Haustür öffneten, erschraken sie. Hermann raste ihnen mit lautem Getöse entgegen, gefolgt von einem Collie und einem Labrador, die wie wahnsinnig kläfften, während sie vergebens versuchten, in die Räder des Rollstuhls zu beißen. »Vorsicht«, rief Hermann lachend. Er sah wild aus. Die Haare standen wirr vom Kopf ab und schimmerten seltsam lila. Auch die Farbe seiner Haut war anders als sonst, der Teint wirkte gelblich, was seine blauen Augen betonte. Hermann hatte dramatisch abgenommen, doch da er zuvor ziemlich korpulent gewesen war, standen ihm die zwanzig Kilo weniger nicht einmal schlecht, dachte Lilie.

»Lilie, mein Kind, schön, dich zu sehen«, strahlte er sie an. »Ich mache auf die alten Tage meinen Traum wahr und übe mich als Rennfahrer. Formel 23 vielleicht, aber es hat immerhin vier Räder und rast. Man hat mir den Rollstuhl im Krankenhaus aufgezwungen. Ich brauche ihn eigentlich nicht, aber ich gebe zu, es macht Spaß, damit herumzufahren und die Hunde zu ärgern. Aber kommt rein, wir trinken einen Kaffee, au lait, wenn du möchtest, ma chère.«

Lilie beugte sich zu ihm hinunter und gab ihm zwei Schmatzer auf die Wangen, wofür Hermann extra aus dem Rollstuhl aufstand und sich an ihr festhielt.

»Ich habe etwas Schmerzen in den Knochen, aber zur Feier des Tages wird es wohl auch ohne meinen Rennstuhl gehen. Lass dich ansehen, mein Kind.« Er stutzte, als er die Wunde auf ihrer Stirn sah. »Wer war das?«, fragte er scharf, und Lilie sah vor ihrem inneren Auge eine Schlange von Männern stehen, deretwegen sie verheulte Nächte verbracht hatte. Hermann schritt an ihnen vorbei und streckte einen nach dem anderen nieder. Patrick, paff. Tony, klatsch. Thomas, nimm das. Alexandre, voll auf die Zwölf. Lilie musste bei dieser Vorstellung lachen. »Du bist ein Schatz, Hermann«, sagte sie, »aber es war nur ein alter Meister im Holzrahmen, der mir dieses Veilchen verpasst hat.« Sie hatte Französisch gesprochen, Hanna hatte eigentlich nur aus Gewohnheit simultan übersetzt. Lilie verstand mittlerweile jedes Wort, das Hermann sagte, und wenn Hanna nicht dabei war, sprach sie auch recht passabel Deutsch mit ihm, aber in Hannas Beisein wählte sie meist die bequemere Methode. Sie blickte Hermann in die Augen und sprach Französisch, der erwiderte ihren Blick und wartete auf die Übersetzung seiner Tochter, obwohl auch er längst passabel Französisch verstand und sprechen konnte.

»Wie ist das passiert?«, wollte er wissen. Statt zu übersetzen, erzählte Hanna gleich selbst, was sie zuvor von Lilie erfahren hatte.

»Wollten die das Bild klauen?«

»Das habe ich Lilie auch schon gefragt. Es ist vom Vater ihrer Ururgroßtante oder so. Die war eine einigermaßen bekannte Malerin. Weißt du, dass Lilie in der Rue Georgette-Agutte wohnt?«

»Natürlich weiß ich das«, erwiderte Hermann. »Aber von wem ist das Bild? Von der berühmten Malerin oder von deren Vater?«

»Es ist von ihrem Vater«, schaltete Lilie sich ein.

»Seltsam«, sagte Hermann und runzelte die Stirn. »Ist das Bild denn wertvoll?«

»Eigentlich nicht, das hat deine Tochter auch schon gefragt«.

»Was heißt das, ›eigentlich nicht‹?«, hakte Hermann nach.

»Na das heißt, dass es wenigstens ein bisschen wertvoll wäre, wenn es nicht Georges Agutte, der Vater, sondern dessen Tochter, Georgette Agutte, gemalt hätte«, übernahm Hanna die Antwort.

»Es war bestimmt...«, wollte Lilie ansetzen, doch

Hermann unterbrach sie: »»… eine Verwechslung!«, triumphierte er.

»Äh, nein. Es war bestimmt nur ein Junkie, wollte ich sagen.«

»Das kann nicht sein«, widersprach Hanna, »so wie du es mir erzählt hast, haben die Einbrecher sich doch wegen des Bildes sogar noch im Treppenhaus gestritten. Ich glaube nicht, dass so etwas ein Zufall ist.«

»Wo ist das Bild jetzt?«, fragte Hermann.

Lilie wurde ein bisschen rot, weil sie sich ertappt fühlte. »Ich weiß auch nicht, warum, aber ich habe es mitgebracht. Es ist in meiner Reisetasche. Wahrscheinlich ist meine ganze Wäsche ruiniert, denn an der Stelle, wo es zerstört ist, bröckelt die Farbe ziemlich stark.«

»Bring es doch zu Michael. Wir haben schließlich einen Restaurator im Freundeskreis. Der kann es sich mal ansehen«, schlug Hermann vor, »vielleicht ist es ja doch etwas wert oder wenigstens gut gemalt.« Michael war studierter Kunsthistoriker und ein gefragter Restaurator der Region. Er kannte sich besonders gut mit den niederländischen und flämischen Malern aus, und er hatte in seinem Atelier in Emmerich immer eine Menge zu tun. Hermann hatte ihn kennengelernt, als er das Familienbild, welches der Legende nach ein Rembrandt sein sollte, zum x-ten Mal hatte untersuchen lassen. Und dieser Mann war der Erste, dem er geglaubt hatte, dass der vermeintliche Rembrandt bloß die Kopie eines Heiligenbildes mit einem Wert von wenigen Tausend Mark war. Hermann hatte durch Michael angefangen, sich für Kunst zu interessieren, wusste Lilie von Hanna, vor allem für den Wert von Kunst, denn Hermann war ein durch und durch materialistischer Mensch. »Was nichts wert ist, ist nichts wert«, verkündete er gern und war zum Glück deutlich gütiger, als er klang. Aber er hatte ein Näschen fürs Geschäft, hatte sich vom einfachen Bauernjungen zum Manager aufgeschwungen, liebte das Risiko, und wenn er Geschäfte machte, dann ging er aufs Ganze, setzte alles oder nichts. Meist gewann er, als könnte er riechen, wo es etwas zu holen gab. Bauernschläue nannte er das, was ihm schließlich ein kleines Vermögen eingebracht hatte. Wenn Hermann von einem Geschäft überzeugt war, dann hielt ihn nichts mehr auf.

»Bring den alten Schinken zu Michael. Dann weißt du wenigstens Bescheid. Er kann das Bild sicher auch restaurieren. Immerhin ist es Familienbesitz. Da wird es doch wohl zumindest einen ideellen Wert für dich haben«, insistierte er.

»Es stammt aus der Familie meines Vaters. Und ich mag die Aguttes nicht besonders«, hielt Lilie trotzig dagegen.

»Aber warum ist das Bild denn überhaupt bei dir und nicht bei deinem Vater?«, fragte Hermann.

Lilie lachte kurz und trocken auf. »Yves ist doch nie lange am selben Ort gewesen, wo hätte er das Riesending aufhängen sollen? Wenn ich ehrlich bin, braucht kein Mensch diesen Trumm.«

Lilie blickte zu Hanna und sah, dass die Freundin ihr gar nicht zugehört hatte. Sie war offenbar Feuer und Flamme für die Idee, zum Restaurator zu fahren und dort mehr über das Bild zu erfahren. Sie hatte ihr kleines Notizbuch neben das Telefon gelegt und wählte bereits. Hermann richtete unterdessen den Kaffeetisch her und klapperte mit dem Geschirr, Lilie beeilte sich, ihm zu helfen.

»Ich sehe schon die Schlagzeile vor mir«, lachte Hanna, nachdem sie aufgelegt hatte, »*Geheimnisvolles Kunstwerk am Niederrhein entdeckt!*«. Lilie schaute zu Hermann, der amüsiert die Augen verdrehte.

»Lass sie doch. Sie macht nur ihren Job…«

»Richtig«, warf Hanna ein, »und zwar in diesem Moment. Pack das Bild ein, wir müssen los.«

»Was, sofort?«, fragte Lilie »Ich bin doch gerade erst angekommen.«

»Tja, aber Michael ist ein viel beschäftigter Mann, und er hat genau jetzt für uns Zeit. Kommst du?« Bei den Worten hatte sie auch schon die Jacke von der Garderobe genommen und winkte ungeduldig mit den Autoschlüsseln. Hermann ging zur Kaffeemaschine und stellte sie demonstrativ aus. »A tout à l'heure«, winkte er ihnen zu.

»Diese Deutschen sind erschreckend effektiv«, murrte Lilie und fügte sich in ihr Schicksal.

Ein Hauch von einem
Rubens

»Um Himmels willen, wer hat dich denn so zugerichtet?« Sie waren bei Michael im Atelier angekommen, und Lilie wollte gerade von dem Überfall erzählen, als sie feststellte, dass die Sorge des Restaurators nicht ihr galt, sondern der Leinwand, die sie in ein orangefarbenes Seidentuch gehüllt und fein säuberlich zusammengerollt in den Händen hielt. Der Mann sprach offenbar mit Bildern und entpuppte sich als genauso verschroben, wie er aussah, was vor allem an den dicken Brillengläsern lag, die seine Augen überdimensional groß wirken ließen. Er schien jeglichen Augenkontakt mit Menschen zu meiden und starrte stattdessen argwöhnisch auf die Hände seines Gegenübers, als befürchtete er, dass fremde Finger in seinem Atelier Schaden anrichten könnten. Überall standen Farbtöpfchen wild durcheinander und offenbar allesamt in Gebrauch. Man nahm die Unordnung allerdings kaum wahr, weil es in dem Atelier sehr dunkel war. Als Michael die schweren Vorhänge aufschob, sahen sie, woran er gerade arbeitete. Lilie stockte der Atem. »Ist der echt?«, hörte sie im selben

Moment Hanna fragen. Auf einer Staffelei stand ein Gemälde, etwa anderthalb mal zwei Meter groß, das für jeden Laien sofort nach einem Rubens aussah. Das Bild zeigte ein Fest mit üppigen Frauen vor einem griechisch anmutenden Pavillon. Eine orgiastische Feier mit Engeln und Satyroi oder anderen Fabelwesen. »Nun«, schmunzelte Michael, »der Besitzer ist der festen Überzeugung, dass der Meister selbst Hand angelegt hat.«

»Du nicht?«, fragte Hanna, ohne den Blick von dem unbestreitbar beeindruckenden Bild zu nehmen.

»Ach, wisst ihr, das ist für mich nicht so wichtig. Es ist jedenfalls offiziell kein Rubens, aber es ist ein Ausschnitt des berühmten Bildes *Venusfest*, und es stammt aus seiner Zeit, so viel ist sicher. Damals gab es in seiner Malerwerkstatt viele Assistenten, und es wurden Gemälde noch und nöcher produziert, doch man kann nicht ausschließen, dass Rubens auch hier mal seinen Pinsel dranhatte. Ich denke allerdings, es ist das Werk eines guten Kopisten.«

»Eine Kopie aus dem 17. Jahrhundert. Gab es so etwas damals schon?«, fragte Hanna interessiert und kritzelte dabei in ihr Notizbuch.

»Natürlich, schließlich war Rubens schon zu Lebzeiten reich und berühmt, außerdem haben sich schon immer junge Maler darin geübt, die Alten zu kopieren. Aber lasst uns bitte mal auf euer Bild schauen. Ich bin etwas knapp in der Zeit.«

Michael legte das Bild, oder das, was von ihm übrig war, behutsam auf einen Tisch und zischte. »Welcher Idiot hat diese Leinwand denn so zusammengerollt?«

Lilie wurde rot.

»Ich kann das nicht einfach so ausbreiten, die Leinwand ist so porös, dass sich die Pigmente schon lösen. Mensch, das ist doch nicht zu fassen!«, schimpfte Michael. »Es ist schlimmer, als ich gedacht habe. Wie alt ist das Bild denn?«

Hanna und Lilie sahen sich ratlos an. Hanna zuckte die Schultern, doch da fiel Lilie der Brief wieder ein. »Moment bitte.« Sie holte den Brief aus ihrer Handtasche, und mit Blick auf das Datum sagte sie: »Es muss auf jeden Fall vor 1867 geschaffen worden sein, denn zu dem Zeitpunkt war der Maler schon tot.« Hanna schaute sie verwundert an.

»Was ist das für ein Brief?«, fragte sie.

»Entschuldige, ich bin noch nicht dazu gekommen, dir davon zu erzählen. Ich habe ihn gefunden, als ich die Leinwand herausgelöst habe. Den hat die Malerin als kleines Mädchen an ihren Vater geschrieben. Aber ihr Vater war schon tot. Der Brief ist herzzerreißend, hier!« Sie gab ihn Hanna, die damit ans Fenster ging, um ihn im Tageslicht zu lesen.

»Man geht mit einem hundertfünfzig Jahre alten Bild nicht so um«, sagte Michael unterdessen streng, und Lilie sah sich genötigt, sich zu verteidigen:

»Ich wollte nicht, dass der Riss durch die Spannung

auf dem Rahmen größer wird, deshalb habe ich es herausgenommen.«

Michael winkte ab: »Jaja, schon gut, ihr Banausen. Erzählt mir erst einmal, was ihr schon alles über den Maler und das Bild wisst.«

Lilie berichtete, dass das Bild früher in der alten Pariser Wohnung in der Rue de Sévigné über dem Kaminsims gehangen hatte. Ursprünglich hatte es eine ungewöhnliche Form gehabt, da die Leinwand nicht viereckig war, sondern oben einen Rundbogen hatte, etwa wie ein Kirchenfenster, aber, man möge es verzeihen, irgendjemand in der Familie hatte den Rundbogen einfach umgeklappt und das Bild in einen Standardrahmen gezwängt. Lilie wusste nur, dass auf dem Bild viele Bäume zu sehen waren. Unglaublich, dachte sie, während meiner ganzen Kindheit hing das Bild an der Wand, und ich habe es niemals richtig betrachtet. Selbst als sie es vor ein paar Tagen aus dem Rahmen genommen hatte, hatte sie nicht so genau hingeschaut. Sie seufzte und fragte sich, ob ein Psychologe das wohl als ein Sinnbild für das schlechte Verhältnis zu ihrem Vater deuten würde.

Das Bild war unterzeichnet mit »G. Agutte«, deshalb hatte die Familie ursprünglich angenommen, es sei ein Bild von Georgette Agutte, aber schließlich war allen klar geworden, dass dieses Bild so gar nicht ihr Stil war: Es zeigte eine Waldlichtung, fiel es Lilie jetzt wieder ein, und die war eher naturalistisch gehalten, während Georgette angeblich eine fauvistische Malerin gewesen war, so wurde es zumindest in der Familie kolportiert. Michael schien das alles nicht zufriedenzustellen. Er hatte in der Zwischenzeit angefangen, die Leinwand vorsichtig auszurollen, und hielt nach jedem Zentimeter schwer atmend inne, als hätte er gerade den Stein des Sisyphus den Berg hinaufgeschoben.

»Kannst du es nicht einmal ganz ausrollen, damit wir es ansehen können?«, fragte Hanna.

»Bist du wahnsinnig! Ich würde es zerstören. Ich werde mir erst einmal vorsichtig einen Überblick darüber verschaffen, wie dramatisch der Zustand der Leinwand wirklich ist. Wie gesagt, die Pigmente lösen sich schon, wenn man in der Nähe nur atmet. Das muss ich ganz in Ruhe machen.« Er hatte etwa fünfzehn Zentimeter der Leinwand ausgerollt, allerdings bekam man nur die Rückseite zu Gesicht. »Halt bitte mal hier fest«, bat er Hanna, »aber vorsichtig. Ich möchte einen kurzen Blick auf die bemalte Seite werfen.« Er legte seine Wange auf den Tisch, um unter das Bild schauen zu können, das er mit Bedacht nur wenige Zentimeter hochhob.

»Von wann, sagtet ihr, ist dieses Bild?«, fragte er erneut.

»Irgendwann um 1860, schätze ich«, antwortete Lilie.

»Und woher kam der Maler?«

Lilie guckte Michael verdutzt an. »Wie meinst du das?«

»Ich meine, weißt du, wo der Maler gelebt und gearbeitet hat?«

»Na in Paris und Umgebung, vermute ich.«

»Warum ist das wichtig?«, fragte Hanna.

»Es ist nur so eine Idee«, der Restaurator kratzte sich am Kopf, »um diese Zeit gab es erstmals naturalistische Landschaftsmalerei, bei der die Bilder nicht mehr im Atelier entstanden sind. Rund um den Ort Barbizon, der bei Fontainebleau liegt, haben sich die Künstler in den Wald begeben und gemalt, was sie sahen. Das war erst möglich, seit es Farbe in Tuben gab und man sie nicht erst aufwendig anmischen musste. Das Besondere der Schule von Barbizon war die Art, wie sie das natürliche Licht darstellten, und aufgrund der Pleinairmalerei galten sie als Wegbereiter des Impressionismus. Einer ihrer bekanntesten Vertreter war Corot, und nach dem, was ihr beschreibt, könnte unser Monsieur Agutte damit zu tun gehabt haben.« Hanna warf Lilie einen fragenden Blick zu. »Wer ist Corot?«

»Jean-Baptiste Camille Corot war vielleicht der bedeutendste Landschaftsmaler seiner Zeit. Viele Impressionisten haben bei ihm gelernt oder sich von ihm inspirieren lassen. Im Gegensatz zu vielen anderen Malern hat Corot schon zu Lebzeiten großen Erfolg gehabt und seine Bilder gut verkauft. Deshalb ist er gerne kopiert und sogar gefälscht worden. Angeblich soll er am Ende seines Lebens gesagt haben: Von den eintausendfünfhundert Bildern, die ich gemalt habe, hängen dreitausend in Amerika.«

»Meinst du, Lilies Urahn hat einen Corot gefälscht?«, fragte Hanna verblüfft. »Also, ich muss doch sehr bitten«, sagte Lilie. Sie schaute ihre Freundin entrüstet an. Nicht, dass sie der Familie ihres Vaters nicht einiges zugetraut hätte, aber Kunstfälscher in der Ahnengalerie, das ging ihr doch zu weit.

Michael schmunzelte. »Nein, ich wollte nur sagen, dass eine Landschaftsmalerei aus dieser Zeit möglicherweise von Corot inspiriert ist. Aber ich muss mir das alles in Ruhe ansehen und auch ein bisschen recherchieren. Moment mal …«

Er beugte sich erneut über die Rückseite der Leinwand, rollte sie noch etwas weiter aus, und sein Gesicht hellte sich auf. »Na bitte, als hätte ich es im Urin gehabt«, triumphierte er in der typisch derben Ausdrucksweise der Niederrheiner. »Da klebt ein Widmungszettelchen. Na, lässt du wohl die Finger davon, nur gucken, nicht anfassen!« Er reichte Hanna, die sofort auf die andere Seite des Bildes gehechtet war, um die Schrift besser entziffern zu können, eine kleine Taschenlampe. »Wenn du eine Lupe brauchst, die liegt rechts neben dir auf dem Beistelltisch.« Lilie nahm die Lupe und stellte sich neben ihre Freundin. Gemeinsam beugten sie sich über die Widmung. Sie war schwer zu entziffern. Eine geschwungene Handschrift mit ausschweifenden Bogen nach oben und unten, die sich deutlich nach rechts neigte. »Von einem Rechtshänder geschrieben, würde ich sagen«, mutmaßte Hanna, als gälte es, einen Täter zu überführen, was Lilie ausgesprochen albern fand. Sie hielt sich die Lupe vors Auge und blickte Hanna mit gespielt ernster Miene an. »Diese Erkenntnis könnte uns noch nützlich sein«, näselte sie, und Hanna lachte laut.

»Hört auf, ihr spuckt mir ja auf die Leinwand«, empörte sich Michael. Er hatte zwei schwere Schneekugeln auf den ausgerollten Teil der Leinwand gestellt, damit sich das Bild nicht verzog. Die Kugeln hätten inhaltlich kaum gegensätzlicher sein können. Die eine zeigte die Freiheitsstatue und die Skyline von New York, die andere eine Statue der heiligen Maria in Kevelaer.

Michael nahm Lupe und Taschenlampe an sich und las konzentriert:

»Das ist auf Französisch. Je donne ce tableau à ma chère copine en souvenir. G. Agutte, Paris, le 9 décembre 1916. Also: ›Ich schenke dieses Bild meiner treuen Freundin zum Andenken‹, so weit reicht mein Französisch gerade noch.«

Lilie, die vorher noch herumgealbert hatte, wurde schlagartig ernst. »Das kann nicht stimmen. Darf ich noch einmal sehen?«

»Was ist denn nicht in Ordnung damit?«, fragte Hanna verwundert.

»Das Datum kann nicht stimmen. 1916 war Georges Agutte längst tot«, erklärte Lilie ihre Verwunderung.

»Gut, die Sache beginnt mich zu interessieren. Wieso verschenkt der Mann ein Bild, obwohl er schon tot ist?«, sagte Michael, und Hanna erwiderte: »Vermutlich hat seine Tochter das Bild verschenkt. Das G steht in dem Fall für Georgette, und sie schenkt ihrer Freundin das Gemälde ihres Vaters. Was soll daran geheimnisvoll sein?«

»Das glaube ich nicht. Hast du den Brief vergessen? Dieses Bild war für Georgette Agutte vielleicht die einzige Erinnerung an ihren verstorbenen Vater. Und offensichtlich hat sie ihn vergöttert. Ich kann mir nicht vorstellen, dass man so etwas einfach verschenkt.« Lilie konnte die Sehnsucht nach einem Vater gut nachvollziehen, und warum sollte das vor hundert Jahren anders gewesen sein als heute?

»Aber um diese Zeit war sie doch kein Kind mehr. Sie muss fast fünfzig gewesen sein«, hielt Hanna dagegen.

»Davon verstehst du nichts. Wenn man immer einen Vater hatte, dann nimmt man ihn vielleicht etwas zu selbstverständlich.« Kaum hatte Lilie die Worte ausgesprochen, schämte sie sich, und ihr wurde schmerzlich bewusst, dass auch Hanna gerade im

Begriff war, ihren Vater zu verlieren. »Entschuldige bitte«, murmelte sie, »ich weiß nicht, was mich da gerade gepackt hat.« Hanna schaute sie irritiert an, aber sie war offensichtlich nicht in der Stimmung, einen Streit anzufangen. »Ich denke, wir sind alle ein bisschen nervös im Moment.«

»Nun, ich weiß nicht, ob das zur Lösung des Rätsels beiträgt«, meldete sich Michael zu Wort, »aber diese Leinwand ist eingelaufen.« Er zog pikiert die linke Augenbraue nach oben.

»Wie passiert denn so etwas?«, fragte Hanna, und Lilie hatte eine böse Vorahnung.

»Sie ist feucht geworden, und zwar im oberen Teil, dieser Teil hat sich dann gewellt und zusammengezogen«, erklärte Michael.

»Ich fürchte, dieses Rätsel kann ich lösen«, sagte Lilie kleinlaut. »Das Bild hing in unserer Küche über dem Herd. Vielleicht war es der Wasserdampf.«

Der Restaurator schüttelte unwillig den Kopf. »Zum Glück war das Bild doubliert, sonst sähe die Leinwand jetzt wahrscheinlich aus wie ein zu heiß gewaschener Wollpulli.«

»Was heißt das denn schon wieder?«, wollte Hanna wissen.

»Das war für die damalige Zeit nichts Ungewöhnliches. Die Leinwände waren zum Teil sehr dünn, und wenn es sich um wertvolle Bilder handelte, hat man von hinten oft noch eine zweite Leinwand oder ein anderes stabilisierendes Textil durch Bügeln aufgeklebt, und je nachdem, wie professionell so etwas gemacht wurde, hat die Farbe des Bildes mehr oder weniger darunter gelitten.«

Hanna schien plötzlich hellwach. »Heißt das, wenn dieses Bild doubliert wurde, hat es womöglich einen gewissen Wert?«

Lilies Herz schlug schneller, und es wurde ihr bewusst, dass auch ihr die Frage nach der Bedeutung des Bildes auf einmal wichtig erschien.

»Schwer zu sagen. Einerseits hat sich offenbar jemand um dieses Bild gekümmert, andererseits ist die zweite Leinwand sehr nachlässig draufgepresst worden, zumindest auf den ersten Blick. Aber wie gesagt, es wird Zeit in Anspruch nehmen, es ausgiebig zu untersuchen.«

»Was musst du denn alles damit machen?«, erkundigte sich Hanna neugierig.

»Ich werde es vollständig ausrollen, dann spanne ich es zwischen zwei Platten, um die Leinwand zu glätten. Es dürften einige Beulen und Dellen drin sein, je nachdem, wie stark sie sich im Wasserdampf über dem Herd verzogen hat.« Er warf Lilie einen strengen Blick zu. »Die kriege ich vermutlich nicht ganz raus, aber ein bisschen wenigstens. Das Bild muss eine Weile in der Feuchtkammer liegen, eine Woche bis zehn Tage mindestens, würde ich sagen, vielleicht sogar länger. Dann erst kann ich es mir in Ruhe anschauen und melde mich bei euch.«

»Wie, das heißt, wir hören frühestens in einer Woche von dir?«, fragte Hanna ungläubig.

»Du siehst doch, was hier los ist. Der Möchtegern-Rubens muss fertig werden, und ein paar andere Terminarbeiten liegen auch noch in der Feuchtkammer. Ich schiebe euer Bild dazwischen, sobald ich kann. Das muss reichen«, sagte Michael entschieden.

»Natürlich, entschuldige, so war das nicht gemeint.«

Hanna bedankte sich bei dem Restaurator für seine Mühen und versicherte, ihn anzurufen, falls sie irgendetwas über den Maler herausfänden.

»Und ich werde ein wenig stöbern, was die Archive der Kunsthistoriker bei dem Namen Agutte so preisgeben«, versprach Michael seinerseits zum Abschied.

Lilie warf noch einen letzten Blick auf die üppigen Frauen auf dem Beinahe-Rubens. Schade, dass sich der Schlankheitswahn später durchgesetzt hat, dachte sie. Sie kramte in ihrer Handtasche nach den Zigaretten und bemerkte im selben Augenblick, wie sehr sie nach Nikotin gierte. Vor der Tür zündete sie sich sofort eine Gauloises an und inhalierte, bis es im Hals leicht kratzte. Hanna blickte sie missbilligend an.

»Beeil dich, du Suchtbolzen, ich brauche dringend einen Kaffee!« Sie setzte sich schnurstracks in den Mini und ließ ungeduldig den Motor an.

Tag am See

Bonnières-sur-Seine, April 1887

»Ich komme ja schon«, rief Georgette. Sie hatte einen großen Zeichenblock und Kohlestifte dabei, denn sie hatte sich vorgenommen, ihre Freundin Bernadette für eine Skulptur Modell sitzen zu lassen. Bernadette war sofort Feuer und Flamme gewesen.

»Ich darf dir Modell sitzen?«, hatte sie gefragt und war ihr vor Freude um den Hals gefallen. Bernadette war überzeugt davon, dass ihre beste Freundin eines Tages eine bekannte Künstlerin würde, und Georgette widersprach ihr nicht. Inzwischen unterrichtete Meister Schroeder sie in der Bildhauerkunst, und obwohl sie erst neunzehn Jahre alt war, durfte sie in diesem Jahr im *Salon des Artistes Français* eine Skulptur ausstellen. Dafür wollte sie Bernadette als Modell. Die Freundin lief in diesem Moment einige Meter vor ihr am Ufer der Seine entlang, und Georgette hatte Mühe, ihr zu folgen. Sie trug Schnürschuhe mit leichtem Absatz, die ihr auf dem weichen, beinahe schlammigen Untergrund keinen sicheren Halt boten, während Bernadette in ihren Holzschuhen behände vorwärtshüpfte. Plötzlich war sie aus Georgettes Blickfeld verschwunden.

»Bernadette? Bist du ins Wasser gefallen?«, rief Georgette besorgt. Die Seine war hier in Bonnières-sur-Seine nicht besonders tief, und ihre Strömungsgeschwindigkeit wurde durch eine kleine Insel gehemmt, die das Wasser in zwei Arme teilte. Statt einer Antwort hörte sie ein merkwürdiges Scharren und schließlich Bernadette, die ihr aus dem Gebüsch zurief. »Hilf mir, bitte, ich schaffe es nicht allein.« Sie zerrte an einem Boot, das hinter einem Busch versteckt war.

»Was ist das?«, fragte Georgette verwundert.

»Ein Boot«, sagte Bernadette trocken.

»Das sehe ich. Was willst du mit dem Boot?«

»Wir fahren zur Insel hinüber, ich zeige dir den schönsten Platz der Erde. Und dort werde ich dir Modell stehen.« Bernadette sprach mit nahezu heiligem Ernst, stellte Georgette amüsiert fest. Sie betrachtete erst das kleine Holzboot, dann den Fluss.

»Ist das nicht gefährlich?«, erkundigte sie sich. Georgette war keine besonders ängstliche Frau, aber sie hatte Respekt vor den Naturgewalten. »Gib acht auf die Natur«, hatte ihre Tante sie stets gewarnt. »Sie ist dir Freund und Mutter, aber hüte dich, wenn sie wütend wird.« Georgettes Unbehagen hing vermutlich auch mit dem nie geklärten Tod ihres Vaters zusammen. Bei einem seiner Ausflüge mit Staffelei und Farbpalette war es zu dem tödlichen Unfall gekommen, niemand wusste genau, was passiert war. Man hatte die Leiche des Vaters am Ufer der Seine gefunden, er war vermutlich ertrunken. Ob er im Moment des Todes an seine ungeborene Tochter gedacht hatte, fragte sich Georgette häufig. Ihre Mutter war zu diesem Zeitpunkt hochschwanger, nicht einmal zwei Monate später war Georgette auf die Welt gekommen. Hatte ihr Vater um sein Leben gekämpft, mit dem Willen, sein Kind aufwachsen zu sehen, oder hatte er sich dem Fluss und seinem Schicksal ohne Aufbäumen ergeben?

Die Seine sah jetzt zwar nicht aufgewühlt aus, aber Georgette fürchtete die Kraft der Strömung, die vermutlich ihre eigene übersteigen würde.

»Unsinn«, antwortete Bernadette. Es war ein warmer Apriltag, die Temperaturen ließen schon den Sommer erahnen. Georgette wollte keine Spielverderberin sein, deshalb nickte sie und schob die Ärmel ihres Kleides ein wenig nach oben.

»Also gut! Ich zähle bis drei, und dann ziehen wir gemeinsam«, schlug sie vor. »Eins, zwei und zieh«, zählte sie und zog mit voller Kraft an dem Kahn, sodass sie mit den Schuhen wegrutschte und im Gras landete. Das Boot hatte sich keinen Millimeter bewegt, und ihre Freundin hielt sich vor Lachen den Bauch.

»Ich fürchte, du bist deiner Zeit voraus«, lachte

Bernadette, die offenbar keinen Finger gekrümmt hatte. Wolltest du nicht bis drei zählen?«

»Auf drei, meinte ich«, schmollte Georgette und schlug sich den Dreck von ihrem Kleid. Noch während sie sich reinigte, sah sie, dass ihre Freundin ein Tau aus dem Bug holte. Bernadette schlang sich das Seil um Schulter, Brust und Hüfte und legte sich ins Geschirr, bis das Boot, auf seinem kurzen Kiel rutschend, ihr zu folgen schien wie ein Hündchen. Georgette war erstaunt über die Stärke ihrer Freundin.

»Nun komm endlich«, rief Bernadette fröhlich. Georgette warf ihren Block voraus und sprang in das leicht schwankende Boot. Währenddessen zog Bernadette Schuhe und Strümpfe aus und bugsierte den Kahn ein paar Meter in den Fluss hinein. Ihr Kleid wurde nass, doch das schien sie nicht zu stören, sie stemmte sich ins Boot, nahm die Ruder und stieß sie kräftig ins Wasser. Georgette sah, wie Bernadettes Schulter- und Armmuskeln arbeiteten, ihr nasser Kleidersaum klebte an den Oberschenkeln, wodurch man die perfekte Form ihrer Beine erkennen konnte. Georgette selbst hatte Beine wie ein Storch, klapprig, dürr und ohne Fleisch, so wie ihr ganzer Körper für eine Frau viel zu hager war. Sie beneidete die üppigen Mädchen mit ihren wunderbaren Rundungen. Bernadette hatte in ihren Augen einen vollkommenen Körper, weshalb Georgette ihre Schönheit unbedingt in Gips bannen wollte. Ungefähr zehn Minuten ruderte Bernadette und stellte den Bug leicht gegen die Strömung der Seine, dann ließ sie sich geschickt gegen die Insel treiben.

»Diese kleine Bucht ist wie ein natürlicher Hafen«, erklärte sie und sprang dabei ans Ufer. Sie hielt Georgette die Hand hin wie ein Galan, der zum Tanz auffordert. Kichernd nahm Georgette die Hand, sprang und gelangte trockenen Fußes ans Ufer. Bernadette vertäute das Boot und lief los, wobei sie Georgette hinter sich herzog. Bernadettes Hand war trocken, der Griff fest. Sie ließ sich von ihrer Freundin führen, bis Bernadette ihr befahl, sich auf einen Stein zu setzen. Georgette gehorchte und wunderte sich, als Bernadette ihr Schuhe und Strümpfe auszog.

»Der Boden hier ist sandig, du wirst ohne deine Schuhe viel besser laufen können.« Der Sand unter ihren Füßen war warm und weich, er schmeichelte ihren Sohlen und bahnte sich einen Weg durch die Zwischenräume der Zehen. Die beiden Frauen liefen ein paar Meter durch ein kleines Wäldchen, bis sie auf einer Lichtung vor einem See standen, dessen Wasser in der Sonne glitzerte.

»Mein Gott, ist das schön«, entfuhr es Georgette.

»Wollen wir baden gehen?«, fragte Bernadette und warf ihr einen schelmischen Blick zu.

»Wie meinst du das? Hier? Einfach so?« Georgette war erschrocken. Erwartete Bernadette etwa, dass sie nackt in das vermutlich eiskalte Wasser ging?

Offensichtlich stellte sich Bernadette genau das vor, denn sie knöpfte bereits ihr schmal geschnittenes weißes Leinenkleid auf. Sie war entzückend dabei, dachte Georgette, vollkommen ohne Scham, und sie selbst kam sich in diesem Moment sehr dumm vor. Bernadette hatte sich an den Rand des Sees gehockt, um zu trinken. Ihr rechtes Knie berührte den Boden, das linke war aufgestellt, und ihre linke Hand stützte sich leicht darauf, während sie mit der rechten Wasser schöpfte. Georgette sah eine Brust, die andere war verdeckt. Sie nahm ihren Block und begann zu zeichnen.

»Bleib genau so«, sagte sie aufgeregt, »nicht bewegen.«

Bernadette hielt inne, aber es dauerte nur einen kurzen Moment, bis sie zu murren begann.

»Georgette, ich kann in dieser Stellung nicht verharren. Das ist viel zu anstrengend.«

»Sei still, ich muss mich konzentrieren. Du musst genau so bleiben. Du bist wunderschön«, versuchte sie, die Freundin zu ermuntern, doch sie wusste, dass auch sie selbst es vermutlich nur wenige Sekunden in dieser Position ausgehalten hätte, bis ihre Beine und ihre Schultern vor Schmerzen zu brennen begonnen hätten. »Halte nur noch einen kleinen Moment durch«, lockte sie, doch vergeblich. Bernadette sackte stöhnend in sich zusammen.

»Nein«, rief Georgette, »bitte reiß dich zusammen,

ich hab's ja gleich.« Sie sprang auf und lief zu ihrer Freundin, um sie wieder in die vorherige Stellung zu bringen. Sanft drückte sie ihren Kopf Richtung Brust, rückte Knie und Arme in die richtige Position und genierte sich nicht einmal, Bernadettes Brust zu berühren, als sie ihren Oberkörper anhob. Die Freundin war in jenem Moment ein Kunstobjekt. Sie ging um Bernadette herum und war zufrieden.

»So ist es ideal«, flüsterte sie und lief zurück zu ihrem Zeichenblock. Doch die Haltung schien Bernadette enorme Kraft abzuverlangen. Georgette sah, wie sich erste Schweißtröpfchen auf der Oberlippe ihrer Freundin bildeten und in der Sonne glitzerten. Eine Haarsträhne hatte sich aus dem Knoten gelöst und klebte an der Stirn. Georgette hatte das Gefühl, jede einzelne Pore an Bernadette wahrnehmen zu können, sie wurde von ihrem Modell regelrecht aufgesogen. Doch in diesem Moment brach Bernadette den Bann und ließ sich seitwärts ins Wasser plumpsen, sodass die Tropfen bis zu Georgette spritzten.

»Vorsicht! Du ruinierst meine Zeichnung«, rief sie, doch Bernadette schien das nicht zu beeindrucken.

»Ich kann nicht mehr. Wir haben genug gearbeitet«, entgegnete die Freundin, lief, ohne zu zögern, tiefer in den See hinein und schwamm kurzerhand bis ans andere Ufer.

»Komm schon!«, rief sie. Bernadette stand aufrecht da, winkte, und Georgette fand, dass sie aussah wie

Botticellis Venus. Georgette genierte sich wegen ihres mageren Körpers, doch dann gab sie sich einen Ruck, löste sich von jeglicher Konvention, zog sich aus und lief, vor Kälte und Freude kreischend, in den See. Nach dem ersten Schock genoss sie die Kühle an ihrem Körper. Sie atmete tief ein, behielt die Luft, solange sie konnte, in der Lunge und ließ sich treiben, neben ihr Bernadette, die, genau wie sie, unbewegt auf dem Wasser lag. Als sich ihre Finger berührten, ergriff Georgette die Hand ihrer Freundin und versuchte, sich vorzustellen, wie sie von oben betrachtet aussähen: zwei weiße Körper im dunkelblauen Wasser, die Konturen unscharf und fließend. Wenn sie wieder in Paris wäre, wollte sie genau dieses Bild malen, überlegte sie und wurde jäh aus ihren Gedanken gerissen.

»Georgette, bist du das?«, hörte sie eine männliche Stimme vom Ufer her rufen.

Hastig drehte sie sich auf den Bauch. Vor Schreck schluckte sie beim Einatmen Wasser und begann, jämmerlich zu husten. Ihre Atemwege schienen versperrt, ein weiteres Mal drang Wasser in ihre Lunge, und Georgette wurde panisch. Sie ruderte wild mit den Armen und suchte nach Halt. Sie sah das Ufer, nur wenige Meter entfernt, doch sie bekam keine Luft mehr und fühlte ihre Sinne schwinden. Da spürte sie, wie jemand seine Arme von hinten um ihre Taille schlang und kräftig an ihr zerrte, bis sie endlich japsend und hustend am Ufer lag. Sie sah tanzende Punkte vor ihren Augen und hatte Mühe, sich zu orientieren, dann erst erkannte sie, dass Bernadette neben ihr hockte und ihr sanft auf den Rücken klopfte.

»Danke«, sagte sie benommen.

»Du musst Marcel danken, nicht mir«, erwiderte Bernadette, »er ist, ohne zu zögern, in den See gesprungen, ich war nicht stark genug, um dich zu halten.«

»Marcel?«, fragte sie verständnislos, dann hörte sie hinter sich eine vertraute Stimme.

»Entschuldige, Gette, ich wollte dich nicht erschrecken. Ich habe nur deine Zeichnungen gesehen und …«, erklärte Marcel verlegen, der tropfnass am Ufer stand.

»Guck weg«, herrschte Georgette ihn an, die sich schlagartig ihrer Nacktheit bewusst wurde, verzweifelt versuchte, mit ihren dünnen Armen gleichzeitig Brust und Scham zu bedecken, und dabei lächerliche Verrenkungen machte.

»Aber das ist fantastisch«, insistierte Marcel, »du musst dich dafür weiß Gott nicht schämen.«

»Was erlaubst du dir? Du bist unverschämt«, entrüstete sich Georgette. Sie umschlang ihren Körper noch fester und versuchte, Marcel dabei einen drohenden Blick zuzuwerfen, bis sie begriff, dass er gar nicht sie anschaute.

»Ich glaube, er meint die Zeichnungen«, sagte

Bernadette und zwinkerte ihr zu. Die Freundin saß unbefangen im Sand, ohne ihre Blöße zu bedecken, und amüsierte sich augenscheinlich darüber, dass Marcel sich mehr für die Kunst als das Leben interessierte. »Marcel, wir sind nackt«, sagte sie keck und sah, wie der junge Mann zusammenzuckte.

Er schien einen Moment zu brauchen, um die Situation zu begreifen, dann blickte er schnell zur Seite. »O nein, entschuldigt mich, aber diese Bilder sind unglaublich gut. Gette, du bist eine wahre Künstlerin geworden.«

Georgettes Unbehagen war augenblicklich verschwunden.

»Meinst du wirklich?«, fragte sie.

»Absolut. Die Striche wirken wie mühelos dahingeworfen. Du hast zweifellos Talent.«

»Kannst du dich bitte trotzdem kurz umdrehen? Ich würde mir gerne meine Kleider anziehen«, bat sie ihn, jetzt schon weniger peinlich berührt.

»Aber natürlich«, stammelte Marcel. Die beiden Frauen rafften ihre Anziehsachen zusammen und kleideten sich schnell an.

»Was machst du inzwischen«, fragte sie, als sie fertig angekleidet war, »liest du immer noch so viel?« Marcel lachte. »Ja, ich denke schon. Ich mache gerade meinen Doktor in Jura und studiere außerdem Psychologie.« Er schaute ihr lange in die Augen.

»Was ist Psycho... wie hieß das Wort?«, mischte Bernadette sich ein.

»Das ist die Lehre von dem, was in einem Menschen vor sich geht, was in seinem Kopf und in seinem Herz passiert«, erklärte Marcel gütig und wandte sich wieder an Georgette. »Und du, was machst du? Wir haben uns eine Weile nicht gesehen, du warst in den letzten Jahren so selten hier.« Es stimmte, es war lange her, dass sie mit dem Nachbarjungen von einst zusammengesessen hatte. Aber immer noch fühlte sie sich in seiner Gegenwart auf Anhieb wohl.

»Habe ich mich eigentlich schon bei dir bedankt?«, fragte sie, statt auf seine Frage einzugehen. »Nein«, grinste er, »du warst wohl zu sehr mit dir selbst beschäftigt.« Georgette hielt seiner kleinen Frechheit stand. »Darf ich dich zum Dank zum Abendessen zu meiner Familie bitten? Ich bin sicher, meine Tante würde es sehr freuen, wenn sie meinen Retter bekochen dürfte.«

»Das ist sehr liebenswürdig.« Marcel schüttelte den Kopf. »Aber leider reise ich nachher schon wieder zurück nach Paris.« Er zögerte. »Also dann«, brachte er schließlich hervor, »hoffentlich sehen wir uns bald wieder.« Er drehte sich um und ging durch das Wäldchen in Richtung des kleinen Naturhafens.

Die beiden Frauen sahen ihm nach.

»Ich glaube, er ist in dich verliebt«, neckte Bernadette.

»Ach Unsinn. Er hatte nur Augen für meine Kohlezeichnung.«

»Nein«, wehrte Bernadette mit Bestimmtheit ab, »er ist verliebt in das, was in dir vorgeht, in deine Psycho... deine Psychomagie, na, wie hieß denn das Wort?«

»Er ist mein Freund«, sagte Georgette nur, »und er hat versprochen, immer für mich da zu sein.« Dann hob sie den Zeichenblock auf und schlug das Deckblatt um.

Georgette im Netz

»Das macht mich wahnsinnig«, echauffierte sich Hanna und schlug mit der Hand auf den Monitor, »wie langsam kann ein Modem denn bitte sein? Wir schreiben das Jahr 2007, und hier kommt man immer noch nicht ins Netz!« Sie versuchten, im Internet zu recherchieren, aber der Zugang in Veen war so langsam wie in den 90er-Jahren, als man noch minutenlang hatte warten müssen, ehe sich das Modem mit lautem Getöse eingewählt hatte, und man sich nur mit enorm viel Geduld von Seite zu Seite klicken konnte.

Sie saßen inzwischen seit einiger Zeit vor dem Bildschirm, doch die Ausbeute war enttäuschend gering. Nur wenige Seiten hatte Hanna ausgedruckt, manche davon auf Französisch.

»Also, wenn ich ›Georges Agutte‹ eingebe, zeigt er mir immer nur Einträge für Georgette Agutte. Ich fürchte, er war zu unbedeutend«, ärgerte sich Hanna, »seine Tochter findet man wenigstens in der französischen Wikipedia. Hier!« Hanna drehte ihr den Monitor hin, und Lilie überflog schnell die wenigen Zeilen zu ihrer Urahnin. »Lies mal laut vor«, bat Hanna.

»Sie war Bildhauerin und Malerin der Belle Époque und wird dem Postimpressionismus und Fauvismus zugerechnet«, las Lilie und überlegte kurz, was genau das noch gleich für Kunstrichtungen waren. »Sie hat von 1867 bis 1922 gelebt und war mit dem Politiker Marcel Sembat verheiratet.« Sie hielt einen Moment inne und kramte in ihrer Handtasche, bis sie zwischen diversen alten Rechnungen und Zeichnungen von Pierre endlich den Brief des kleinen Mädchens fand. Das alte Stück Papier war inzwischen sehr zerknittert und wirkte gefährlich porös. »Hier, Marcel, das ist der Nachbarjunge, der versprochen hat, auf sie aufzupassen. Meinst du, den hat sie später geheiratet?«

Hanna antwortete nicht und schaute stattdessen missbilligend auf den alten Brief. »Sag mal, schmeißt du den etwa ohne eine Schutzhülle in diesen gammeligen Beutel mit offenen Stiften, angelutschten Bonbons und verrotzten Papiertaschentüchern?«, fragte sie entsetzt. Ohne eine Antwort abzuwarten, grapschte sie nach dem Brief und schob ihn in eine Klarsichtfolie. »So, jetzt kannst du ihn meinetwegen wieder in deinem Handtaschenchaos versenken.«

»Pst!«, zischte Lilie. »Sie kann uns doch hören.« Hanna sah sie verwirrt an. »Meine Handtasche lebt«, erklärte Lilie mit verschwörerischem Blick. »Sie besorgt sich regelmäßig etwas zu essen und zu trinken, und manchmal ist sie sehr verschlossen, dann will sie ihr Innenleben partout für sich behalten.«

»Die spinnen, die Franzosen«, sagte Hanna nur, schenkte Lilies Anfall von Albernheit keine weitere Beachtung und wandte sich wieder dem Computer zu.

»Also hat Georgette ihre Jugendliebe geheiratet.«

»Das ist ganz schön romantisch, oder?«, sagte Lilie, die nun wieder ganz beim Thema war. Sie überlegte, ob sie auch so einen Freund aus Kindertagen hatte, bei dem sie vielleicht noch ihr Glück finden könnte, aber ihr fiel keiner ein. Lilie seufzte.

»Warte mal«, sagte sie, »mir dämmert da was: Marcel Sembat, den Namen kenne ich. Ich glaube, es gibt eine Metrostation in Paris, die nach ihm benannt ist. Kannst du das mal googeln?«

»Hm, so richtig berühmt waren beide jedenfalls nicht«, antwortete Hanna nach wenigen Minuten enttäuscht. »Es gibt so gut wie nichts. In der französischen Wikipedia sind ein paar Daten zu finden: Marcel Sembat war wohl ein sozialistischer Politiker in Paris.«

»Und anscheinend hat er eine U-Bahn-Station eröffnet«, feixte Lilie, »ein Supertyp, den sich meine Ururgroßtante da gekrallt hat.« Hanna reagierte nicht auf ihren Scherz, sondern hämmerte wütend auf der Tatstatur herum und fluchte.

»Der Computer hat sich schon wieder aufgehängt, so ein Mist!« Lilie vermutete, dass der rüde Umgang mit dem Gerät vielleicht nicht ganz unschuldig daran war, behielt den Gedanken aber für sich.

»Vielleicht sollten wir uns statt um Vater und Tochter mehr um das Bild selbst kümmern. Wie genau ist das bei dir gelandet?«

Lilie verdrehte die Augen. »Das habe ich doch schon gesagt: Ich kann mich nicht erinnern. Es muss von meinem Vater stammen, dieser Georges ist, soweit ich weiß, sein Ururgroßonkel oder so ähnlich. Ich vermute, dass er das Bild bei seinem Auszug in der Rue de Sévigné gelassen hat, weil er nicht wusste, wohin damit. Und irgendwie ist es dann bei mir gelandet.«

»Aber wenn dein Vater mit dem Maler verwandt ist, dann wird er doch sicher einiges über ihn wissen. Können wir ihn nicht anrufen?« Hanna schaute sie mit großen unschuldigen Augen an.

»Du weißt doch, wie es zwischen mir und meinem Vater läuft. Wir haben kaum Kontakt, und das ist auch gut so! Soll ich ihn jetzt einfach anrufen und sagen ›Hallo Papa, ich bin's, deine Tochter, erinnerst du dich? Darf ich dir mal ein paar Fragen über Tante Georgette stellen?‹« Lilie legte so viel Sarkasmus wie möglich in ihre Stimme, doch der verfehlte seine Wirkung.

»Ja. Warum denn nicht? Sonst kann ich es auch für dich machen. Ich bin mit Yves doch immer gut klargekommen.«

Hanna hatte Lilies Vater Silvester 1986 kennengelernt, als sie in Frankreich zu Besuch gewesen war. Damals war Lilies Vater noch regelmäßig nach Paris gekommen und hatte dann auch bei ihnen gewohnt. Wenn er gerade keine Geliebte auf den Antillen hatte, waren Marguerite, Lilie und ihre Geschwister offenbar die Lieblingsfamilie, mit der man gerne das Jahresende verbrachte. Sie feierten zusammen Silvester, und Yves freute sich, in Hanna eine so dankbare Zuhörerin zu finden, denn alle anderen kannten seine Abenteuer aus der Wüste Marokkos bereits auswendig, wo er, dem Verdursten nahe, von einem Tuareg-Stamm gerettet worden war und sich anschließend in die Tochter des Stammesfürsten verliebt hatte, was eine baldige Flucht zur Folge gehabt hatte und so weiter und so weiter. Lilie hatte bis heute keine Ahnung, ob seine Geschichten wahr waren oder ob sie lediglich seiner wilden Fantasie entsprangen. Sie kannte ihn einfach nicht gut genug, um das beurteilen zu können. Sie hatte sich jedoch, seit sie denken konnte, darüber geärgert, dass alle Geschichten ihres Vaters stets amouröse Abenteuer enthielten, denn ihre Mutter hatte Yves bedingungslos geliebt und immer darauf gehofft, dass er eines Tages, wenn er sich ausgetobt hätte, zu ihr zurückkäme und für immer bliebe. Yves war da deutlich pragmatischer. Er war immer nur zu Lilies Mutter zurückgekehrt, wenn er völlig pleite war, hatte sich bei ihr in Paris eingenistet, aufpeppeln lassen, um dann erneut zu verschwinden, in die Wüste, die Savanne oder eben in die Karibik. Marguerite war jedes Mal am Boden zerstört zurückgeblieben, und Lilie hatte sich hin- und hergerissen gefühlt zwischen ihrer Sehnsucht nach dem Vater und der Solidarität und Liebe zur Mutter.

Hanna hingegen, die in ihrem Umfeld nichts als intakte Familien kannte, ging damals völlig unbedarft und mit großer Neugier auf Yves zu. Da war jemand, der dem Mädchen aus dem Dorf die große weite Welt erklärte, sie war fasziniert, und Yves blähte seine Abenteuer für sie zu romanhafter Größe auf. Die beiden hatten sich von Anfang an gemocht, vielleicht hatte Hanna in ihm die Unberechenbarkeit gefunden, die sie bei ihrem eigenen Vater vermisste, dachte Lilie. Ihre Familien waren wirklich von Grund auf verschieden.

»Also, soll ich ihn nun anrufen? Gibst du mir seine Nummer?«, riss Hanna sie aus ihren Gedanken.

»Yves weiß bestimmt nichts darüber. Das Letzte, wofür er sich interessiert, ist Malerei.«

»Aber warum sollte er sich nicht dafür interessieren? Es ist doch auch seine Familie.«

»Er weiß sicher nichts«, wiederholte Lilie trotzig. »Und außerdem weiß ich gar nicht, was diese ganze Recherche überhaupt soll.«

»Ach Lilie, das ist doch spannend. Außerdem bist

du gerade arbeitslos, dein Freund hat dich sitzen lassen, und wer weiß, vielleicht hast du einen kleinen Kunstschatz auf deinen Dickschädel bekommen. Da lohnt es sich doch, mal ein bisschen nachzuforschen. Und schließlich«, Hanna schluckte, »habe ich das Gefühl, dass dieses Rätsel meinem Vater große Freude macht. Du hast doch gesehen, wie seine Augen geleuchtet haben, als wir von unserem Besuch bei Michael erzählt haben. Die Geschichte mit dem Bild lenkt ihn ab. Komm schon, es ist vielleicht sein letztes Abenteuer.« Sie wandte sich schnell ab, doch Lilie hatte gesehen, dass der Freundin Tränen in den Augen standen. Sie wusste inzwischen, wie schlecht es wirklich um Hermann stand. Sein Tumor war noch aggressiver als beim ersten Mal. Die Ärzte hatten eine Chemotherapie vorgeschlagen, die Hermann allerdings abgelehnt hatte. Es würden ihm vermutlich nur noch ein paar Monate bleiben, in denen er in akzeptabler Verfassung wäre. Noch ein paar Monate, vielleicht sogar weniger. Der Satz hallte in ihrem Kopf wider und wider. Was würde Hermann in der ihm verbleibenden Zeit gerne tun, fragte sie sich. So wie sie ihn kannte, hinterließ er keine halben Sachen; Hermann würde also sein Testament machen, seine Geschäfte in Ordnung bringen und letzte Bankkredite ablösen. Er war niemand, der im Chaos abtrat.

Es schien Lilie nicht sehr wahrscheinlich, dass sich Hermann in dieser Situation ausgerechnet für ein altes Bild interessierte. Vorsichtig sagte sie deshalb: »Glaubst du wirklich, dein Vater möchte sich jetzt um ein Gemälde kümmern? Er hat Wichtigeres zu tun, denke ich, und ich finde, wir auch. Wir sollten«, sie räusperte sich, »du solltest vielleicht eher deine Zeit ihm widmen als dem Vater meiner Vorfahrin.«

»Lilie«, brauste Hanna auf, »das kann doch nicht dein Ernst sein! Sollen wir etwa ab jetzt jeden Tag daran denken, dass mein Vater sterben wird? Soll Papa tagein, tagaus dasitzen und auf den Tod warten? So ist er nicht, das weißt du doch! Er will leben, solange es geht. Lass ihn sich doch mit Dingen beschäftigen, die ihm Spaß machen, und mit Menschen, die ihm nahestehen. Ich weiß nicht, womit du es verdient hast, dass mein Vater dich unbedingt dabeihaben will, aber sei doch froh, dass du dazugehörst, und zick hier nicht rum.« Sie sprang auf, warf den Stuhl um und rannte aus der Opkammer, wie das Zimmer im Halbgeschoss genannt wurde, das den Mädchen damals wie heute als kleines Wohnzimmer diente.

Lilie blieb allein zurück, die plötzliche Stille rauschte in ihren Ohren. Sie war verletzt von Hannas harschen Worten, aber nicht nur. Sie freute sich auch, dass sie dazugehörte, dass Hermann die ihm verbleibende Zeit auch mit ihr teilen wollte.

Es schien Lilie, als könnte das sogar den Gedanken an seinen Tod ein wenig erträglicher machen, denn jemanden, der zu einem gehörte, den konnte man niemals ganz verlieren.

Sie brauchte dringend eine Zigarette. Als sie die Schachtel nach einigem Suchen gefunden hatte, öffnete sie das Fenster und lehnte sich an die Laibung. Sie blies den Rauch mit Kraft nach draußen. Sie würden Hermann eine schöne und aufregende Zeit bereiten, beschloss sie in diesem Moment, nahm die ausgedruckten Blätter vom Schreibtisch, dazu einen Textmarker und las noch einmal durch, was sie bislang im Internet gefunden hatten.

Marcel Sembat war ein sozialistischer Politiker gewesen, der in Vergessenheit geraten war. Der erste sozialistische Minister Frankreichs hatte, so hieß es, im Schatten seines politischen Ziehvaters Jean Jaurès gestanden. Lilie pfiff leise vor Erstaunen. Jaurès kannte in Frankreich jedes Kind, und in ihrer Familie verehrte man diesen Mann geradezu. Er war einer der Begründer der Sozialdemokratie in Frankreich gewesen, ein großer Humanist und Pazifist. Während der Dreyfus-Affäre hatte er sich auf die Seite des jüdischen Hauptmanns geschlagen und, zusammen mit dem großen Émile Zola, eine Revision des Verfahrens gefordert. Jeder Schüler lernte seine Lebensdaten auswendig, er gehörte zur französischen Geschichte wie Napoleon oder de Gaulle, seine Gebeine lagen im Pariser Panthéon.

Lilie war beeindruckt. Wenn Marcel Sembat

wirklich mit Jaurès zusammengearbeitet hatte, war er vielleicht doch mehr als ein Grüß-August gewesen, der zur Eröffnung einer Metrostation ein rotes Flatterband zerschnitt. Sie hatten in der Familie immer voller Stolz von einem großen Sozialisten im Stammbaum gesprochen, dass er so bedeutend gewesen war, hatte Lilie nicht geahnt. Wie viele Franzosen, so war auch sie beinahe genetisch auf eine Partei konditioniert. Wenn sie zur Wahlurne ging, bewertete sie nicht das reale Handeln der Politiker, sondern machte dort ihr Kreuz, wo ihre Mutter es sie gelehrt hatte. Sie hatte den Sozialismus quasi mit der Muttermilch aufgesogen, und es musste ein Irrtum des Schicksals sein, dachte sie manchmal, dass ausgerechnet sie hier am Niederrhein eine zweite Heimat gefunden hatte. Denn Hannas Familie war genau das Gegenteil: politisch durch und durch konservativ. Und dann fiel ihr wieder ein, wie sie damals mit ihrer Vorliebe für die Linken mit beiden Beinen voran in einen riesigen Fettnapf gesprungen war.

Es war ein irres Fest gewesen, das sie gefeiert hatten, im Frühjahr 1987, und einer der wenigen Momente, an die sie sich erinnern konnte, in denen sie sich in ihrer ersten Zeit in Veen rundum wohlgefühlt hatte, was eindeutig auf ein Zuviel an Alkohol zurückzuführen war. Es war Karneval, und als sie sich wie üblich am Abend auf ihr Zimmer zurückziehen wollte, um zu lesen oder zu zeichnen, hörte sie plötzlich aus der Küche Freudenschreie, nein, es war eher ein vergnügtes Quieken. Hannas Mutter Fine rief lachend nach ihrem Ehemann, sie war ungewöhnlich ausgelassen und schien sich auf den Abend zu freuen. Da man sich zu Karneval offenbar verkleidete, trug sie ein Pierrot-Kostüm, Hermann ging als J. R. Ewing mit dicker Zigarre, und Hanna war zur Indianerbraut mutiert. Doch Hannas Großtante Katty war in ihrer Kostümierung anscheinend besonders originell gewesen. »Kommt, schaut euch die Katty an«, kreischte Hannas Mutter ins Wohnzimmer, und Lilie war schwer beeindruckt, als sie die ältere Dame hochelegant in Schwarz gekleidet mit einer etwa einen halben Meter langen Zigarettenspitze hereinkommen sah. Theatralisch zog Tante Katty an der Zigarette und stieß den Rauch in Ringen aus, dabei schwebte die fast Achtzigjährige wie auf einem Laufsteg hin und wieder zurück, schwang die Hüften und verkündete, sie gehe als Zarah Leander. »Was ist denn mit dir, mein Kind?«, wandte sie sich, nachdem sie ihren Auftritt beendet hatte, mit Mitleid in der Stimme an die unverkleidete Lilie, und noch ehe diese antworten konnte, hörte sie schon Hanna sagen: »Lilie hat's nicht so mit Dorffesten. Sie will hierbleiben.«

»Das kommt ja gar nicht infrage«, ereiferte sich Tante Katty mit rauchiger Stimme. »Du wirst uns heute Abend alle mal richtig kennenlernen.« Sie lachte ihr heiseres Lachen und nahm Lilie an die

Hand, zerrte sie zu ihrem alten Opel Kadett, öffnete den Kofferraum, holte einen Kartoffelsack heraus, der unten aufgeschnitten war, und warf ihn Lilie über. »Ich habe immer noch ein Zweitkostüm dabei«, zwinkerte sie ihr schelmisch zu, »falls das Kleid mal reißt, wenn ich zu wild tanze. Hier ist noch ein Hut dazu, du gehst als ›Alter Sack‹!«

Lilie fühlte sich von der zupackenden Herzlichkeit der Frau überrumpelt. Es gab kein Entrinnen, sie würde der alten Dame nicht widerstehen können und mit ins Festzelt gehen. Ach, egal, dachte sie, ob ich nun hier auf dem Hof herumsitze oder mich dort langweile, macht kaum einen Unterschied.

Und so fand sie sich, nachdem ihr noch schnell mit Tante Kattys Lippenstift zwei Herzchen auf die Wangen gemalt worden waren, in einer zugigen Reithalle wieder, deren Boden mit Holzbrettern ausgelegt war. Lange Tische ließen die Zuschauer auf Bänken Richtung Bühne schauen, wo kleine Schauspielstücke aufgeführt wurden und verkleidete Redner auftraten. Das ganze Dorf schien sich hier aufzuhalten. Hunderte von Squaws, Häuptlingen, Sträflingen, Postboten, Clowns, Tieren, Engelchen und Catwomen waren unterwegs, nicht jeder mit einem Kostüm, das optimal zur Figur passte, was aber niemanden interessierte. Es war beinahe qualvoll eng, aber dadurch war es wenigstens warm in der Halle. Lilie saß mit Hannas Familie sehr weit vorn, nahe der Bühne, und im Laufe des Abends erkannte sie, dass Tante Katty so etwas wie eine Dorfprominenz war. Alle begrüßten sie, hin und wieder rief die alte Dame mit erhobenem Zeigefinger etwas in Richtung Bühne und redete zwischendrin auf Lilie ein, bis Hanna sie schließlich ermahnte: »Tante Katty, du musst langsamer reden, Lilie kann noch nicht so gut Deutsch.«

»Ach wat«, antwortete Tante Katty lachend, »gib der mal noch 'nen Klaren, dann wirst du schon sehen, wie gut de Deern Deutsch sprechen kann.« Daraufhin schob sie Lilie ein Gläschen vor die Nase und bedeutete ihr, sie möge mit ihr anstoßen.

Der scharfe Schnaps erinnerte Lilie an den Rum, den sie in der Karibik mit Patrick getrunken hatte. Tante Katty hatte recht. Lilie trank noch einen zweiten Schnaps mit ihr, dann den dritten, und kurz darauf fand sie sich tanzend in den Armen von Tommy wieder. Sie hatte diesen Cowboy noch nie zuvor gesehen, er sah kein bisschen so aus wie Patrick, der Dorf-Discofox erinnerte beileibe nicht an den Merengue, den sie auf Les Saintes immer getanzt hatte, aber es war ihr egal. Sie gab sich diesem merkwürdigen Fest hin, tanzte noch mit diversen anderen Unbekannten, aber natürlich auch mit Hermann, und hatte schließlich das Gefühl, an diesem Abend fließend Deutsch sprechen zu können. In diesem Moment empfand sie das Dorfleben als ausgesprochen attraktiv. War es nicht so wie das Leben auf der Insel bei Patrick? Man trank viel, und man feierte zusammen. Die Auswahl an Freunden war nicht sehr groß, und vielleicht musste man deshalb auch nicht so stark um die Gunst eines anderen Menschen werben. Beziehungen und Freundschaften waren beinahe naturgegeben. Wer dagegen in Paris zu den Coolen gehören wollte, der musste sich interessant machen und sich besonders anstrengen. Auf dem Dorf oder auf einer kleinen Insel schienen alle Gleichaltrigen einfach so befreundet, egal, ob jemand hübsch oder hässlich, dünn oder dick, gut oder nachlässig angezogen war. Und hatte sie sich nicht letztlich in Patrick verliebt, weil er sich nicht ständig verstellte? Fand sie an ihm nicht gerade bemerkenswert, dass er sich niemals bemühte, besonders zynisch, kritisch, gebildet oder belesen zu wirken? Er konnte es sich einfach leisten, so zu sein, wie er war. Gut, Patrick war darüber hinaus ausgesprochen attraktiv, das half natürlich, dachte Lilie, während sie ihren glasigen Blick durch die Halle schweifen ließ. Aber dennoch waren die Gelassenheit und Zufriedenheit der Veener Bewohner Patricks Verhalten sehr ähnlich. Wie schön das sein musste, wenn man mit sich selbst einfach so zufrieden sein durfte.

Hermann drehte sie auf dem Parkett im Kreis. Sie wusste, dass sie eine schlechte Tänzerin war, sie ahnte, dass sie lächerlich aussah, aber heute machte sie sich nichts daraus.

Nach einer Tanzpause ging die Bühnenshow weiter. Eine Gruppe hatte sich Pappkartons mit aufgemalten Birnen auf den Kopf gesetzt. Sie machten sich über Bundeskanzler Helmut Kohl lustig, der vier Wochen zuvor bei der Bundestagswahl wiedergewählt worden war. Ein weiterer Karnevalist hatte einen Pappkarton mit einem großen Muttermal auf der Stirn übergestülpt, der vermutlich Gorbatschow darstellte, den neuen Generalsekretär der KPdSU in der Sowjetunion. Als Tante Katty erneut laute Kommentare in Richtung Bühne rief, erklärte Hanna Lilie, man habe Kohl gerade verulkt, weil er den Russen und der DDR zu sehr entgegenkomme und Honecker zum Staatsbesuch eingeladen habe. Katty ereiferte sich währenddessen am Tisch über die Politik. Katty war eine glühende Verehrerin von Helmut Kohl, glaubte Lilie zu verstehen, die Details der Diskussion waren ihr sprachlich zu kompliziert, zumal sie nicht viel über die deutsche Politik wusste. Sie erinnerte sich nur, dass Helmut Kohl und François Mitterrand zwei Jahre zuvor Hand in Hand an den Gräbern von Verdun gestanden hatten und als Freunde galten. Lilie nahm an, dass die beiden Parteifreunde sein mussten und Helmut Kohl somit ein linker Politiker. Als sie danach gefragt wurde, verkündete sie deshalb ganz ohne Arg und sogar mit Stolz, man wähle bei ihnen seit Generationen links und, soweit sie wisse, gebe es sogar einen großen Sozialisten in der Familie. Beifall heischend sah sie sich um und blickte in erstarrte Gesichter. Es war, als hätte jemand die Diamantnadel vom Plattenteller gezogen, selbst auf der Bühne, so schien es Lilie, herrschte plötzlich Stille. Hilflos suchten ihre Augen bei Hanna eine Erklärung, als Tante Katty sie auch schon ins Gebet nahm. Die sonst so warme und tiefe Stimme der Frau war in diesem Moment schneidend und kalt. Die ganze Tirade begriff Lilie nicht, sie konnte allerdings erahnen, dass Sozialisten an diesem Tisch nicht wohlgelitten waren. Worte wie »Kommunistenpack« und »nach Moskau schicken« vernahm sie, ansonsten fühlte sie sich schwindlig, weil Tante Katty ihr bei ihrer Schimpferei so nahe kam, dass sie beinahe schielte, wenn sie ihr in die Augen blickte. Irgendwann kam Hermann ihr zu Hilfe, murmelte etwas von »jung und rebellisch« und schob Tante Katty einen Versöhnungsschnaps vor die Nase, den diese unverzüglich hinunterstürzte. Beim nächsten prostete sie Lilie schon wieder zu, den dritten tranken sie gemeinsam, und schließlich erklärte Tante Katty feierlich: »Mädchen, da müssen wir noch mal drüber reden. Aber nicht jetzt, heute wird gefeiert.«

Erst am nächsten Tag, nachdem sich der Kopfschmerz langsam verzogen hatte, hatte Lilie erfahren, dass, anders als sie angenommen hatte, Helmut Kohl der CDU angehörte. Sie war darüber sehr verblüfft gewesen, denn sie hatte sich nicht eine Sekunde lang vorstellen können, dass Tonton Mitterrand, Onkelchen Mitterrand, wie die meisten Franzosen ihren Präsidenten liebevoll nannten, sich mit einem Konservativen einlassen würde. Und so hatte sie zu Karneval 1987 feierlich beschlossen, dem Beispiel ihres Präsidenten zu folgen und fortan ein wenig toleranter zu sein. Sie schmunzelte, als sie daran zurückdachte. Es war eine der Anekdoten, die Hanna und sie gern zum Besten gaben, wenn es um ihre Freundschaft ging. Wer hätte damals ahnen können, dass sie eines Tages nach diesem sagenumwobenen Sozialisten in Lilies Familie forschen würden? Erneut packte sie die Neugier, und sie las weiter. Marcel Sembats gesammelte Schriftstücke befanden sich im Nationalarchiv in Paris. So wie sie Hanna einschätzte, würde die sicher mit Freude in den alten Unterlagen stöbern.

Aber dafür musste sie sich erst mal wieder beruhigt haben. Ihre Freundin hatte ein hitziges Gemüt, und sie konnte binnen Sekunden in einen heiligen Zorn ausbrechen. Meistens verflog der recht schnell, doch diesmal, so schien es Lilie, ging es um etwas Grundsätzliches. Sie hatte das Gefühl, dass Hanna mit Eifersucht zu kämpfen hatte, dass sie sich vielleicht schwertat, Hermann in seinen letzten Monaten mit ihrer Freundin teilen zu müssen.

Lilie stand auf, nahm die ausgedruckten Blätter,

ging die alte knarzende Treppe zu Hannas Zimmer hinauf und klopfte zaghaft an die Tür.

»Ja?«

»Ich bin es. Darf ich reinkommen?«

Sie hörte Schritte, dann öffnete ihre Freundin.

»Das war blöd von mir, und ich finde, du hast recht, lass uns weitermachen mit der Recherche, stürzen wir uns ins Abenteuer«, sagte Lilie ein wenig pathetisch.

»Es tut mir so leid«, schoss es aus Hanna fast im selben Moment heraus. »Ich will nicht eifersüchtig sein, und ich schäme mich deswegen.« Lilie war peinlich berührt von diesem Geständnis. Hanna fiel es leicht, über Gefühle zu sprechen, sie selbst konnte nicht so einfach offenbaren, was in ihr vorging. Einen Moment stand sie schweigend da, dann löste sie sich aus der Starre und nahm ihre Freundin fest in den Arm.

»Hör auf, dich zu quälen. Und im Übrigen hast du wirklich keinen Grund zur Eifersucht. Dein Vater liebt dich, das hat er dir sein Leben lang gezeigt, und in seinem großen Herzen darf doch auch ein kleines Eckchen für mich reserviert sein, oder?« Lilie hatte ganz sanft gesprochen, Hanna schaute sie an und grinste schief. »Schau, da fliegt dein Aua zum Fenster hinaus«, säuselte Lilie, und Hanna boxte sie spielerisch. »Du findest mich wohl kindisch«, schniefte sie. Lilie steckte den Daumen in den Mund und riss die Augen weit auf: »Neiiin!«, sagte sie. Doch dann wurde sie wieder ernst. »Aber nur weil dein Vater mich auch ein bisschen gern hat, heißt das nicht, dass er dich weniger liebt. Die Liebe ist ja nicht wie ein Kuchen, bei dem es nur eine bestimmte Anzahl von Stücken gibt. Ich nehme dir nichts weg.«

Hanna blickte sie an und schien kurz zu überlegen. Dann schüttelte sie den Kopf, wie um einen unschönen Gedanken zu vertreiben, setzte ein heiteres Gesicht auf und klatschte in die Hände:

»Gut. Machen wir weiter!«

Lilie hielt noch einen Moment inne und fragte sich, was Hanna da gerade abgeschüttelt hatte, aber sie beschloss, nicht nachzufragen.

Hanna kritzelte etwas in ihren Rechercheblock und fasste zusammen:

»Also, was haben wir? Über Georges Agutte: gar nichts. Aber über seine Tochter ein bisschen was. Und wir haben ihren Brief«, sie hielt inne und setzte sich ruckartig auf, »sag mal, war da wirklich nur dieser eine Brief?«

»Ja, leider«, erwiderte Lilie, »obwohl der irgendwie so wirkt, als wäre das Schreiben an ihren toten Vater eine für sie selbstverständliche und beinahe routinemäßige Angelegenheit.«

»Das stimmt«, murmelte Hanna, »es könnte also irgendwo noch weitere Briefe geben. Was haben wir noch? Ein paar Infos zu ihrem Leben, nämlich, dass sie eine durchaus talentierte Malerin war und ihr Mann ein ziemlich hochrangiger Politiker.«

»Es war ihre zweite Ehe, davor war sie schon einmal verheiratet, findest du das nicht merkwürdig?«, fragte Lilie.

»Was soll daran merkwürdig sein? Das kommt ja wohl in den besten Familien vor, wie du sicher weißt«, antwortete Hanna.

»Schon, aber nicht um 1890. Damals war eine Scheidung eher selten. Ich vermute mal, dass es einen triftigen Grund dafür gegeben haben muss.«

»Meinst du, sie hatte da schon was mit Marcel und ist erwischt worden?«, fragte Hanna. »Das klingt nach einer filmreifen Lovestory.«

Lilie schüttelte den Kopf. »Warum hat sie Marcel denn dann nicht sofort geheiratet? Sie kannten sich doch gut, und offenbar hat Georgette ihn schon als junges Mädchen verehrt.«

»Wer hat hier wen schon als junges Mädchen verehrt?«, dröhnte Hermanns Stimme von unten zu ihnen. »Zeichnest du etwa wieder diesen Surferboy von den Antillen? Ich dachte, du wärst inzwischen erwachsen!«

Lilie war damals direkt am ersten Schultag in Xanten an der Sprachbarriere gescheitert. Sie hatte sich mit starkem französischem Akzent und dem Satz »Ih schheiße Lilie« vorgestellt und war vom brüllenden Gelächter der deutschen Schüler so gekränkt gewesen, dass sie von Stund an nicht mehr in der Schule erschienen war. Stattdessen hatte sie in einem nahe gelegenen Café gesessen, ihre Zeit mit Tagträumen, Lesen und Zeichnen verbracht. Wochenlang hatte sie an einem Porträt von Patrick gearbeitet, von dem Hanna behauptete, sie habe nur ein Modell aus einer Zeitschrift abgepaust. Irgendwann war das Bild Hermann in die Hände gefallen, weswegen er sie bis heute aufzog.

»Zumindest wissen wir jetzt, dass mein künstlerisches Talent genetisch bedingt ist«, rief sie und stieg hinter Hanna die Treppen hinunter.

»Und wir haben außerdem festgestellt, dass für die Agutte-Damen gleichermaßen gilt: The first cut is the deepest«, sagte Hanna zu ihrem Vater. »Georgette hat in zweiter Ehe ihren Marcel geheiratet, den sie von Kindesbeinen an verehrt hat. Wir fragen uns nur, warum nicht gleich so.« Hermann sah sie fragend an. »Was meinst du?«

»Na ja, sie hat zunächst einen Kunstkritiker geheiratet. Und wir fragen uns, warum.«

»Er wird reicher gewesen sein«, sagte Hermann ungerührt.

»Papa!«, »Hermann!«, riefen Hanna und Lilie gleichzeitig.

»Was denn?«, fragte er. »Glaubt ihr denn, sie hat das selbst entscheiden dürfen? Das waren doch ganz andere Zeiten.« Und zu Hanna gewandt, sagte er:

»Erinnere dich doch nur an den Verlobten von Tante Gertrud, der sie nicht heiraten durfte, weil sie nicht standesgemäß war, oder an den Freund, der nicht akzeptabel war, weil er die falsche Religion hatte.«

»Gott, bin ich froh, dass das heute anders ist«, stöhnte Hanna, und Lilie sah, wie Hermann belustigt den Zeigefinger hob.

»Also bislang habt ihr beide noch nicht bewiesen, dass es zu größerem Glück führt, wenn man euch die Männer nach eigenem Gusto aussuchen lässt. Und falls ihr euch doch noch eines Besseren besinnen solltet, hätte ich auf Anhieb zwei Herren in petto: Banklehre, Wirtschaftsstudium, wohlerzogen und reiche Eltern.« Er ignorierte die genervten Blicke der beiden Frauen, grinste breit und schob hinterher: »Ihr solltet nicht zu lange überlegen, solche Kerle gehen weg wie geschnitten Brot.«

Paul Flat kniet nieder

Paris, November 1887

Ihr Kunstwerk wäre sicher bald verkauft. *Die Kniende* hatte Georgette die Skulptur genannt, und sie war außergewöhnlich geworden, selbst ihr Lehrer Louis Schroeder hatte sie gelobt, und von dem hörte sie sonst selten Komplimente. Er war nie zufrieden. Vielleicht mochte er sie als Schülerin nicht besonders, dachte Georgette manchmal. Meister Schroeder war ein herausragender Bildhauer, gut bekannt mit Auguste Rodin, nur nicht ganz so berühmt, denn während Rodin mit seiner Kunst als Maßstab galt, öffentliche Aufträge bekam und Denkmäler erschaffen durfte, verdiente Meister Schroeder seinen Lebensunterhalt vor allem durch Georgettes Familie, was ihn, so vermutete sie, des Öfteren übellaunig werden ließ. Möglicherweise hatte er das Gefühl, sein Talent zu vergeuden. Mit Rodin zusammen hatte er die *Société des Artistes Français* gegründet, einmal jährlich gab es eine Kunstausstellung, und an der durfte sie nun dank des Meisters guter Beziehungen teilnehmen. Für Georgette war dies ein großer Tag, denn sie wollte die Kunst nicht länger als reinen Zeitvertreib sehen, wie das die vielen anderen Sprösslinge aus wohlhabenden Familien taten. Sie war eine Künstlerin, sie wollte ihrem Vater nacheifern, und sie spürte in sich den unbändigen Drang, sich auszudrücken. Sie wollte nicht nur das Handwerk von den Meistern lernen, sondern einen eigenen, leidenschaftlichen Stil finden. Mit der Skulptur von Bernadette hatte sie einen weiteren Schritt in diese Richtung getan. Die Statue zeigte Bernadette auf einem Bein kniend, wie sie sich anmutig zu einer Quelle hinunterbeugte, die eine Hand zur Schale geformt, um Wasser zu schöpfen. Georgette war sicher, dass sie einen Käufer dafür finden würde. Die Gipsskulptur stand auf einem Sockel, direkt neben den Stühlen, die für die Besucher aufgestellt waren, nur wenige Meter von ihr entfernt befand sich eine Bronzestatue von Rodin: *Die Zentaurin.* Eine Skulptur, die ein Wesen aus der griechischen Mythologie darstellte, halb Mensch, halb Pferd, das, sich um sich selbst windend, die Arme flehend nach vorn gestreckt zu Boden sank. Georgette war seltsam unbehaglich berührt von dieser Skulptur. Rodins *Der Kuss,* ein Werk aus dem vergangenen Jahr, hatte deutlich angenehmere Gefühle in ihr ausgelöst. Ganz Paris war von dieser Skulptur begeistert gewesen. Georgette versuchte vergebens, den Meister in der Menge auszumachen, aber wahrscheinlich war er nicht anwesend. Er hatte es, im Gegensatz zu ihr, nicht nötig. Geduldig wartete sie darauf, dass jemand sie ansprach. Der Saal war brechend voll. Überall standen und saßen Menschen vor Kunstwerken, fachsimpelten oder hielten einfach nur ein Schwätzchen. Manchmal sah man den Saaldiener ein Zeichen an eines der Kunstwerke machen. »Verkauft« sollte das bedeuten. Nicht nervös werden, wiederholte Georgette in Gedanken, meine Stunde wird kommen. Sie blickte verstohlen zu ihrer Mutter, die sich einen Stuhl direkt neben der Säule genommen hatte und kerzengerade darauf saß. Sie schien nach jemandem Ausschau zu halten. Normalerweise liebte ihre Mutter Gesellschaften, aber heute wirkte sie in sich gekehrt. Sie trug ein hübsches gelbes Volantkleid mit türkisfarbener Bordüre, dazu weiße Handschuhe und einen Hut mit grauer Feder. Ihre Mutter sah fantastisch aus, fand Georgette und strahlte sie an. Sie selbst hatte zartrosafarbene Seide gewählt, ebenfalls mit Volants, die etwas mehr Üppigkeit vortäuschten. Ihr Hut war extravagant mit seiner großen Krempe und der grünen Zierschleife, die Georgette besonders mochte. Sie knetete ihre behandschuhten Finger und versuchte, die gleiche geduldig freundliche Miene aufzusetzen wie ihre Mutter.

Georgette war ihr sehr dankbar, dass sie so viel Wert auf ihre Kunstausbildung legte. Und manchmal fragte sie sich, ob es vielleicht sogar der Wille ihres verstorbenen Vaters gewesen war. Georgette wusste, sie würde es nie erfahren, denn ihre Mutter weigerte sich, über den Vater zu sprechen. Sie hatte bald nach der Trauerzeit ihren Schwager geheiratet, den Witwer ihrer verstorbenen Schwester. Georgette war mit ihren Cousinen aufgewachsen, die gleichzeitig ihre Halbgeschwister waren, und dann hatte ihre Mutter ein weiteres Kind bekommen. Manchmal hatte Georgette den Eindruck, sie sei die Lieblingstochter und werde von ihrer Mutter bevorzugt, vielleicht, weil sie die einzige Erinnerung an den verstorbenen ersten Mann war, aber sie hatten nie darüber gesprochen. Bei aller Ungewissheit gab es jedenfalls keinen Zweifel daran, dass ihre Mutter für sie ehrgeizige Pläne hatte. Sie war es auch gewesen, die sich um Meister Schroeder bemüht hatte. Er hatte Georgette alles beigebracht, von der Materialkunde über das Anfertigen von Skizzen bis hin zur Bildhauerei selbst. Nach nunmehr zwei Jahren als seine Schülerin hatte sie allerdings den Eindruck, er könne sie nichts Neues mehr lehren. Sie würde den Lehrer wechseln müssen, um weiterzukommen. Und so hegte sie bei diesem *Salon des Artistes Français* die vage Hoffnung, dass Auguste Rodin vielleicht auf sie und ihre Skulptur aufmerksam würde.

Das Orchester begann zu spielen, und endlich regte sich ihre Mutter. Georgette vermutete richtig, dass sie einige ihrer Freundinnen in der Menge ausgemacht hatte. Ihre Mutter winkte eifrig, und schließlich kam eine Dame heran, die von einem jungen Mann am Arm geleitet wurde.

»Madame Flat«, begrüßte Georgettes Mutter die Frau herzlich. »Wie schön, dass Sie es einrichten konnten. Darf ich Ihnen meine Tochter Georgette vorstellen?«

»Guten Tag, Mademoiselle Debladis«, sagte Madame Flat liebenswürdig, und Georgette sah hilfesuchend zu ihrer Mutter, doch die ignorierte den falschen Nachnamen. Georgette fasste sich ein Herz und straffte die Schultern.

»Entschuldigen Sie, aber ich heiße nach meinem verstorbenen Vater: Agutte. Georgette Agutte.«

»Verzeihen Sie unsere Unwissenheit, Mademoiselle Agutte«, wandte sich nun der junge Mann an sie, »aber darf ich Ihnen wenigstens sagen, wie wundervoll Ihr Name klingt. Nicht wahr, Maman?« Welch ein blasierter Kerl, dachte Georgette. Der junge Mann war ihr eindeutig zu anbiedernd. Ihre Mutter schien zu erraten, was in Georgette vorging, entschieden trat sie auf den Mann zu. »Sie müssen Paul sein«, säuselte sie, »ich habe schon so viel von Ihnen gehört. Und natürlich auch gelesen«, sagte sie mit einem schnellen Seitenblick zu Georgette. »Weißt du, mein Kind, es handelt sich bei diesem Herrn um den berühmten Paul Flat.« Georgette überlegte fieberhaft. Der Name sagte ihr durchaus etwas, sie wusste nur nicht genau, was. Sie lächelte den Mann an, dann ihre Mutter, bis diese ihr zur Hilfe kam.

»Welche Position haben Sie noch gleich bei der *Revue Bleue* inne?«, fragte sie und gab die Antwort gleich selbst: »Generalsekretär, nicht wahr? Wir lieben Ihre Kunstartikel. Ich bin sogar fast immer Ihrer Meinung, wenn Sie über ein Werk schreiben.« Georgette war ungewollt beeindruckt. Die *Revue Bleue* war eine hoch angesehene Kulturzeitschrift. Es stimmte, was ihre Mutter sagte, sie lasen die *Revue* tatsächlich immer sehr sorgfältig und diskutierten über die Artikel. Georgette musterte den jungen Mann vorsichtig. Er kann sich das Selbstbewusstsein vielleicht leisten, dachte sie. Er wird doch kaum älter sein als ich und hat schon einen solchen Posten inne. Plötzlich machte sich Aufregung in ihr breit. Was würde er wohl zu ihrer Skulptur sagen? »Woran arbeiten Sie im Moment?«, hörte sie ihre Mutter fragen.

»Ich beschäftige mich intensiv mit Eugène Delacroix. Wir wollen seine gesammelten Tagebücher edieren. Eine wunderbare Arbeit, er war ein unglaublicher Künstler.« Er redete noch eine Weile von Delacroix. Er fand zutreffende Worte für dessen Größe, er lobte den Maler wortgewaltig, doch Georgette konnte darin keine Leidenschaft für sein Werk spüren. Paul Flat schien ein sehr analytischer Geist zu sein. Er wirkte selbst im Schwärmen seltsam reserviert. »Doch nun lassen Sie mich nicht weiter über mich reden«, schloss er seine Rede galant, »es wäre mir eine Freude, wenn Sie mir Ihre Arbeit zeigten.« Er lächelte Georgette mit seinen schmalen Lippen an, und sie wich unwillkürlich einen kleinen Schritt zurück. Dann drehte sie sich auf dem Absatz um. »Mit Vergnügen«, sagte sie und schaute den Kunstkritiker ein wenig kokett über die Schulter hinweg an. »Das ist meine Skulptur. Ich habe sie *Die Kniende* genannt. Sie ist aus Gips, aber ich denke, ich werde sie vielleicht einmal in Bronze gießen.«

Paul Flat ging mit Kennerblick um das kleine Podest herum. Er ging in die Knie, um der Gips-Bernadette ins Gesicht blicken zu können. »Darf ich?«, fragte er, und Georgette nickte. Dann strich er vorsichtig mit dem Finger am Rücken der Skulptur entlang. »Sie ist eine Schönheit«, sagte er anerkennend. »Wer?«, fragte Georgette belustigt, »mein Modell oder die Statue?«

»Vermutlich beide«, antwortete Paul Flat, »aber mich interessiert nur die Kunst.« Georgettes Lächeln gefror, und sie schwieg. Ihr war heiß. Es waren zu viele Menschen in diesem Raum, und sie fühlte einen pochenden Kopfschmerz, der sich, vermutlich wegen des enormen Geräuschpegels, stechend hinter ihrer Stirn ausbreitete. Sie atmete tief ein und wieder aus, dann riss sich Paul Flat endlich von der Skulptur los.

»Sie haben wirklich Talent, Mademoiselle Agutte.

Ich würde Sie sehr gerne mit einigen Künstlern bekannt machen, falls es Sie interessiert.«

Noch ehe Georgette antworten konnte, winkte er den Saaldiener zu sich heran. »Dieses Kunstwerk ist verkauft.«

»Und ob«, brach es aus Georgette heraus.

»Wie meinen?«, fragte Paul Flat erstaunt.

»Und ob ich die Künstler kennenlernen will«, strahlte Georgette.

An diesem Abend saß sie mit ihrer Mutter, dem Stiefvater und ihrer jüngeren Halbschwester bei Tisch. Ihre Mutter hatte eine Flasche Champagner öffnen lassen und ihren Mann über den erfolgreichen Tag informiert.

»Auf deine Kunst, liebe Georgette«, prostete ihre Mutter ihr zu. Georgette ließ den prickelnden Champagner die Kehle hinunterfließen. Sie war Alkohol nicht gewohnt und fühlte sich sogleich benommen.

»Sag mal, woher kennst du die Familie Flat, Maman?«, fragte sie so beiläufig wie möglich. Sie sah, wie ihre Mutter einen kurzen Blick mit ihrem Stiefvater tauschte.

»Hat Paul dir gefallen? Ein beeindruckender junger Mann, nicht wahr? Er ist noch keine fünfundzwanzig und schon in einflussreicher Position.«

»Die Familie Flat sammelt schon in zweiter Generation Kunstwerke. Wir sollten sie einmal besuchen gehen, dann können wir gleich alles Weitere besprechen«, sagte ihr Stiefvater nun und räusperte sich.

Georgette wurde hellhörig. »Was heißt denn ›alles Weitere‹? Hat er vielleicht schon einen neuen Lehrer für mich im Auge?«

»Ich denke, er hat etwas viel Besseres im Auge«, scherzte Georgettes Stiefvater, und seine Frau unterbrach ihn aufgeregt. Anscheinend konnte sie mit den guten Neuigkeiten nicht länger an sich halten.

»Stell dir nur vor, Georgette, Madame Flat kam neulich zu mir. Ihr Sohn sucht eine charmante junge Frau aus guter Familie. Und Madame Flat hat dabei an dich gedacht. Er wird wohl um deine Hand anhalten!« Die vertraute Stimme klang gepresst vor Freude, und Georgette hatte das Gefühl, dass ihre Mutter am liebsten ein »Vive la France« in die Welt gerufen hätte. Sie spürte eine große Enttäuschung in sich aufsteigen. Sie hatte gehofft, der Kunstkritiker hätte in ihr eine talentierte Künstlerin entdeckt, nun musste sie erkennen, dass sein Interesse nichts mit ihrem Können und ihrem Talent zu tun hatte. Er wollte sie lediglich heiraten. Sie wurde zornig und fühlte sich hintergangen. Was sollte dieser ganze Zinnober? Warum hatte er denn die Skulptur überhaupt gekauft, wenn er gleich die ganze Künstlerin sein Eigen nennen wollte? Und dieses Gerede von befreundeten Künstlern, mit denen er sie bekannt machen wollte.

So ein Heuchler, empörte sie sich. In diesem Moment sprang ihre kleine Schwester vom Stuhl auf und gab ihr strahlend einen Kuss auf die Wange. »Freust du dich denn gar nicht?«, fragte sie mit großen Augen, als sie bemerkte, dass Georgette ihre Arme schlaff am Körper hängen ließ, statt sie zu umarmen.

»Ich will ihn nicht heiraten«, sagte Georgette laut und deutlich und sah, wie die Köpfe ihrer Eltern sich ihr ruckartig zuwendeten.

»Was willst du damit sagen?«, fragte ihr Stiefvater scharf.

»Dass ich Paul Flat nicht heiraten werde.«

»Georgette, sei nicht albern. Eine Frau sollte nicht so selbstgefällig sein, sonst endet sie als alte Jungfer. Und Paul ist wirklich eine gute Partie. Er liebt die Kunst mindestens so sehr wie du. Also sei vernünftig.« Ihre Mutter hatte zärtlich geklungen, aber auch flehend, und Georgette lauschte einen Moment dem Nachhall der Worte. Auch ihre älteren Halbschwestern waren verheiratet worden. Sie hatte also gewusst, dass es passieren würde, und es war naiv, zu glauben, dass sie ihrem Schicksal entgehen würde. Ihre Schwestern waren nicht unglücklich mit den Ehemännern, die ihre Mutter ausgesucht hatte, und Georgette hatte bereits niedliche Nichten und Neffen. Sie dachte wehmütig an Marcel. Ihre Eltern würden ihn niemals als Schwiegersohn akzeptieren, es war ausgeschlossen, er war der Sohn des Postmeisters.

Darüber hinaus wusste sie nicht einmal, ob Marcel sie je würde heiraten wollen, schließlich hatte er sie, wenn man es genau nahm, noch nicht einmal angesehen, als sie nackt vor ihm gekauert hatte. Früher oder später würde sie einen Ehemann finden müssen, und unter den gegebenen Umständen schien dieser Paul Flat mit seinen Kontakten ganz interessant zu sein. Sie würde ihn sich zumindest noch einmal anschauen, vielleicht würde er ihr beim zweiten Treffen besser gefallen, dachte Georgette und leerte ihr Glas Champagner in einem Zug.

Eine impressionistische
Hühnersuppe

»Ich bring dich ganz groß raus, Baby!« Hanna versuchte, in ihrer Mimik Mario Adorf in *Kir Royal* nachzuahmen, während sie Kartoffeln für das Abendessen schälten. Sie machten sich immer noch über Hermanns altmodische Kuppelideen lustig. »Vielleicht hat der Kunstkritiker ihr ja genau das versprochen«, überlegte Lilie, »oder vielleicht hat sie sich das von ihm versprochen. Sie scheint ehrgeizig gewesen zu sein, warum sollte sie sich also nicht...«, Lilie suchte nach einem passenden Wort.

»... hochschlafen?«, kam Hanna ihr zuvor und lachte laut. »Herrje, bin ich albern«, sagte sie entschuldigend. Im nächsten Moment gesellte sich Hermann zu ihnen in die Küche. »Könnt ihr mal aufhören, euch über die Amouren von Georgette Agutte zu mokieren«, sagte er tadelnd. »Konzentriert euch lieber auf das eigentliche Ziel, nämlich das Bild von ihrem Vater. Ihr könntet euch ruhig ein Beispiel an mir nehmen. Ratet mal, mit wem ich gerade telefoniert habe.« Hanna und Lilie zuckten mit den Schultern.

»Mit Michael. Er hat ein paar Nachforschungen

angestellt und tatsächlich etwas herausgefunden, was für den Wert des Bildes relevant sein könnte.«

Lilie blickte ihn gespannt an. Hermann berichtete, dass Georges Agutte eine ziemlich gute Ausbildung genossen habe. Michaels Vermutung, dass er mit Corot zu tun gehabt haben könnte, habe sich bestätigt, er sei sogar ein Schüler von Corot gewesen. Und, ebenfalls ein Schüler von Corot und damit nicht nur Zeitgenosse, sondern vermutlich sogar bekannt mit Georges Agutte, sei ein gewisser Camille Pissarro gewesen. Hermann machte eine Pause und blickte in die Runde. »Na, was sagt ihr dazu?«

Hanna sah Lilie mit gerunzelter Stirn an.

»Gib's zu, du hast keine Ahnung, wer das ist, oder?«, neckte Lilie. Sie hatte hier in Veen immer wieder festgestellt, dass Deutsche in der Schule bei Weitem nicht so viel auswendig lernen mussten wie Franzosen. Bei ihnen in Frankreich gehörte es quasi zur Grundausbildung, Namen und Lebensdaten der großen französischen Künstler auswendig zu wissen, und zu den großen französischen Künstlern gehörten selbstredend alle großen Künstler, die sich auch nur einen Tag lang nach Paris verirrt hatten. Hätte man französische Schüler gefragt, welcher Nationalität Picasso angehörte, so hätten sie vermutlich allesamt Stein und Bein geschworen, dass er Franzose sei. Aber immerhin kannte man in Frankreich die Namen, während man es zumindest am Niederrhein offenbar für eher unbedeutend hielt, was sich Ende des 19. Jahrhunderts abgespielt hatte.

»Camille Pissarro ist einer der berühmtesten Impressionisten, er ...«

Hanna fiel ihr sofort ins Wort.

»Wieso Impressionist? Ich dachte, deine Ururgroßtante war Fauvistin, was immer das auch sein mag?«

»Mein Gott, hör doch mal zu und quatsch nicht einfach dazwischen. Pissarro, *der* Pissarro, also der neben Monet bekannteste Impressionist, kannte sie oder zumindest ihren Vater, und über den reden wir doch schließlich gerade.« Lilie war selbst überrascht, wie aufregend sie die Verbindung fand.

»Das hat auch Michael sehr beeindruckt. Und er schließt nicht mehr aus, dass das Bild doch einen gewissen Wert haben könnte«, pflichtete Hermann ihr bei.

Hanna verdrehte unbeeindruckt die Augen.

»Toll. Das ist ja so, als würde ein Huhn am Topf vorbeilaufen, und du nennst das Wasser deshalb Hühnersuppe.«

»Banausin!«, entgegnete Lilie. »Sieh lieber zu, dass dein Frikassee fertig wird.«

Hermann deckte den Tisch, während Hanna und Lilie das Essen zubereiteten. Hermann hatte wie immer auf seine heiß geliebten Kartoffeln bestanden. Sie wurden erst gekocht und dann mit Speck und Zwiebeln nach einem alten Familienrezept mit extra viel Butter zu krossen Bratkartoffeln gebrutzelt. Dazu aß er das Frikassee, wobei er Wert darauf legte, dass sich Fleisch, Kartoffeln und Salat auf dem Teller nicht berührten. Hanna und Lilie hingegen vermengten alles genussvoll miteinander. Lilie hatte erst in Veen gelernt, wie schön es war, gemeinsam zu essen, und zwar ausgiebig. Ihre Mutter hatte weder genug Geld noch Interesse daran gehabt, den Kühlschrank ständig mit Leckereien zu füllen, wie es damals in Veen der Fall gewesen war. Und anders als Hannas Mutter, die täglich ein perfektes Mittagessen mit Fleisch, Kartoffeln, Soße und Gemüse auf den Tisch gebracht hatte, hatte Marguerite nur an Sonntagen ein dickes Hähnchen im Ofen gebraten, dazu Baguette, wenig Salat und einen schönen alten Camembert gekauft. Davon mussten alle satt werden. Sogar wenn Gäste eingeladen waren, bereitete sie immer die gleiche Menge zu. Lilies Magen hatte sich dadurch an kleine Portionen gewöhnt, ein leichtes Grummeln im Oberbauch war ihr ständiger Begleiter gewesen, bis sie in das kulinarische Schlaraffenland von Hannas Mutter geraten war. In der Familie Terhöven war das Essen eine Gemeinschaft stiftende Handlung, damals wie heute.

»Michael findet immer noch seltsam, dass die Leinwand zwar doubliert wurde, aber nicht sehr sorgfältig«, nahm Hermann den Faden wieder auf.

»Vielleicht hat Georgette es selbst gemacht«, murmelte Lilie.

»Also, ich denke, die Wertermittlung des Bildes ist bei Michael auf jeden Fall in guten Händen. Wenn jemand eene Pack-An dran kriegt, dann er«, grinste Hanna und schaute dabei ihren Vater an, der den plattdeutschen Ausdruck im Gegensatz zu Lilie verstanden hatte. »Er hat es faustdick hinter den Ohren, auch wenn man das auf den ersten Blick nicht meinen würde«, stimmte Hermann ihr zu. Lilie war verblüfft. Sprachen sie etwa über denselben Michael, der ihr wie ein verschrobener, weltfremder Professor vorgekommen war? »Ich weiß«, schien Hermann ihre Gedanken zu erraten, »aber sobald er sein Atelier verlassen hat, wird er zum Lebemann mit Kontakten in die ganze Welt. Du kannst ihm ruhig vertrauen.« Lilie sah keinen Grund, ihm zu misstrauen, sie glaubte nur, dass die Mühe vergeblich wäre. Hanna nahm sich eine weitere Portion Hühnerfrikassee und sagte: »Mich persönlich interessiert ja mehr das Leben dieser Georgette. Ich habe das Gefühl, dass bei ihr mehr zu holen ist als beim Vater.«

»Wie meinst du das?«, fragte Hermann mit vollem Mund. Er hatte weder das Fleisch noch den Salat angerührt, sein Appetit hatte durch die Rückkehr der Krankheit stark gelitten, was Lilie mit einem plötzlichen Anflug von Traurigkeit bemerkte. Sie versuchte, sich nichts anmerken zu lassen. Wenigstens ließ Hermann sich seine heiß geliebten Bratkartoffeln noch schmecken, tröstete sie sich.

»Ich weiß nicht genau. Es ist eine Mischung aus Interesse und Instinkt. Aber ich will mehr über diese Georgette und ihr Leben herausfinden.«

Lilie pflichtete ihr bei. »Ich würde auch gerne wissen, was aus ihr geworden ist. Sie scheint eine schillernde Persönlichkeit gewesen zu sein.«

»Papperlapapp. Wenn ihr was über schillernde Persönlichkeiten wissen wollt, dann müsst ihr die *Bunte* oder die *Gala* lesen. Wir müssen herausfinden, wer das Bild von ihrem Vater stehlen wollte, und vor allem, warum!« Hermann ist der Chef, dachte Lilie ein wenig belustigt, das würde sich nie ändern.

Hermann hatte in seinem Leben hart gearbeitet. Als Sechzehnjähriger hatte er den elterlichen Hof übernehmen müssen, doch die Landwirtschaft hatte ihm nie Freude bereitet. Er machte das Abitur, engagierte sich politisch und legte schließlich den Bauernhof still, um eine Lehre als Kaufmann zu machen. In diesem Beruf hatte er es weit gebracht. Zum Ende seiner Laufbahn war er hoch dotierter Manager eines internationalen Konzerns gewesen, was ihm durch geschickte Investitionen ein beträchtliches Vermögen eingebracht hatte. Er war es gewohnt, Entscheidungen zu treffen, und diese Gewohnheit hatte er auch mit seinem Ausscheiden aus dem Berufsleben nicht abgelegt.

»Lasst uns mal ein bisschen planvoller vorgehen bitte«, sagte er und packte Hanna damit bei der Ehre. Sie schaute beleidigt drein, schien dann aber in Windeseile an dem bestellten Plan zu basteln.

»Also gut. Ich denke, als Erstes müssen wir herausfinden, wer von dem Bild gewusst haben kann. Dann kommen wir dem möglichen Dieb vielleicht schon einen Schritt näher.« Lilie ahnte, worauf ihre Freundin hinauswollte, und konzentrierte sich auf das Frikassee, das zart und hell in einer fantastisch sahnigen Soße schwamm. Doch noch ehe sie die Gabel zum Mund führen konnte, hatte Hanna ihren Vorschlag auch schon ausgesprochen:

»Ich denke, wir sollten gleich mal deinen Vater anrufen. Hier ist es neun Uhr abends, minus sechs Stunden also früher Nachmittag bei ihm. Meinst du, er ist um die Zeit erreichbar?«

»Ich habe keine Ahnung«, sagte Lilie. »Du weißt genau, dass ich nicht zu seinem Leben gehöre, und du weißt auch, wie recht mir das ist.« Hermann sah sie aufmerksam von der Seite an. »Immer noch so bitter?«, fragte er sanft.

»Quatsch. Es ist nur so, dass ich einfach nichts mit ihm anfangen kann. Und es ist mir unangenehm«, versuchte Lilie sich herauszureden.

»Komm schon«, lockte Hermann, »ein kleines Telefonat wird schon nicht so schlimm werden. Und wer weiß, vielleicht kann dein Vater etwas wettmachen, was er in den vergangenen Jahren versäumt hat.«

»Hast du denn überhaupt seine Nummer?«, fragte Hanna, und Lilie nickte. »Dann gib sie mir. Ich werde mit ihm sprechen. Und dann sehen wir weiter.« Lilie fühlte sich von den beiden in die Ecke gedrängt. Doch dann erinnerte sie sich an das Gelübde, das sie wenige Stunden zuvor abgelegt hatte, und tat Hermann zuliebe, was Hanna verlangte. Sie hielt ihrer Freundin das Handy hin. »Unter A wie Agutte!«

Hanna wählte die Nummer vom Festnetz und wartete, bis sich am anderen Ende jemand meldete. »Yves, bist du das? Ja, hier ist Hanna, erinnerst du dich an mich? Ich bin die Deutsche vom Niederrhein.« Sie lachte und plauderte mit Yves, als wäre es das Selbstverständlichste auf der Welt, dass sie ihn anrief. Lilie schloss daraus, dass Yves sich noch gut an Hanna erinnerte. Er konnte bisweilen witzig und charmant sein. Es musste ja einen Grund gegeben haben, warum Lilies Mutter ihn so abgöttisch geliebt hatte, seine Zuverlässigkeit war es ganz sicher nicht gewesen. Ein lautes »Nein, ist nicht wahr!« von Hanna ließ sie aufmerken, und sie war vollends verwirrt, als Hanna Bruchstücke dessen, was sie gerade gehört hatte, laut wiederholte: »Auch überfallen«, »nicht da gewesen«, »auf Dienstreise«. Klar, auf Dienstreise, schmollte Lilie, die diese Lüge von ihrem Vater schon oft genug gehört hatte. Ständig tätigte er irgendwelche sensationellen Geschäfte, die ihn nun endgültig reich machen würden, und dann zockte irgendein Betrüger, Verbrecher, Mafia oder gar Schlimmeres ihn ab, sodass er völlig unverschuldet erneut in die Armut zurückfiel. Dienstreise, pah, wahrscheinlich hat er mal wieder eine neue Geliebte, dachte Lilie. Plötzlich hielt Hanna ihr den Hörer hin, und sofort drehte sich Lilie der Magen um, und ihre Fluchtinstinkte wurden geweckt. »Die Verbindung ist sehr schlecht, und ich kann nicht alles verstehen, wegen der Funkaussetzer. Mein Französisch ist nicht mehr gut genug für so einen Lückentext.« Dann wandte sie sich wieder dem Telefon zu: »Yves«, schrie sie beinahe in den Hörer, als müsste sie die zehntausend Kilometer Ozean ohne Hilfsmittel überbrücken, »Yves, ich gebe dir Lilie, ich habe Mühe, dich zu verstehen. Du musst ihr noch mal ganz genau schildern, was passiert ist.«

Lilie fühlte sich wie angewachsen, sie wusste nicht einmal, wie sie Yves ansprechen sollte, denn in Hermanns Anwesenheit wollte sie ihn partout nicht »Papa« nennen. Sie kämpfte mit sich, wollte nicht versagen und spürte, wie sie zitterte, bis Hermann ihre Hand nahm und zum Telefonhörer führte. Er legte Lilie die andere Hand auf die Schulter und drückte sie ein bisschen, als wollte er ihr Mut einflößen. Sie blickte ihn dankbar an. »Okay«, nickte sie und hielt den Hörer ans Ohr. »Hallo? Ich bin's, Lilie. Wie geht es dir?« Sie hatte eine Anrede vermieden und fühlte sich augenblicklich besser, als sie erkannte, dass dieses Telefonat für Yves gänzlich unemotional war. In einem seiner üblichen Anfälle von Selbstmitleid legte er los und erzählte eine Geschichte, wie Lilie sie schon hundertmal gehört hatte. Er sei auf Antigua auf Geschäftsreise gewesen, dort habe er den Auftrag gehabt, ein neues Hotel mit Swimmingpools auszustatten. Vor einer Woche sei er zurückgekommen und habe sein Haus mit offen stehender Tür vorgefunden, diese Bande habe den kompletten Vorschuss auf das Pool-Geschäft geklaut. Zwanzigtausend Euro, die in bar in seinem Safe gelegen hätten, seien weg. Nun müsse er nach Paris zu seiner Bank, jammerte Yves, und er habe keine Ahnung, wie er das Flugticket bezahlen solle. Ob sie, Lilie, seine geliebte Tochter, ihm vielleicht etwas borgen könne. Lilie spürte den wohlbekannten Klumpen Enttäuschung in der Kehle aufsteigen. Sie wollte ihren Vater anschreien, dass er seine bescheuerten Lügengeschichten für sich behalten solle, dass er ein Egoist und Versager sei, aber sie wusste auch, dass sie es nicht übers Herz bringen würde. Sie hatte nicht die Kraft, ihn wegzustoßen, vielleicht, weil die Hoffnung zu groß war, dass er sich irgendwann änderte, dass er eines Tages doch zu seiner Familie zurückkäme und ihr ein Vater wäre, wie Hermann es für Hanna war. Hanna schien zu erkennen, in welchem emotionalen Zwiespalt sich

Lilie gerade befand, und rettete sie, indem sie sie ermahnte, weitere Fragen zu stellen.

»Ich werde schauen, was ich tun kann«, hörte sie sich in diesem Augenblick sagen, »aber ich habe auch kein Geld. Ich bin auch überfallen worden, jemand wollte das Bild von Georges Agutte klauen.«

»Das weiß ich schon, ich habe mit Marguerite telefoniert«, erwiderte Yves zu Lilies Überraschung. Doch ihre Verblüffung währte nur eine Sekunde, dann wurde ihr klar, warum.

»Hast du sie etwa auch um Geld angepumpt?« Sie setzte gerade zu einer Schimpftirade an, als Hanna ihr den Hörer entriss.

»Yves, ich bin's noch mal, Hanna. Das ist wirklich ein merkwürdiger Zufall, dass ihr beide überfallen worden seid. Vielleicht hängen die Einbrüche zusammen. Ist denn außer dem Geld noch etwas gestohlen worden?« Das Rauschen in der Leitung wurde offenbar wieder stärker, Hanna presste den Hörer fester ans Ohr. »Ach so, hm, ganz gezielt nach dem Geld gesucht. Verstehe. Ja, das tut mir auch sehr leid. Aber lass uns mal über das andere Thema sprechen. Woher genau stammt das Bild, das du Lilie geschenkt hast?«

Geschenkt hatte ihr Vater ihr das Bild eigentlich nicht, überlegte Lilie. Hanna hörte immer noch Yves' Lügengeschichten zu und zog dabei mehrfach die

Stirn kraus, sie unternahm einige Versuche, ihn zu unterbrechen, bevor es ihr gelang.

»Kann es denn sein, dass das Bild irgendwie wertvoll ist?« Wenn es wertvoll wäre, hätte er es längst verkauft, dachte Lilie. Sie wollte nicht mehr zuhören, sie wollte nur noch eins: sich im Bett verkriechen, einschlafen und ihren Vater vergessen. Sie schaute auf die Uhr, es war noch ziemlich früh, dennoch beschloss sie, ohne eine weitere Erklärung nach oben zu gehen. Die alte Holztreppe ächzte unter ihren Schritten, und es fühlte sich alles wieder genauso an wie damals, als sie das Zimmer betrat.

In dem kleinen Raum standen immer noch die alten Kieferfurnier-Möbel. Rechts neben der Tür befand sich ein großer Kleiderschrank, in dem vor allem Wolldecken, Bettzeug und Handtücher gelagert wurden. Der Schrank passte gerade so in das Zimmer hinein, und Lilie fragte sich, ob die Decke abgesackt oder immer schon so niedrig gewesen war. Zur Linken war der Regalschrank mit dem Klappbett, an dem man erkennen konnte, wie schief der Fußboden in dem alten Haus war. Man musste die Füße des Klappbettes auf unterschiedlich hohe Klötzchen stellen, um gerade zu liegen. Wenn das Bett ausgeklappt war, fungierte es auch als Sitzgelegenheit für den Kinderschreibtisch, an dem sie vor vielen Jahren gesessen und gegrübelt hatte, wann sie endlich wieder zu Patrick fliegen könnte. Und genauso wie damals setzte sie sich auch heute an den kleinen Schreibtisch und fühlte sich einsam.

Wiedersehen in Paris

Paris, September 1893

Sie nahm ihr Briefpapier aus der obersten Schublade und begutachtete es. Es waren immer noch die falschen Initialen darauf. GA, Georgette Agutte, dabei hieß sie seit fast fünf Jahren Flat mit Nachnamen. Sie saß an ihrem Pariser Sekretär und versuchte, sich zu sammeln und die vielen widerstreitenden Gefühle zu sortieren. Sie würde schreiben, das half ihr meistens. Es war ihr immer noch eine liebe Gewohnheit, in solchen Momenten Briefe an ihren verstorbenen Vater zu formulieren.

Papa, stell Dir vor, ich nehme nun Unterricht an der École des Beaux-Arts, bei Gustave Moreau. Ein faszinierender Mensch, ich habe ihn durch einen Kollegen von Paul kennengelernt. Paul und er haben zusammen ein Buch veröffentlicht, eine kommentierte Ausgabe der Tagebücher von Eugène Delacroix, die gerade erschienen ist und in Paris enormes Aufsehen erregt hat. Bei einer Gesellschaft habe ich den Koautor René Piot kennengelernt, er ist Schüler bei Moreau und hat mir vorgeschlagen, als

*externe Hörerin in dessen Kurs zu kommen. Es ist
ein großes Glück für mich, dass mein Ehemann
durch seine Arbeit all diese wunderbaren Künstler
kennt. René hat dem Meister von mir erzählt und ihn
überzeugt, dass ich es wert sei, von ihm ausgebildet
zu werden. Ich bin natürlich die einzige Frau dort.
Und auch, wenn es mich ärgert, dass ich nur wegen
meines Geschlechts offiziell von der Einschreibung
ausgeschlossen bin, so lasse ich mich dennoch von
der Würde dieses von der Muse geküssten Ortes
begeistern. Meister Moreau ist inspirierend, und
seine Ideen sind ungeheuerlich. Er geht mit seinen
Schülern in den Louvre und wagt es, die alten
Meister zu kritisieren, dabei ermuntert er uns, unsere Bilder zu denken, zu fühlen und zu träumen.
Er ist respektlos gegenüber der alten Kunst und
doch so charismatisch, dass er sicher ist, wir werden
ihm folgen. Ich muss gestehen, ich bin ihm längst
verfallen. Und all das habe ich meinem Ehemann zu
verdanken, der mich sehr glücklich macht.*

Georgette legte die Feder zur Seite und fragte sich, ob sie nicht mit sechsundzwanzig Jahren etwas zu alt war, um ihren toten Vater in einem Brief anzuflunkern, außerdem war sie unsicher, ob ihr Vater im Himmel nicht sowieso einen allwissenden Status erlangt hatte.

Unter diesen Umständen wüsste er sicher, dass der Inhalt des Briefes nur zur Hälfte stimmte. Richtig war, dass die Malerei sie erfüllte, dass sie ein Brennen in sich spürte, wenn sie nur daran dachte. In dieser Hinsicht war Paul als Ehemann eine gute Wahl gewesen, denn er kannte die Kunst wie kaum ein Zweiter und hatte sie mit den interessantesten zeitgenössischen Künstlern zusammengebracht. Sie hatte sogar Camille Pissarro, den großen impressionistischen Maler, kennengelernt, und er war inzwischen beinahe so etwas wie ein väterlicher Freund geworden. Er hatte ihren Vater gekannt, und er hatte ihr stundenlang von ihm erzählt. Pissarro und ihr Vater waren zur selben Zeit Schüler des Malers Corot gewesen. Natürlich hatte sie geahnt, dass ihr Vater, wäre er nicht in so jungen Jahren gestorben, ein bedeutender Künstler geworden wäre, aber genau das von einem wahren Meister wie Pissarro bestätigt zu bekommen, wärmte ihr das Herz. Sie hatte sich ihren Vater immer in einem Atelier vorgestellt, doch Pissarro hatte erzählt, Corot habe seinen Schülern beigebracht, hinauszugehen, in die Natur, und diese unter freiem Himmel so abzubilden, wie sie war. Sie hatten tagelang gemeinsam im Wald verbracht, und Pissarro hatte Georgette beschrieben, wie vergnüglich ihr Vater gewesen sei, wie frei in seinem Geist und seiner Kunst. Georgette betrachtete das Bild ihres Vaters, das inzwischen in ihrem Zimmer in Paris hing. Ob ihr Vater an diesem Morgen guter Laune gewesen war? Hatte er der Reiterin, die auf dem Waldweg davonritt, gewunken, hatte er sie gekannt? Georgette wusste nicht genau, wann das Bild entstanden war, ob vor der Hochzeit mit ihrer Mutter oder danach. In jedem Fall war ihr Vater damals in etwa so alt gewesen wie sie jetzt, Mitte zwanzig. Seine Technik war bereits ausgefeilt gewesen, er hatte nur wenige Pinselstriche benötigt, um Pferd und Reiterin entstehen zu lassen. Sie war stets aufs Neue beeindruckt, wie das Licht durch die eng stehenden Bäume auf die Waldlichtung fiel, die gleißende Sonne außerhalb des Waldes war spürbar, aber sie nahm weder Blättern noch Ästen ihre klar erkennbaren Formen. Bei einem Besuch in ihrem Haus in Paris hatte sie Pissarro das Bild ihres Vaters gezeigt, er kannte es nicht, hatte auch die Lichtung, die ihr Vater gemalt hatte, niemals gesehen, er war sich aber sicher gewesen, wo man diese Stelle finden würde. »Es muss im Wald bei Fontainebleau sein. Wir malten damals zusammen in der Nähe des Dorfes Barbizon. Wie wäre es, wenn wir versuchten, die Stelle zu finden? So könntest du deinem Vater nah sein, fühlen, was er gefühlt hat, sehen, was er gesehen hat, und ich könnte mich an vergangene Jahre mit einem guten Freund zurückerinnern.«

Sie hatten gemeinsam nach der abgebildeten Stelle im Wald gesucht, mit den verfallenen Zaunpfählen und dem Weg, der aus dem Dunkel hinaus ins Licht führte. In scheinbar unendlichen Spaziergängen durch Fontainebleau hatten sie lange Gespräche geführt über die Malerei. Pissarro war klug und von großer Herzenswärme. Er war eng befreundet mit den großen Impressionisten und berichtete von leidenschaftlichen Debatten mit Paul Cézanne und Claude Monet und wie sie sich dem konventionellen Geschmack entgegenstellten. Erst nach jahrzehntelanger Arbeit hatte Pissarro bei den Kritikern Gnade gefunden, und er verkaufte seine Bilder mittlerweile so gut, dass es für ein einträgliches Einkommen reichte. Wenn Georgette mit Pissarro sprach, flammte oft ein Hauch Rebellion in ihr auf, sie verspürte Wut gegen die herkömmlichen Sitten, die vor allem Frauen daran hinderten, sich zu entfalten. Wie viele große Malerinnen gab es in Frankreich? Berthe Morisot war eine der wenigen, die bekannt waren, und das vielleicht auch nur deshalb, weil sie mit Édouard Manet befreundet und verschwägert war. Auch Berthe Morisot hatte bei Corot studiert, und Georgette fragte sich, ob ihr Vater sie geschätzt hatte. Ob er es gutgeheißen hätte, dass seine Tochter allen gesellschaftlichen Konventionen zum Trotz die École des Beaux-Arts besuchte? Hätte er goutiert, dass sie eine Karriere als Malerin anstrebte? Pissarro versicherte ihr, er sei der festen Überzeugung, dass Georges Agutte stolz auf seine Tochter gewesen wäre und dass sie sich als Malerin nicht unterkriegen lassen dürfe. Aber abgesehen vom Stehvermögen gab es noch eine dringendere Frage, die Georgette umtrieb, nämlich, ob sie überhaupt genug Talent besaß, um den Weg ihres Vaters zu vollenden. Moreau schien sie für talentiert zu halten. Aber sie erkannte, dass es nicht leicht würde. Die jungen Männer in Moreaus Unterricht waren wagemutiger als sie, hatten mehr Schneid, führten den Pinsel mit unerhörter Verve. Sie würde sich anstrengen müssen, würde ihre Ängste ablegen müssen, wenn sie ihren eigenen Stil finden wollte. Ihr Vater, seine Geschichte und das Bild, das sie sich durch Pissarro von ihm machte, so gelobte Georgette in diesem Moment, würden ihr Antrieb sein, Ungewöhnliches zu wagen und sich nicht im Korsett der Gesellschaft einsperren zu lassen.

Sie betrachtete erneut die Leinwand ihres Vaters und fand die Reiterin plötzlich wild und ungebührlich kokett. Wie sie so allein durch den Wald ritt und sich nicht um die Blicke hinter sich scherte. Sie musste sich ihrer Wirkung bewusst gewesen sein, wie anmutig und beherrscht zugleich sie auf ihrem Pferd dahinritt.

Sie streichelte den Rahmen des Bildes und fragte sich, ob ihre Eltern eine glückliche Ehe geführt hatten. Um ihre eigene Ehe mit Paul war es nicht zum Besten bestellt. Nüchtern betrachtet musste sie feststellen, dass Paul ihr sehr nützlich gewesen war, aber sie hatte sich bei ihm niemals sicher gefühlt; um genau zu sein, konnte sie sich nur in einer Hinsicht bei Paul sicher sein: dass er sie immer und immer wieder betrog.

Er war zwar Kunstkritiker, doch er nahm sich das Recht heraus, so zu sein wie die Künstler, über die er schrieb: in jeglicher Hinsicht frei. Das verletzte sie nicht primär wegen der Untreue, es nagte allerdings an ihrem Selbstbewusstsein, da sie sich eh zu herb, zu wenig weiblich, kurz: nicht besonders anziehend, fand und ihre heisere, fast mannhafte Stimme nicht ertragen konnte. Was sie zudem schmerzte, war die Tatsache, dass er sie offenbar für dumm hielt, denn die Dreistigkeit, mit der er andere Frauen umgarnte oder sich von ihnen umgarnen ließ, war kaum zu überbieten. Wenn ihr eine junge Frau Modell saß, kam er mitunter ohne anzuklopfen ins Atelier und flirtete völlig ungeniert mit der zumeist nackten Dame. Aber sie musste zugeben, dass er viel Charme besaß und seine wilde Erscheinung äußerst anziehend wirkte. Die Frauen lagen ihm zu Füßen, egal, ob sie als Ehefrau danebenstand oder nicht.

Sie ärgerte sich manchmal über sein ungebührliches Verhalten, aber sie sagte nichts dazu. Es war ihr nicht wichtig genug, und in gewisser Weise konnte sie es ihm auch nicht übel nehmen, denn sie schlief schon seit langer Zeit nicht mehr bei ihm.

Sie liebte Paul nicht, sie hatte ihn geheiratet, weil seine Nähe zu den Intellektuellen ihrer Zeit sie fasziniert hatte, mehr war es nie gewesen. Sie hatte gegen ihren Instinkt agiert, denn sie hatte geahnt, dass Paul sie nicht glücklich machen würde. In seiner

Gegenwart fühlte sie sich häufig einsam. Er füllte die Leerstelle in ihrem Leben nicht, sondern riss die Lücke nur noch weiter auf. Eine innere Bindung und Erfüllung wie neulich mit Marcel hatte sie mit Paul nie empfunden. Und gerade deshalb war sie nun zutiefst verwirrt. Marcel war inzwischen ein renommierter Anwalt, sonst hatte er sich kaum verändert, trotz der vielen Jahre, in denen sie einander aus den Augen verloren hatten. Es war wie ein Wink des Schicksals gewesen, als sie ihn vor wenigen Wochen im Café de la Paix neben der Oper wiedergesehen hatte. Sie hatte ihn schon von Weitem an der für ihn so typischen Haltung erkannt: die Beine übereinandergeschlagen, leicht schräg sitzend, ein Buch in der linken Hand, die er unbequem hochhielt, während er mit der rechten seine Brille zurechtrückte. »Was liest du heute?«, fragte sie ihn, als sie nah genug herangekommen war, mit einer Selbstverständlichkeit, als hätten sie sich am Vortag zuletzt gesehen. Doch ihr Herz klopfte wie wild. Marcel löste den Blick von seinem Buch, blinzelte kurz, weil ihn die Sonne blendete, und erkannte sie.

»Meine Gette«, so hatte er sie als Kind schon immer genannt, »wo hast du nur so lange gesteckt?«, war das Erste, was er zu ihr sagte. »Komm, setz dich zu mir. Wie geht es dir?«

Schon lange hatte Georgette sich nicht mehr so unbeschwert gefühlt wie in diesem Augenblick im

Café de la Paix. Sie knüpfte, obwohl sie damals nackt vor ihm gestanden hatte, ohne einen Anflug von Scham an ihre Begegnung am See an und berichtete ihm von ihrer ersten Ausstellung und davon, dass sie die Büste von Bernadette verkauft hatte. Dass der Käufer inzwischen ihr Ehemann geworden war, verschwieg sie. Voller Leidenschaft erzählte sie vom Unterricht bei Moreau. Marcel hatte inzwischen seine Doktorarbeit in Rechtswissenschaften fertiggestellt, schrieb für eine sozialistische Zeitung, beschäftigte sich in jeder freien Minute mit Politik und Philosophie, aber darüber hinaus erwies er sich als großer Kunstkenner.

»Seit wann interessierst du dich so für Kunst?«, fragte Georgette erstaunt.

»Seit ich dich habe arbeiten sehen«, antwortete Marcel. Georgette wusste nicht, ob er nur mit ihr flirtete oder die Wahrheit sagte, was sie verlegen machte.

Als der Kellner zu ihnen kam, sah Marcel sie verschmitzt an. »Ich denke, wir nehmen Absinth, oder?« Georgette verstand seine Anspielung. Absinth galt als das Getränk der Künstler, viele von ihnen hatten sich gegenseitig mit einem Glas des giftgrünen Getränks porträtiert, und da sie seit einer geraumen Weile über all diese Künstler gesprochen hatten, stimmte sie mit etwas Herzklopfen zu. Sie vertrug nicht viel Alkohol, also nahm sie sich vor, lediglich daran zu nippen, doch als der Kellner ihnen eingeschenkt hatte, prosteten sie sich zu, und Georgette nahm einen beherzten Schluck. Sie hatte nie zuvor in ihrem Leben Absinth getrunken, und nun war es ihr, als würde sie innerlich verbrennen. Der starke Alkohol machte sich in ihrem Körper breit, und ihre Worte wurden immer hitziger. Marcel und Georgette stellten fest, dass sie die Begeisterung für die neueren Malstile teilten, vor allem für den Impressionismus. Stundenlang sprachen sie und tranken, bis es gegen Abend empfindlich kalt wurde. Doch beide wollten die Kostbarkeit des Augenblicks nicht zerstören, und als Georgette bereits zitterte wie Espenlaub und Marcel ihr sein Jackett über die Schultern legte, wusste sie, dass ihr Platz an der Seite dieses Mannes war.

Da gab es nur ein Problem: Sie war verheiratet, und sie hatte Marcel den Ehemann verschwiegen.

Sie verabredeten sich für den nächsten Tag und den darauffolgenden, und bereits wenige Tage später ging sie mit in sein kleines Apartment auf dem Montmartre. Sie wusste nicht, was geschehen würde, sie wusste nur, dass sie es geschehen lassen wollte.

Sie setzten sich in Marcels Bibliothek, und er las ihr aus Baudelaires *Die Blumen des Bösen* vor. Und als er ihr den *Albatros* vortrug, flüsterte sie leise mit. Sie liebte dieses Gedicht, und es rührte sie an, die Ähnlichkeit zwischen Marcel und dem traurigen, tapsigen Seevogel zu erkennen, der nur dann elegant sein konnte, wenn er sich in die Luft schwang, und der außerhalb seines Elements zum Gespött wurde. Sie diskutierten lange über Politik, denn Marcel wollte sich im 18. Arrondissement zum Abgeordneten der Sozialisten wählen lassen. Seine Ideen von Gerechtigkeit und der Gleichheit aller Menschen, seine Vorstellungen vor allem von der Aufwertung der Frau in der Gesellschaft, beflügelten Georgette. Sie redeten und redeten, bis es so spät geworden war, dass er ihr anbot, im Gästezimmer zu übernachten. Sie war überrascht, und wenn sie ehrlich war, nicht angenehm überrascht, denn im Grunde wäre ihr etwas weniger Zurückhaltung durchaus recht gewesen. Doch dann legte sich Marcel neben sie und wiegte sie in den Armen, bis sie glücklich einschlief.

Georgette wusste, dass sie Paul nicht fundamentaler hätte betrügen können als mit dieser Nacht, die so harmlos und doch so innig gewesen war. Sie würde mit beiden Männern reden müssen, aber sie fürchtete die Konsequenzen.

Denn wie sollte sie Paul erklären, was passiert war? Konnte sie ihm sagen, dass sie immer einen Mann gesucht hatte, der ihr ein Urvertrauen geben konnte, und dass sie diesen Mann in Marcel schon gefunden hatte, bevor er, Paul, überhaupt in ihr Leben getreten war? Konnte sie ihm gestehen, dass sie ihn nie geliebt hatte? Es gab weitaus schlechtere Ehen als ihre, und sie fürchtete sich vor einer Scheidung. Die

Kunstszene, der sie so gern angehören wollte, kannte *ihn*, nicht sie. Würde sie all ihre Kontakte verlieren, würde Moreau sie aus seinem Unterricht werfen, zumal wenn sie den Kunstkritiker Paul Flat, auf dessen Urteil die Künstler angewiesen waren, beleidigte und verletzte? Vielleicht könnte sie mit Marcel leben, ohne sich scheiden zu lassen, überlegte sie und seufzte ob dieses ungeheuerlichen Ansinnens. Marcel hatte weiß Gott nicht viel für Konventionen übrig, aber ein solches Arrangement wäre sicher zu viel verlangt. Oder würde er sich einlassen auf eine Liaison, die von einem anderen Ehemann geduldet werden müsste? Nein. Niemals. Marcel war zu gradlinig, um bei einem solchen Kuhhandel mitzuspielen, eher würde er verzichten.

Aber könnte sie ihrer Mutter die Scheidung zumuten? Auch sie wäre gesellschaftlich geächtet, wenn sich Georgette zu einem derartigen Schritt entschließen würde. Und dann war da natürlich noch die Frage, ob Marcel seinen Ruf für sie riskieren würde. Was, wenn er sie fallen ließe in dem Moment, da sie die Scheidung von Paul vollzogen hatte?

Georgette suchte in ihrem Herzen nach dem richtigen Weg, dann blickte sie auf *Die Reiterin*, nahm die Feder wieder zur Hand und schrieb weiter an ihren Vater:

Aber da ist noch etwas, das ich Dir mitteilen muss und das Dich vermutlich sehr betrüben wird. Ich werde mich von Paul scheiden lassen.

Sie betrachtete die Zeilen und wusste, dass sie die richtige Entscheidung getroffen hatte. Es gab kein Zurück mehr. Auf den ersten Mann im Leben einer Frau, den Vater, hatte sie verzichten müssen, um den zweiten würde sie kämpfen. Sie würde gleich zu Marcel gehen und in aller Klarheit mit ihm reden.

Seit dem Tag, an dem sie Marcel wieder begegnet war, hatte sie das Gefühl, wie ein Ornament aus der Fassade gefallen zu sein, und sie wusste, kein Stuckateur der Welt könnte sie wieder dort einfügen.

Das würde sie ihm sagen, genau so. Er war Anwalt, er würde sicher eine Lösung wissen, sie wollte keinen Tag länger an der Seite des falschen Mannes leben.

Fax zum Frühstück

Die Tür zu ihrem Zimmer flog auf, und jemand machte das Licht an. Ein schreckliches Licht: hell, gleißend, es flackerte mehrfach, bis die ganze Röhre leuchtete.

»Guten Morgen, Lilie. Du musst aufstehen!«

Lilie war schlagartig wach. Was zum Henker ist denn hier los, fragte sie sich. Sie brauchte einen Moment, um zu begreifen, wo sie war. In Veen, in Deutschland.

Es war Hannas Stimme gewesen, aber sie hatte exakt so geklungen wie die ihrer Mutter vor zwanzig Jahren, und Lilie dachte in diesem Moment dasselbe wie damals: Was fällt der ein? Lilie konnte sich noch sehr genau an ihren ersten Morgen in Veen erinnern. Es war draußen noch dunkel gewesen, als sie für die Schule geweckt wurde. Ihre Gastmutter war mehrfach in ihr Zimmer gekommen und hatte ihr schließlich lachend die Bettdecke weggezogen mit den Worten: »Ach, ihr Mädchen seid alle gleich. Aufstehen, Faulpelz, unten lockt der Kaffee! Und da ich weiß, dass du ihn gerne stark magst, habe ich noch einen Extralöffel in den Filter getan.«

Lilie rieb sich die Augen, dann schaute sie auf die Uhr. Es war erst sechs, Lilie konnte es nicht fassen. Diese Deutschen standen ihr definitiv zu früh auf. Vermutlich war das berühmte Wirtschaftswunder zwischen sechs und neun entstanden, wenn vernünftige Völker noch schliefen. »Ihr seid barbarisch«, zischte Lilie, und in diesem Moment zog Hanna ihr die Bettdecke weg und öffnete das Fenster, sodass die kühle Morgenluft sie frösteln ließ.

Hanna warf Lilie Jeans und Socken zu und berichtete dabei in knappen Worten, was am Abend zuvor noch passiert war.

»Also, dein Vater weiß nicht genau, wie das Bild in seinen Besitz gekommen ist. Er hält es übrigens auch für wertlos. Unter uns, wenn es wertvoll wäre, hätte er es wohl längst verscherbelt.« Sie schaute Lilie vorsichtig an. »Ich kürze die Geschichte mal ab, denn dein Vater war gestern Abend ziemlich redselig«, Hanna warf ihr, ohne sich in ihrem Vortrag unterbrechen zu lassen, nun auch noch BH und T-Shirt hin. Lilie betrachtete den BH mit Genugtuung. Ein paar ihrer überflüssigen Kilos waren wenigstens an der richtigen Stelle gelandet, dachte sie.

»Hörst du mir zu?«, ermahnte Hanna sie, und Lilie nickte gehorsam, während sie sich die Jeans anzog.

»Also, Yves hat wohl mal irgendeinen oder mehrere Briefe oder so etwas von Georgette in der Hand gehabt, das heißt, irgendwo in seinen ›Unterlagen‹, wie er sich ausdrückte, müssten die auch heute noch sein. Ich bin mir nicht sicher, ob ich ihn richtig verstanden habe, aber er sprach von einer Bastelanleitung oder so.«

Lilie musste lachen. »Eine Bastelanleitung? Was soll das denn sein?«

»Die Verbindung war entsetzlich schlecht, es gab ein Unwetter auf der Insel«, verteidigte sich Hanna. »Ich habe nur die Hälfte verstanden, aber ich habe ihn gebeten, mir aufzuschreiben, was er weiß, und ...«, sie deutete einen Trommelwirbel an, »... es mir zu faxen. Süß, so richtig altmodisch. Wie dem auch sei, seine Notizen kommen gerade unten im Flur an. Also wenn Madame sich vielleicht beeilen wollen«, sagte sie mit spöttischem Ton.

Lilie hielt das mit der Bastelanleitung für einen Übersetzungsfehler, doch sie spürte eine unerwartete Neugier in sich aufsteigen. Sie hatte sich nie Gedanken über die Urahnin gemacht, in deren Straße sie wohnte, es hatte sie nicht sonderlich interessiert, weil sie sich nicht für die Familie ihres Vaters interessieren *wollte*, aber diesem Mädchen, das sie in dem Brief kennengelernt hatte, fühlte sie sich seltsam verbunden. Sie schien die Einsamkeit zu kennen, die auch Lilie an jedem Ort der Welt verspürte, egal, in welcher Gesellschaft sie sich befand. Hoffentlich hatte der chaotische Yves diese Briefe nicht verschlampt, betete sie.

Das Fax floss aus dem Gerät wie Schweröl aus der Kanne. Langsam ergoss es sich Richtung Boden, wo es mit einem Platschgeräusch landete und sich sofort wie eine schutzbedürftige Raupe einrollte.

Hermann riss das Papier unvorsichtig und mit Schwung ab. »Pass doch auf«, schalt ihn seine Tochter ob seiner Grobheit. Sie nahm es ihm aus der Hand und stöhnte unwillig, weil das Papier so durchscheinend war, dass sie den Text im Gegenlicht nicht entziffern konnte. Hanna ging zum Sekretär neben dem Faxgerät und legte das Blatt auf die samtene Schreibablage. Lilie stellte sich daneben. ›6.07 Uhr‹, las sie am Rande des Papiers. Auf den Antillen war es jetzt kurz nach Mitternacht. Ihr Vater war immer schon ein Nachtschwärmer gewesen. »Herrgott, was ist das denn für eine Sauklaue«, schimpfte Hanna und schob ihr das Blatt hin, »ich kann nichts entziffern.«

Yves' Schrift war krakeliger, als Lilie sie in Erinnerung hatte. Zudem zeigten schwarze Schlieren, dass die Tintenpatrone schon bessere Zeiten gesehen hatte, und ein rosafarbener Streifen auf dem Faxpapier zeugte vom baldigen Ende der Papierrolle. Lilie war enttäuscht. Sie hatte gehofft, Yves hätte vielleicht ein paar alte Briefe von Georgette auf das Faxgerät gelegt. Stattdessen hatte er nichtssagende Informationen aufgelistet und durchnummeriert:

1. Bild von einem Flohmarkt in Bonnières-sur-Seine
2. Irgendwann 70er-Jahre
3. Brief, auf Rückseite der Leinwand geklebt
4. Bastelanleitung ... nicht finden

Lilie hatte nicht die geringste Vorstellung, was Yves genau sagen wollte, aber er hatte tatsächlich etwas von einer Bastelanleitung geschrieben, auch wenn nicht alles zu entziffern war. Vielleicht war es einfach nur eine Skizze von Georgette gewesen, die er nicht als solche erkannt hatte. Vermutlich war der letzte Blick auf das, was Georgette da »hinterlassen« hatte, auch schon Jahrzehnte her.

Hanna klapperte inzwischen in der Küche mit dem Geschirr und machte hoffentlich starken Kaffee.

»Ich komme gleich«, rief Lilie in ihre Richtung, »ich geh nur schnell ins Bad.«

Als Lilie aus der Dusche kam, staunte sie nicht schlecht: Der Küchentisch war hergerichtet, als käme die ganze Verwandtschaft zu Besuch. Jede Mahlzeit war den Terhövens wichtig, aber das Frühstück war heilig. Fünf verschiedene Sorten Brot machte Lilie aus, unzählige Marmeladen, Eier, Salami und Schinken, Fleisch- und Leberwurst, dazu verschiedene Sorten Käse, und wie sie gerührt bemerkte, war Hermann sogar extra ins Dorf zum Bäcker gefahren, um Croissants für sie zu besorgen.

Sie setzten sich an den überbordenden Tisch, und Lilie stellte in diesem Haus vermutlich zum hundertfünfzigsten Mal klar, dass sie eigentlich morgens nicht frühstückte, auch, um die Linie zu halten.

»Sicher!«, erwiderte Hermann ungerührt, hielt ihr den Brotkorb unter die Nase, und sie nahm ein fettiges Buttercroissant.

»Frühstücke wie ein Kaiser« war Hermanns liebstes Credo, und Lilie erinnerte sich, wie er ihr mit dieser Volksweisheit auf den Lippen am ersten Morgen in Veen aufmunternd den Brotkorb vors Gesicht gehalten hatte, bis er schließlich, als Lilie keinerlei Anstalten machte, sich zu bedienen, eine Scheibe sehr dunklen Brotes aus dem Körbchen nahm und ihr auf den Teller klatschte. Er hatte eine wundervolle Art, sie zu bevormunden. Sie konnte sich allerdings nicht vorstellen, dass sie so etwas bei irgendeinem anderen Menschen geduldet hätte. Damals hatte sie nicht gewagt, das Schwarzbrot wieder zurückzulegen, aber ihr war sonnenklar gewesen, dass ihr Magen so früh am Morgen nicht mit Vollkornbrot zurande käme. Also hatte sie in dem Körbchen nach etwas gesucht, was dem Croissantteig ähnlich war, und sich für ein weißes Brot mit Rosinen entschieden. Als sie die Rosinen herauszupicken begann, fühlte sie plötzlich alle Blicke auf sich ruhen. Alle, die eben noch ruhig und rhythmisch an ihren Broten gekaut hatten, atmeten hörbar ein, bis Opa Bernhard mit einem merkwürdig mauligen Ton etwas Unverständliches sagte. Hannas Mutter legte ihm die Hand auf den Arm und sprang auf, offenbar um Nachschub zu holen. Lilie hatte ausgerechnet das Brot von Opa Bernhard erwischt, das einzige, das er mit seinen dritten Zähnen noch kauen konnte. Entschuldigend hatte sie sich umgeschaut und ein verschwörerisches Grinsen von Hermann geerntet.

»Iss, schnell, bevor er es sich zurückholt«, hatte er geflüstert, und von dem Moment an hatte sie das Familienfrühstück genossen.

»Schade, kein Rosinenbrot«, sagte sie nach dem ersten herzhaften Biss ins Croissant und lächelte Hermann an.

»Was gibt es denn Neues von der Familie Agutte?«, fragte der jetzt gut gelaunt. »Was genau steht in dem Fax?«

»Ich fürchte, verständlicher als Hannas Telefonat ist das Fax leider auch nicht«, sagte Lilie bedauernd. »Aber immerhin: Auch ich lese darin irgendetwas von einer Bastelanleitung. Und wenn ich mir den Rest zusammenreime, dann findet er sie nicht mehr. Das Bild hat er vor einer Ewigkeit auf dem Flohmarkt von Bonnières-sur-Seine gekauft. Das ist alles.«

»Wo genau liegt Bonnières-sur-Seine?«, fragte Hermann.

»Nicht weit von Paris entfernt«, antwortete Lilie, »vielleicht sechzig Kilometer nordwestlich.«

»Den Ortsnamen habe ich doch schon mal gehört.« Hanna blätterte in einem Ordner. Sie hatte offenbar noch in der Nacht angefangen, an einem Artikel für die *Niederrhein Nachrichten* zu arbeiten, und alle Rechercheergebnisse fein säuberlich aufgeschrieben und abgeheftet. Hanna schien vorbereitet, ihrem Vater Rede und Antwort zu stehen, als wäre er der Chefredakteur ihres Blattes. Lilie fragte sich, wie Hanna ihre Geschichte wohl in einem niederrheinischen Regionalblatt beteiln würde.

Wiederholungstäterin: Ururgroßnichte einer mäßig bekannten französischen Malerin schon zum x-ten Mal in Veen gesichtet

Oder vielleicht:

Trio Infernale: Veener kommen Pariser Beinahe-Kunsträubern auf die Schliche. Die Spur führt vom Niederrhein bis in die Karibik

In dem Moment hatte Hanna ihre Notiz gefunden. »Ha!«, rief sie. »In Bonnières-sur-Seine ist Marcel Sembat geboren, das heißt, da haben sich die beiden kennengelernt.«

»Ach«, entfuhr es Lilie, und sie überlegte, ob es Zufall gewesen war, dass Yves ausgerechnet dorthin zum Flohmarkt gefahren war. Vielleicht hatte er in den 70er-Jahren ja doch Ahnenforschung betrieben.

»Michael hat das Bild inzwischen ausgerollt, zwischen zwei Plexiglasscheiben gepresst, sodass es glättet. Er hat es abfotografiert und mir gestern Abend noch per Mail geschickt. Ich habe es ausgedruckt. Hier, bitte.«

Sie hielt ihnen ein etwa postkartengroßes Foto hin, das Hermann mit ausgestrecktem Arm in Augenschein nahm.

»Ich dachte, ich hätte etwas an der Leber, warum bin ich dann jetzt halb blind?« Er lachte lauthals über seinen Witz, Lilie und Hanna aber blieben stumm. »Gib mir bitte mal meine Brille.« Lilie stand vom Tisch auf, holte Hermanns Brille, stellte sich dann hinter ihn und blickte ihm über die Schulter.

Sie war fasziniert von dem Werk. Sie hatte es nicht so schön in Erinnerung. Das Lichtspiel in den Bäumen der Waldlichtung war unglaublich fein, und die Reiterin in der Mitte des Bildes lockte den Betrachter geradezu, sie zu begleiten. Den Riss im oberen Teil des Gemäldes hatte der Restaurator geschickt kaschiert.

»Wie gesagt: Michael hat das Bild auf Anhieb richtig zugeordnet«, ergriff Hanna wieder das Wort. »Georges Agutte war ein Schüler von Corot, dem nachgesagt wird, er sei der Vorreiter des Impressionismus gewesen. Hier, schau, Michael hat uns auch ein paar Bilder von Corot geschickt, und ich habe sie ausgedruckt.« Lilie war erstaunt, wie sehr die Waldlichtungen von Corot der auf dem Bild ihres Urahnen ähnelten. Fast hätte man meinen können, eines der Gemälde zeige ebendiesen Wald und ebendiesen Weg.

»Was ist so ein Corot wohl wert?«, fragte Hermann, doch noch ehe er sich zu einer Schätzung hinreißen lassen konnte, sagte Hanna tadelnd: »Papa! Das ist doch völlig irrelevant. Nur weil ein Corot wertvoll ist, heißt das noch lange nicht, dass auch ein Agutte wertvoll ist, bloß, weil die zwei zufällig am selben Ort gemalt haben ...«

»» ... und im gleichen Stil, und, nicht zu vergessen, zur selben Zeit«, beharrte Hermann. »Vielleicht ist das ein vergessener Kunstschatz, und irgendjemand hat davon Wind bekommen und wollte ihn deshalb klauen. Wegen so etwas sind schon Menschen ermordet worden.«

»Aber nur bei Agatha Christie«, konterte Hanna.

»Sei doch nicht so fantasielos! Was ist denn, wenn das Huhn mitten in die Suppe hineingeflogen ist, statt nur daran vorbeizulaufen?«, fragte Hermann.

»Wie meinen?« Hanna blickte zu Lilie, die sich ein Grinsen nicht verkneifen konnte.

»Ich habe nur deinen Hühnervergleich noch mal aufgegriffen. Also, vielleicht hat er nicht nur *wie* Corot oder Pissarro gemalt, sondern *mit* Corot oder Pissarro. Ihr habt doch von diesem vermeintlichen Rubens-Bild in Michaels Atelier erzählt, bei dem der Meister eventuell Hand angelegt hat. Vielleicht ist es bei Georges Agutte genauso gewesen. Will heißen, wenn er ein Schüler von Corot war, hat der Meister ihm möglicherweise ein wenig unter die Arme gegriffen.« Hanna biss von ihrem Brötchen ab und nahm sich Zeit, das Gesagte zu überdenken.

»Ich glaube nicht, dass man so etwas nachweisen kann«, gab Lilie zu bedenken. Doch Hermann beachtete ihren Einwand nicht.

»Ich werde Michael nachher anrufen und ihn bitten, das zu prüfen.«

»Meinetwegen«, seufzte Lilie, aber Hermann gab immer noch keine Ruhe. Er erinnerte sie plötzlich an Sir Peter Ustinov alias Hercule Poirot, als er sie ins Verhör nahm. »Wer wusste denn, dass du dieses Bild in deiner Abstellkammer aufbewahrst?« Lilie runzelte die Stirn, und obwohl ein großer Teil von ihr immer noch davon ausging, ein Opfer von Junkies geworden zu sein, täuschte sie angestrengtes Nachdenken vor, als sie antwortete.

»Also, ich kann mich nicht einmal daran erinnern, dass ich es aus dem Apartment in der Rue de Sévigné mitgenommen habe. Irgendwie muss es im Umzugswagen gelandet sein. Und somit kann davon eigentlich nur meine engste Familie wissen. Meine Mutter, aber die interessiert sich nicht für Materielles, und sie fand das Bild immer furchtbar hässlich. Mein Vater natürlich, denn ihm gehört es ja wohl, aber er hätte es einfach abholen können, statt mich überfallen zu lassen. Sonst eigentlich niemand. Ich hatte es ja niemals an der Wand hängen.«

»Wieso gehört es deinem Vater?«, fragte Hanna. »Ich dachte, Yves hätte es dir geschenkt?«

»So kann man das nicht sagen. Er hat es bei uns gelassen, weil er es nicht mehr haben wollte. Irgendwie wollte es niemand haben, also gehört es vielleicht auch niemandem.«

Hermann und Hanna wechselten einen kurzen Blick.

»Irgendjemand wollte es ganz offensichtlich doch und war sogar bereit, dafür kriminell zu werden«, sagte Hanna.

»Was ist mit all den Freunden, die früher eure Wohnung bevölkert haben, deine Exfreunde, die doch wohl alle immer ziemlich klamm waren, oder?« Hermann schaute sie eindringlich an und zog dabei die rechte Augenbraue hoch.

Lilie überlegte einen Moment.

»Irgendjemand, der sich mit Kunstgeschichte auskennt«, insistierte Hermann, doch Lilie schüttelte den Kopf, dieses Bild blieb ein wertloser alter Schinken von einem unbekannten Maler.

»Nein, Hanna, mach doch mal weiter, was wir noch alles herausgefunden haben«, wehrte sie schließlich ab.

»Weißt du, Lilie, ich würde mir einfach wünschen, dass dieses Bild wertvoll ist. Dann wüsste ich dich versorgt, wenn ich abtreten muss«, sagte Hermann ernst.

»Ach, hör auf«, krächzte Lilie, die vergeblich versuchte, einen heiteren Ton anzuschlagen, und, als sie merkte, dass das nicht gelang, zu einem freundlichen, aber bestimmten Mahnen überging: »Ich will so etwas nicht hören. So, und nun schauen wir, ob wir dem Bild irgendeinen Wert angedichtet bekommen, damit du endlich Ruhe gibst.« Hermann nickte und tippte seine Tochter an: »Weiter im Text!«

»Gut, also so viel zum Vater. Kommen wir zur Tochter. Georgette Agutte war nach Recherchen von Michael eine Schülerin von Gustave Moreau, der die besten Maler jener Zeit ausgebildet hat, zum Beispiel Henri Matisse oder auch Albert Marquet, die ganzen Franzosen, die damals als sogenannte Fauvisten Furore gemacht haben, man kann also sagen, dass Moreau der ...«

»Warte mal, den kenne ich!«, rief Hermann dazwischen.

»Wen, Henri Matisse? Ja, den kennen wir wohl alle«, lästerte Hanna.

»Nein, du Tröte«, lachte Hermann. »Ich meine natürlich Moreau. Ich glaube, auf Schloss Moyland hängt ein Moreau«, und an Lilie gewandt, sagte er: »Erinnerst du dich noch an das Museum dort? Wir waren einige Male zusammen da, als es gerade erst eröffnet war. Da ist dieser ganze Kram von Beuys ausgestellt, das hat dir gut gefallen, und ein paar vernünftige Bilder haben die auch. An den Moreau zum Beispiel kann ich mich ganz gut erinnern, das ist ein ziemlich unheimliches Bild mit einer Sphinx, die über einem Berg von Leichen thront oder so ähnlich.«

Lehrer von Urahnin einer ehemaligen Veener Austauschschülerin hängt am Niederrhein, dichtete es in Lilies Kopf. Wird doch.

Hanna nahm den Faden wieder auf. »Georgette und ihr zweiter Mann waren offenbar eifrige Kunstsammler, und alle Bilder, die sie im Laufe der Jahre erworben haben, hängen heute im Museum von Grenoble.«

»Wieso ausgerechnet in Grenoble?«, fragte Lilie.

»Tja, das wusste Michael auch nicht.« Hanna schloss den Aktenordner und legte ihn auf den Boden, weil auf dem Tisch neben Wurst, Marmelade und Orangensaft kein Platz mehr war. »Irgendwelche Ideen?«

»Ich würde sagen, wir müssen uns mal von hier wegbewegen, wenn wir die Puzzleteile zusammensetzen wollen.« Hermann hatte laut gedacht, und Hanna und Lilie sahen sich skeptisch an.

»Das ist doch wirklich wie in einem Krimi«, fuhr Hermann unbeirrt fort, »da wird plötzlich bei jemandem eingebrochen, der, entschuldige bitte, Lilie, so arm ist wie eine Kirchenmaus, und offensichtlich geht es um das Erbe einer berühmten Malerdynastie.«

»Mittlerweile sind wir schon eine Malerdynastie?«, fragte Lilie spöttisch.

»Sagen wir, es geht um einen Malervater und seine malende Tochter und ihre Künstlerkollegen. Wir sollten uns vielleicht wirklich mal in ihrem Umfeld umsehen, schauen, wie sie gelebt haben. Es ist doch ziemlich spannend, dem nachzugehen, oder? Und wer weiß, am Ende ist das Bild ihres Vaters doch noch ein Rembrandt«, schloss er augenzwinkernd.

»Wie meinst du das, ›in ihrem Umfeld umsehen‹?«, wollte Hanna wissen.

»Na, wir werden hinfahren, denke ich«, erwiderte Hermann erwartungsfroh.

»Natürlich«, pfiff Hanna und zog die Vokale übertrieben in die Länge, »und wo genau soll es denn hingehen? Vielleicht als Erstes direkt auf die Antillen, um herauszufinden, ob Yves noch mehr Familienerbstücke besitzt, damit seine Tochter eines Tages gut versorgt ist?«

Hermann sah Hanna durchdringend an, dann sagte er bedächtig: »Über die Reihenfolge können wir ja noch diskutieren, aber ich denke, wir fangen in dem Heimatort in der Nähe von Paris an, fahren weiter nach Grenoble und fliegen von dort in die Karibik. Da wollte ich immer schon mal hin. Jetzt oder nie.« Er hatte den wohlbekannten Tonfall angeschlagen, der anzeigte, dass es ihm ernst war. Hannas Wangen waren rot angelaufen, Lilie sah ihr an, was sie von Hermanns Vorhaben hielt, und sie ahnte, dass nun eine längere Diskussion folgen würde, deshalb entfernte sie sich lautlos vom Tisch und beschäftigte sich damit, die Akte auf dem Boden noch einmal durchzublättern, als es hinter ihr auch schon losging.

»Das ist nicht dein Ernst, Papa.«

»Mein voller Ernst!«, insistierte Hermann.

»Das ist viel zu gefährlich! Du bist im Moment nicht gerade in Topform, um es mal vorsichtig zu formulieren. Wie stellst du dir das vor? Das ist absurd, das ist glatter Selbstmord!«

Er lachte trocken. »Hanna, ich sterbe sowieso in absehbarer Zeit. Erwartest du etwa, dass ich mich in ein Krankenzimmer lege und monatelang vor mich hinvegetiere, dann an Geräte angeschlossen werde und noch ein bisschen länger röchelnd am Leben gehalten werde? Wir haben doch so oft nach Mamas Tod darüber gesprochen.«

»Das ist nicht dasselbe. Wir haben gesagt: keine lebensverlängernden Maßnahmen, von Kamikaze-Reisen war da nie die Rede!«

»Es ist keine Kamikaze-Reise. Es ist mein letzter Krimi, und dabei führe ich Regie und spiele die Hauptrolle. Es ist mein Leben, und ich entscheide, wie es zu Ende geht. Wenn du mir eine Freude machen willst, dann hilf mir, statt mir Steine in den Weg zu legen.«

Hanna und Hermann waren sehr laut geworden, was für die beiden nicht ungewöhnlich war, denn sie waren Hitzköpfe, die ständig aneinandergerieten, was der innigen Verbindung allerdings keinen Abbruch tat. Doch jetzt wirkte es, als wäre alle Kraft aus Hanna gewichen. Sie ließ die Arme hängen und sagte tonlos:

»Ich will dich einfach nicht verlieren, Papa.«

Lilie sah, wie Hermann die Arme ausbreitete, um Hanna zu trösten. »Du kommst auch ohne mich klar, meine Große.« Er streichelte ihr über den Kopf. »Ich wünschte, mir bliebe mehr Zeit mit euch. Aber ich kann es nicht ändern. Scheiße!« Hermanns Blick wurde für einen Moment stumpf und traurig, dann schlug er mit der Faust auf den Tisch.

Lilie kam sich vor wie ein Voyeur. Sie wäre gern aus der Küche gerannt, zurück in ihr kleines Jugendzimmer oben unterm Dach, aber sie wollte auf keinen Fall Aufmerksamkeit auf sich ziehen. Sie hockte in einer äußerst unbequemen Position vor dem Aktenordner und bekam in dieser starren Haltung Krämpfe in den Beinen. Schließlich konnte sie sich nicht länger zusammenreißen und stand mit einem leisen Stöhnen auf.

Sie sah Hanna und ihren Vater Arm in Arm. Die beiden wirkten innig und vertraut, und Lilie wünschte, sie wäre an Hannas Stelle, dürfte Hermann ebenfalls in den Arm nehmen, ihn trösten und sich von ihm trösten lassen. Noch im selben Augenblick schämte sie sich dafür.

»Lilie«, sagte Hanna und schaute sie aus roten Augen an, »bist du dabei?«

Lilie verstand nicht sofort. »Wobei?«

»Bei unserer Reise auf den Spuren der Familie Agutte. Bonnières, Grenoble, Guadeloupe. Ohne dich wäre es nur halb so schön.«

»Ich«, stammelte Lilie, die begriff, dass es den beiden wirklich ernst war, »ich habe kein Geld.«

»Das dürfte wohl nicht das Problem sein«, lächelte Hermann, »ich zahle die Reise natürlich für meine zwei Mädchen.«

Lilie wurde schwindlig: »Aber ich kann nicht zu meinem Vater reisen, das versteht ihr doch. Ich fürchte, ich halte es keine zehn Minuten mit ihm aus.«

Hermann legte den Kopf ein wenig schief. »Ehrlich gesagt würde ich den Mann ganz gerne mal kennenlernen. Ich hätte da noch einiges mit ihm zu klären«, sagte er streng. In der Reihe der Herzensbrecher, die Hermann vor Lilies innerem Auge niederstreckte, reihte sich plötzlich zuvorderst ihr Vater ein, und sie stellte sich kurz vor, wie Hermann ihn einmal richtig vermöbelte. Sie gab sich einen Ruck.

»Auf die Familie!«, rief sie und hob zum Toast ihre Kaffeetasse.

»Auf die Familie!«, fielen die beiden anderen ein, und Lilie war sich sicher, dass jeder von ihnen etwas anderes damit meinte.

Zerrüttung schwarz auf weiß

Bonnières-sur-Seine, März 1894

»Ich kann Dir nicht sagen, wie entrüstet meine Mutter ist. Sie hatte sich für mich eine anständige Frau gewünscht und sieht mich nun in einer unglücklichen Verbindung mit einer Furie, die mich benutzt, um in der Kunstwelt Karriere zu machen, und die zugleich ihre widernatürlichen Neigungen an Aktmodellen auslebt …« Georgette hatte genug. Sie legte den Brief von Paul zur Seite und schob ihn Bernadette hin, die mit ihr zusammen am Esstisch saß. Sie hatte sich nach Bonnières zurückgezogen, in das Haus ihrer geliebten Tante Adèle. Ihre Tante war vor zwei Jahren gestorben und hatte Georgette das Haus vermacht. Bislang war sie noch nicht oft hierhergekommen. Es hatte sich kaum ergeben, denn sie ging inzwischen sogar an den Sonntagen regelmäßig in Moreaus Atelier, wo der Meister ausgewählte Schüler zum freien Unterricht empfing. Sie hatte es tatsächlich in diesen privilegierten Kreis geschafft. Der große Maler schien in ihr ein besonderes Talent erkannt zu haben oder zumindest einen rebellischen Geist. Letzteres hatte er einige Male angesprochen und sie ermuntert, dieses Denken zu fördern. Sie seufzte und wünschte, sie hätte mehr Kraft, gerade jetzt. Sie war gepeinigt von Ängsten, dass Moreau sie nicht mehr in seinem Unterricht dulden würde, wenn die Scheidung von Paul ruchbar würde.

Ein weiterer Grund dafür, dass sie seit dem Tod ihrer Tante erst wenige Male in Bonnières gewesen war, hatte mit ihrem Empfinden zu tun, dass Paul nicht hierher gehörte, beinahe, dass er das Haus entweihen würde. Besonders seitdem Marcel wieder in ihr Leben getreten war, wusste Georgette, dass dieser Ort für sie beide bestimmt war. Marcel kam an den Wochenenden vorbei und wohnte dann im Haus seiner Eltern. So konnten sie sich sehen, ohne dass jemand Verdacht schöpfte, der nicht schon längst von ihrer Verbindung wusste, und das war, von den Beteiligten abgesehen, eigentlich nur Bernadette. Ihre Freundin aus Jugendtagen kümmerte sich seit zwei Jahren um das Haus von Tante Adèle. Sie lebte mit ihrer Familie in unmittelbarer Nachbarschaft. Bernadette hatte inzwischen zwei Kinder geboren, zwei Jungs, die gerade im Garten umhertobten, und sie war schon wieder schwanger. Sie war in Georgettes Augen immer noch so schön wie damals an dem kleinen See. Bernadette war als werdende Mutter die Inkarnation der Weiblichkeit, mit ihren großen Brüsten und dem rundlichen Bauch, und sie war eine perfekte Freundin. Sie war liebenswürdig, patent, Georgette konnte ihr alles anvertrauen. Sie teilten ihre Geheimnisse, seit sie Kinder waren, und so war Georgette sich sicher, dass Bernadette sie nicht verraten würde. Als sie ihr die Geschichte mit Marcel erzählt hatte, war Bernadette nicht einmal überrascht gewesen. »Ich wusste immer, dass ihr füreinander bestimmt seid«, hatte sie nur fröhlich gesagt. Inzwischen war mehr als ein Jahr vergangen, und die Nebenwirkungen der Trennung von Paul zermürbten Georgette.

Nur hier in Bonnières konnte sie das Ende ihrer Ehe und die Folgen halbwegs aushalten. Sie hatte *Die Reiterin,* das Bild ihres Vaters, wieder nach Bonnières gebracht, damit Paul es ihr nicht abspenstig machen konnte. Manchmal, wenn sie fürchtete, diesen Zustand mit ihrem Ehemann nicht länger ertragen zu können, wenn sie der Mut zu verlassen drohte, schrieb sie immer noch Briefe an ihren toten Vater. Es beruhigte sie bis heute.

Sie war Paul nicht böse. Er tat im Grunde nur, worum sie ihn gebeten hatte. Nicht, dass Paul versucht hätte, Georgette zu halten, im Gegenteil, als sie ihm eines Abends gesagt hatte, sie wolle die Scheidung, war er fast beleidigend ruhig geblieben. Er hatte nur kurz gefragt, ob sie sich das auch gut überlegt habe, immerhin nehme sie damit vermutlich einen gesellschaftlichen Abstieg in Kauf, abgesehen davon, dass sie als geschiedene Ehefrau nicht geschäftsfähig wäre.

»Du könntest nicht einmal deine Bilder verkaufen, selbst dann nicht, wenn du jemanden fändest, der Interesse daran hätte«, fügte er hinzu, wohl wissend, dass er sie damit verletzte. Aber er war nicht auf der Höhe der Zeit, im Gegensatz zu Marcel, der sie darauf hingewiesen hatte, dass erst ein halbes Jahr zuvor ein neues Gesetz in Kraft getreten war, das einer geschiedenen Frau volle Geschäftsfähigkeit einräumte. »Die Scheidung ist inzwischen auch für Frauen möglich«, erwiderte sie, »es gibt nur einen Haken, es muss einen glaubhaften Grund für die Auflösung der Ehe geben.«

Paul saß unter der Stehlampe im Salon und schaute ihr geradewegs in die Augen: »Und, gibt es den?«

Sie erzählte ihm von Marcel, vielleicht, um ihn aus der Reserve zu locken, vielleicht, um sich für seine vielen Affären zu rächen, vielleicht auch nur, um den Mann, den sie liebte, nicht zu verleugnen. Ihr Ehemann blieb ruhig, er schien nicht einmal in seinem Stolz verletzt, oder er wollte es nicht zeigen. Er machte keinerlei Anstalten, ihr Steine in den Weg zu legen. »Was muss ich tun?«, fragte er nur, und sie legte ihm das weitere juristische Vorgehen dar, wie sie es mit Marcel besprochen hatte.

Sie mussten sich Briefe schreiben, die dem Gericht die Zerrüttung ihrer Ehe bewiesen, und das taten sie fortan. Sie beschimpfte ihn darin aufs Wüsteste, hielt ihm vor, sie zu betrügen, zu Prostituierten zu gehen und der ehelichen Pflicht nicht nachzukommen. Es sei aus der Ehe noch immer kein Kind hervorgegangen, schrieb sie, obwohl sie, Georgette, es sich so sehr gewünscht habe. Die meisten dieser Vorwürfe waren gelogen, aber als sie ihn des Hochmuts und der Eitelkeit bezichtigte, wurde ihr bewusst, dass manches durchaus einen wahren Kern hatte und es guttat, sich etwas von der Seele zu schreiben, was sie fünf Jahre lang unterdrückt hatte.

Aber auch Paul erfand heftige Anschuldigungen gegen sie, er hatte nun schon mehrfach behauptet, sie sei sexuelle Affären mit ihren Modellen eingegangen. Das war doppelt pikant, denn als Frau malte sie natürlich ausschließlich Frauen.

»Dein Aussehen ist so herb und männlich, dass ich mich gar nicht darüber wundern mag, dass Du regelmäßig mit Deinen Modellen geschlechtlich verkehrst« hieß es auch wieder in dem Brief, den er heute nach Bonnières hatte schicken lassen. Natürlich hatte sie keine Affären gehabt, aber die Anspielung auf ihr wenig anmutiges Äußeres hatte sie gekränkt. War das nötig gewesen? Musste er sie in diesen Briefen bis ins Mark treffen? Er hatte sie als hysterische Furie dargestellt, die rasend vor Eifersucht war, nicht eine Minute allein bleiben konnte, von künstlerischem Ehrgeiz zerfressen war und ihn nur seiner Kontakte wegen überhaupt geheiratet hatte. Diese Briefe hatten bei ihr schwere Gemütsschwankungen bewirkt, denn sie fragte sich, ob man sie wirklich so sehen konnte. Wenn ihre Vorwürfe einen wahren Kern enthielten, galt das vielleicht auch für seine? Sie liebte ihn nicht, das wussten sie beide. Liebe war diese sanfte Sicherheit, die sie bei Marcel empfand, das absolute Vertrauen und der Wunsch nach Ewigkeit.

Seit einem Jahr schrieb und empfing sie nun solche Briefe, es war das Jüngste Gericht der Ehe, die erbarmungslose Abrechnung.

War es am Anfang in gewisser Weise amüsant gewesen, sich Scheidungsgründe auszudenken, so marterte Georgette mittlerweile der Gedanke, dass irgendwann niemand mehr zwischen notwendiger Lüge und Wahrheit unterscheiden würde. Und was wäre, wenn Marcel eines Tages glaubte, in der Scheidung von Paul zeige sie ihr wahres Gesicht? Mehrfach hatte sie ihn angefleht, nicht schlecht von ihr zu denken. »Aber Gette, meine kleine Gette«, hatte er geantwortet, »ich sehe doch, wie sehr du dich quälst. Es tut mir so leid, dass ich dir das zumuten muss.«

»Wie lange soll das denn noch so weitergehen?«, fragte Bernadette, als sie den Brief zu Ende gelesen hatte. Georgette zuckte die Schultern. Sie saßen an dem alten Tisch, an dem Georgette bereits als Kind gegessen hatte. Noch immer hing ein von ihr gemaltes Bild an der Wand. Es zeigte ein Mädchen, das an einem Brunnen stand und mit einem kleinen roten Ball spielte. Sie lächelte. Es war gar nicht so schlecht dafür, dass sie selbst noch ein Kind gewesen war, als sie es gemalt hatte, aber sie würde es bald austauschen.

»Darf ich dich malen?«, fragte sie Bernadette jetzt. Ihre Freundin guckte an sich hinunter.

»So?« Sie trug ein einfaches blaues Kostüm mit einem mantelartigen Rock, der von einem großen blauen Knopf unter der Brust gehalten wurde und der nun, da Bernadette schon deutlich schwanger war, über dem Bauch aufsprang, darüber eine weiße Schürze mit einigen Flecken und einen strohgelben Hut.

»Du siehst wundervoll aus, und außerdem lenkt mich das Malen ab. Bitte!« Bernadette nickte und ließ sich von Georgette in den Garten bugsieren. Georgette holte einen Gartenstuhl ohne Armlehnen und stellte ihn unter einen Bogen mit rosafarbenen Rosen.

»Perfekt«, murmelte sie und bat Bernadette, Platz zu nehmen. Sofort kamen deren Söhne angelaufen, und nach kurzem Quengeln durften sie sich neben ihre Mutter stellen.

Georgette freute sich über das Motiv, allerdings nicht lange, denn die Jungen hatten keine Geduld, Modell zu stehen. Schon nach wenigen Minuten liefen sie fort. Bernadette sah ihren Söhnen nach und stützte den Kopf in die linke Hand.

»Bleib so!«, flüsterte Georgette heiser und skizzierte eifrig. Dann hielt sie inne und erkannte in der

Sekunde, dass sie nicht länger warten konnte. Hastig malte sie noch ein paar kräftige Striche, um sicher sein zu können, dass sie dieses Bild genauso würde vollenden können, wie sie es in diesem Moment gesehen hatte, dann klappte sie ihren Zeichenblock zu.

»Ich werde heute noch nach Paris zurückreisen«, erklärte sie, »ich muss zu Marcel.«

Platz ist in der kleinsten Hütte

Am nächsten Tag waren sie startklar.

Hermann hatte aller Proteste von Lilie und Hanna zum Trotz seine Arzttermine in der Klinik abgesagt und auf unbestimmte Zeit verschoben. Auf Hannas Drängen hin war er wenigstens noch einmal beim Dorfarzt vorstellig geworden, der aber auch keine schlagkräftigen Argumente gegen die Reise in petto gehabt hatte, wie Hermann im Brustton der Überzeugung behauptete. Hanna hatte in der Zwischenzeit mit ihrem Chef gesprochen und kurzfristigen Urlaub eingereicht. Da ihr Chef auch im Dorf wohnte, wusste er von Hermanns Krankheit und hatte Hanna keine Steine in den Weg gelegt.

Lilie beobachtete, wie Hermann akribisch den Inhalt seiner Herrenhandtasche ordnete. Reisepass, Krankenversicherungskarte, Scheckheft, Hermann war für alle Eventualitäten gerüstet. Nur auf eines hatte sie ihn nicht vorbereiten können, und das war die Tatsache, dass sein Auto in Paris völlig deplatziert sein würde. Sie hatte ihm erklärt, dass man in Paris nur wenige Fahrzeuge dieses Kalibers fände, allein weil sie selten ohne Beule wieder aus der Stadt herauskämen, aber er hatte nur die Lippen zusammengepresst und ihren Arm getätschelt.

Mit Schwung wuchtete er nun sein Gepäck in den Kofferraum, dann setzte er sich ans Lenkrad.

»Alle Mann an Bord?«, fragte er. Er schaute sich noch einmal um und verabschiedete sich mit einem »Macht's gut!« von Haus und Hof. Lilie hatte es sich auf der Rückbank gemütlich gemacht, schloss die Augen und erinnerte sich an ihre erste Fahrt mit Hermann.

Es war damals, bei ihrer Ankunft in Xanten, eiskalt gewesen. Wegen des scharfen Windes hatte sie sich ihren dicken schwarzen Schal um den Kopf gewickelt, sodass er nur schmale Sehschlitze offen ließ. Ein paar Hundert Meter liefen sie an jenem Tag durch eine ordentliche kleine Allee mit lauter Einfamilienhäusern. Die Autos am Straßenrand hielten einen so großzügigen Abstand voneinander, dass selbst der ungeschickteste Fahrer den ersten Gang einlegen und vorwärts aus der Parklücke hätte herausfahren können. Weder damals noch heute würde ein Auto in Paris so raumgreifend geparkt werden. In Lilies Heimatstadt nahm man den Begriff »Stoßstange« wörtlich, die Autos berührten einander vorne und hinten. Selbst am Berg zog in Paris niemand die Handbremse an, denn das hätte das komplette Parksystem durcheinandergebracht. Man ruckelte sich seelenruhig in seiner Parklücke zurecht, auch wenn es bisweilen ewig dauerte, hinein und wieder herauszukommen.

Nur ihre Mutter hatte es morgens stets so eilig gehabt, dass sie, den Kaffee zwischen die Oberschenkel geklemmt und die Zigarette im Mundwinkel, jeden Tag aufs Neue die verdammte Stadt ohne Parkplätze verfluchte, während sie ihren kleinen Peugeot so lange mit Wucht nach vorne und hinten krachen ließ, bis er am Kotflügel des Vorderwagens entlang in die Freiheit schrammte.

Am Niederrhein gab es Parkraum, so viel das Herz begehrte, mit sauberen, unverbeulten Autos vor adretten kleinen Vorgärten. Anders als in Frankreich legte man am Niederrhein Wert auf die Unversehrtheit der Dinge. Allen voran Hermann. Er hatte ein Faible für Marken, und Lilie erinnerte sich noch gut, wie beeindruckt sie damals gewesen war, als sie nach dem Fußmarsch durch die Kälte schließlich zu jenem wunderschönen, geräumigen Wagen mit seiner Karosserie aus edlem schwarzem Lack gekommen waren. »Eine Merssedess«, war es ihr entfahren, und sie hatte dafür ein Strahlen auf Hermanns Gesicht geerntet, gefolgt von einem anerkennenden »Ja!«.

Es war der Anfang ihres Bündnisses gewesen, auch wenn es eigentlich auf einem Missverständnis beruhte, denn anders, als Hermann geglaubt haben mochte, waren Lilie die technischen Einzelheiten des Wagens herzlich egal. Sie hatte sich lediglich gefreut, dass das Auto sie vor der Kälte schützen würde. Natürlich hatte er längst ein neues Auto, aber der Marke war er treu geblieben. Sie mochte die Art, wie Hermann mit seinem Wagen umging, damals wie heute. Wenn er einstieg, wirkte es wie ein heiliges Ritual. Hermann setzte sich mit Bedacht in den extrasportlichen Autositz, streifte sich lederne Handschuhe über, mit denen er wie ein Rennfahrer aussah und sich ganz offensichtlich auch so fühlte, legte dann sehr behutsam den Automatikschalter in Fahrposition und ließ den Wagen ohne ein einziges Ruckeln losschnurren. So war es bis heute, fehlte nur noch, dass er beschwörende Worte dazu gesungen hätte.

Lilie schaute aus dem Fenster und bereute schon jetzt, dass sie Hermann nicht hatte überzeugen können, den Zug zu nehmen. Aber er hatte es für unter seiner Würde gehalten, erst im Thalys zu sitzen, um sich danach noch in einen französischen Leihwagen zu quetschen. Der Mercedes fuhr ohne Mühe zweihundertzwanzig Stundenkilometer, aber Hermann trat so fest aufs Gaspedal, dass er den Wagen auf zweihundertfünfzig quälte. Lilie war flau im Magen.

Mach hinne: Niederrheiner durchbrechen Schallmauer fabulierte sie seufzend eine weitere Schlagzeile für Hannas *Niederrhein Nachrichten*.

Hanna saß ungerührt auf dem Beifahrersitz und

blätterte in ihrem Aktenordner, während Lilie versuchte einzuschlafen, um das Unwohlsein nicht mehr spüren zu müssen. Sie versuchte, sich die entsprechenden Akupressurpunkte in Erinnerung zu rufen. Brustkorb, Achselhöhlen, Oberarme und Stirn, einer ihrer Exfreunde hatte eine Heilpraktikerausbildung gemacht, und auch wenn die Beziehung schmerzhaft auseinandergegangen war, so hatte Lilie doch etwas daraus mitgenommen. Die leichte Massage half. Wenn du etwas nicht ändern kannst, dann entspann dich und hör auf zu kämpfen, hatte der Heilpraktiker immer gesagt. Sie atmete ein paarmal tief ein und aus, und siehe da, es wirkte. Während Hermann dahinraste, schlummerte Lilie endlich ein.

Als sie wieder aufwachte, hatten sie Deutschland und Belgien hinter sich gelassen. Sie waren in Frankreich, und es blieben noch knapp zwei Stunden Fahrt, bei Hermanns Tempo vermutlich sogar weniger. Lilies zaghaften Hinweis, in Frankreich gebe es eine generelle Geschwindigkeitsbegrenzung, parierte er mit einem: »Egal, ich gebe den Lappen in ein paar Monaten sowieso ab. Da oben werd ich ihn kaum brauchen.«

Als sie endlich in Paris ankamen, hatte Lilie das Gefühl, platzen zu müssen, denn Hermann hatte ihre Bitte um eine kurze Pause ignoriert und gesagt: »Es läuft gerade so gut«, und dabei das Gaspedal unerbittlich durchgedrückt, während Lilie die ersehnte

Raststätte mit zusammengebissenen Zähnen hatte vorüberhuschen sehen.

Zu ihrer Verblüffung und Erleichterung fand Hermann einen Parkplatz direkt vor dem Haus. Lilie sprang als Erste aus dem Wagen und lief die Treppen hoch, während Hermann und Hanna den Aufzug nahmen. Vor ihrer Tür wurde ihr plötzlich mulmig zumute. Wenn das nicht aufhörte, würde sie womöglich ausziehen müssen, dachte sie, denn dieses Gefühl, sich zu Hause nicht mehr sicher zu fühlen, hatte sie seit dem Einbruch nicht mehr ablegen können. Hanna und Hermann folgten ihr in die kleine Wohnung und mussten im Flur stehen bleiben, damit Lilie die Tür zum WC öffnen konnte. Hermann, der sich in der engen Wohnung kaum drehen konnte, machte einen entsetzten Gesichtsausdruck. Doch Lilie hatte keine Zeit, sich zu schämen, zu stark war der Drang. Während sie auf der Toilette war, hörte sie das Atmen ihrer beiden Gäste und wurde sich schmerzlich bewusst, dass alle Wände in diesem Haus so dünn waren wie Papier.

»Moment bitte«, murmelte sie, als sie sich an Hermann vorbei in die Küche schlängelte, um sich die Hände zu waschen. Sie kam sich vor wie ein trauriger Zirkusdirektor, der seine geschundenen Tiere und Artisten einem verwöhnten Publikum präsentierte.

»Willkommen in meinem kleinen Reich«, sagte sie mit zaghaftem Lächeln und machte eine einladende

Handbewegung, die vor allem Hermann galt, der zum ersten Mal hier war. »Ich weiß, es ist nicht gerade eine Luxusherberge, aber fühlt euch doch einfach wie zu Hause.« Sie zeigte Hermann ihr Schlafzimmer, in dem eine große Matratze auf dem Boden lag, in der Ecke stand ein Kleiderschrank. »Das ist dein Schlafgemach, Hanna und ich schlafen im Kinderzimmer, Pierre ist schon bei seiner Oma auf dem Land. Ach, und ihr könnt ruhig barfuß laufen, ich habe keine Katzen mehr.«

»Puh«, stöhnte Hanna theatralisch und wischte sich imaginären Schweiß von der Stirn, »da bin ich aber beruhigt. Weißt du«, sagte sie an ihren Vater gewandt, »früher hat Lilie mit ihrer Familie in einem kleinen Apartment im Marais gewohnt, und irgendwas war immer im Weg: Hund, Katze, Kind, Oma, und so gesehen«, stellte sie fest, während sie sich einmal im Zimmer umschaute, »haben wir es hier ja richtig gemütlich.«

»Ja, es waren immer viele Lebewesen da«, stimmte Lilie ihr lachend zu, »und ich glaube, du hast dich nie so richtig wohlgefühlt.«

»Es war halt anders als bei uns, da musste man sich erst mal umgewöhnen«, erwiderte Hanna und quetschte sich an Lilie vorbei.

Lilie kannte es nicht anders, als beengt zu wohnen. Die Wohnung in der Rue de Sévigné, in der sie aufgewachsen war, wäre für eine Mutter mit drei

Kindern absolut ausreichend gewesen, es hatte drei kleine Schlafzimmer gegeben und einen großen Salon. Allerdings tummelten sich dort immer mindestens sechs Kinder respektive junge Leute, Lilies Großmutter kam oft aus Châlons-sur-Marne zu Besuch, und schließlich nahmen auch noch die beiden Labradore und die fünf Katzen eine Menge Platz weg. Eins der Tiere war immer krank, erbrach sich, hatte Durchfall, war verängstigt, nicht rechtzeitig ausgeführt worden oder einfach – altersbedingt – komplett inkontinent, sodass man selten vom Schlafzimmer bis ins Bad gelangte, ohne in eine Pfütze zu treten. Lilie schüttelte sich bei dem Gedanken daran. Doch ihre Freunde hatte das nicht weiter gestört, sie hatten sich am Langmut von Lilies Mutter erfreut, die selbst ein dicker Joint auf dem Canapé-Tisch nicht weiter gestört hatte. Hauptsache, den Kindern ging es gut, war ihr Erziehungsmotto. Sie war ein echter Hippie gewesen und hatte Drogen und Dreck für lebensnotwendige Substanzen gehalten, um einerseits das Immunsystem anzuregen, andererseits systemimmanente Erregung abzubauen.

Lilie war grundlegend anders als ihre Mutter. Spätestens seit sie Mitte der 80er-Jahre aus der Vorgarten-Idylle in Veen zurückgekehrt war, konnte sie diesen Dreck nicht mehr ertragen und achtete penibel auf Sauberkeit, so sehr, dass ihre Mutter sie tatsächlich eines Tages mit dem deutschen Wort »Spießerin«

bedacht hatte, was ihr inzwischen sogar schon ihr Sohn Pierre vorhielt, wenn er sein Zimmer aufräumen sollte.

Auch jetzt war es in ihrem kleinen Apartment sauber und einigermaßen ordentlich. Die Spuren des Einbruchs waren beseitigt und die Räume durchaus präsentabel, sie waren nur nicht besonders repräsentativ. Alles war klein und eng. Sie zeigte Hermann das Badezimmer.

»Da passe ich doch gar nicht rein«, sagte er erschrocken, als er die winzige Duschkabine sah, »wie soll das gehen?«

Lilie zuckte mit den Schultern: »Also ich fürchte, du hast keine andere Wahl.« Hermann machte ein Gesicht, als überlegte er gerade, ob er sich nicht lieber ein Zimmer im *Georges V* nehmen sollte, kam dann aber offenbar zu einem anderen Schluss. »Niemand hat behauptet, dass das letzte Abenteuer luxuriös wird«, grinste er. »Also, alle Mädels raus hier, es wird geplanscht.«

Lilie und Hanna saßen im Schneidersitz auf dem Sofa und trauten ihren Ohren nicht, denn Hermann grölte unter der Dusche lautstark »Wir lagen vor Madagaskar«.

»Muss ich das persönlich nehmen?«, fragte Lilie, und Hanna lachte laut los.

»Weißt du, als wir uns kennenlernten, hätte ich

nicht einen Cent darauf gewettet, dass wir zwanzig Jahre später noch befreundet sind.«

Lilie nickte. »Ich habe mich am Anfang scheußlich gefühlt bei euch in Veen. Es war alles so anders.«

»Du hast dich auch scheußlich benommen, musst du zugeben. Alle meine Freunde haben sich um dich bemüht, die Jungs haben dich angebetet, weil du so hübsch warst. Und du hast sie mit deiner Pariser Arroganz allesamt abblitzen lassen.«

»Ihr wart alle so, wie soll ich sagen, so normal, so bürgerlich, das war ich nicht gewohnt.«

Lilie hatte in ihrer Jugend eine ziemlich bunte Bande um sich geschart, in der niemand das Prädikat ›gutbürgerlich‹ bekommen hätte. Ihre Freunde waren entweder arm oder Kinder alleinerziehender Mütter gewesen, meist beides. Omar war tiefschwarz, seine Großeltern stammten aus dem Senegal, Stéphane und Michel waren jüdisch und hatten ihr schwere Vorwürfe gemacht, dass sie ins Land der Nazis ging, und ihre beste Freundin hatte zwar das, was man gemeinhin normale Eltern nannte, aber die waren ausschließlich mit sich selbst beschäftigt, und so war aus ihr ein Mädchen geworden, das zugleich hochintelligent wie hochneurotisch war. Sie kämpfte ständig mit diversen Zwängen: Wenn sie zu Besuch kam, musste sie erst ein Dutzend Mal zurück zum Aufzug rennen, dort die Taste mit der 4 berühren, dann die Türklinke der Wohnung, zurück zum Aufzug und wieder zur Tür, bis sie endlich über die Schwelle treten konnte.

»Und plötzlich befand ich mich in einer idealen Familie, umringt von intakten Ehen, fleißigen Kindern mit bewundernswerten Möglichkeiten für die Zukunft. Alles war so perfekt.«

»Dabei hatte *ich* immer Minderwertigkeitskomplexe neben *dir*, der mondänen Frau aus Paris«, sagte Hanna, und Lilie musste lachen, denn sie dachte an den Moment zurück, als Hanna versucht hatte, das mondäne Paris zu erobern.

»Als du damals aus dem Flugzeug gestiegen bist, sahst du so unglaublich komisch aus.« Sie musste nach Luft schnappen und ließ sich seitlich aufs Sofa fallen. Hanna verdrehte die Augen, musste dann aber selbst lachen.

Es war am zweiten Weihnachtstag gewesen, als Lilie mit Marguerite hinaus zum Flughafen Charles de Gaulles gefahren war, um Hanna in Empfang zu nehmen. Lilie hatte ihre Mutter zur Eile getrieben, um pünktlich zu sein, was sie eine Menge Kraft und Nerven gekostet hatte. Als die Passagiere aus dem Flugbereich kamen, war Hanna unter den ersten, und Lilie musste ihrer Mutter gar nicht erst erklären, wer Hanna war, Marguerite hatte sie sofort erkannt: »Oh, da hat sich aber jemand schick gemacht für die große Stadt!«

Lilie traute ihren Augen nicht. Hanna kam in

einem schwarzen Lederkleid auf sie zu, das die Taille eng umfasste und darüber ein enormes Dekolleté preisgab. Sie sah weiß Gott nicht hässlich aus, dachte Lilie, sie wirkte nur wie verkleidet und hatte unglücklicherweise in die Verkleidungskiste mit der Aufschrift »Bahnhof Südseite« gegriffen. »Mach bitte keine blöde Bemerkung. Ich werde ihr gleich eine Jeans von mir geben«, flehte sie ihre Mutter leise an, doch die erwiderte amüsiert. »Ich fürchte, in eine unserer Jeans wird dieses pralle Mädchen nicht passen.« Dann schmunzelte sie und sagte: »Aber was soll's, sie sieht entzückend aus.« Mit weit ausgebreiteten Armen lief sie auf Hanna zu und begrüßte sie. Als sie in der Rue de Sévigné ankamen, wartete bereits Lilies Freund Stéphane auf sie und konnte es nicht abwarten, die Deutsche zu sehen, von der er wohl erwartet hatte, dass sie mit Pferdefuß und Hörnern ausstaffiert wäre. Als er das Mädchen im schwarzen Lederkleid sah, zog er die Augenbrauen hoch und pfiff. Da Lilie fürchtete, dass er sich zu einer Gemeinheit hinreißen lassen könnte, ergriff sie schnell die Initiative: »Stéphane, darf ich dir Hanna vorstellen? Meine Freundin aus Deutschland, die übrigens schon sehr gut Französisch spricht und natürlich auch alles versteht.« Dabei betonte sie das »sehr gut« und blickte Stéphane beschwörend in die Augen. »Enchanté, liebe Hanna, ich muss sagen, nach allem, was ich gehört habe, hätte ich mir dich nicht so ... so extravagant vorgestellt.« Lilie war rot geworden und fühlte sich ertappt, denn Hanna war weder blöd noch naiv, doch obwohl sie schnell durchschaut hatte, was hier lief, bewahrte sie die Fassung. Mit einem verächtlichen Blick bedachte sie Lilie, schüttelte Stéphane hingegen freundlich lächelnd die Hand: »Und ich dachte, in Frankreich läuft jeder mit Gauloises, Baguette und Baskenmütze herum. Vielleicht sollte man einfach nicht alles glauben, was die Menschen reden.« Dann drehte sie sich zu den Hunden um, die bereits an ihr schnüffelten, bückte sich, bis der Lederrock am Po bedrohlich spannte, und streichelte die Tiere ausgiebig. Lilie sah, wie Stéphane ihr verschwörerisch zuzwinkerte, doch sie verweigerte jegliche Komplizenschaft. Ja, sie hatte sich ihm gegenüber ihren Frust über das deutsche Dorf und diese Bauerntölpel von der Seele geredet, auch, weil sie geahnt hatte, dass er es von ihr erwartete, aber in dem Moment, als sie Hanna so gekränkt und gleichzeitig würdevoll mit den Tieren spielen sah, wurde ihr schlagartig bewusst, wie sehr sie Hanna mochte. Für ihre Neugier Menschen gegenüber, für ihr Interesse an einer anderen Welt, und Lilie selbst war sich kleingeistig, arrogant und engstirnig vorgekommen.

»So, ist jetzt mal gut mit der Nostalgie?«, meldete sich plötzlich Hermann zu Wort, der tropfend aus der Dusche kam. Er hatte ein Handtuch um die Hüften gewickelt. »Gleich gehen wir etwas essen, und dabei planen wir den morgigen Tag in Bonnières-sur-Seine. Wir sind schließlich nicht zum Vergnügen hier.«

Vermählung mit Öl
auf Leinwand

Bonnières-sur-Seine,
27. Februar 1897

»Ja. Ich will.« Als Georgette die Worte ausgesprochen hatte, brach Jubel los im kleinen Rathaus von Bonnières-sur-Seine. Ihre Familien waren da, außerdem Freunde von Marcel, die er entweder aus dem Studium kannte oder von seiner Parteiarbeit, ihre Freundin Bernardette, und sogar ihr väterlicher Freund Camille Pissarro war angereist.

Georgette war überglücklich. Endlich waren Marcel und sie ein Paar, ein Ehepaar.

Seit Wochen hatte sie gemeinsam mit Bernadette diesem Tag entgegengefiebert, ihre Freundin hatte sogar das Hochzeitskleid selbst geschneidert. Bernadette war sehr geschickt im Umgang mit Nadel und Faden. Notgedrungen, denn ihr Mann verdiente als Feldarbeiter nur wenig, und Kinderkleidung war teuer. Georgette half ihrer Freundin finanziell, wo sie nur konnte, sie entlohnte sie dafür, dass sie sich um das Haus in Bonnières kümmerte, wenn sie selbst in Paris war, doch Bernadette wollte nie mehr, als ihr zustand; sie war stolz, und Georgette respektierte das. Für ihr Hochzeitskleid jedoch hatte sie Bernadette fünfhundert Francs zukommen lassen und keine Widerrede geduldet. Bernadette hatte ein schweres Kleid gezaubert, aus mehreren Lagen Stoff und Brokat. Es war bis hoch zum Hals geschlossen und mit kleinen Ornamenten verziert. Am Saum hatte Bernadette sogar ihre neuen Initialen eingestickt: GS, Georgette Sembat, Madame Marcel Sembat. Der Name klang wie Musik in ihren Ohren. Sie blickte Marcel in die Augen, und sie war sich sicher, dass er genauso glücklich war wie sie. Um sie herum jubelten die Hochzeitsgäste und warfen Reis, aber Georgette nahm all das kaum wahr. Sie lächelte, als Marcel ihr Gesicht in seine Hände nahm und ihr den symbolischen Hochzeitskuss gab. »Meine kleine Gette«, flüsterte er ihr ins Ohr, »ich möchte nicht einen einzigen Tag mehr ohne dich sein.« Sie schlang die Arme um seinen Hals und schloss für einen Moment die Augen, bis Marcels Vater an sie herantrat. »Lass dich in der Familie willkommen heißen.« Einer nach dem anderen kam zu ihnen, um zu gratulieren, selbst ihre Mutter, die sich lange gegen diese Verbindung gesträubt hatte, strahlte an diesem Tag, als wäre sie mit allem versöhnt.

Ihre Mutter und ihr Stiefvater hatten getobt, als Georgette sie über die Scheidung informiert hatte, denn sie fürchteten um ihren gesellschaftlichen

Stand. Finanzielle Sorgen würden sie nicht haben, die Familie Agutte war immer schon wohlhabend gewesen. Doch die beiden fürchteten die Blicke und Tuscheleien der gelangweilten Pariser, die sich nach Klatsch und Tratsch sehnten. Georgettes Mutter hatte sie bekniet, ihr gedroht, dann wieder hatte sie ihr ein schlechtes Gewissen gemacht, sie im Namen des Vaters angefleht, doch Georgette war stark geblieben. »Das Gesetz erlaubt die Scheidung, das muss die Gesellschaft akzeptieren, Mama, und du auch. Denn du musst wissen, ohne Marcel will ich nicht weiterleben.« Ihre Mutter hatte, um den unbedingten Willen ihrer Tochter wissend, diese Drohung ernst genommen und irgendwann entschieden, dass sie lieber eine geschiedene Tochter hätte als eine lebensmüde.

Es hatte lange gedauert, bis die Scheidung amtlich gewesen war, und die Zeit danach war eine harte Geduldsprobe für Georgette gewesen, die an diesem Tag endlich ein Ende gefunden hatte.

»Lasst uns rübergehen«, forderte Marcel nun die Hochzeitsgesellschaft auf, nahm Georgettes Hand und führte sie nach Hause.

Bernadette hatte auch hier alles hergerichtet, zusammen mit einigen Nachbarinnen, die an diesem Tag die Bewirtung übernahmen. Bernadette hatte Georgette mehrfach gescholten, sie solle lieber im Frühling heiraten. Es sei eine Schande, die Hochzeitsgesellschaft nicht im Garten feiern zu lassen. Doch

Georgette hatte sich nicht einen Tag länger gedulden wollen.

Nach mehr als einem Jahr nervenaufreibenden Briefwechsels mit ihrem ersten Ehemann hatte Marcel entschieden, es müsse nun genug sein, und er war zu Paul gegangen, um alles Weitere zu besprechen. Auch wenn es merkwürdig war, so schien Paul Marcel zu respektieren, er hegte offenbar keinerlei Groll gegen den Nebenbuhler.

Doch selbst nachdem die Scheidung geregelt und entschieden worden war, hatte Marcel mitnichten sofort auf eine Hochzeit gedrängt. Er arbeitete viel, oft bis in die Nacht hinein, schrieb für die Zeitung *La Petite République*, beschäftigte sich mit dem merkwürdigen Fall des Alfred Dreyfus, der zurzeit das intellektuelle Paris in Aufruhr versetzte, arbeitete für die sozialistische Idee und las und las und las. Wenn sie ihn traf, war er oft rastlos, und sie suchten vergeblich eine gemeinsame Ebene. Es war, als hätten sie nach Georgettes Scheidung plötzlich jeden Gesprächsfaden verloren. Marcel, der sonst Ruhe und Sicherheit bot, wirkte plötzlich angespannt, zermartert und gequält, und als sie endlich den Mut fasste, ihn zu fragen, ob er sich anders entschieden habe und sie, nun, da sie frei war, doch nicht mehr liebte, blickte er sie verwirrt an: »Aber Gette, wie kannst du denn so etwas nur denken? Wir gehören doch zusammen, wie kannst du daran zweifeln?«

»Es ist nur ... du bist so fern, ich dringe gar nicht mehr zu dir durch«, sagte sie leise. »Bislang haben wir uns über Kunst unterhalten und von einer gemeinsamen Zukunft geträumt. Nun bist du stumm in deine Bücher versunken, und ich habe das Gefühl, du siehst mich gar nicht mehr.«

»Lass mich verschnaufen, kleine Gette«, antwortete er und sah sie lange an. »Betrachte mich als Gärtner: Ich habe das Pflänzchen eingegraben, gewässert und gedüngt. Es ist angegangen und beginnt zu wachsen. Hör auf, daran zu ziehen, sonst machst du es nur kaputt. Aber wenn du wartest und es vorsichtig hegst, dann wird es wachsen und eines Tages ein großer Baum sein. Du musst mir vertrauen.«

Und das tat sie, von Grund auf, sie war bereit, ihr Leben in seine Hände zu legen, und sie verstand, dass auch er sich wegen der Scheidung um ihrer aller gesellschaftliche Stellung sorgte und, geschickt und diplomatisch, wie er war, über den Skandal einer solchen Trennung erst Gras wachsen lassen wollte, bevor er es wagte, eine aufsehenerregende Ehe zu schließen. »Lass uns arbeiten«, hatte er vorgeschlagen. Und das hatten sie getan. Georgette war wieder ins Haus ihrer Mutter gezogen und hatte nebenbei viel Zeit in Bonnières-sur-Seine verbracht. Hier hatte sie Bernadette porträtiert, in Paris war sie dem Unterricht von Moreau gefolgt, und sie hatte sich weiterhin regelmäßig mit Pissarro getroffen, einem Mann, der ebenfalls nicht den gesellschaftlichen Konventionen entsprach, hatte er seine Frau doch erst nach Jahrzehnten der Liebschaft geheiratet. Seine heutige Ehefrau war ein ehemaliges Hausmädchen, und damit hatte er sich auch noch über jeden Standesdünkel hinweggesetzt. Vielleicht musste es so sein, überlegte Georgette, vielleicht waren die Künstler dazu da, die Grenzen der Gesellschaft zu verschieben. Und vielleicht hatte sie sogar schon ihr Scherflein dazu beigetragen, denn seit Anfang des Jahres waren Frauen offiziell an der École des Beaux-Arts zugelassen.

Pissarro hatte sie in den letzten Jahren immer wieder ermutigt, ihrem Herzen zu folgen und darauf zu pfeifen, was die Gesellschaft verlangte oder verbot. »Konzentriere dich lieber auf deine Kunst, die wird jede Ehe überdauern«, hatte er ihr geraten. Das mochte für einen so begnadeten Maler wie Pissarro gelten, dachte Georgette, aber sie war unsicher, ob es auch auf sie selbst zutraf. Sie hatte einige Bilder gemalt, mit denen sie recht zufrieden war, doch es gelang ihr einfach nicht, sich von dem realen Motiv abzuwenden und ihre Träume auf die Leinwand zu bannen – wie es ihre Lehrer forderten. Andere Schüler bei Moreau waren deutlich weiter, es gab dort einen jungen Maler, der ging derart verschwenderisch mit Farben um, dass es erschreckend war, und Georgette war sich sicher, dass man von dem Jungen noch hören würde. Auch Meister Moreau musste das ahnen, denn niemals gebot er ihm Einhalt, stattdessen ermutigte er ihn, sein Innerstes nach außen zu kehren.

Georgettes Innerstes war Marcel, also malte sie ihn. Sie malte ihn so, wie sie ihn damals im Café wiedergesehen hatte. Mit einem Buch in der linken Hand und der Brille in der rechten. Sie hielt ihn fest in Aquarellfarben, in Tusche und Kreide, und auch wenn sie hie und da Lob vom Meister bekam, so war sie selbst doch nicht zufrieden. Sie wollte das Neue in der Malerei finden, den Bruch mit der Tradition, sie wusste nur nicht, wo sie suchen sollte. In langen Gesprächen tauschte sie sich mit Marcel über ihre Pein aus und erkannte, dass es ihm genauso ging wie ihr. Auch er arbeitete verbissen, um ein Werk zu schaffen, das bedeutsam war, und auch er war noch ein Suchender. Er las wie besessen alte Philosophen, dann wieder widmete er sich den Naturwissenschaften, gleichzeitig machte er sich Gedanken über eine humanistische Politik, und zwischendurch drohte er ebenso an seiner Unzulänglichkeit zu verzweifeln wie sie. Zum ersten Mal begriff sie, dass nicht nur sie Marcel brauchte, sondern dass auch er ohne sie nicht glücklich würde. Kurz vor Weihnachten hatten sie sich in Bonnières gesehen. Georgette war vom langen Warten und der Heimlichkeit zermürbt. Sie hatte keine Lust, das Weihnachtsfest ohne Marcel zu verbringen, und sie hatte keine Lust, sich länger zu verstecken. Als Georgette das unumwunden aussprach und erklärte, dass es so nicht weitergehen könnte, kniff Marcel die Augen zusammen. Über sein Gesicht huschten die verschiedensten Ausdrücke. Verwunderung, Nachdenklichkeit, schließlich ein Lächeln, das sie nicht zu deuten vermochte.

»Gette, willst du das wirklich? Würdest du dein Leben jemandem widmen wollen, der rastlos und unzufrieden ist, der besessen, aber nicht begabt genug ist, der das Genie erkennt und doch immer nur assistieren kann? Willst du versuchen, diesen Mann zu vervollkommnen? Willst du Madame Marcel Sembat werden?«

Georgette atmete laut und vernehmbar aus, denn sie hatte befürchtet, dass dieser Satz eine andere Richtung nehmen könnte. Vor lauter Angst war sie noch ganz benommen und brauchte einen Moment, um zu begreifen, dass er ihr endlich den lang ersehnten Heiratsantrag gemacht hatte. Doch dann wurde sie keck:

»Darf ich die Mängelliste noch einmal hören?« Marcel verstand sich nicht auf Ironie, er schaute sie nur hilflos an, bis sie ihm um den Hals fiel, seine Stirn, seine Augen und seinen Hals küsste und immer wieder Ja sagte.

Gleich am nächsten Morgen lief sie zu Bernadette und erzählte ihr alles. »Wir werden eine lange Tafel im Garten dekorieren«, schlug Bernadette vor, »mit weißen Tischtüchern und weißen Rosen.« Georgette runzelte die Stirn. »Auf den Garten müssen wir verzichten. Ich kann nicht bis zum Sommer warten. Ich will ihn sofort heiraten. Ich warte schon mein halbes Leben auf Marcel.« Bernadette hatte unter diesen Umständen darauf bestanden, dass Georgette wenigstens ein Bild von einer Hochzeitsgesellschaft im Garten malen möge, das man zur Feier des Tages aufhängen könne.

Und so war die Hochzeitstafel nun im großen Esszimmer von Tante Adèle hergerichtet, unter einer Szene, die an Rubens' *Liebesgarten* erinnern sollte.

Als die Hochzeitsgesellschaft im Salon ankam, entstand ein ordentliches Durcheinander. Ein Pulk von Dorfbewohnern hatte sie zur Feier geleitet, einige drängten noch mit herein, andere verabschiedeten sich bereits, und so hatte niemand den Boten gesehen, der ein Paket im Flur abgestellt hatte und offenbar gleich wieder gegangen war.

Bernadette wäre beinahe darüber gestolpert, das Paket, ein Geschenk vermutlich, war in Leinen eingeschlagen. Sie wollte es Georgette in die Hand drücken, doch die sagte: »Sei so lieb und leg es beiseite, ich kümmere mich später darum.«

Pissarro war im Flur stehen geblieben und hatte die Szene lächelnd verfolgt. »Ich werde mich nun verabschieden, mein Kind.« Er streichelte ihr über den Kopf. »Du bist deinem Vater so ähnlich«, sagte er, »du wirst sehen.« Georgette versuchte, ihn aufzuhalten, doch sie hatte Verständnis, dass er in seinem Alter noch vor der Dämmerung zurück nach Paris gelangen wollte. Pissarro gab ihr einen Kuss auf die Stirn, dann drehte er sich auf dem Absatz um und empfahl sich.

Die Hochzeitstafel war üppig gedeckt, aber Georgette hatte auf Prunk verzichtet. Die Austern, die Bernadette als Vorspeise vorgeschlagen hatte, hatte Georgette abgelehnt. Sie hatte stattdessen einfache, rustikale Kost erbeten, wie man sie in der Normandie zu sich nahm. Und so gab es Kalbfleisch mit Rahmsoße, dazu Kartoffeln und Gemüse, und als Hochzeitskuchen eine Apfeltarte. Georgette wollte ihren Schwiegervater, den Postmeister, nicht mit Luxusgütern beschämen. Als endlich alle Platz genommen hatten, klopfte Marcel mit der Gabel an sein Weinglas. Er stand auf und hielt Georgettes linke Hand. Sie hatten über seine Hochzeitsrede gesprochen, und Georgette hatte ihn gebeten, nicht politisch zu werden, was Marcel zunächst verstimmt hatte, doch sie hatte ihm schließlich verständlich machen können, dass es vergebene Liebesmüh wäre, ihre wirtschaftlich abgesicherte Unternehmerfamilie von seinen sozialistischen Ideen überzeugen zu wollen. Deshalb hielt er sich nun überraschend kurz, sagte nur, welch großes

Glück es für ihn sei, dass das Schicksal ihm diese Frau geschenkt habe, und dass er gut auf sie aufpassen werde, solange er lebe. Und an sie gewandt sprach er:

»Unsere Liebe soll ein Werk für die Ewigkeit schaffen.« Die Gäste applaudierten, und noch ehe Marcel sich wieder setzen konnte, stellte Georgette sich neben ihn. »Ich verspreche dir, wir werden unser Werk gemeinsam vollenden«, antwortete sie feierlich.

Als alle Gäste gegangen waren, zog sich Marcel zum Lesen zurück. Georgette musste lachen. Es war ihr Hochzeitstag, die Hochzeitsnacht stand bevor, doch Marcel musste erst noch einige Seiten studieren, das war typisch für ihn. Er hatte Angst, nicht lange genug zu leben, um alles lesen zu können, was ihn interessierte. Die Angst war wohl berechtigt, spottete sie fröhlich in Gedanken. Sie ging über die alte Holztreppe nach oben und setzte sich in das Zimmer, in dem sie bereits als Kind gesessen hatte, unter das Bild, das ihr Vater gemalt hatte. Bernadette hatte das Leinenbündel des geheimnisvollen Boten auf ihren Schreibtisch gelegt. Georgette setzte sich und war überrascht, wie schwer das Geschenk war. Neugierig wickelte sie es aus und schluckte. Sie wusste sofort, von wem dieses Hochzeitsgeschenk war. Das Bild war nicht besonders groß, vielleicht fünfzig mal fünfzig Zentimeter inklusive des Rahmens, aber es war überwältigend.

Georgette hielt sich die zitternde Hand vor den

Mund, weil sie fürchtete, sie würde sonst schreien. Sie schloss die Augen und atmete einige Male tief durch, dann legte sie das Bild zurück in das Leinen. Niemand hatte mitbekommen, welches besondere Hochzeitsgeschenk ihr gemacht worden war, allenfalls ihre Freundin Bernadette wusste davon, und so sollte es auch bleiben. Georgette beschloss, dass dieses Geschenk ihr Geheimnis sein würde. Sie würde es wie einen heimlichen Schatz bewahren und betrachten, wann immer sie Beistand brauchte.

Nicht einmal Marcel würde sie davon erzählen.

Briefe unterm Dachjuchhe

Lilie schritt beinahe feierlich die letzten Stufen der alten Holztreppe hinauf, die zum Atelier führte. Der Raum war von warmem Licht durchflutet. An der einen Seite befand sich eine Fensterfront, wie man sie aus der modernen Architektur kannte, aber bei einem Bau aus dem frühen 20. Jahrhundert nicht erwartete. Von hier sah man geradewegs auf die Seine, die sich bei Bonnières in zwei Flussarmen an einer Insel vorbeischlängelte. Lilie hatte das Gefühl, in diesem Atelier hoch über der Natur zu schweben. Auf der gegenüberliegenden Seite des Raumes gab es weitere auffallend große Fenster, die Richtung Garten blicken ließen, was einen schönen Kontrast bot. Auf der einen Seite die wilde Natur der Seine, auf der anderen Seite eine parkähnliche Anlage. Lilie blickte sich um. Ein staubiger geflochtener Schaukelstuhl stand an der Wand, und ein merkwürdiges großes Holzgestell umrahmte die Treppe.

»Das Treppengeländer hat Georgette Agutte selbst konzipiert. Es soll an Blumenbogen erinnern«, erklärte Madame Fucelle, die sie in Empfang genommen hatte. Lilie hatte bei der Stadtverwaltung angerufen und um einen Besichtigungstermin gebeten, dort hatte man sie an den Förderverein Agutte-Sembat verwiesen. Die Vorsitzende hatte sich, als sie Lilies Nachnamen hörte, als ausgesprochen zuvorkommend erwiesen. Eigentlich habe man sehr eingeschränkte Öffnungszeiten im Haus, aber für eine Nachfahrin wolle sie eine Ausnahme machen. Und so hatte Madame Fucelle, eine rüstige Frau Mitte sechzig, die ihre brünetten Haare offenbar regelmäßig färbte und zu einem strengen Dutt zusammenband, sie freundlicherweise gleich am nächsten Tag empfangen.

Lilie blickte zu Hanna, die am Fenster stand. Ihre Freundin schaute in den Garten. Hier mussten sich die späteren Eheleute zum ersten Mal begegnet sein, überlegte Lilie, als sie neben Hanna trat. Doch dann erkannte sie, dass sich Hanna nicht die romantische Vergangenheit von Georgette und Marcel vorstellte, sondern Hermann beobachtete, der durch den Garten spazierte. Man konnte sich vorstellen, dass die Anlage zu Georgettes Zeiten unglaublich verwunschen gewesen war. Es gab viele kleine Sitzecken in schattigen Nischen, die man über fein angelegte Gartenwege erreichen konnte. Lilie vermutete, dass man zu jeder Tageszeit einen Schattenplatz finden konnte. Sie sah einige Rosenbogen, die derzeit allerdings unbepflanzt waren. Sie beobachtete Hermann, der sich auf ein Mamorbänkchen setzte, um zu verschnaufen. Die Szenerie stimmte sie traurig. Ein kurzer Seitenblick zu Hanna verriet ihr, dass es ihr ähnlich ging. Lilie wandte sich ab und inspizierte die Wände.

»Ich hoffe, dass meine Vorfahrin etwas begabter war, als es hier den Anschein hat«, sagte sie auf Deutsch zu Hanna, um ihre Museumsführerin nicht zu beleidigen. An den Wänden hingen zwei Bilder, die unmöglich von Georgette Agutte sein konnten, so schlecht waren sie. Eines zeigte einen Mann, vermutlich Marcel Sembat, lesend im Garten, das Bild ähnelte in grotesker Weise demjenigen, das Hermann gerade im Garten geboten hatte, allerdings war er inzwischen nicht mehr allein, erkannte sie mit einem kurzen Blick hinaus. Es hatten sich Menschen zu ihm gesellt, sie zählte fünf Personen und fragte sich, wer das wohl sein mochte. Nachbarn? Weitere Museumsbesucher? Die Neuankömmlinge redeten auf Hermann ein, der wild gestikulierend zu erklären versuchte, dass er kaum ein Wort verstand. Lilie wandte sich wieder den Gemälden an der Wand zu und runzelte die Stirn. Madame Fucelle war ihrem ratlosen Blick gefolgt und erklärte mit einer Mischung aus Kränkung und Entschuldigung in der Stimme, man habe den Kunstlehrer des Ortes gebeten, aus dem Gedächtnis Bilder von Georgette Agutte zu kopieren, damit die Wände nicht so kahl wirkten. Dann begann eine Litanei, die die Dame vermutlich schon oft heruntergebetet hatte, und Lilie wusste nicht so recht, was sie davon halten sollte.

Über Jahrzehnte habe man das Haus Agutte-Sembat gepflegt und sich um alles gekümmert. Marcel Sembat hatte gewünscht, dass an dem Haus nichts verändert und dass es nach seinem Tod ein Museum würde mit freiem Eintritt an den Wochenenden. Doch möglicherweise hatte sich Sembat verschätzt, was den Stellenwert des Ehepaares in der Geschichte anging, denn es waren den Aufzeichnungen des Stadtschreibers zufolge seit Ende des Zweiten Weltkriegs nur noch sehr wenige Besucher hierhergekommen.

»Dabei bildete das Ehepaar Agutte-Sembat damals die Spitze der Avantgarde.« Madame Fucelle reckte das Kinn und konnte ihren Stolz über die Kompatrioten kaum verbergen, nur um schon im nächsten Moment mit einem Ausdruck von Abscheu gegen die gesammelten Kulturbanausen dieser Welt die Lippen zu spitzen: »Und da sich niemand um das geistige Erbe dieser herausragenden Persönlichkeiten gekümmert hat, sind sie zu Unrecht in Vergessenheit geraten.« Dann schloss sie für einen Augenblick der Andacht die Augen, zog dabei die Brauen verächtlich nach oben und atmete hörbar aus.

»Aber wäre es denn nicht Aufgabe dieses Museums gewesen, sich um das geistige Erbe der beiden zu kümmern und ihr Andenken zu bewahren?«, erkundigte sich Hanna, doch noch ehe die alte Frau antworten konnte, hörten sie die Treppe und Hermann im Gleichtakt ächzen.

»Kann mir bitte mal jemand helfen? Diese Menschen scheinen irgendwie wütend auf mich zu sein. Dabei habe ich nur versucht zu erklären, dass wir mit Mademoiselle Agutte hier sind und etwas über Georgette herausfinden wollen.«

Hermann wirkte, als fühlte er sich von diesen Menschen verfolgt. Zwei Frauen mit langen Haaren, die eine blond, die andere grau meliert, die Mutter und Tochter hätten sein können, blickten finster, als sie hinter Hermann die Treppe hochkamen. Eine weitere Frau war rundlich und hatte offenbar Mühe gehabt, das Tempo mitzuhalten, zumindest hatte sie glühende Wangen. Darüber hinaus waren zwei Herren mittleren Alters unter Hermanns Verfolgern, die beide einen guten Kopf kleiner waren als er. Die Meute, die im Garten noch auf Hermann eingeredet hatte, war nun verstummt, offenbar galt ihnen Madame Fucelle als Autorität.

»Das sind meine Kollegen vom Verein«, erklärte die Museumsführerin, »wir waren natürlich alle neugierig, als wir gehört haben, dass eine Nachfahrin von Georgette Agutte zu uns kommt.« Lilie musterte die Menschen und hatte nicht das Gefühl, dass sich Neugier in deren Gesichtern spiegelte, eher eine gewisse Feindseligkeit. Es war eine bizarre Situation: Zwei Gruppen, die sich schweigend gegenüberstanden.

»Ich komme mir vor wie in Roman Polańskis *Tanz der Vampire*«, flüsterte Hermann, und Lilie dachte, dass dazu nur noch der Spiegel fehlte, der offenbarte, dass die Menschen an diesem aus der Zeit gefallenen Ort Untote waren.

»Warum genau sind Sie hierhergekommen?«, brach nun ein Mann das Schweigen, der mit ausgestreckter Hand auf Lilie zukam und sich vorstellte: »Mein Name ist Noël. Leon Noël.«

»Ups. Obacht bei der Namenswahl«, hörte sie Hanna leise spotten und ging schnell auf den Mann zu. »Ich bin Lilie Agutte. Wie Sie offenbar schon wissen, bin ich eine entfernte Verwandte von Georgette Agutte. Und das«, sie zeigte auf Hanna und Hermann, »sind meine«, sie zögerte kurz, »Freunde. Hanna und Hermann Terhöven. Mademoiselle Terhöven ist Journalistin und schreibt gerade an einem Artikel über Georgette Agutte. Wir würden gerne etwas mehr über sie und ihr Leben erfahren, deshalb sind wir hier.«

»Die Nachfahren dieser Familie haben bislang nur Unheil angerichtet«, meldete sich die Frau mit den grau melierten Haaren zu Wort. »Hier gibt es nichts mehr zu sehen und nichts mehr zu holen, sie können gleich wieder gehen.«

»Warum sind Sie so zornig?«, fragte Hanna, und im nächsten Moment schlug Madame Fucelle einen bemüht versöhnlichen Ton an:

»Wissen Sie, Bonnières-sur-Seine hat keine besonders guten Erfahrungen mit der zweiten Generation der Erben gemacht. Noch vor einem Jahr sah es in diesem Haus ganz anders aus, da, wo jetzt die Kunstkopien sind, hingen die Originale von Georgette Agutte, das Atelier war voll mit Büchern von Marcel Sembat, seine Post, seine Manuskripte und seine Tagebücher, alles war hier oben. Wir haben das Erbe bewahrt und dafür gesorgt, dass alles so geblieben ist, wie das Ehepaar Agutte-Sembat es verlassen hat.«

»Das ist ja wie bei einem Hollywood-Supercouple hier«, murmelte Hanna, »Brangelina der Belle Époque.« Lilie grinste. Hanna hatte recht. Madame Fucelle sprach von den beiden wie von einem Glamour-Paar, und Lilie fragte sich, ob sie Ende des 19. Jahrhunderts wohl tatsächlich so bekannt gewesen waren wie heutige Hollywood-Stars. Für Madame Fucelle schien die Bedeutung der beiden völlig ohne Zweifel. Sie atmete inzwischen so aufgeregt ein und aus, dass die Perlenkette auf ihrer Brust bedenklich in Wallung geriet. Verstohlen blickte Lilie sich um, ob es zur Not eine Plastiktüte gäbe, falls die Frau so richtig ins Hyperventilieren geriet.

»Aurélie, Liebes«, wandte sich Madame Fucelle nun an die junge Blonde, »könntest du so freundlich sein und uns etwas Wasser holen. Es ist heiß hier oben.« Ohne weitere Nachfragen verließen die Blonde und die Graumelierte daraufhin das Atelier.

»Nur noch vier gegen drei«, raunte Hermann Lilie und Hanna zu, »das schaffen wir.« Hanna wandte sich wieder Madame Fucelle zu.

»Sie haben vorhin gesagt, die beiden seien die Spitze der Avantgarde gewesen. Was meinen Sie damit?«

»Sie waren Führungspersönlichkeiten der Gesellschaft und haben Debatten angestoßen, vor allem Marcel Sembat als Politiker, er war ja sogar in der Regierung. Sie waren mit allen großen Intellektuellen der Belle Époque befreundet, mit Schriftstellern und Philosophen, und natürlich sind die berühmten Maler hier allesamt ein und aus gegangen.«

»Welche zum Beispiel«, fragte Hanna, »kennt man die heute noch?«

Madame Fucelle warf ihr einen indignierten Blick zu.

»Aber selbstverständlich. Ich rede von Rodin, Derain, Matisse! Ich nehme an, deren Namen werden Sie schon einmal gehört haben«, sagte sie spitz. »Paul Signac gehörte zu den engen Freunden, und aus der politischen Riege kennen Sie vermutlich selbst in Deutschland Jean Jaurès oder Léon Blum, nicht wahr?«

»Okay«, sagte Hanna, »ich verstehe, was Sie meinen. Nur noch mal zum Verständnis: Die Nachfahren, auf die man hier in Bonnières so wütend ist, haben die denn auch die Bilder der großen Maler mitgenommen?«

»Die Bilder aus ihrer Sammlung sind nach ihrem Tod ohne Ausnahme ins Museum nach Grenoble gegeben worden. Aber alle Briefe und Unterlagen sowie einige Bilder, die Georgette gemalt hat, waren Teil dieses Hauses, bis vor einem Jahr, als plötzlich Nachfahren der inzwischen verstorbenen Erben kamen und das Haus regelrecht plünderten.« Madame Fucelle hatte den Satz mit so viel Empörung betont, dass sie dabei versehentlich ein wenig gespuckt hatte. Lilie sah, wie kleine Tropfen auf Hannas gezücktem Notizblock landeten. Für den Bruchteil einer Sekunde trafen sich ihre Blicke, und Lilie versuchte verzweifelt, den aufkommenden Lachkrampf zu unterdrücken. Sie räusperte sich und suchte nach einem Taschentuch, um ein Schnäuzen oder einen Hustenanfall vortäuschen zu können.

Hanna schaute sie warnend an. »Entschuldigen Sie, Madame Fucelle, meine Freundin hat sich offenbar verschluckt«, sagte sie und schob Lilie, die sich bemühte, jedes Glucksen als Husten zu verkaufen, in die hintere Ecke des Raumes. Lilie atmete tief ein und aus und versuchte, sich auf Madame Fucelles Worte zu konzentrieren, die das Gespräch mit Hanna nach einem misstrauischen Blick in Lilies Richtung wieder aufgenommen hatte.

»Die Erben haben alles mitgenommen, und was sie

nicht gebrauchen konnten, haben sie versteigert. Es war schrecklich. Selbst das Geschirr haben sie eingepackt und unser Haus ausgeweidet zurückgelassen.«

»Haben die etwas Bestimmtes gesucht?«, erkundigte sich Hanna. Madame Fucelle schien überaus dankbar für diese Frage. Wie in einem schlechten Film blickte sie sich prüfend um, beugte sich zu Hanna und senkte die Stimme. Lilie sah, wie sich auch die übrigen Vereinsmitglieder verschwörerisch vorbeugten, und ging selbst einige Schritte heran, um kein Wort zu verpassen.

»Wir vermuten, dass sie ein bis dato unbekanntes Bild von Matisse gesucht haben.«

»Matisse?«, rief Hanna erstaunt. Und selbst Hermann, der dem Gespräch wegen Madame Fucelles enormen Redetempos bislang nur teilweise hatte folgen können, merkte bei dem Namen des berühmten Künstlers auf. Die drei Vereinsmitglieder nickten wissend, aber sie überließen Madame Fucelle die Bühne.

Lilie war schlagartig voll konzentriert.

»Wie kamen die Erben denn zu der Annahme?«, fragte Hermann auf Deutsch, und Lilie erschrak, als Madame Fucelle nahezu akzentfrei antwortete. »Es gab belastbare Gerüchte im Dorf, dass nicht alle Werke aus ihrer Sammlung im Museum gelandet und kleinere Originale hiergeblieben seien. Wissen Sie, in den Briefen der Maler an das Ehepaar waren oft

Zeichnungen enthalten. Stellen Sie sich nur vor, Matisse hat Georgette Agutte damals unter anderem aus Marrakesch beschrieben, was er als Nächstes malen würde. Die Skizzen fand man hier in seinen Briefen. Auch Paul Signac hat fast immer eine kleine Skizze oder ein Bild hinzugefügt, wenn er aus Saint-Tropez schrieb. Wie eine Ansichtskarte.«

»Und so etwas Wertvolles haben die versteigert?«, fragte Lilie, nun auch auf Deutsch, weil sie hoffte, dadurch vielleicht die anderen Vereinsmitglieder loszuwerden.

»Nein«, maulte Madame Fucelle, als passte ihr nicht, dass die Erben eine angemessene Entscheidung getroffen hatten, »die sind im Nationalarchiv in Paris. Archivierungsnummer 637.«

»Aber was wurde denn dann versteigert?«

»Tassen, Teller, Besteck und Vasen, wertloser Kram, als wäre es ihnen nur darum gegangen, bloß nichts in diesem Haus zu lassen.«

Lilie dachte an das Bild von Georges Agutte, es konnte dieser Räumungsaktion nicht zum Opfer gefallen sein, denn ihr Vater hatte es schon in den 70er-Jahren gekauft. Aber es hatte zumindest eine Zeit lang in diesem Haus seinen Platz gehabt. Lilie versuchte, sich vorzustellen, wo *Die Reiterin* wohl gehangen hatte.

In diesem Moment kamen Aurélie und die andere Frau mit mehreren Flaschen Wasser und Orangina die Treppe hinauf, auf ein Zeichen von Madame Fucelle hin stellten sie das Tablett auf dem Schreibtisch ab.

»Wir würden uns dann verabschieden, Madame Fucelle«, sagte Aurélie, und es klang, als hätte sie um Erlaubnis gebeten.

»Natürlich. Vielen Dank.« Auch die anderen schienen genug gesehen und gehört zu haben und traten einen geordneten Rückzug an.

»Ich hatte ein paar Vereinsmitglieder gebeten, als Zeugen anwesend zu sein«, erklärte Madame Fucelle entschuldigend, »für den Fall der Fälle, aber ich denke, wir kommen nun auch allein klar.«

Sie lächelte. »Wissen Sie, mir bedeutet dieses Haus sehr viel. Wir wohnen in der Nachbarschaft, meine Urgroßeltern haben manchmal für das Ehepaar Agutte-Sembat gearbeitet. Selbst mein Großvater hat mir noch von ihnen erzählt. Ich war als Kind oft heimlich hier, das Haus stand immer leer, deshalb kenne ich auch ein paar Ecken, die die Erben nicht kannten.« Madame Fucelle winkte sie hinter sich her. Sie ging auf ein Türchen zu, das in einen Raum führte, von dem aus man die Treppe zur Dachterrasse erreichen konnte. Der Raum war winzig, sie mussten sich bücken. Madame Fucelle hob eine Taschenlampe vom Boden auf und schaltete sie ein. Die Museumsführerin leuchtete die Stirnwand des kleinen Raumes an.

»Sehen Sie! Hier sind ein paar Kacheln an der Wand, vielleicht war hier ein Waschbecken, das Georgette zum Auswaschen der Pinsel benutzt hat. Sie hat auf allem gemalt, was sie finden konnte, sogar auf Asbest-Beton. Da war sie die Erste.«

»Das Erste muss nicht unbedingt das Beste sein«, sagte Hanna, die skeptisch auf die zerbrochenen Ytong-Platten schielte.

»Es ist sehr wahrscheinlich, dass sie zusammen mit André Metthey die Kacheln bemalt hat. Sehen Sie, das ist etwa das gleiche Muster wie auf seinen Faillancen.« Madame Fucelle zeigte bedeutungsschwer auf die verstaubten Kacheln, und Lilie hatte Mühe, ihre Enttäuschung zu verbergen. Das, was sie da sah, wirkte tatsächlich, als hätte ihre Urahnin vorm Pinselauswaschen noch schnell die Reste abgestrichen.

»Was ist denn nun mit dem Matisse?«, mischte sich Hermann wieder ein, der gar nicht erst versucht hatte, sich in die enge Kammer zu zwängen. Nur den Kopf hatte er durch das Eingangsloch gesteckt, und offenbar hatte er aus der Enttäuschung in ihren Gesichtern geschlossen, dass es bei den Kacheln nichts zu holen gab. Madame Fucelle überhörte den deutschen Einwurf geflissentlich. Sie tat einen weiteren gebückten Schritt in Richtung Dachschräge und zerrte an etwas Schwerem herum. Es war ein alter Holzkoffer, den sie hervorzog.

»Und das ist unsere kleine Schatztruhe. Sie stand hier verstaubt in der Ecke, ich vermute, die wurde schlicht übersehen.« Madame Fucelle schaute zu Boden, als sie das sagte, und Lilie ahnte, dass sie log. Sie stellte sich vor, wie Madame Fucelle den Koffer mit dem Absatz ihrer Stiefel heimlich immer tiefer in die dunkle Ecke geschoben hatte, während sie die Erben mit Unschuldsmiene anlächelte, etwa so wie ihre Mutter, die, als sie kaum Geld hatte, um die Familie zu ernähren, die Getränkekästen mit dem Fuß unter der Supermarktkasse durchschob, während sie oben nett mit der Kassiererin plauderte. »Wir hängen den Inhalt nicht an die große Glocke, damit die Erben nicht wieder über uns hereinbrechen wie die Heuschrecken«, fuhr Madame Fucelle mit gewichtiger Miene fort, und Lilie überlegte, warum sie all das ausgerechnet einer Agutte anvertraute, von der sie doch nicht wissen konnte, ob sie nicht mit den anderen Nachfahren, wer auch immer die waren, unter einer Decke steckte. Sie war zwar verwandtschaftlich viel zu weit von Georgette Agutte entfernt, um auch nur annähernd erbberechtigt zu sein, aber das konnte Madame Fucelle eigentlich nicht wissen. Und während sie selbst noch überlegte, sprach Hanna ihre Skepsis aus. »Warum erzählen Sie uns das alles, Madame Fucelle? Sie wissen doch gar nicht, ob Sie uns trauen können.« Die Dame war sichtlich verwirrt, sie errötete leicht, warf dann einen scheuen Blick in

Hermanns Richtung und wirkte auf einmal beinahe schüchtern, als sie erklärte: »So etwas spürt man als lebenserfahrene Frau.« Lilie ging nicht näher darauf ein, fragte sich aber, ob Madame Fucelle eventuell den fehlenden Ehering an Hermanns Hand bemerkt hatte. »Und übrigens weiß ich diese Unterlagen lieber in Ihren Händen als in deren. Die haben uns unsere Seele gestohlen«, schnaufte Madame Fucelle und machte sich am Koffer zu schaffen.

Lilie begriff. Das Haus der Eheleute Agutte-Sembat war der ganze Stolz des kleinen Ortes gewesen. Insofern hatte man, selbst wenn die Entscheidung, die Unterlagen und Bilder ins Nationalarchiv zu geben, aus historisch-wissenschaftlichen Gründen die einzig richtige gewesen war, den Bürgern von Bonnières etwas Elementares genommen. Übrig geblieben war ein überteuerter Haufen Stein, ein leeres Haus mit den wertlosen Gemälden eines Kunstlehrers und ein paar verstaubten und beklecksten Kacheln, das die Stadt dann auch noch zu einem stattlichen Preis von den Erben hatte kaufen müssen, um es vor dem Abriss zu bewahren.

Madame Fucelle klappte den Koffer triumphierend auf. Zum Vorschein kamen ein paar vergilbte Schreibheftchen, lose Zettel und ein Stapel säuberlich zusammengebundener Briefe. »Bitte sehr!«, sagte Madame Fucelle feierlich und warf Hermann einen verschmitzten Blick zu. »Hier hätten wir Notizhefte und einen Teil der Korrespondenz von Georgette Agutte.«

Ein Talent mit Geldsorgen

Paris, September 1903

Sie nahm das Couvert in die Hand und betrachtete es voller Vorfreude. Der Brief musste von René sein, sie erkannte die Schrift an der präzisen Linienführung. René Piot war ein Freund aus ihrer Zeit mit Paul, seit bald fünfzehn Jahren, und er war ihr trotz der Scheidung verbunden geblieben. Es war selten, dass er schrieb, normalerweise kam er persönlich vorbei und ließ sich zu einem Aperitif einladen, zumal er Marcel sehr schätzte, als Mensch, aber auch hinsichtlich seiner gesellschaftlichen Position. Viele Künstler suchten seine Nähe. Marcel hatte sich inzwischen politisch etabliert, er war in den fast sechs Jahren ihrer Ehe als Abgeordneter der Sozialisten wiedergewählt worden und mittlerweile Mitherausgeber der linken Zeitschrift *La Petite République*. Gemeinsam waren sie gern gesehene Gäste, wann immer eine Gesellschaft gegeben wurde, genauso waren sie beliebte Gastgeber. Nach allem, was Georgette von ihrer Mutter hörte, waren die Menschen erpicht darauf, auf ihre Einladungsliste zu gelangen. Georgette und Marcel wählten ihre Gäste gewissenhaft aus, und vor allem Georgette bemühte sich stets, neben den etablierten Malern auch einige unbekannte Künstler einzuladen, und so hielt Marcel es mit Politikern oder Wissenschaftlern, die sein Interesse weckten. Georgette engagierte sich auch für die weniger privilegierten Menschen in Paris, nicht aus Ehrgeiz oder Eigennutz, sondern weil sie es für gerecht und richtig hielt.

Sie würde den Brief von René später lesen, beschloss sie. Zunächst brauchte sie einen Tee und musste sich umkleiden. Sie war beinahe eine halbe Stunde durch das spätsommerliche Paris gelaufen, es schüttete seit Tagen wie aus Kübeln, sodass ihr Rocksaum nass und verdreckt war. Außerdem roch alles an ihr nach Hühnersuppe, was kein übler Geruch war, wenn man bedachte, welche Ausdünstungen Paris sonst noch an feuchten Tagen zu bieten hatte. Sie hatte in der Rue Marcadet bei der Armenspeisung geholfen, dort gab es eine alte Halle, in der die Menschen Platz fanden. Georgette kannte inzwischen fast alle Bedürftigen, aber vor allem die Frauen mit Namen und freute sich, wenn sie ihnen ein Extrastück Brot für die Kinder in die Hand drücken konnte. Sie hatte gerne Kinder um sich, besonders der kleine Gregoir hatte es ihr angetan, er war ein pfiffiger, charmanter Kerl, der entzückend lachte, wenn er gerade sein Brot verdrückt hatte und sich postwendend wieder in die Schlange einreihte. Inzwischen hatte sie die Hoffnung auf eigene Kinder beinahe aufgegeben. Sie war nun sechsunddreißig Jahre alt und immer noch nicht schwanger geworden, was sie als Makel empfand, der an ihr klebte und der sie quälte. Georgette war sich sicher, dass es an ihr lag, denn auch von Paul hatte sie kein Kind empfangen. Marcel und sie schliefen regelmäßig miteinander, dennoch wurde Georgette das Gefühl nicht los, dass ihr Mann nicht zuvorderst für die körperliche Liebe geschaffen war. Im Grunde, so glaubte sie, betrachtete er den Geschlechtsakt als Verschwendung von Zeit, die er besser in das Studium der Philosophie oder Wissenschaft investieren könnte. Ihr war es recht, denn ihr Band mit Marcel war niemals in erster Linie körperlicher Natur gewesen, vielmehr waren sie im Geiste untrennbar verbunden, sie konnten nicht ohne einander sein, und das war mit Sicherheit von größerer Innigkeit als die kurzlebige sexuelle Passion, die in den meisten Fällen einem Strohfeuer glich. Nur in sehr dunklen Momenten packte Georgette die Unsicherheit, ob seine körperliche Zurückhaltung womöglich mit ihrem herben Äußeren zu tun hatte.

In diesen Momenten klammerte sie sich an das Versprechen, das Marcel ihr in Kindertagen gegeben hatte: dass er immer für sie da wäre.

Vielleicht war es besser, dass sie keine Kinder hatten, überlegte sie, vielleicht war ihre Aufgabe eine andere. Sie suchte in ihrem Schrank nach einer passenden Robe für den Abend, denn sie erwarteten Gäste, wie so oft. Ihr Freund Camille Pissarro würde kommen und mit ihm sein Sohn Lucien sowie Paul Signac. Zusammen mit Georges Seurat, der an diesem Abend verhindert war, experimentierten sie mit einem Stil, den Signac Pointillismus nannte. Paul und Georges waren damit sehr erfolgreich, aber Camille fand diese Art, zu malen, zu zeitaufwendig. Vielleicht hat er nicht mehr so viel Zeit, dachte Georgette. Sie sorgte sich schon seit einer Weile um ihn. Er war alt, und sein Husten wollte partout nicht mehr verschwinden. Hoffentlich würde er diesen Winter überstehen. Georgette malte viel, sie kopierte noch immer im Louvre die alten Meister, sie versuchte aber auch, Pissarros Bilder unter dessen Anleitung nachzumalen, und war sich ihres Privilegs bewusst, mit diesem besonderen Künstler arbeiten zu dürfen. Paul Signac nannte ihn oft ehrfurchtsvoll »Vater des Impressionismus«. Immer wieder fragte Georgette sich, ob ihr Vater wohl stolz auf sie wäre, wenn er ihre Bilder sähe. Und oft genug kam sie zu dem Schluss, dass sie sich noch mehr anstrengen musste, um seinen Ansprüchen gerecht zu werden. Sie hatte ihren eigenen Stil noch nicht gefunden, war immer noch auf der Suche. Auch in Signacs Pointillismus hatte sie sich versucht, doch auch ihr hatte diese Form der Malerei nicht behagt. Sie wollte den Pinsel mit Kraft über die Leinwand führen und sich dabei verausgaben. Das Setzen kleiner Tupfen in unzähliger Fülle entsprach nicht ihrem ungeduldigen Naturell.

In Paris fehlte ihr häufig die Zeit zum Malen. Da Marcel Parlamentsabgeordneter des 18. Arrondissements war, hatte sie als Madame Marcel Sembat auch tagsüber oft gesellschaftliche Verpflichtungen. Dabei war sie nicht besonders gern in Paris, sie zog der Großstadt die frische Luft in Bonnières vor. Und außerdem hatte sie das Gefühl, dass sie Marcel dort näher sein konnte. Hier in Paris war er Politiker, arbeitete ohne Unterlass, sie sahen einander kaum, und wenn Jean Jaurès ihn rief, so zögerte er nie auch nur eine Sekunde. Jaurès war ein wichtiger Mann, und Marcel teilte seine Ideen und Ideale. Sie versuchten derzeit, die sozialistischen Strömungen in Frankreich zu bündeln, und waren im Begriff, eine einheitliche Partei zu gründen. Jean hatte viel für Marcel getan, er förderte ihn, wo er nur konnte, und Marcel war so etwas wie seine rechte Hand geworden. Jean war für Marcel das, was Pissarro für Georgette war: ein väterlicher Freund. Insofern hatte Georgette durchaus Verständnis für Marcels Arbeitseifer, und trotzdem musste sie zugeben, dass sie eifersüchtig war auf die Zeit und die Aufmerksamkeit, die Marcel einem anderen Menschen widmete. Energisch rief sie sich zur Ordnung und schüttelte den Gedanken ab.

Sie hatte sich entschieden, heute würde sie das bordeauxfarbene Kleid mit den gestickten Ornamenten tragen. Es betonte ihre Taille. Das Kleid war bis zum Hals geschlossen, wie es sich gehörte. Sie klingelte nach dem Hausmädchen und ließ sich beim Ankleiden helfen, dann ging sie in die Küche, um die Speisen zu inspizieren. Das hatte sie sich zur Gewohnheit gemacht, denn sie legte Wert darauf, dass nur frischer Fisch auf den Tisch kam. Zu groß war ihre Sorge, dass Marcel oder einer ihrer Gäste durch eine Fischvergiftung krank würden. Ihr fiel der Brief von René wieder ein. Sie raffte ihr Kleid und ging die Treppe zum Salon hinunter. Sie hörte, dass ihr Mann nach Hause gekommen war, und eilte ihm entgegen.

»Marcel!«, rief sie erfreut. »Du bist schon da. Wie schön. Ich habe dich erst später erwartet.« Sie nahm seine Hand und legte sie an ihre Wange, wie sie es zur Begrüßung immer tat.

»Meine kleine Gette«, sagte er, »ich habe dich vermisst. Wie hast du den Tag verbracht?« Sie erzählte von ihrem Nachmittag in der Suppenküche und kam schließlich auf den Brief zu sprechen.

»Lass uns schauen, was René schreibt«, schlug sie vor, und kaum hatte sie den Satz zu Ende gesprochen, hatte Marcel das Couvert auch schon aufgeschnitten.

»Er ist an dich gerichtet«, sagte er und reichte ihr den Brief. Vermutlich kann er die Handschrift nicht lesen, dachte sie amüsiert. Marcel benötigte schon seit Jahren eine Brille, ihre Augen hingegen ließen sie nie im Stich. Zum Glück, dachte sie, wie aufwendig wäre es, an der Leinwand ständig die Brille auf- und wieder abzusetzen. Sie fand sich kurz in der Handschrift zurecht und fasste dann zusammen.

»Er hat gerade die Gauguin-Ausstellung bei Vollard in der Galerie gesehen und rät uns dringend, sie ebenfalls zu besuchen. Und dann fragt er, ob du mit deinen Möglichkeiten etwas für einen jungen Künstler tun kannst, den er für ausgesprochen begabt hält. Er schreibt, seine künstlerische Qualität sei so herausragend und so revolutionär, dass seine Bilder sich wohl erst in einigen Jahren verkaufen werden. Er braucht aber dringend Geld, hat Familie und Kinder und ist pleite. René fragt, ob du ihm nicht einen Posten besorgen kannst, der ihn finanziell versorgt, ihm aber ausreichend Zeit für die Kunst lässt, vielleicht als Verwalter des Armutsfonds am Theater. Der Maler heißt, warte mal, ich kenne diesen Namen: Henri Matisse.«

»Nie gehört!«

»... doch, doch, er hat mit mir zusammen bei Moreau studiert, und wenn ich mich nicht täusche, so hat er tatsächlich ein beneidenswertes Talent. Ich erinnere mich, dass er sehr gewagt mit Farben umgegangen ist, Moreau hat ihn bewundernd gewähren lassen, auch wenn seine Bilder zum Teil wirklich verrückt wirkten.«

»Nun, wenn René ihn so preist, werde ich sehen,

was ich für ihn tun kann. Aber diesen Posten kann ich ihm unmöglich geben, ich weiß nicht, wie René sich das vorstellt.«

»Dieser Matisse ist ein besonderer Künstler, und wir werden es nicht bereuen, das sagt mir mein Instinkt.«

Marcel grübelte einen Moment, dann nahm er die kleine Glocke vom Kaminsims und klingelte. »Schreib René eine Antwort«, bat er Georgette.

Als der Botenjunge hereinkam, war sie noch mit ihrer Nachricht zugange, in der sie den Freund bat, noch am selben Abend zur Künstlergesellschaft dazuzustoßen und, so es ihm möglich war, den angepriesenen jungen Maler samt Gattin ebenfalls mitzubringen. Sie unterzeichnete sehr familiär mit ihrem Vornamen.

»Bringen Sie diese Nachricht bitte zu Monsieur Piot in die Rue Traversière, und warten Sie, bis Sie von ihm eine Antwort zurückbringen können«, bat Georgette den Boten.

Marcel rieb sich die Hände, er liebte Soirees mit überraschenden Gästen.

»Wie viele werden dann heute Abend bei Tisch anwesend sein?«, fragte er. Georgette zählte in Gedanken, ihre Mutter eingerechnet wären sie zehn Personen, falls Monsieur Matisse mit seiner Ehefrau käme.

Ihre Mutter war ein häufiger Gast bei ihnen im Hause, seit sie Witwe war. Georgettes Stiefvater war kurz nach ihrer Hochzeit mit Marcel überraschend gestorben, seitdem war die Beziehung zu ihrer Mutter wieder enger geworden. Sie war die perfekte Ratgeberin, wenn es um gesellschaftliche Belange ging, sie hatte Georgette beigebracht, wie eine Madame Sembat sich zu benehmen hatte und wie man sich in der Gesellschaft Freunde machte. Die Scheidung hatte sie ihrer Tochter bald verziehen, und Marcel hatte recht behalten, denn es war irgendwann Gras über die Sache gewachsen, und die Hautevolee hatte sich gierig dem nächsten Skandälchen zugewandt.

Sie wären drei Frauen an der Tafel, sofern Madame Matisse sich so kurzfristig lösen könnte. Das war anständig genug, befand Georgette, die sich solche Gedanken eigentlich nur ihrer weiblichen Gäste zuliebe machte. Sie selbst scherte sich nicht darum, ob und wie viele Damen anwesend waren. Ihre Gedanken schweiften zu Moreau, der, schon kurz nachdem Frauen offiziell an der École des Beaux-Arts zugelassen worden waren, seinen Dienst quittiert hatte, aber wohl nicht wegen der Frauen, vielmehr weil er sehr krank gewesen war. Ein Jahr später war er gestorben. Sie war einige Male an seinem Grab gewesen, er hatte ganz in der Nähe, auf dem Cimetière de Montmartre, seine letzte Ruhe gefunden. In den nächsten Wochen wollte sie unbedingt das neue Museum besuchen, das im 9. Arrondissement gerade eröffnet hatte. Es war Moreau gewidmet und zeigte ausschließlich seine Werke. Vielleicht könnte sie Matisse dazu bewegen, sie zu begleiten. Je mehr sie darüber nachdachte, umso klarer erinnerte sie sich wieder an diesen jungen Mann, der vielleicht so etwas wie der Lieblingsschüler des Meisters gewesen war, er und sein Freund, wie hieß der denn gleich, überlegte sie, ebenfalls ein hübscher junger Kerl. Der Name fiel ihr nicht ein, und so wartete sie gespannt auf die Rückkehr des Boten. Sie wünschte sich sehr, Matisse heute Abend wiederzusehen.

Georgette ging in die Küche und gab eine neue Order auf.

»Es sind möglicherweise noch drei Gäste mehr zu verköstigen. Könnten Sie bitte eine weitere Vorspeise einplanen und einen zusätzlichen Fleischgang? Dies wird ein bedeutender Abend werden.«

***

Sie hatte ihn nicht so gut aussehend in Erinnerung. Henri Matisse war ein stattlicher Mann, groß, mit dichtem, zum Scheitel gekämmtem Haar. Lebendige, funkelnde Augen verrieten seine agile Intelligenz und seinen Humor. Georgette mochte ihn auf Anhieb, als er den Salon betrat, beide Hände nach ihr ausstreckte und sich ohne Umschweife in die Nesseln setzte: »Madame Flat, wie schön, Sie einmal wiederzusehen!«

Die Gespräche im Salon verstummten in derselben

Sekunde. Georgette spürte, wie alle Blicke auf ihr ruhten. Seit fast zehn Jahren war sie von Paul geschieden, und niemand hatte seitdem mehr den Namen ihres ersten Ehemannes erwähnt.

Einen Moment überlegte Georgette, ob Matisse ein Flüchtigkeitsfehler unterlaufen war oder ob er sich zu einer bewussten Provokation hatte hinreißen lassen. Viele junge Künstler versuchten durch so etwas, Aufmerksamkeit zu erregen, aber als sie in die erstaunten Augen des Ehepaars Matisse blickte, wusste sie, dass ihre Aufgabe darin bestünde, diesen sensiblen Künstler vor sich selbst zu schützen.

»Mein lieber Henri«, lachte sie hell auf, »wie ich sehe, sind Sie inzwischen verheiratet. Es ist eine lange Zeit her, dass wir gemeinsam den Unterricht von Meister Moreau, Gott habe ihn selig, verfolgen durften. Auch ich habe wieder geheiratet und möchte Ihnen gerne meinen Gatten, Monsieur Marcel Sembat, vorstellen.«

Eine leichte Röte huschte über Henris Wangen, nervös griff er nach dem Rettungsanker, der sich ihm bot, und stellte seine Frau als Madame Amélie Matisse-Parayre vor. Die Gespräche nahmen wieder Fahrt auf. Wie sich herausstellte, kannten sich Pissarro und Matisse bereits, sie hatten sich bei Auguste Rodin kennengelernt und tauschten sich mit großer Leidenschaft über Paul Cézanne aus.

»Ich habe die *Trois Baigneuses* von Cézanne von

meinem letzten Geld gekauft«, erzählte Matisse, »und ich kann Ihnen versichern, nur über meine Leiche würde ich dieses Gemälde wieder hergeben. Ich hatte einige Tiefen zu meistern in den vergangenen Jahren, aber nie habe ich auch nur eine Sekunde daran gedacht, dieses Bild zu verkaufen, selbst wenn es mir den Lebensunterhalt für einige Monate gesichert hätte. Cézanne ist unglaublich inspirierend.«

»Dennoch denke ich, dass man nun bald einen Schritt weitergehen muss und sich vom Impressionismus verabschieden sollte«, warf Paul Signac ein, der es liebte, über Kunst zu theoretisieren. Georgette folgte gespannt dem Gespräch und freute sich, dass keine Pausen entstanden, dieser Abend entsprach ihren schönsten Vorstellungen. Hier waren all die Menschen versammelt, die ihr etwas bedeuteten, von Marcel über ihre Mutter und ihren Freund Pissarro bis hin zu jungen Künstlern, von denen sie hoffte, dass sie einen festen Platz in ihrem Leben einnehmen würden. Nein, Marcel und sie hatten keine Kinder, aber die Welt da draußen brauchte sie auf andere Art, auch sie mussten für die Zukunft sorgen, aber für die Zukunft der Kunst. Dieser Matisse war die Zukunft, das stand Georgette deutlich vor Augen, in ihm brodelte die Kreativität, und sie schätzte die Verve, mit der er an ihrem Tisch agierte. Dieser Mann brauchte dringend Mäzene, Geldgeber und Kontakte und scherte sich doch nicht darum; er bat um Geld und gab gleichzeitig zu, das, was er hatte, nicht für das Nötige, sondern für die Leidenschaft auszugeben. Und mit welchem Selbstbewusstsein er über die großen Künstler sprach! Er würde der Schmuck jeder Gesellschaft sein, dieser Mann würde niemals langweilen. Sie würde ihn von nun an auf die Liste der regelmäßigen Einladungen setzen, beschloss Georgette und pickte die letzte Garnele von ihrem Teller. Ihre Mutter beobachtete sie wohlwollend, sie nickte ihr über den Tisch hinweg zu, als hätte sie Georgettes Gedanken erraten. Auch Marcel schien ausgelassen. Als Hauptgang hatte Georgette Lamm ausgesucht, sie schaute zu ihrem Mann, der im Begriff war, am Beistelltisch einen Rotwein zu dekantieren. Marcel liebte guten Wein, auch wenn er ihn nicht vertrug und am nächsten Tag oft unter üblen Kopfschmerzen litt. Konzentriert goss er den Wein in eine Kristallkaraffe und nahm diese mit an die Tafel. Er wartete einen Moment, schenkte sich ein, probierte und reichte die Karaffe dann herum. Nach dem ersten Schluck wandte er sich an Henri.

»Nun, Monsieur Matisse, Sie haben offenbar viel gelernt in den letzten Jahren, man ist von Ihrem Talent überzeugt, warum wollen Sie meine Hilfe in Anspruch nehmen?«, fragte er und beendete damit das Gespräch über das Für und Wider des Impressionismus.

»Ich habe drei Kinder«, antwortete der Angesprochene offen, »der Jüngste ist noch keine drei Jahre alt. Ich habe eine juristische Ausbildung, ich habe eine Weile in einem Anwaltsbüro gearbeitet, und ich benötige einen Beruf, mit dem ich meine Familie ernähren kann.«

Es gab ein Raunen am Tisch.

»Aber Sie sind doch Maler!«, warf Marcel ein, was Matisse nur mit einem kleinen Lächeln quittierte.

»Am liebsten, ja. Aber ich trage die Verantwortung nicht nur für mich allein, sondern auch für Frau und Kinder.«

Georgette war schockiert und hingerissen gleichermaßen von der Klarheit, mit der Matisse seine Prioritäten setzte. Alle Künstler, die sie kannte, empfanden ihre Kunst als Leidenschaft, die unerlässlich war zur Weiterentwicklung der eigenen Persönlichkeit und der Gesellschaft und deshalb wichtiger als alles andere. Georgette arbeitete verbissen daran, als eine solche Künstlerin anerkannt zu werden und nicht als gelangweilte Gattin zu gelten, die bloß zum Zeitvertreib malte. Sie vermutete, dass Matisse diesen Satz vor allem für seine Ehefrau gesagt hatte, die er augenscheinlich verehrte, und davon war sie zutiefst gerührt. Matisse wirkte in diesem Augenblick warmherzig und gütig, solche Charakterzüge fanden sich nicht bei allen Künstlern. Wie viele Männer richteten ihr Streben ausschließlich auf das eigene Fortkommen, auch unter denen, die hier am

Tisch saßen? Und wie anders schien dieser Henri Matisse zu sein.

»Wissen Sie, vor einer Weile noch konnten wir ganz gut vom Modistengeschäft meines Schwiegervaters leben, doch das musste die Familie Parayre vor einigen Jahren aufgeben. Ich habe eine Weile Kulissen angemalt für die Weltausstellung, und die neue Galeristin Berthe Weill hat eines meiner Bilder verkaufen können, für dreißig Francs. Das reicht jedoch leider nicht zum Leben.«

»Sie wollen ernsthaft aufgeben?«, mischte sich nun Paul Signac mit entsetztem Unterton ein.

»Ja, wenn es nötig ist.«

»Das kann nicht Ihr Ernst sein«, ereiferte sich Signac, »das dürfen Sie nicht tun! Man kann nicht einfach so entscheiden, kein Künstler mehr zu sein, das ist in Ihnen, und es wäre Frevel, das zu verleugnen!«

»Wäre es nicht frevelhafter, meine Familie hungern zu lassen?«

»Aber den Cézanne verkaufen Sie ja auch nicht, wenn ich Sie recht verstanden habe. Ich würde Ihnen genug dafür bieten, um Ihre Familie eine Weile durchzubringen«, lockte Signac und freute sich über sein freches Argument, das Henri mit einem gutmütigen Lachen parierte.

»Ich denke, Sie wären nicht in der Lage, den Wert in Gold aufzubringen, den das Gemälde für mich hat. Was meinen Sie dazu, Camille?«, versuchte er, Pissarro ins Gespräch einzubinden, der viel mit Cézanne zusammengearbeitet hatte.

»Sie haben ein gutes Gespür, lieber Henri. Ich denke, ein Künstler ist ein Künstler, egal, was er tut. Ich habe Markisen angemalt, Rollos und Gartenzäune, um zu überleben. Tun Sie, was Sie tun müssen, aber die Kunst wird immer der Mittelpunkt Ihres Strebens sein, dessen bin ich mir sicher.«

Niemand wagte es, Pissarro zu widersprechen. In Georgettes Ohren hallten die Sätze noch nach, als schon das Lamm aufgetragen wurde, und sie verursachten eine innere Unruhe. Wie sehr war sie Künstlerin, wie stark war der unbedingte Wille, sich auf der Leinwand auszudrücken, etwas von sich preiszugeben, und zu welchem Verzicht war sie für die Kunst bereit, fragte sie sich. Würde sie wie Pissarro in zerschlissenen Kleidern oder in Lumpen schlafen, nur um das nötige Geld für Leinwand und Farbe zu haben? Würde sie ihren Ehemann aufgeben, um ausschließlich mit der Kunst glücklich zu werden? Georgette fürchtete, dass sie gar nicht die Wahl hatte, denn war es nicht in Wahrheit längst umgekehrt? Konnte sie ihre Kunst nicht eigentlich nur deshalb ausleben, weil ihre Ehe es ihr ermöglichte? Hatte nicht Henri Matisse gerade die Nähe zum Herrn Abgeordneten gesucht statt zu ihr, der Malerin? War sie überhaupt eine Künstlerin, eine die zu Recht mit diesen talentierten Menschen am Tisch saß?

Marcel hatte offenbar nur halb zugehört, er fuhr sich gedankenverloren durch den Bart.

»Woher nur kenne ich Ihren Namen, Madame«, wandte er sich nun an Amélie Matisse. Georgette betrachtete die junge Frau. Sie wirkte ein wenig rundlich, was allerdings auch an den Puffärmeln ihrer Bluse lag, die mittlerweile aus der Mode gekommen waren. Sie hatte die Bluse in einen grauen Rock gesteckt, ihre Kleidung war insgesamt nicht sehr vorteilhaft und schon gar nicht elegant, aber diese Frau hatte ein ausnehmend zartes Gesicht. Ihre Augenbrauen hatten einen hübschen Schwung, die Lippen waren weich und voll, und die Proportionen in ihrem Gesicht erschienen Georgette nahezu perfekt. Neidvoll betrachtete sie die junge Frau und stellte zugleich fest, dass sie große Lust hatte, Amélie zu malen. Deren Wangen waren derweil tiefrot geworden, und Georgette fragte sich, ob aus Schüchternheit, weil sie plötzlich im Mittelpunkt der Ansprache stand, oder ob es andere Gründe haben mochte, und als Henri anstelle seiner Frau antwortete, verstand sie.

»Wissen Sie, Monsieur Sembat, wir sind uns vor einigen Jahren schon einmal begegnet. Mein Schwiegervater war auf Ihre Unterstützung als Anwalt angewiesen, da ein Pelzhersteller ihm unterstellte, er habe Ware erhalten, aber nicht bezahlt. Dieser Streit führte das Geschäft in die Insolvenz, aber immerhin konnten Sie die Unschuld meines Schwiegervaters vor Gericht beweisen. Und wir sind Ihnen sehr dankbar dafür.« Er nahm die Hand seiner Frau und streichelte sie liebevoll.

Die Herren am Tisch murmelten Marcel anerkennend zu.

»Es ist also im Grunde heute unsere dritte wahre Begegnung«, klatschte Georgette nun freudig in die Hände, um die Schwere des Moments zu verscheuchen. In diesem Augenblick kam ihr Signac zu Hilfe, der sich überschwänglich für das Essen bedankte und sich den Bauch rieb. »Georgette, woher kennst du nur immer meine Lieblingsspeisen?«, fragte er augenzwinkernd, und sie antwortete: »Weil jede Speise deine Lieblingsspeise ist, mein Lieber.«

»Und doch schmecken mir meine Lieblingsspeisen in diesem Haus immer besonders gut.« Er nahm sein Glas und prostete ihnen zu. Georgette hatte üppig auftischen lassen. Nach der Hauptspeise reichte sie Käse und zum Abschluss ihr Lieblingsdessert, eine Apfeltarte, die Signac erneut in Entzücken versetzte.

Nachdem Marcel die Tafel aufgelöst hatte, gingen die Herren mit dem Cognac in den kleinen Salon, während Georgette Matisse und dessen Frau zur Seite nahm, um den beiden ihr Atelier zu zeigen und Amélie zu bitten, ihr bei Gelegenheit Modell zu sitzen.

Auf ihrer Staffelei stand das Bild, das sie beim ersten Herbstsalon in ein paar Monaten ausstellen wollte, sie war gespannt, ob es Matisse gefallen würde. Der Herbstsalon sollte eine Gegenveranstaltung zu den konservativen Ausstellungen sein, die die Académie des Beaux-Arts abhielt und in denen neue Strömungen in der Malerei konsequent verweigert wurden. Sie war stolz und glücklich, die Einladung zum Herbstsalon erhalten zu haben, auch wenn sie vielleicht mehr Madame Marcel Sembat galt als der Künstlerin Georgette Agutte. Ihr Mann hatte sich in Künstlerkreisen als Kenner und Mäzen einen Namen gemacht, er galt als begnadeter Redner, scharfsinniger Denker und Verteidiger der jungen Kunst, kurzum, jeder wollte ihn zum Freund. Was soll's?, dachte Georgette, wenn ich auf diese Weise mein Können unter Beweis stellen kann, soll es mir recht sein. Dennoch hatte sie sich bewusst entschieden, von nun an ihre Werke nur noch mit ihrem Künstlernamen Georgette Agutte zu signieren. Als sie ins Atelier kamen, ging Henri geradewegs auf die Staffelei zu. Amélie blieb neben ihr stehen und brach als Erste das Schweigen. »Sie haben ein wunderbar geräumiges Atelier.«

»Vielen Dank, ich würde es mir noch ein wenig heller wünschen, muss ich gestehen. Erinnern Sie sich noch an das Atelier Moreaus, Henri? Das war perfekt, nicht wahr?«, fragte Georgette. Doch Henri schien sie nicht gehört zu haben. Er studierte das Bild auf der Staffelei mit höchster Konzentration. Georgette beobachtete nervös, wie genau er jeden einzelnen Pinselstrich in Augenschein nahm. Amélie bemerkte ihre Unruhe und legte ihr eine Hand auf den Arm. Dann hatte Henri offenbar sein Urteil gefällt. Er drehte sich mit einer schwungvollen Geste zu ihr um.

»Haben Sie mehr Mut, Madame«, sagte er und trat einen Schritt auf Georgette zu. »Zeigen Sie die Dramatik des Meeres und des Himmels.« Georgette war konsterniert. Sie hatte die schroffen Felsen von Guernsey gemalt und lange an der Dramatik gefeilt.

»Was meinen Sie?«

»Sie messen der Genauigkeit der Abbildung zu viel Bedeutung bei. Dabei treten die Farben in den Hintergrund. Aber bedenken Sie, wie blutrot der Himmel ist, wenn die Sonne ins Meer taucht.«

Georgette wusste sofort, was Henri meinte. Ihr hatte der Schneid gefehlt, sie war unentschieden gewesen zwischen impressionistischer und naturalistischer Malweise, sie würde sich entscheiden müssen.

»Danke«, sagte sie heiser, »ich bin Ihnen zu Dank verpflichtet. Und ich bin bekannt dafür, dass ich mich revanchiere.«

Fatale Flatulenz

»Man kennt sich und man hilft sich«, grinste Hermann, als sie die von Madame Fucelle mit einem Zettelchen versehene Seite in den Notizen von Georgette Agutte entziffert und übersetzt hatten, »wer hätte gedacht, dass die Rheinländer ihre Klüngelpolitik von den Franzosen gelernt haben?«

»Du wieder!« Hanna knuffte ihren Vater in die Seite. »Aber das war wirklich eine illustre Gesellschaft, wenn sogar ich die Hälfte der Namen kenne.«

Lilie war in die Notizhefte versunken. Sie lasen sich wie eine Art Tagebuch. Offenbar hatte Georgette wichtige Ereignisse und Begebenheiten festgehalten, aber jegliche Alltagserlebnisse dankenswerterweise der Vergessenheit anheimfallen lassen.

Lilie war erstaunt über die Entwicklung, die das Mädchen seit dem Brief an ihren verstorbenen Vater genommen hatte. Sechsunddreißig Jahre alt war sie, als sie Matisse kennenlernte, also richtig kennenlernte, korrigierte Lilie sich in Gedanken. Aus dem Mädchen war eine Frau geworden, die sich in ihrem Leben hervorragend behauptete.

Im Vergleich zu ihrer Vorfahrin stand sie selbst

ziemlich bescheiden da, fand Lilie. Sie hatte keinen Job, schien unfähig, eine glückliche Beziehung zu leben, und hatte bislang noch nicht einmal ein Ziel, geschweige denn eine Ahnung, was sie mit ihrem Leben anfangen wollte. Dabei, so wurde ihr gerade schmerzlich bewusst, hatte sie vielleicht schon fast die Hälfte hinter sich.

In dem Alter war ihre Vorfahrin bereits eine relativ erfolgreiche Malerin gewesen, zum zweiten Mal verheiratet und legte eine erstaunliche Urteilsfähigkeit für Kunst an den Tag. Mein Gott, schoss es ihr plötzlich durch den Kopf, ihre Urahnin hatte quasi Matisse entdeckt. Sie war merkwürdig berührt von dem, was sie da gerade gelesen hatte, und hätte am liebsten sofort weitergeblättert. Gleichzeitig verspürte sie das Bedürfnis, mit den Aufzeichnungen allein zu sein. Sie kam sich schäbig vor, denn ohne Hanna und Hermann wäre sie wohl kaum hier. Und dennoch: Sie brauchte augenblicklich frische Luft und Nikotin.

»Ich geh mir mal kurz im Garten die Beine vertreten«, sagte sie und stellte auf dem Weg nach draußen erleichtert fest, dass die Vereinsmitglieder tatsächlich verschwunden waren. Abendessenszeit, dachte sie und war heilfroh, dass es bereits dämmerte, denn als sie im Garten war, merkte sie, wie ihr die Tränen kamen.

Ihr Leben lang hatte sie von ihrer Mutter gehört, alles, was mit der Familie ihres Vaters zu tun habe, sei falsch, verlogen und unanständig. Wie oft hatte sie mit sich gehadert, weil sie meinte, mehr Ähnlichkeit mit ihrem nichtsnutzigen Vater zu haben als ihr lieb war. Doch nun entdeckte sie zum ersten Mal in diesem Teil ihrer Familie etwas Berührendes, Wahres, Bedeutsames, und sie spürte, wie sich Erleichterung in ihr ausbreitete und sie sich mit einem bislang verachteten Teil ihrer Persönlichkeit zu versöhnen begann. Merkwürdig, dass ausgerechnet ihre deutsche Familie sie darauf gebracht hatte. Sie ging noch ein paar Schritte und setzte sich auf die kleine Mamorbank, auf der sich zuvor Hermann niedergelassen hatte. Was war das nur für eine seltsame Verbindung zwischen ihnen allen? Ihre Familie und die Familie Terhöven waren so unterschiedlich, wie zwei Familien nur sein konnten. Hier die Künstler, da die bodenständigen Bauern, hier die Sozialisten, da die Konservativen, hier die Bohemiens, dort die wirtschaftlich reüssierenden Bürger. Ausgerechnet sie schien die Brücke zu bilden. Lilie zündete sich eine Zigarette an und atmete den Rauch tief ein.

Sie sah Schmetterlinge in der Dämmerung fliegen, es waren zwei Kleine Füchse, die umeinandertanzten. Hielten Schmetterlinge eigentlich Balztänze ab, oder spielten die beiden nur miteinander? Sie flogen wild von rechts nach links, drehten sich im Kreis und schienen überhaupt nicht müde zu werden.

»Worüber denkst du nach?« Lilie zuckte zusammen. Hermann hatte sich zu ihr gesellt, sie wunderte sich, dass sie ihn nicht hatte kommen hören.

Er setzte sich neben sie und legte ihr die Hand auf die Schulter.

»Ich habe die beiden Schmetterlinge beobachtet und mich gefragt, ob Schmetterlinge balzen«, antwortete sie wahrheitsgemäß. Hermann schwieg, aber er sah sie fragend und belustigt zugleich an.

»Okay. Ich denke über Familie nach, die Ursprungsfamilie und die, die man sich sucht«, antwortete Lilie zögernd. »Und ich frage mich, warum du das alles für mich getan hast, damals, und warum du jetzt mit mir nach meiner Familie forschst, obwohl …«

»Obwohl ich lieber in Ruhe auf den Tod warten sollte? Das kann ich nicht, dann werde ich verrückt. Ich will ja nicht sterben, ich muss. Aber solange ich kann, werde ich noch vor dem Sensenmann davonlaufen.«

»Hast du Angst?«

»Ja, höllisch!« Er lachte trocken. »Aber ich vergesse die Angst, wenn wir zusammen etwas erleben.«

Lilie hatte den Eindruck, dass Hermann nicht länger darüber reden wollte, deshalb gab sie zu, was sie noch beschäftigte.

»Wenn ich mir anschaue, was Georgette in meinem Alter alles schon erreicht hatte, dann habe ich das Gefühl, ich hab's vergeigt.«

»Selbsterkenntnis ist der erste Schritt zur Besserung«, lachte Hermann. »Jetzt musst du nur noch den Hintern hochkriegen und was tun.«

Das war typisch Hermann, dachte Lilie und musste lachen. Niemand konnte einen so herzlich und bodenständig ermahnen wie er. Dabei wusste sie nach all den Jahren der Verbundenheit, dass er ihr immer bei allem helfen und zur Seite stehen würde.

»Warum hast du mich eigentlich damals nicht nach Hause geschickt, da kanntest du mich doch noch kaum?«

»Du meinst, warum ich dich quasi adoptiert habe, als du von der Schule geflogen bist?«

»Ja!«

Hermann überlegte einen Moment. »Wir mochten dich einfach. Du kamst mir so verloren vor, das hat mir leidgetan, und ich hatte das Gefühl, irgendjemand muss sich endlich mal um dich kümmern, dir eine Richtung geben.« Er grinste sie an. »Ich habe vielleicht genau wie du ein Faible für kleine Streuner.« Dann huschte ein keckes Grinsen über sein Gesicht.

»Außerdem sollte man nicht jeden Furz überbewerten.« Lilie sah ihn verwirrt an, und es dauerte einen Moment, bis sie verstand, dass er auf die denkwürdige Szene anspielte, die ihre deutsche Schullaufbahn für immer beendet hatte. Sie hatte über Monate hinweg, sooft es ging, die Schule geschwänzt, bis es dem Schuldirektor zu bunt geworden war und er Hanna und sie einbestellte. Der Direktor tobte lautstark, er leite diese Schule seit einem Jahrzehnt, und er wolle, dass Frieden herrsche und die Schüler sich an gewisse Regeln hielten. Hanna übersetzte, weil der Direktor kein Französisch sprach, und bei dieser Übersetzung leistete sie sich kleine, aber fatale Buchstabendreher. Sie machte vor Aufregung aus dem französischen Wort »diriger« »digirer« und bei »la paix«, dem Wort für Frieden, setzte sie den falschen Artikel, sodass Lilie »le pet« verstand. Kurzum, sie verhunzte den sinnvollen Satz des Direktors auf absurde Art und Weise und übersetzte ihn mit den Worten »Ich verdaue diese Schule seit Jahren und wünsche mir einen Furz«. Lilie ging im selben Moment buchstäblich zu Boden, hielt sich den Bauch vor Lachen und trommelte mit Händen und Füßen auf die Erde. Hanna stand unterdessen mit hochrotem Kopf da, denn der Direktor vermutete natürlich, Hanna habe sich auf Französisch über ihn lustig gemacht. Es hatte vieler beruhigender Worte bedurft, ihm das wieder auszureden. Die weitere Rede des Direktors hatte ihr allerdings niemand übersetzen müssen: »Raus!« war das Letzte, was Lilie von ihm gehört hatte.

Seltsamerweise war sie erst nach diesem Vorfall richtig in die Familie Terhöven integriert worden. Statt sie umgehend zurück nach Paris zu schicken, ließ Hermann Lilie weiterhin in Veen wohnen, und da Lilie nun nicht einmal mehr so tun musste, als ginge sie zur Schule, lernte sie Küchenvokabular mit Hannas Mutter und Krimisprache durchs deutsche Fernsehen.

»Es war das beste Missverständnis meines Lebens«, sagte sie und lächelte Hermann an. Oben am Fenster des Ateliers sah sie in diesem Moment Hanna auftauchen und kräftig winken. Sie ließ ihre Zigarette auf den Boden fallen und trat sie aus. »Komm«, sagte sie zu Hermann, »ich glaube, Hanna hat etwas entdeckt.«

Von Wilden
und Wegbereitern

Paris, Oktober 1905

Sie war neidisch. Eindeutig. Es plagte sie wie ein juckender Mückenstich, der irgendwo in der Magengegend saß und keine Ruhe geben wollte. Sie durfte nicht kratzen, sie versuchte mit aller Kraft, dieses Gefühl zu ignorieren, aber es half nichts. Was war sie nur für ein schlechter Charakter, grämte Georgette sich, musste sie wirklich ausgerechnet den Mann, den sie liebte, mit derartigen Empfindungen verfolgen? Sie saß in einer Kutsche auf dem Weg zum Quai St.-Michel am linken Seineufer. Henri Matisse hatte dort ein kleines Atelier mit Blick auf Notre-Dame, sie liebte diesen Raum. Henri hatte eine Nachricht gesandt, er sei zurück aus dem Süden, aus Collioure, wo er den Sommer verbracht hatte. Marcel und Georgette hatten ihn und die gemeinsamen Freunde, die Maler André Derain und Maurice de Vlaminck, für einige Tage dort besucht. Es war eine herrliche Zeit gewesen. Sie hatten auf einem Weingut im nahe gelegenen Banyuls gewohnt und waren beinahe täglich nach Collioure hinausgefahren. Marcel hatte sich mit einem Buch an den Strand gesetzt, und sie hatte mit Henri zusammen die Staffelei aufgestellt und gemalt. Henri hatte sich fantastisch weiterentwickelt, er war unglaublich, anders, erschreckend.

Sie war sich sicher, dass er ein großer Künstler war, ein Genie, und dass er eines Tages einen Bekanntheitsgrad erlangen würde wie Camille Pissarro, der vor zwei Jahren gestorben war. Der Abend, an dem Matisse sie das erste Mal besucht hatte, war der letzte gewesen, den sie gemeinsam mit Camille verbracht hatte. Georgette vermisste ihn schmerzlich, ihn und die langen Gespräche über ihren Vater. Aber sie fand, der letzte gemeinsame Abend blieb eine sehr schöne Erinnerung an Pissarro, denn er war ihr damals nicht krank vorgekommen. Im Gegenteil. Er schien aufgekratzt und glücklich.

Sie seufzte und überlegte, was ihr väterlicher Freund zu Henris Entwicklung gesagt hätte. Sie hatte oft mit ihm diskutiert, er war sich bewusst gewesen, dass die Malerei nicht mit dem Impressionismus an ihr Ende gelangt war, allerdings hatte er vergeblich nach der nächsten Stufe gesucht. Henri hatte diese neue Dimension gefunden, dessen war Georgette sich sicher. Seine Werke schienen auf den ersten Blick nahezu wie von Kinderhand gefertigt, doch sie strahlten eine künstlerische Kraft aus, die Georgette erschauern ließ.

Jetzt war sie gespannt, welches Bild er für die

Ausstellung in der kommenden Woche ausgewählt hatte. Sie fuhr allein ins Atelier, denn Marcel war unterwegs, er würde auch an diesem Tag erst spät nach Hause kommen. Meist war er dann müde und ging zu Bett, ohne dass sie die Chance gehabt hätten, miteinander zu reden. Sie war fast immer bei ihm in Paris, selbst wenn sie sich in ihrem Haus in Bonnières wohler fühlte, doch sie ertrug es einfach nicht, auf seine Anwesenheit zu verzichten. Auch wenn sie nicht sprachen, brauchte sie seine Nähe und Wärme, seinen Geruch in der Nase. Die Hoffnung auf ein gemeinsames Kind hatte sie inzwischen ganz und gar aufgegeben, auch wenn es nicht leicht gewesen war. Es hatte viele Momente der Verzweiflung gegeben, denn sie hätte Marcel gern den Sohn geschenkt, den er sich so sehnlich wünschte.

Im Sommer, als sie an einer lockeren Tafel draußen auf dem Weingut in Banyuls gesessen und zusammen mit dem Winzer, André Derain und Henri Matisse Käse und Wein zu sich genommen hatten, war Georgette schmerzlich bewusst geworden, wie sehr auch Marcel unter ihrer Kinderlosigkeit litt. Sie sprachen über den Nachwuchs, und Henri, der zwei Söhne und eine uneheliche Tochter hatte, klagte, wie schwer es ihm manchmal falle, in dem Kindergewimmel die nötige Ruhe für die Kunst zu finden. Marcel erwiderte, er würde sich Kindergeschrei manchmal sogar wünschen, und auf Nachfrage Henris machte er eine Bemerkung, die Georgette durch Mark und Bein ging. »Das Nest ist bereitet, aber kein Vögelchen will kommen.« Die Formulierung war so zart und traurig, dass Georgette es kaum aushalten konnte. Später am Abend hatte sie sich zu ihm gelegt in der Hoffnung, dass es diesmal klappen könnte, aber der Akt war für beide eher Qual als Lust gewesen, und schon zwei Wochen später hatte sie ihre Monatsblutung bekommen. Auf Anraten ihrer Mutter hatte sie sich von einem Arzt untersuchen lassen, doch der hatte nichts feststellen können und ihr lediglich einen Tee aus Frauenmantel, Salbei und Heckenrose verschrieben, den sie seitdem täglich in großen Mengen zu sich nahm, obwohl er furchtbar schmeckte.

Allerdings hatten sie seit diesem ernüchternden Erlebnis im Sommer nicht mehr beieinandergelegen. Sicher, Marcel hatte eine Menge zu tun, er hatte Jean Jaurès darin unterstützt, die Tageszeitung *L'Humanité* zu gründen, für die er nun regelmäßig Leitartikel schrieb, und es war ihnen endlich gelungen, die vielen verschiedenen sozialistischen Parteien und Bewegungen zu vereinen, aber Georgette war nicht sicher, ob Marcel Arbeit und Müdigkeit in Wahrheit nicht einfach vorschob. Sie musste sich eingestehen, dass sie die Bewunderung und Leidenschaft und vor allem die Zeit, die Marcel für seine sozialistischen Ideen aufbrachte, gerne für sich in Anspruch genommen hätte. Sie fühlte sich ausgeschlossen aus seinem Leben.

Sogar die Kunstförderung, die er derzeit mit hohem zeitlichem Aufwand betrieb, verfolgte sie mehr aus der Ferne, als dass sie dabei die Frau an seiner Seite gewesen wäre. Marcel versicherte ihr zwar immer wieder, dass sie es als Hommage an ihre Liebe zur Malerei verstehen solle und er ohne sie weder die Kenntnis noch das Gespür für die aktuelle Kunst entwickelt hätte. De facto aber war *er* zu einem anerkannten Mäzen avanciert, und die Kunstwelt hofierte ihn, nicht sie, die Malerin. *Sie* hatte zwei Jahre zuvor beim ersten Herbstsalon ausgestellt und sogar verkauft, *ihm* war die Ehre zuteilgeworden, beim diesjährigen Herbstsalon in der Jury zu sitzen, das heißt, er durfte in diesem Jahr bestimmen, welche Künstler ihre Werke ausstellten, und das war eine Wertschätzung, die ihm allein gebührte, nicht etwa dem Ehepaar Agutte-Sembat. Für die Jury-Mitglieder des Herbstsalons galt es, die neue Kunst zu finden, die im altehrwürdigen, aber biederen *Salon de Paris* der Akademie keinen Platz fand. Georgettes Herz wurde kämpferisch, wenn sie daran dachte, denn die Akademie erschien ihr verstaubt und korrupt. Die Mitglieder interessierten sich immer noch ausschließlich für den Status quo, während es in der jungen Kunstszene von Ideen und Einfällen nur so wimmelte und sich permanent neue Strömungen entwickelten. Georgette war der festen Überzeugung, dass sie mit Henri Matisse und André Derain die

Avantgarde der Malerei kannte, und sie bemühte sich nach Kräften, mit den beiden mitzuhalten, doch wenn sie ehrlich zu sich selbst war, musste sie sich eingestehen, dass ihr Talent dazu nicht ausreichte.

Was hätte Pissarro ihr geraten?, fragte sie sich. Wenn man weiß, dass man den Gipfel des Berges nicht erklimmen kann, geht man dann auf halber Strecke zurück oder genießt man den Weg, so weit wie man ihn gehen kann?

Sie schaute aus dem Fenster und sah die Kathedrale Notre-Dame, die ihr stets Ehrfurcht einflößte. Sie wäre bald da. Die Pferde trabten sicher über den Pont Saint-Michel, dann hielten sie schnaubend an. Georgette stieg aus und fröstelte leicht, am Ufer der Seine war der Wind kühler als in den engen Straßen der Stadt. Sie ging die drei Stufen zur Tür hinauf, nahm den Türklopfer in ihre raue farbverschmierte Hand, ließ ihn zweimal niedersausen, und es dauerte nicht lange, bis Matisse ihr so strahlend die Tür öffnete, dass ihr warm ums Herz wurde und sie all ihren Gram vergaß.

»Georgette, wie wundervoll, Sie zu sehen! Kommen Sie herein.« Georgette ließ sich von ihm an die Hand nehmen. »Darf ich Ihnen eine Tasse Tee anbieten?«, fragte Henri, während er sie in sein Atelier führte. Doch bevor sie antworten konnte und noch ehe sie die Schwelle ganz übertreten hatte, fühlte sie das Bild, es saugte ihren Blick mit einer Wucht auf, dass sie beinahe gestolpert wäre.

»Ist es das?«, fragte sie mit heiserer Stimme.

Henri nickte verunsichert.

»Es ist ... es ist ...«, stammelte Georgette und rang nach Worten, »es ist ungeheuerlich, es ist verschwenderisch, die Farben ...«, sie schnappte nach Luft. »Hat Amélie es schon gesehen?«

Henri schmunzelte lässig und strich mit der linken Hand an seinem Kinnbart entlang: »Ich würde sagen, sie war von Anfang an dabei.«

Georgette lachte befreit auf. Das Bild zeigte Matisse' Ehefrau mit einem großen Blumenhut. Man konnte Amélies Schönheit durchaus wiedererkennen, genauso wie ihr Faible für auffällige Blusen, doch darüber hinaus gab es auf dem Bild nichts, was so war wie die Wirklichkeit. Henri hatte das komplette Repertoire an Farben aufgebracht, ein bisschen so, als hätte er noch Reste übrig gehabt und sie in wilder Ekstase auf der Leinwand verteilt. Unten links war eine Fläche orange, darüber rosa, noch etwas weiter oben verschiedene Blautöne, grün, gelb, hautfarben, die Haare waren rot, Amélies Gesicht grün, bis auf die knallroten Lippen, und der Hut war ein Farbenfest von dunkleren Tönen, doch obwohl das Bild kein bisschen der Natur entsprach, konnte Georgette die Porträtierte nicht nur erkennen, sie wirkte sogar besonders lebendig.

»Hat Amélie neue Schminke?«, fragte sie frech, denn in diesem Moment hatte sie ihre Haltung zu dem Bild gefunden: Sie liebte es. »Mein Gott, Henri, das ist ein Meisterwerk. Das ist so«, sie überlegte, »wie hat René es noch gleich genannt, als er uns mit Ihnen bekannt machte: Ihre Malerei sei revolutionär und neuartig. Und es stimmt. Ich habe etwas Derartiges noch nie zuvor gesehen, so träumerisch, als wäre Amélie am Ende des Regenbogens angekommen. Ich bin überwältigt!« Sie sah, wie Henris Augen leuchteten, und freute sich darüber, denn natürlich wusste Henri tief in seinem Herzen, dass er ein Genie war, aber dass dieser Mann ein Lob aus ihrem Munde akzeptierte, erfüllte sie wiederum so sehr mit Stolz, dass sie ihm beinahe um den Hals gefallen wäre. Es gab wahrlich Wichtigeres, als sich zu grämen, dachte sie. Hier sah sie ihre Aufgabe, hier war das Werk, das sie mit ihrem Ehemann zu vollenden hatte und hinter dem persönliche Ambitionen zurückstehen mussten. »Lassen Sie eine Depesche schicken, Marcel muss kommen und sich das ansehen. Er wird ebenso begeistert sein wie ich.«

»Er kennt es schon«, erwiderte Henri, »er war vorgestern Abend hier, er muss ja wissen, was unter seinem Jury-Vorsitz vorgestellt wird.«

Da war es wieder, das Jucken in ihr, die Angst, dass Marcel sie nicht einmal mehr für die Kunst brauchte, dass er sein Urteil immer mehr von dem ihren unabhängig machte und ihrer überdrüssig werden könnte. Ruhe da oben, ermahnte sie ihre Gedanken, als wären sie ungezogene Kinder, die auf dem Speicher herumtobten. Georgette sah sich in dem Atelier um. Sie erkannte einen Teil der Bilder, die beinahe unordentlich nebeneinandergehängt die Wände des kleinen Raumes schmückten. Es waren Szenen aus dem Sommer, aus Collioure, Strandimpressionen, manche waren skizzenartig, manche nur halb vollendet. Georgette riss sich zusammen und strahlte Matisse an.

»Marcel hat mit der Vorbereitung des Herbstsalons und der Gründung der Sozialistischen Partei sehr viel zu tun. Wir haben einfach zu wenig Zeit, um uns regelmäßig auszutauschen. Er kommt im Moment sogar kaum noch zum Lesen, und Sie wissen, was das mit seiner Laune anstellt«, sagte sie und zwinkerte ihm zu. »Ich nehme aber an, er war genauso enthusiastisch wie ich angesichts dieses wundervollen Gemäldes?«

Matisse wirkte nachdenklich: »Er hat sich merkwürdig ausgedrückt. Er befand, man werde dieses Bild in der Welt nicht übersehen können.« Jetzt lächelte er verlegen.

»Da kann ich meinem Mann nicht widersprechen«, lachte Georgette. Henri führte sie zu einem weiteren Bild, das er im Herbstsalon ausstellen würde. Auch dieses war extravagant. Das Kunstwerk zeigte den Blick aus einem offenen Fenster in Collioure auf das

Hafenbecken. Sie kannte diesen Ausblick, sie hatte selbst dort am Fenster gestanden, doch niemals wäre sie auf die Idee gekommen, ein Meer rosa zu malen.

»Wo sehen Sie nur diese Farben?«, fragte sie ihren Freund und beneidete ihn sogleich um die Antwort.

»Ich sehe sie nicht, ich fühle sie. Die Farben sind der Genuss für den Betrachter, und darum geht es. Es ist keine Kunst, die Welt abzumalen, Kunst bedeutet, Gefühle auszudrücken und einzufordern. Es geht nicht mehr darum, was wirklich ist. Dafür gibt es doch längst die Fotografie.«

Georgette schwieg, denn sie ahnte, dass Henris Bilder bei der Ausstellung durchaus eine Menge Gefühle hervorrufen würden und dass darunter auch ablehnende wären. Sie wollte mit Marcel darüber sprechen, wie man Henri davor schützen könnte. Sie mussten gewappnet sein.

»Ich muss mich leider schon verabschieden, mein Freund. Wir sehen uns in einer Woche. Grüßen Sie mir Amélie, und sagen Sie ihr, wie entzückend sie mit Hut aussieht.«

Draußen war es jetzt, gegen Abend, empfindlich kühl geworden, der Herbst brach über Paris herein. Georgette zog den Schal fester um die Schultern. Sie vermutete Marcel an diesem Abend im Grand Palais, wo er die Aufbauten der Ausstellung überwachte. Als Vorsitzender der Jury musste er entscheiden, welches

Bild in welchem Saal aufgehängt wurde und wie die Anordnung der Künstlergruppen war. Sie entschied sich, den Weg am Seineufer entlang zu nehmen. Es war ein ordentlicher Fußmarsch, aber die frische Luft würde ihr guttun. Sie lief den Quai entlang bis zum Pont Neuf. In der kleinen Ausbuchtung zwischen den Laternen stellte sie sich kurz an die Balustrade und schaute auf das Wasser. Es war braun. Sie wünschte sich, darin die Farben zu finden, die Matisse auf Leinwand bannte, aber sie konnte sie nicht sehen und auch nicht spüren. Am Ende der Brücke bog sie nach links ab, Richtung Louvre. Es waren überraschend viele Menschen unterwegs an diesem herbstlichen Abend. Georgette ging an dem alten Palast vorbei, in dem die wichtigsten Kunstwerke der Geschichte ihren Platz für die Ewigkeit gefunden hatten. Vielleicht würde eines Tages dort auch ein Matisse ausgestellt werden, dachte sie und wurde melancholisch, denn sie ahnte, dass niemals ein Agutte daneben hängen würde. Sie ging weiter durch die Tuilerien, vorbei an den Enten, die es sich am Rande der Springbrunnen bequem gemacht hatten.

Als sie auf den Champs-Élysées angekommen war, begannen ihre Füße zu schmerzen, es war doch weiter, als sie gedacht hatte. Die Sonne glühte schon rot über dem Pariser Westen, und Georgette stellte sich vor, wie sie in der nächsten Stunde hinter dem Bois de Boulogne versinken würde. Endlich stand sie vor dem altehrwürdigen Gebäude. Man erkannte sie sofort am Eingang des Grand Palais und wies ihr den Weg zu ihrem Ehemann, der, wie sie richtig vermutet hatte, seit einer geraumen Weile die Ausstellung arrangierte.

»Er ist hinten in dem Saal mit dem Kindergekritzel«, lachte einer der Arbeiter und verstummte sofort, als Georgette ihn erzürnt ansah. Sie schlug die Richtung ein, in die der vorlaute Kerl gezeigt hatte, und traf kurz darauf auf einen merkwürdig ratlosen Marcel.

»Worüber grübelst du, mein Liebling?«, fragte sie ihn und gab ihm zur Begrüßung einen flüchtigen Kuss. Marcel war konzentriert, in Gedanken versunken, und wie so oft wirkte er dann ruppig und unnahbar, doch das störte Georgette nicht, denn sie wusste, dass es nicht ihr galt. Er vergaß sogar einen Gruß, als er, ohne zu zögern, sein Problem schilderte.

»Ich will diesen Saal für die neuartigen Bilder, und ich dachte, wenn man hereinkommt, sollte man vielleicht als Erstes auf die Werke von Albert Marquet schauen. Die sind nicht ganz so...«, er hielt inne und blickte Georgette eindringlich an.

»... so aufwühlend, meinst du?«, vervollständigte sie seine Gedanken und merkte, dass sie wütend wurde, als ihr bewusst wurde, dass die Bilder, die bereits im Saal VII angeliefert worden waren, wie verschämt falsch herum an die Wand gelehnt waren. »Was willst du, Marcel, den gleichen langweiligen

Salon, wie ihn die Akademie immer ausrichtet? Wo wolltest du denn die Bilder von Henri aufhängen? Vielleicht hinter der Tür versteckt, damit sie auch ja keiner sieht? Ich komme gerade aus seinem Atelier, Liebster, und ich muss dir sagen, die *Frau mit Hut* ist einzigartig und bewegend. Die Welt muss sie sehen! Und deshalb sollte sie den Mittelpunkt des Saals bilden. Häng sie dorthin!«, und damit zeigte sie auf die Mitte der Seitenwand, sodass man das Bild von der im Raum stehenden Bank aus ausgiebig betrachten konnte. »Ja«, sagte sie mit Nachdruck, »es wird jedem so ergehen wie mir vorhin: Du kommst in den Saal, und dein Blick wird von den Farben des Bildes förmlich in den Bann gezogen. Und wer sich nicht mehr abwenden kann, der mag sich in Ruhe hierhersetzen und es ausführlich studieren. Was hast du noch da?« Ohne eine Antwort abzuwarten, ging sie zu den umgedrehten Bildern und schaute sie an. Erneut sah sie Boote im Hafen von Collioure, doch anders als bei Matisse, waren bei diesen vor allem die Grundfarben prägend. »Ah, das ist von André Derain!«, rief sie aus. »Ist es nicht schön, dass wir dabei waren, als diese Werke entstanden sind?« Sie war jetzt völlig in ihrem Element. Ohne Marcels Skepsis zu beachten, stellte sie die Bilder von Kees van Dongen, von André Derain, Maurice de Vlaminck und Albert Marquet im Saal auf und ließ zwei Lücken im Zentrum der Aufmerksamkeit für die Bilder ihres Freundes.

»So«, sagte sie und klatschte in die Hände. Sie stellte sich neben Marcel, der die nun richtig herum aufgestellten Bilder stumm betrachtete, nahm seine Hand und schaute wohlwollend auf ihr gemeinsames Werk.

»Was meinst du?«, brach sie nach einer Weile das Schweigen und betrachtete Marcel, der ihr in seinem Gehrock, mit dem ordentlich gescheitelten Haar und dem modisch gestutzten Bart plötzlich sehr adrett vorkam und damit im krassen Gegensatz zu ihr selbst stand, die durch den schnellen Fußmarsch im windigen Paris zerzaust war und deren Hände und Arme mit Farbe bekleckst waren.

»Die Bürger von Paris werden das nicht goutieren«, sagte Marcel nachdenklich, »der Herbstsalon wird ein Skandal werden.«

»Umso besser«, erwiderte Georgette, »so werden die Namen der Skandalösen wenigstens in die Welt hinausgetragen, und dein Name, als derjenige, der dafür verantwortlich zeichnet, wird ebenfalls in aller Munde sein.«

»Hättest du auch gerne ausgestellt in diesem Jahr, meine Gette?«, fragte ihr Mann, wohl wissend, dass auch in ihr der Ehrgeiz brannte, doch sie musste nicht lange überlegen.

»Ja, aber das wäre nicht botmäßig gewesen, du als

Jury-Mitglied hättest ja wohl kaum die Bilder deiner Ehefrau in die Auswahl nehmen können.«

»Lass uns nach Hause gehen, Fenster und Läden schließen und dort auf den Sturm warten«, sagte Marcel und führte sie zum Ausgang des Grand Palais, wo bereits eine Kutsche auf sie wartete.

Nach dem Abendessen setzte sich Marcel auf das Sofa und vertiefte sich in die Lektüre. Er würde stundenlang so dasitzen, wusste Georgette, das Buch in der linken Hand, nah vor den Augen, in unkomfortabler Haltung, so wie damals, als sie ihn im Café wiedergesehen hatte. Sie holte ihre Staffelei, warf sich einen Kittel um und begann, Marcel zu malen. Haben Sie mehr Mut zur Farbe, hatte Henri ihr schon vor Jahren geraten, aber sie stand vor der Leinwand und fragte sich, an welcher Stelle sie denn bitte schön Rot, Orange oder Rosa verwenden sollte. Es wirkte so einfach, was Henri da auf die Leinwand zauberte, und doch sah sie sich nicht dazu in der Lage. Abgesehen davon hatte sie Mühe, sich ihren Ehemann, den Bürgermeister des 18. Arrondissements, die rechte Hand des großen Politikers Jean Jaurès, in Regenbogenfarben vorzustellen. Sie malte, ohne weiter nachzudenken, ein paar wilde Farbtupfer rund um die Silhouette, dann merkte sie, wie viel Freude es ihr machte, und sie vergaß alles um sich herum, bis schließlich der Wohnzimmerboden bunt verschmiert und das Bild vollendet war. Nicht gerade ein Matisse, dachte sie, aber fröhlich. Sie ließ die Farbe auf dem Boden trocknen, weil sie festgestellt hatte, dass sie sich dann leichter entfernen ließ, und musterte ihren Ehemann. Er war so versunken in sein Buch, dass er kaum aufgeschaut hatte, um zu sehen, was sie da triebe. Sie putzte sich die Hände ab und ging nach nebenan. Sie holte das Hochzeitsgeschenk hervor, ihren geheimen Schatz, den sie hütete wie ihren Augapfel. Das Bild rief unzählige Gefühle in ihr wach. Sie hatte es gut versteckt und betrachtete es nur, wenn sie allein war. Bis heute hatte sie Marcel nichts davon erzählt. Es gab keine vernünftige Erklärung für ihr Verhalten, und je mehr Zeit seit der Hochzeit verstrichen war, umso verrückter erschien ihr die Heimlichtuerei, aber sie konnte nicht anders. Sie beschloss, einen Brief an ihren Vater zu schreiben, sie hatte ihm eine Menge zu erzählen.

* * *

Eine Woche später war es so weit. Georgette war im Badezimmer und hörte ihren Mann laut schimpfen. »Diese Schmierfinken!«, schäumte er, und Georgette ahnte, was das bedeutete.

Sie hatten ein verlängertes Wochenende in Bonnières verbracht, und Georgette war sehr zufrieden mit dem Bild, das sie von ihrem Mann im Garten gemalt hatte. Sie hatte darüber sogar beinahe den Herbstsalon vergessen. Er war seit einer guten Woche für die Besucher geöffnet, und nun standen wohl die ersten Kritiken in den Zeitungen. Georgette beeilte sich und knotete ihr Haar schnell zu einem Knäuel zusammen. Sie betrachtete sich im Spiegel und stöhnte. Ihre Stirn floh nach hinten, ihre Mundwinkel nach unten, das brünette Haar stand an den Seiten wirr vom Kopf. Sie war wirklich keine Schönheit. Vielleicht wäre ich hübscher mit einem Gesicht in Regenbogenfarben, dachte sie in einem Anflug von Sarkasmus und kniff sich in die Wangen.

Marcel hockte am Fenster und hatte gleich mehrere Zeitungen auf dem Schoß, die er mürrisch studierte. Es traf sie nicht überraschend, denn sie hatten schon gehört, dass das Publikum sehr ungehalten auf die Bilder in Saal VII reagierte, aber dass selbst gebildete Menschen wie die Kunstkritiker so negativ darüber urteilen würden, das hatte Marcel offenbar nicht erwartet.

»Was schreiben sie?«, fragte Georgette aufgeregt und riss ihrem Mann die Zeitung aus der Hand.

»Es ist zum Verzweifeln, sie verstehen uns nicht«, seufzte er, »schau, lies das. Der *Figaro* schreibt: ›Ein Farbkübel ist über dem Kopf des Publikums ausgeschüttet worden!‹; und da: ›Was man uns zeigt, hat mit Malerei nichts zu tun: Blau, Rot, Gelb, Grün, lauter grelle Farbkleckse, die völlig zufällig aneinandergefügt wurden – primitive und naive Spielereien eines

Kindes, das sich mit dem Farbkasten vergnügt, den es geschenkt bekam.‹ Wie können sie so etwas nur schreiben, sehen sie denn nicht die Kunst darin?« Marcel machte eine Handbewegung gen Himmel, als erhoffte er sich göttlichen Beistand. Georgette hatte sich derweil die Kunstzeitschrift *Gil Blas* genommen und las den Artikel des stadtbekannten Kritikers Louis Vauxcelles. Der beschrieb die Empörung des Publikums, die er offensichtlich nachvollziehen konnte, und als sie weiterlas, zuckte sie zusammen. »Hier steht, dass die Wachmänner das Publikum nur mit Mühe davon abhalten konnten, das Gemälde von Henri mit dem Messer aufzuschlitzen. Man habe *Frau mit Hut* zwischenzeitlich in einer Abstellkammer verstecken müssen vor der aufgebrachten Meute. Hast du das gewusst?«

»Unsinn, das hätte man mir mitgeteilt. Die Presse übertreibt. Lies, was schreibt Vauxcelles selbst dazu, wie ist seine Meinung?«, erwiderte Marcel. »Mokiert er sich nicht über das dumme Publikum? Hat denn wenigstens er das Talent von Henri und André erkannt?«

»Leider nein. Im Gegenteil. Er bezeichnet die Maler als ›Wilde‹ und den Saal VII als ›Käfig‹. Sie sind durchgefallen.« Georgette ließ enttäuscht die Zeitung sinken, Mitleid mit Matisse übermannte sie. Eine solche Kritik war auch für selbstbewusste Maler schmerzlich, und da Henri notorisch klamm war, hatte er darauf gehofft, einige seiner Bilder verkaufen zu können. Immerhin war der Herbstsalon ja genau dazu da: jungen Künstlern einen Raum zu bieten, um sich und ihre Kunst an den Sammler zu bringen und damit Geld zu verdienen. Vielleicht hätten sie ihm doch raten sollen, etwas weniger Revolutionäres zu zeigen, dann hätte er möglicherweise ein Bild verkaufen können und seine Familie auch in den nächsten Monaten versorgt gewusst. Das schlechte Gewissen nagte an Georgette, und es half nur wenig, dass Marcel sie trösten wollte.

»Manchmal müssen die Menschen für die Gesellschaft Opfer bringen, die Kultur steht über dem Individuum. Man wird ihn eines Tages verstehen.«

»Marcel, eines Tages werden sie ihm zu Füßen liegen, aber die Frage ist doch, ob er diesen Tag erlebt. Sieh dir Pissarro an. Er war weit über sechzig, als er endlich etwas verkaufen konnte. Willst du verantworten, dass Amélie und die Kinder von der Hand in den Mund leben müssen, nur weil wir denken, der Künstler sei der Avantgarde verpflichtet?«

Georgette ahnte, dass es zu einem furchtbar ausschweifenden Monolog von Marcel über das Individuum und die Gesellschaft kommen würde, über die Ideen von Jean Jaurès und den Sozialismus insbesondere. Sie kannte diesen Sermon inzwischen in- und auswendig, und noch ehe er Luft holen konnte, ging sie dazwischen.

»Nein, warte, bitte keine Theorien. Lass uns Henri ganz praktisch helfen: *Wir* kaufen ihm ein Bild ab. Lass mich die *Frau mit Hut* kaufen, bitte, Marcel, ich liebe dieses Bild!«

»Gut.« Er legte ohne ein weiteres Wort die Zeitungen beiseite, stand auf und begab sich zur Garderobe, um Hut und Mantel anzuziehen.

»Na dann komm, meine Gette, worauf wartest du? Wir tun ein gutes Werk.«

Als sie im Grand Palais ankamen, drängten sich die Menschen in den Räumen, Marcel und Georgette hatten Mühe, bis zum Saal VII vorzudringen. Kurz vor dem Eingang sah Georgette aus den Augenwinkeln einen jungen Mann, der von der Schwelle aus in den Raum mit den Bildern ihrer Freunde hineinspuckte. »So ein Dreck«, schrie er, und die Besucher, die ihn umringten, raunten Zustimmung. Einige hielten Georgette und Marcel an den Ärmeln fest, um in vertraulichem Ton mitzuteilen: »Gehen Sie besser nicht da hinein, Madame, Monsieur, das ist verstörend. Diese Verrückten machen sich über uns lustig, sie klecksen wie die Affen mit ihrem Dung.«

»Lassen Sie uns bitte los!«, sagte Marcel, und Georgette wartete auf einen Wutausbruch von ihm, denn wenn ihr Ehemann eines nicht ertragen konnte, dann war es Ignoranz. Er, der sich grämte, dass er es in einem einzigen Leben nicht schaffen konnte, sich alles

Wissen dieser Welt anzueignen, der beinahe täglich versuchte, sämtlichen Disziplinen von Politik über Philosophie, Kunst, Wirtschaft und Psychologie gerecht zu werden, konnte nicht nachvollziehen, dass es Menschen gab, die jegliche neue Erkenntnis rundweg ablehnten. Er stellte sich auf einen Stuhl, von dem er den Saaldiener verscheucht hatte, und verschaffte sich mit seiner dunklen Stimme Gehör. Schlagartig wurde es still. Georgette nahm seine Hand und drückte sie fest. Sie wollte Marcel Mut machen und gleichzeitig der Meute signalisieren: Seht her, das ist mein Mann.

»Haben Sie kein Verständnis für das, was hier im Saal hängt?«, sagte Marcel nun laut und bestimmt. Georgette vernahm zustimmendes Gemurmel.

»Glauben Sie, dass man sich über Sie lustig macht?« Die Jawohl-Rufe wurden lauter, und eine korpulente Dame im Persianermantel tönte: »Man sollte dieses Geschmiere von der Wand reißen und zertrampeln.«

»Gut«, ging Marcel dazwischen und brachte die Menge erneut zum Schweigen. »Das ist doch gut, wenn Sie den Herbstsalon so angreifen, dann hat er doch etwas bewirkt. Das ist doch die vornehmste Aufgabe der Kunst: Sie muss die Gemüter bewegen. Und wie lebendig ist eine Kunst, die man zum Teufel wünscht!« Marcel ließ sich von den Buhrufen im Saal nicht irritieren. »Sie nennen das spöttisch ›Fauvismus‹, als hätten Wilde hier gekleckst. Was fällt Ihnen ein? Glauben Sie wirklich, schon am Ende

Ihrer Entwicklung zu stehen, bereits alles gesehen zu haben? Gibt es nichts mehr zu verändern oder zu verbessern?«

»Was denn«, rief die dicke Frau, »sollen wir uns demnächst alle grün im Gesicht anmalen?« – »Genau«, pflichtete ihr eine dürre hakennasige Gestalt bei, »so sieht mein Gatte aus, wenn er Fischsuppe gegessen hat.« Sie schaute sich Beifall heischend um und erntete johlendes Gelächter. »Dann lernen Sie kochen«, herrschte Georgette die beiden Frauen an. Elendige Waschweiber, dachte sie und sah, wie sich die Menschenmenge ein wenig teilte, als hätten die Besucher Interesse bekommen an dem Schlagabtausch der Frauen und erhofften sich eine weitere Runde. Doch dazu ließ Marcel es nicht kommen.

»Sie wissen es doch genauso gut wie ich: Es waren immer schon die Künstler, die ihren Zeitgenossen nach und nach, von Generation zu Generation und von Jahrhundert zu Jahrhundert, die Augen geöffnet haben, die Blicke geschärft und Visionen geformt haben. Sie haben uns von jeher sehen gelehrt, und das war immer eine Revolution für den Betrachter, sie sind die Wegbereiter, die Avantgarde. Also lassen Sie diese Kunst doch bitte wirken, bevor Sie sie verurteilen.«

Georgette klatschte heftig Beifall, aber sie blieb damit allein. Im Saal war es still. Die dicke Dame starrte sie herausfordernd an. Dann zog sie einen Mann, vermutlich ihren Ehemann, am Ärmel hinter sich her wie einen Hund an der Leine. Im Hinausgehen zischte sie: »Komm, Maurice, wir gehen zu unserer fünfjährigen Enkelin und kümmern uns dort um die Avantgarde.« Im Saal wurde gekichert, Georgette bebte vor Zorn, sie hatte nicht übel Lust, dieser alten Vettel einen Bilderrahmen ins Kreuz zu schmeißen. »Banausin«, rief sie ihr hinterher.

»Lass, es hat keinen Zweck, sie sind noch nicht so weit. Lass uns zu unseren Freunden gehen«, sagte Marcel, sprang behände vom Stuhl und ging in dem mittlerweile als »Käfig« geächteten Saal geradewegs auf die *Frau mit Hut* zu. Doch dann blieb er verdutzt stehen.

»Was ist?«, fragte Geogette.

»Ich glaube, Henri braucht unsere Hilfe gar nicht. Das Bild ist bereits verkauft.«

»Was?«, rief sie. »Das ist doch nicht möglich! Das muss ein Irrtum sein.«

»Warum sollte es nicht noch andere intelligente Menschen mit einem Sinn für Kunst geben?«, lachte Marcel und winkte den Saaldiener zu sich heran. »Können Sie mir sagen, wer dieses Bild gekauft hat? Meine Frau ist verzweifelt und hätte es selbst gerne erstanden.« Georgette war wie benommen. Das konnte doch nur ein Familienmitglied gewesen sein oder jemand aus dem Freundeskreis, vielleicht war Signac auf denselben Gedanken gekommen wie sie. Sie war tatsächlich enttäuscht, und zugleich machte sich eine eigentümliche Angst in ihrer Magengegend bemerkbar. Sie musste sich eingestehen, dass sie Henri als Entdeckung für sich beanspruchte und erschrocken war, dass er so schnell flügge wurde. Der Saaldiener kam heran, machte eine kleine Verbeugung und sagte: »Die Geschwister Leo und Gertrude Stein haben das Bild erworben, für fünfhundert Francs, Monsieur.«

Pilger an trister Stätte

»Da bahnt sich wohl ein Zickenkrieg unter den Mäzeninnen an«, sagte Hermann, nachdem sie Georgettes Aufzeichnungen zum Herbstsalon 1905 gelesen hatten. »Wobei ich ehrlich gesagt die dicke Dame mit Pelz verstehe. Ich kann mit diesem abstrakten Quatsch auch nicht viel anfangen.«

Er saß auf dem Schaukelstuhl im Atelier der Eheleute Agutte-Sembat, der, wie Madame Fucelle angemerkt hatte, der bevorzugte Platz von Madame Debladis, also Georgettes Mutter, gewesen war.

»Irgendwo im norddeutschen Raum soll es eine Malerin geben, die mit Schäfchen-Bildern berühmt geworden ist. Vielleicht ist das eher etwas für dich, du alter Bauer«, stichelte Hanna liebevoll und versenkte sich wieder in die Notizhefte.

Lilie warf einen Blick auf eine der schlechten Agutte-Imitationen an der Wand. Sie zeigte Georgettes Mutter am Panorama-Fenster im Schaukelstuhl und Marcel Sembat am Schreibtisch. Jetzt saß Hanna an dem Schreibtisch, Hermann im Schaukelstuhl, und irgendwie wirkten sie in diesem Atelier wie eine moderne Fassung des Gemäldes.

»Seht euch das mal an!«, sagte Hermann, der ein paar alte Fotos, die Madame Fucelle ihm in die Hand gedrückt hatte, anschaute und dabei sanft hin- und herschaukelte. »Das nenne ich anschmiegsam. Ich habe nun wirklich nichts gegen die traditionelle Frauenrolle, aber das ginge selbst mir zu weit.« Er hielt das Foto hoch, auf dem das Ehepaar Agutte-Sembat vor der Haustür in Paris saß. Er in einem Stuhl, sie zu seinen Füßen, mit dem Kopf auf seinen Knien.

»So sitzt unser Hund nachmittags bei mir und lässt sich kraulen.« Es stimmte, fand Lilie, ihre Vorfahrin drückte auf dem Foto eine geradezu hündische Verehrung für ihren Ehemann aus. »Wie kann denn eine Frau, die offenbar eine selbstbewusste Künstlerin ist, so unterwürfig sein?«, mischte sich nun auch Hanna ein, die den Schreibtisch aus Neugier verlassen hatte.

Hermann atmete theatralisch laut aus: »Ach, ich bin einfach im falschen Jahrhundert geboren.«

»Oder es lag an dir«, feixte Hanna. »Hier sind ein paar Briefe, die sie sich geschrieben haben, wenn einer von ihnen unterwegs war.« Hanna raschelte mit zwei dünnen Blättern. »Die Schrift ist kaum zu lesen, aber diese Zeilen klingen schon sehr verliebt, von beiden übrigens: ›Kaum hast du das Haus verlassen, fühle ich mich einsam und sorge mich um dich, meine arme, geliebte Gette, die du heute Nacht so allein sein musst. Träume zumindest davon, dass dich jemand liebt und mit flammendem Herzen an dich denkt.‹

Ich möchte wetten, dass du Mama nie solche Briefe geschrieben hast.«

Hermann verschränkte die Arme vor der Brust und antwortete nicht, also las Hanna weiter vor.

»Und hier schreibt er: ›Unsere große Liebe, unsere Leidenschaft wird sich niemals ändern. Ich gehöre zu dir und tue das so gerne.‹ Und sie hat geantwortet: ›Halb eins, kurz vorm Schlafengehen. So allein! Ist es denn möglich, sich so bitter einsam zu fühlen. Und doch, in der Ferne ist mein geliebter Marcel. Vor wenigen Stunden noch habe ich so tief in seine Augen geblickt… Von fern höre ich, wie eine Seele mich ruft, ich rufe zurück durch Raum und Zeit.‹«

»Puh«, schnaubte Hermann, »also mir wäre das zu viel. Da kann man sich auch schnell erdrückt fühlen.«

»Aber romantisch ist es schon«, sagte Lilie etwas peinlich berührt und sehnte sich auf einmal danach, noch einmal völlig unbeschwert zu lieben. So wie ihre Urahnin mit Marcel Sembat umgegangen war, so bedingungslos, wie sie ihm gefolgt war, hatte Lilie damals mit siebzehn ihre Liebe zu Patrick wahrgenommen, als eine Verschmelzung zweier Seelen, die über Raum und Zeit hinweg einander gehörten. Vielleicht war sie auch einfach zu naiv gewesen. Denn die Verschmelzung der Seelen hatte genau in dem Moment aufgehört, als sie das Flugzeug zurück nach Paris betrat. Heute wusste Patrick wahrscheinlich nicht einmal mehr ihren Namen.

»Soll ich Ihnen vielleicht das Grab zeigen?«

Lilie zuckte zusammen. Madame Fucelle war die Treppe heraufgekommen und stand nun genau vor Hermann, der sie irritiert anblickte.

»Na wenn Sie es romantisch mögen, dann sollten Sie das Grab der beiden sehen«, erklärte sie.

»Wo ist das Grab?«, fragte Hanna tonlos. Lilie konnte sich vorstellen, dass ein Friedhofsbesuch sicher das Letzte war, was sie an diesem Tag mit ihrem Vater unternehmen wollte.

»Hier im Ort. Die beiden sind zwar nicht in Bonnières gestorben, aber sie haben darauf bestanden, hier begraben zu werden. Kommen Sie, ich zeige es Ihnen.«

Lilie wollte der Museumsführerin nichts von Hermanns Krankheit erzählen, aber sie wollte Hanna und ihm diesen Besuch am Grab auf gar keinen Fall zumuten.

»Wenn ich ehrlich bin, würde ich lieber weiter in den Notizen meiner Urahnin lesen. Ich bin nicht so erpicht auf Friedhöfe«, sagte sie deshalb entschuldigend. Aber das ließ Madame Fucelle nicht gelten.

»Sie haben wohl Angst vor Gespenstern«, kicherte sie, »aber keine Sorge, hier gibt es nur gute Geister, und außerdem müssen Sie für heute ohnehin Schluss machen. Wir schließen jetzt, wenn Sie weiter lesen wollen, dann müssen Sie am Wochenende wiederkommen.«

»Am Wochenende? Warum nicht eher?«, fragte Hanna.

»Das Museum ist leider nur an den Wochenenden geöffnet.«

Hanna und Lilie sahen sich verblüfft an.

»Aber heute ist Dienstag«, stellte Lilie fest.

»Nun ja, wir waren neugierig, wegen Ihres Namens«, gab Madame Fucelle zu, »wir haben eine Ausnahme gemacht.«

»Madame Fucelle«, hob Hanna an, »könnten Sie nicht morgen noch eine kleine Ausnahme machen? Wissen Sie, wir haben nicht so viel Zeit, und wir sind doch extra aus Deutschland angereist.« Hanna hatte ihr gewinnendstes Lächeln aufgesetzt und blickte Madame Fucelle aus großen Augen an. Die schien sich geschmeichelt zu fühlen, als Hüterin eines wertvollen Schatzes, über den sie allein befinden konnte. Nach einem langen Blick auf Hermann sagte sie:

»Nun, ich werde sehen, ob ich etwas organisieren kann. Nur morgen wird es nicht möglich sein, da habe ich einen Termin.«

»Sie sind wirklich ein Schatz, Madame Fucelle«, rief Hanna überschwänglich, »wann sagten Sie gleich, ist Ihr Termin morgen?«

Madame Fucelle blinzelte irritiert und schien zu überlegen, ob die Deutschen sie nicht verstanden hätten, doch dann gab sie brav Auskunft: »Um vier Uhr nachmittags.«

»Na wunderbar, dann können wir ja am Vormittag noch einmal vorbeikommen«, beschloss Hanna, schob die Unterlagen auf dem Schreibtisch zusammen, stand auf und ging ohne ein weiteres Wort die Treppe hinunter. Madame Fucelle folgte ihr, Hermann und Lilie blieben für einen Moment allein.

Hermann holte den Autoschlüssel aus seiner Hosentasche und warf ihn ihr zu.

»Hier. Fahrt ihr zum Friedhof. Vielleicht gibt es dort noch etwas Interessantes zu entdecken. Ich gehe in die Kneipe nebenan und warte auf euch. Ich brauche erst mal einen Schnaps.«

Als sie sich unten von Hermann verabschiedet hatten, setzte sich Hanna ans Steuer und fuhr nach Anleitung von Madame Fucelle, die auf dem Beifahrersitz Platz genommen hatte, etwa zwei Kilometer durch das Dorf, bis sie am Friedhof von Bonnières ankamen.

Sie stiegen aus und durchschritten das schmiedeeiserne Tor. Die Grabsteine, an denen sie vorbeigingen, waren einfach und schmucklos gehalten.

»Also um ehrlich zu sein, will ich hoffen, dass ich eines Tages in Deutschland beerdigt werde. Trister kann man eine letzte Ruhestätte ja kaum gestalten«, murmelte Hanna. »Gut, dass Papa nicht dabei ist.«

Lilie wusste, was sie meinte. Die Friedhöfe am Niederrhein waren hübsch angelegt, mit vielen Sträuchern und Bäumen. Sie gaben den Angehörigen das

Gefühl, dass die Toten dort ein feines Plätzchen gefunden hatten. Hier hingegen war gänzlich auf Pflanzen oder sonstige freundliche Gestaltung verzichtet worden. Lilie fröstelte, und das lag sicher nicht an den Temperaturen. Madame Fucelle plapperte munter drauflos.

»Über Jahrzehnte war das Grab der beiden eine Pilgerstätte. Jedes Jahr zum Todestag kamen Hunderte Anhänger der Sozialistischen Partei.«

»Aber warum sind das Grab und der Grabstein dann so schmucklos?«, fragte Hanna. Die beiden müssen doch sehr reich gewesen sein?«

»Georgette Agutte hat, soweit ich weiß, nicht viel Wert auf Protz und Prunk gelegt. Ein anderes Grab hätte nicht zu ihr gepasst«, antwortete Madame Fucelle streng. Lilie stellte sich vor, wie auf dem kleinen Friedhof jedes Jahr die vielen Sozialisten gestanden hatten. Was sie wohl hier gemacht hatten? Gequatscht, geraucht, geweint? Oder waren alle in Reih und Glied einmal um das Grab herum marschiert und sofort wieder gefahren? Hatten sie mit heiligem Ernst im Chor *Die Internationale* geschmettert? Oder hatten sie Sembats Reden rezitiert und sich dabei einen hinter die Binde gekippt, wie es bei Jim Morrison auf dem Friedhof Père-Lachaise üblich war?

»Wissen Sie irgendetwas über die Beerdigung?«, fragte Hanna.

»Sie waren alle da, wenn Sie das meinen. Matisse

und Signac, Marquet, Derain und Rouault. Und die Politiker, Léon Blum, Vincent Auriol, sogar ausländische Politiker sollen hier gewesen sein. Angeblich haben die Künstler dem Ehepaar sogar kleine Zeichnungen als letztes Geleit ins Grab geworfen. Aber das glaube ich ehrlich gesagt nicht.«

»Warum nicht?«, fragte Lilie erstaunt.

»Weil das Grab dann vermutlich längst ausgeraubt worden wäre. Stellen Sie sich das nur vor: eine unbekannte Zeichnung von Matisse oder Signac!«

Lilie hatte den Eindruck, dass Madame Fucelle sie durchdringend, fast prüfend, ansah. Dann wandte sie sich ab und blickte sich um. Der Friedhof lag direkt an einer Schnellstraße. Es war Feierabendverkehr, und es war unangenehm laut. So viel zum Thema letzte Ruhe, dachte sie.

»Warum haben Sie eigentlich vorhin gesagt, das Grab sei romantisch?«

Madame Fucelle ließ ihren Blick über den traurigen Ort schweifen, dann lächelte sie.

»Wissen Sie, wichtig war den beiden nur ihre Liebe. Und es heißt, ihre sterblichen Überreste ruhen nicht nur im selben Grab, sondern sogar im selben Sarg. Eng umschlungen traten sie die letzte Reise an.«

Von politischen Klippen und Wüstenschiffen

Kairo, Januar 1908

Ihr war übel. Jetzt verstand sie, warum man von einem Wüstenschiff sprach. Georgette wusste nicht, wie lange sie schon auf den Kamelen saßen, aber es fühlte sich an, als wären es bereits Stunden.

Sie waren mitten in der Nacht aufgestanden. Marcel hatte sie liebevoll geweckt und war selbst schon putzmunter gewesen. Es war unglaublich, aber ihr Mann brauchte so gut wie keinen Schlaf. Er war voller Elan, obwohl sie gestern Abend viel Wein getrunken und üppig gegessen hatten und entsprechend spät ins Bett gegangen waren. Marcel war aufgeregt gewesen wie ein Kind vor der Weihnachtsbescherung. »Steh auf, meine Gette. Wir reiten zum Sonnenaufgang in die Wüste!« Dann hatte er ihr die Decke weggezogen und sie aus den Federn gescheucht.

Sie bereute es nicht, sie konnte es nur nicht mehr abwarten, endlich anzukommen und wieder festen Boden unter den Füßen zu haben. Georgette spürt die Frische in allen Gliedern. Sie hatte gewusst, dass es in der Wüste nachts kalt war, aber so empfindlich kalt hatte sie es nicht erwartet, selbst eine schwere Kamelhaardecke über den Beinen und eine Pelzstola für die Schultern hielten sie nicht ausreichend warm.

Sie riss sich zusammen, versuchte, sich auf etwas anderes zu konzentrieren, und blickte zum Himmel.

»Schau dir nur die Sterne an«, rief sie Marcel zu, der hinter ihr ritt.

»Das ist das Sternbild Orion«, erwiderte er. Die Ägypter sehen darin Osiris, den Gott des Nils. Und wer weiß, vielleicht hat er in den letzten Wochen seine schützende Hand über uns gehalten.« Sie waren nun seit Monaten fast ununterbrochen auf Reisen, waren in Deutschland gewesen, in der Schweiz und in Italien, jetzt in Ägypten, und wohin auch immer sie kamen, Marcel hatte alles gelesen, was er über das Land und den Ort in Erfahrung bringen konnte.

»Du bist einmalig, Marcel. Sag, ist dir bei den Vorbereitungen zufällig auch ein Mittel gegen Übelkeit durch Kamelreiten untergekommen?«

»Ingwer soll helfen«, antwortete er, ohne auf ihren ironischen Unterton einzugehen. Georgette hatte nicht damit gerechnet, dass ein Kamelritt ihr so zusetzen würde, denn sie hatten bereits eine lange Schiffsreise von Genua bis Alexandria und von dort mit einem Dampfer über den Nil bis Kairo hinter sich. Doch diese Schaukelei hier machte ihr zu schaffen. Beim nächsten Selbstporträt würde sie grün als Gesichtsfarbe wählen, nahm sie sich vor.

Es wurde langsam heller, die Sterne wirkten nicht mehr ganz so klar, und am Horizont verlor die Nacht ihre Schwärze. Ihr ägyptischer Führer trieb sein Kamel an. Er sagte etwas auf Englisch, und Marcel übersetzte. »Wir müssen uns beeilen, wenn wir zum Sonnenaufgang in Gizeh sein wollen.« Georgette schluckte. Sie sog die kalte Luft tief in die Lungen, dann schnalzte sie mit der Zunge, wie man es ihr erklärt hatte. Sie hatte keine Probleme, sich zu plagen, wenn sie wusste, wofür. Und dieses Mal wusste sie, dass es sich lohnen würde.

Henri Matisse war zwei Jahre zuvor in Algerien gewesen und hatte ihr von den Farben der nordafrikanischen Wüste vorgeschwärmt. Er war so aufgewühlt von seiner Reise zurückgekommen, dass Marcel und sie sofort beschlossen hatten, ebenfalls nach Nordafrika zu reisen, wobei Marcel sich für das geschichtsreiche Ägypten ausgesprochen hatte. Es war eine gute Entscheidung gewesen. Georgette war fasziniert von den fremden Gerüchen und den ungewohnten Gewürzen, und ja, Henri hatte recht behalten, die Farben waren anders als zu Hause. Leuchtender, erdiger, schwerer, und nie zuvor hatte sie einen solchen Ockerton gesehen wie hier. Nach Henris Vorbild hatte auch sie während der Reise bislang nur Skizzen angefertigt. Sie versuchte, sich die Farben und ihre Empfindungen einzuprägen, um sie später in ihrem Atelier auf die Leinwand zu bringen. Das Elend an diesem Morgen auf dem Kamel allerdings würde sie hoffentlich bald vergessen haben. Die Kamele trabten nun, und Georgette stellte fest, dass es angenehmer war, als wenn die Tiere so gemächlich durch den Sand schaukelten. Sie ärgerte sich über ihre eigene Schwäche, denn von der augenblicklichen Unpässlichkeit abgesehen war sie noch nie so glücklich gewesen wie im Moment. Sie war zufrieden mit sich und ihren Bildern, sie hatte endlich einen eigenen Stil gefunden, und sie hatte damit sogar Erfolg. Im Herbst dieses Jahres würde ihr Georges Petit in seiner renommierten Galerie eine Ausstellung widmen, und der hatte es längst nicht mehr nötig, sich bei einem Politiker wie Marcel oder Jaurès anzubiedern. Nein, diese Einladung galt der Künstlerin Georgette Agutte, davon war sie überzeugt. Sie hatte große Fortschritte gemacht, denn sie verbrachte viel Zeit mit Henri und lernte dabei ungeheuer viel von ihm, aber auch er genoss offenbar die künstlerische Auseinandersetzung mit ihr.

Sie freute sich schon darauf, ihre Werke für die Ausstellung mit ihm zu besprechen, überhaupt freute sie sich darauf, nach Hause zu kommen. Sosehr sie die Reise auch genoss, drängte es sie doch immer stärker zurück an die Leinwand, zurück ins Atelier. Zumal sie das Haus in Bonnières umbauen lassen würden, damit sie noch mehr Platz zum Arbeiten hätte. Sie hatten beschlossen, die obere Etage auszubauen und dort ein Atelier einzurichten, mit Licht von allen Seiten, mit Blick auf den Garten einerseits, andererseits auf ihre geliebte Seine mit der kleinen Insel. Sie hatte das Gefühl, sie müsse zerspringen, wenn sie nicht bald beginnen könnte, zu malen.

»Marcel, ich bin so voller Tatendrang. Ich habe mich schon lange nicht mehr so jung und so voller Leben gefühlt«, sagte sie, als sein Kamel zu ihr aufgeschlossen hatte.

Er lächelte sie liebevoll an. In den vergangenen Jahren hatten sie beide viel gearbeitet und wenig Zeit füreinander gefunden, weshalb sie die Muße und Zweisamkeit in der Fremde sehr genossen. Doch jetzt hatte offenbar auch Marcel das Bedürfnis, seine Arbeit wieder aufzunehmen.

»Mir geht es genauso. Wenn wir wieder zu Hause sind, machen wir uns frisch ans Werk.«

Auch Marcel hatte sich auf ihren Reisen inspirieren lassen. Sie waren im vergangenen Spätsommer in Baden-Baden und Stuttgart gewesen; gemeinsam mit Jean Jaurès. In Stuttgart hatte ein Kongress der Sozialistischen Internationale stattgefunden. Jean Jaurès berichtete bei dieser Zusammenkunft einigen umstehenden Frauen, dass Georgette sich über das Frauenverbot an der École des Beaux-Arts hinweggesetzt hatte, auch von ihrer mutigen Scheidung erzählte er. Rosa Luxemburg, eine Sozialistin aus Berlin, auf die Marcel große Stücke hielt und von der er für Georgettes Geschmack ein bisschen zu sehr angetan war, kam schließlich zusammen mit Clara Zetkin auf sie zu. Die beiden waren ein bemerkenswertes Gespann. Die kleine Rosa trug einen Herrenhut, die hochgewachsene Clara eine Baskenmütze, sie bewegten sich, wie Georgette später von Marcel erfuhr, wegen einer Hüftverletzung Rosas auf eine komisch schwankende Weise. Beide sprachen zu Georgettes Überraschung hervorragend Französisch: »Wir gratulieren Ihnen zu Ihrem Mut. Sie sind eine wahre sozialistische Kämpferin«, sagten sie, und Georgette fühlte sich geschmeichelt, auch wenn sie damals weder den Unterricht bei Moreau noch die Scheidung als Kampfeinsatz verstanden hatte, sondern nur einem starken inneren Bedürfnis gefolgt war. Rosa Luxemburg war eine rastlose, eloquente und mitreißende Frau, für die Georgette augenblicklich große Bewunderung hegte. Clara Zetkin strahlte neben aller Entschlossenheit eine große Wärme aus. Georgette hätte sich gerne länger mit ihr unterhalten, doch Clara Zetkin musste sich auf ihre Rede vorbereiten, die sie wenig später hielt und in der sie unverhohlen das Wahlrecht für Frauen forderte, was Georgette elektrisierte. Zetkin und ihre Mitstreiterinnen forderten nicht weniger als die absolute Gleichberechtigung.

Einige Tage später sprach Georgette Marcel in ihrem Hotel in Baden-Baden darauf an, weil ihr diese Rede und die revolutionären Forderungen keine

Ruhe ließen, doch ihr Mann zeigte sich nicht sonderlich interessiert.

»Es gibt wichtigere Dinge für den Internationalen Sozialismus, liebste Gette. Vor allem müssen wir zusammenarbeiten, in allen Ländern. Wir wollen keinen Krieg mehr. Und Rosa hat recht, wenn sie vor einem aufkommenden Militarismus in Deutschland warnt.« Georgette wurde wütend.

»Aber Rosa ist doch das beste Beispiel. Meinst du, sie wäre weniger stark als ein Mann, weniger intelligent als ein Mann, warum sollte sie in irgendetwas weniger Rechte haben als ein Mann? Vielleicht hört die Welt ihr nur deshalb nicht zu, weil sie eine Frau ist. Also verschaffe ihr Gehör; und uns anderen gleich mit.« Marcel sah sie belustigt an.

»Weißt du, Gette, ich glaube, im Grunde brauchen wir Männer euch Frauen mehr, als es umgekehrt der Fall ist. Deshalb haben wir Angst, dass ihr noch mehr Macht über uns erlangt.«

»Ich meine es ernst, Marcel. Bitte sprich mit Jean. Es sollte euch ein wichtiges Anliegen sein, dass Frauen und Männer, Arbeiter wie Fabrikanten, Deutsche wie Franzosen die gleichen Rechte haben. Das gebührt allen Menschen.«

»Gut, wenn es dich glücklich macht, werde ich mit Jean darüber reden. Ich verspreche dir, dass wir daran arbeiten, sobald wir wieder in Paris sind.«

Das war nun fast ein halbes Jahr her. Sie hatten

den Rest des Sommers in Frankreich verbracht, dann waren sie erneut aufgebrochen und über die Schweiz nach Italien gereist. Sie sahen sich Venedig an, fuhren weiter nach Genua und bestiegen dort Anfang Dezember ein Schiff der Gesellschaft Thomas Cook & Sons. Die Ausstattung des Schiffs war erstaunlich. Der Speisesaal war eingerichtet wie das Restaurant *Tour d'Argent* in Paris, und die Speisen waren ähnlich erlesen. Fast jeden Abend saßen sie an Deck und betrachteten die Sterne, während aus der Bar Musik erklang. Kurz vor Weihnachten kamen sie in Alexandria an, und Marcel suchte zusammen mit lokalen Führern nach der Stelle, wo man die legendäre Bibliothek vermutete. Georgette bekam ihn tagelang nicht zu Gesicht, so sehr ließ er sich von den antiken Stätten begeistern.

Sie selbst war vor allem von den Farben der orientalischen Teppiche angetan, von denen ihr schon Henri vorgeschwärmt hatte, der ihr auch die Moscheen ans Herz gelegt hatte, aber als Frau war ihr leider der Zutritt verwehrt.

Inzwischen waren sie seit einer Woche in Kairo und hatten den Jahreswechsel mit einigen Engländern verbracht. Unter ihnen waren auch Sozialisten, mit denen Marcel sich austauschte, während Georgette die Stadt erkundete und eine enorme Anzahl an Skizzen anfertigte. Sie war berauscht vom Neuen Ägyptischen Museum und den darin ausgestellten

Schätzen. Sie war schier überwältigt von der Exaktheit, die die Künstler schon vor mehr als dreitausend Jahren bei ihren Skulpturen gezeigt hatten. Sie hatte deshalb darauf gedrängt, sich vor ihrer Weiterreise nach Assuan noch die Pyramiden in Gizeh und die Sphinx ohne Nase anzuschauen. Und da wären sie nun bald. Ein bisschen enttäuscht war Georgette, weil der Himmel nur noch blau statt nachtschwarz, aber die Sonne noch nicht aufgetaucht war. Wenn sie ehrlich war, hatte sie sich den Übergang von Nacht zu Tag in der Wüste radikaler vorgestellt.

»Wir müssten gleich da sein«, sagte Marcel atemlos. »Schau genau hin, es muss ein fantastischer Anblick sein, wenn die Sonne sich über den Horizont schiebt. Und ich möchte wetten, dass es gleich losgeht.«

Gespannt sah Georgette zum hellsten Punkt am Horizont. Und dann entdeckte sie etwas rechts davon kleine dunkle Dreiecke. »Da sind sie«, rief sie, »ich kann die Pyramiden sehen!« Offensichtlich hatte auch ihr Reittier die Pyramiden entdeckt, vielleicht hatte sich das Kamel aber auch nur vor ihrem lauten Schrei erschreckt, jedenfalls machte es plötzlich einen derart schnellen Satz nach vorne, dass Georgette beinahe gestürzt wäre.

»Hilfe!«, rief sie und klammerte sich verzweifelt an dem Halteriemen fest. »Marcel, hilf mir doch.« Doch auch Marcel hatte Mühe, sein Kamel zu kontrollieren. Die Tiere hetzten hinter ihrem arabischen Führer samt Leitkamel her. Georgette sah Marcel, dessen Kamel gerade an dem ihren vorbeizog, mit einer Hand den Hut festhalten, mit der anderen stemmte er sich in den Haltegriff. Es sah unglaublich komisch aus. Georgette vergaß vor lauter Lachen ihre Angst und gab sich dem Geschaukel des Kamels hin. Mit einem Mal hatte sie das Gefühl, im Einklang mit dem Rhythmus des Tieres zu sein, und von diesem Moment an genoss sie den Galopp sogar. Sie reckte das Gesicht in den Wind und juchzte vor Freude.

Es dauerte eine Weile, bis das Tier zum Stehen kam. Georgette war völlig außer Atem, aber als sie gen Himmel sah, brachte sie nicht einen Ton heraus, so überwältigend war der Anblick, der sich ihnen bot. Die Sonne war bereits zur Hälfte über den Horizont gestiegen, und nun verstand Georgette, warum sie so schnell geritten waren: In weiteren zehn Minuten würde sie ganz am Himmel stehen, und zwar direkt über der Spitze der Pyramide.

Auf ein Zeichen hin knieten sich die Kamele in den Sand, als würden sie sich ehrfürchtig vor den Pyramiden verneigen. Georgette stieg ab und stellte sich neben Marcel, der keinen Ton sagte. Er legte den Arm um ihre Schultern, und gemeinsam betrachteten sie den anbrechenden Tag.

Schere dich nicht
um die Kritiker!

Das Foto zeigte Marcel Sembat vor dem Tempel von Philae in Assuan, er schaute etwas finster drein, fand Lilie, und wie auf einem Schnappschuss blickte er nicht in die Kamera. Merkwürdig, dachte sie, dass es 1908 überhaupt schon solche Fotos gab. Auf einem weiteren war eine sichtlich stolze Georgette in einer Gondel auf einem Kanal zu sehen. Sie trug ein Mantelkostüm und saß in die Polster gelehnt auf der Bank, während hinter ihr ein Gondoliere offenbar auf den Markusplatz zusteuerte, man sah den Campanile und den Dogenpalast von Venedig. Marcel war nicht auf dem Foto.

Sie hatten Madame Fucelle überreden können, ihnen auch an diesem Tag das Museum zu öffnen, die Museumsleiterin hatte ihren Termin am Nachmittag extra für sie verschoben, wie sie mehrfach betont hatte. Pünktlich um neun Uhr hatten sie sich im Atelier in Bonnières-sur-Seine eingefunden, weshalb Hanna, Hermann und Lilie bereits eine Stunde zuvor in Paris losgefahren waren. In Lilies Lieblingsbäckerei hatten sie noch schnell eine große Tüte Croissants gekauft, und Madame Fucelle, die nur ein paar Häuser entfernt wohnte, hatte für Kaffee gesorgt, sodass sie sich frisch gestärkt in die Unterlagen vertiefen konnten. Madame Fucelle hatte ihnen die Fotos von den Reisen des Ehepaares hingelegt. Eigentlich ganz normale Fotos, wie man sie auch heute noch machen würde, dachte Lilie, nur eben vom Anfang des 20. Jahrhunderts.

Sie wandte sich an Hermann.

»Hältst du es für möglich, dass Marcel Sembat dieses Foto in Venedig selbst gemacht hat?« Hermann sah sie verständnislos an.

»Was meinst du?«

»Na, ich dachte, damals wären die Fotoapparate noch riesig gewesen, und nur ein Fotograf hätte gestellte Porträtaufnahmen gemacht. Aber das sieht aus wie ein Bild mit einer modernen kleinen Handkamera.« Hermann nahm das Foto und betrachtete es genauer.

»Ich glaube, es gab schon einige Handapparate seit Ende des 19. Jahrhunderts. Die waren natürlich noch größer als heute, aber offenbar waren sie fürs Reisen geeignet. Und es zeigt, wie modern und wohlhabend die beiden waren«, stellte er fest.

Hanna kaute geistesabwesend auf ihrem zweiten Croissant herum, etwas schien sie zu beschäftigen.

»Madame Fucelle«, sagte sie nach einer Weile,

»stammen diese Fotos und Briefe eigentlich aus Ihrer Schatzkiste?«

Eine verräterische Röte huschte über deren Gesicht. »Nein, die stammen aus meinem Nachttisch zu Hause«, gab sie zu.

»Wie kommen die dahin?«, fragte Hermann verblüfft. Madame Fucelle schien einen Moment verlegen, doch dann fing sie sich wieder und antwortete nonchalant: »Ach wissen Sie, das ist kein Geheimnis. Wie gesagt, meine Vorfahren waren Nachbarn von Georgette Agutte und Marcel Sembat, und die Eheleute waren dem Ort wirklich sehr verbunden. Ich vermute, Madame Agutte wird die Fotos meiner Urgroßmutter geschenkt haben, und ich habe sie gefunden. Ich lebe seit der Scheidung wieder im Haus meiner Familie«, fügte sie mit Unschuldsmiene hinzu. Hanna und Lilie sahen sich stirnrunzelnd an, und Lilie war sich sicher, dass das nicht die ganze Wahrheit war. »Man wird das Gefühl nicht los, dass Sie irgendwo einen Geheimvorrat an Fundstücken gesammelt haben«, sagte auch Hermann lachend und blickte Madame Fucelle in die Augen.

»Ich halte nur in Ehren, was die beiden hinterlassen haben, als Museumsleiterin ist das meine Aufgabe«, antwortete Madame Fucelle knapp, doch Lilie war nicht entgangen, dass es auf ihrer Oberlippe verdächtig glänzte.

»Aber die Tagebuchnotizen von Georgette wären

doch im Nationalarchiv auch gut aufgehoben gewesen«, sagte Hermann mit einem Gesichtsausdruck, der deutlich freundlicher war als der Inhalt seiner Worte. Madame Fucelle schaute gedankenverloren aus dem Fenster. Dann sagte sie mit fester Stimme:

»Ich wollte nur dem letzten Wunsch der beiden entsprechen. Sie gehörten hierher, in dieses Haus, und ich hatte das Bedürfnis, etwas zu retten. Das ist alles. Ich habe, denke ich, nichts Unrechtes getan.« Ihr Blick wanderte unruhig zwischen ihnen hin und her. Fast hätte man Mitleid mit der älteren Dame bekommen können, dachte Lilie.

»Schon gut«, beruhigte Hermann sie, »und die Fotos hier, haben Sie die wirklich aus Ihrem eigenen Haus?«

»Natürlich!«, sagte Madame Fucelle entrüstet. »Sie glauben doch nicht, dass ich eine Diebin bin? Ist Ihnen der Name Bernadette Salin schon einmal untergekommen? Sie war hier Zugehfrau und eine Vertraute von Georgette Agutte. Diese Bernadette war unsere direkte Nachbarin. Sie starb, als ich noch klein war, ich kann mich nicht mehr an sie erinnern, aber sie hat meiner Familie viel von den Eheleuten Agutte-Sembat erzählt. Vielleicht hat sie bei der Gelegenheit auch ein paar alte Fotos gezeigt und verschenkt.«

Hanna und Hermann schienen nicht besonders überzeugt von dem, was Madame Fucelle ihnen da auftischte, doch Lilie beobachtete, wie sie sich mit einem Blick verständigten und das Thema wechselten.

»Na vielen Dank jedenfalls für ein wunderbares Frühstück, Madame Fucelle«, beendete Hermann das Beisammensein. »Wir sollten uns jetzt systematisch ans Werk machen«, schlug er vor. »Madame Fucelle soll die Schatzkiste schließlich nicht umsonst versteckt haben, nicht wahr?«, dabei lächelte er die Museumsleiterin verschwörerisch an. Madame Fucelle lächelte zurück und murmelte, sie wolle das Kaffeegeschirr nur schnell nach nebenan bringen.

»Wie gehen wir denn weiter vor?«, fragte Hanna.

»Ich rauche eine Zigarette, und dann finden wir diesen unentdeckten Matisse«, antwortete Lilie grinsend.

»Sehr witzig. Ich denke, wir sollten unsere Recherche noch einmal etwas fokussieren. Wir versuchen, den Wert eines Gemäldes von Georges Agutte herauszufinden. Oder nach einem Grund dafür, dass man das Bild für wertvoll gehalten hat. Könnte irgendjemand das Bild von Georges für einen Matisse gehalten haben?«

Lilie lachte laut auf. »Das sieht ein Blinder mit Krückstock, dass das kein Matisse ist, ich bitte dich!«

»Aber irgendeine Verbindung muss es geben«, insistierte Hanna.

»Ich wäre dir sehr verbunden, wenn ich erst mal

eine rauchen dürfte«, sagte Lilie und machte sich davon, noch ehe Hanna protestieren konnte.

Draußen setzte sie sich auf den Bürgersteig; der Asphalt war angenehm warm. Sie suchte in ihrer Tasche nach Handy und Zigaretten. Sie nahm einen tiefen Zug und dachte, dass ihr Trio auf Außenstehende sicher seltsam wirken musste. Sie reisten gemeinsam, doch jeder hatte ein anderes Ziel. Hanna wollte ein Rätsel lösen, am liebsten ein wertvolles Gemälde herbeizaubern und ihrem Vater eine gute Zeit bescheren, Hermann wollte sich vom Sterben ablenken, und sie, Lilie, wollte mittlerweile vor allem mehr über ihre Urahnen erfahren. Die Tatsache, dass sie ihre dunkle Seite, wie sie die Gene ihres Vaters immer genannt hatte, auf einmal bewundernswert und spannend fand, irritierte sie und löste gleichzeitig ein aufregendes Kribbeln in ihr aus.

Sie dachte an Pierre, dem sie, sobald sie zu Hause wäre, alles über die Vorfahren seines Großvaters erzählen wollte und den sie schmerzlich vermisste. Ihre Mutter hatte Pierre schon häufiger für eine oder zwei Wochen zu sich aufs Land geholt, und als Alleinerziehende war Lilie sehr dankbar dafür. Doch das änderte nichts an der Sehnsucht. Sie nahm ihr Handy, wählte die Nummer ihrer Mutter und wartete. Marguerite ging nicht ran, wie immer. Also sprach Lilie ihr auf die Mobilbox.

»Maman, sag Pierre, dass ich ihn liebe. Vielleicht

komme ich euch morgen mal schnell auf dem Land besuchen, bevor wir hier weitermachen. Es ist wirklich spannend.«

Als sie zurück ins Atelier kam, hatte Hermann es sich schon wieder im Schaukelstuhl bequem gemacht und lächelte entschuldigend.

»Nach dem Essen sollst du ruhen oder tausend Schritte tun. Ich fürchte, ich habe nur noch die Kraft für Ersteres«, erklärte er.

Hanna und Lilie stöberten eine Weile in Georgettes Notizen, lasen in Stichworten, was sie auf Reisen erlebte und für wie gelungen sie ihre Ausstellung in der Galerie Georges Petit hielt. Es hatte dort eine Vernissage gegeben, mit einem großen Diner für dreißig Personen, natürlich waren ihre Künstlerfreunde dabei gewesen, aber auch ein Kunstkritiker, der sich anschließend wohlwollend über ihre Werke geäußert hatte.

Eine zerknitterte Einladung in den Salon von Gertrude und Leo Stein fiel ihnen in die Hände. Die Malerin hatte ihren Freund Matisse dorthin begleitet und bei der Gelegenheit Pablo Picasso kennengelernt. Sie hatte nichts weiter über Picasso vermerkt, stellte Lilie mit Bedauern fest.

»Lilie, hilf mir bitte mal beim Entziffern. Ich glaube, das hier ist wirklich interessant.« Sie saßen sich am Schreibtisch gegenüber, und Hanna schob ihr ein

Blatt hin. Georgette Agutte hatte wirklich eine Sauklaue gehabt, dachte Lilie, als sie es zu lesen versuchte.

»Sie ärgert sich hier über Matisse, der eines seiner Bilder nicht ausstellen will. Ich kann aber nicht lesen, worum es genau geht. Ihr Mann hat wohl außerdem ein Bild bei ihm bestellt, und Matisse will es *La Petite Mulâtresse* nennen.«

In diesem Moment kam Madame Fucelle schnaufend die Treppe hoch. Sie bemühte sich heute ganz besonders um Hermann, dem sie jetzt, erst gut eine Stunde nach dem gemeinsamen Frühstück, ein Glas Wasser und einen weiteren Kaffee hinstellte. »*La Petite Mulâtresse*«, schnatterte sie ungefragt los, »ein wirklich schönes Bild. Agutte-Sembat haben es in Auftrag gegeben, als Matisse in Marokko war. Er hat Georgette Agutte in Briefen beschrieben, was er malen will, und sie hat anhand dieser Beschreibungen das Bild ebenfalls gemalt. Auch wenn Matisse' Original natürlich doch noch um einiges besser war, müssen selbst wir in Bonnières zugeben«, lachte sie. »Aber immerhin. Er hat fast alle seine großen Werke zuvor mit Georgette Agutte besprochen. Er hat ihr auch Skizzen seiner berühmtesten Gemälde vorab geschickt: *Der Tanz*, das kennen Sie doch sicher, oder?« Sie nickte Hermann aufmunternd zu, doch der reagierte nicht. »Nun ja, jedenfalls …«

»Er hat Sie nicht gehört, Madame Fucelle«, sagte Lilie und schaute prüfend zu Hermann, der sich im Schaukelstuhl zurückgelehnt und die Augen geschlossen hatte, »natürlich kennen wir das Bild.«

»Selbstverständlich«, pflichtete Hanna schnell bei, und aus ihrem Tonfall glaubte Lilie herauszuhören, dass ihre Freundin keine Ahnung hatte.

»Wissen Sie, als *Der Tanz* und das Pendant dazu, *Die Musik,* zum ersten Mal ausgestellt wurden, war die Kritik vernichtend. Sie finden die Zeitungsartikel in Georgettes Notizen«, Madame Fucelle machte eine Geste, mir der sie Hanna aufforderte, weiterzublättern.

»Dieser hier?«, fragte Hanna und begann zu lesen. »Der *Mercure de France* schreibt: ›Das ist nicht mal verrückt … das ist gar nichts.‹«

Mein Gott, dachte Lilie, diese Kritiker waren damals schon genauso gnadenlos wie heute. »Georgette hat ihn getröstet«, erklärte Madame Fucelle, »ihn aufgemuntert und ihm geschrieben, er solle doch auf diese dummen Kritiker, die ihm in zehn Jahren zu Füßen lägen, nichts geben. Er solle sich damit abfinden, die Ohren verschließen und weiterarbeiten.« Sie bot nun auch Lilie einen Kaffee an, den diese dankend annahm.

»Ich kann leider nicht Kaffee trinken, ohne zu rauchen. Tut mir leid«, sagte Lilie. »Dürfte ich vielleicht bei geöffnetem Fenster …?«, fragte sie vorsichtig, aber ein rigoroses Kopfschütteln von Madame Fucelle hinderte sie daran, den Satz zu Ende zu bringen. In dem

Moment hörten sie Geschirr klirren, und Lilie sah, wie Hanna mit einem Satz an Hermanns Seite sprang. Ihr Herz klopfte heftig, bis Hanna in ein erlösendes Lachen ausbrach. Fast gleichzeitig vernahm Lilie ein kräftiges Schnarchen. Hermann war über dem Kaffee eingeschlafen.

»Lassen wir ihn einen Moment ausruhen«, entschied Hanna. »Und ich komme mit nach draußen. Ein bisschen frische Luft regt vielleicht die grauen Zellen an.«

Im Garten gingen sie eine Weile schweigend nebeneinanderher, bis sie an einem marokkanischen Mosaiktischchen mit zwei Stühlen ankamen. Lilie nutzte das Tischchen als Ablage für ihre Handtasche und suchte nach ihren Zigaretten.

»Irgendwie stochern wir gerade im Nebel«, sagte Hanna frustriert. »Ich weiß nicht einmal mehr genau, was wir suchen. Eigentlich wollten wir etwas über Georges Agutte herausfinden, jetzt durchstöbern wir das Leben seiner Tochter. Ich habe das Gefühl, dass wir uns immer wieder vom Eigentlichen ablenken lassen.«

Lilie hatte die Schachtel gefunden und setzte sich, während Hanna ihr Handy aus der Hosentasche zerrte. »Ich rufe Michael an. Vielleicht hat er etwas Neues.« Sie wählte und stellte das Handy auf laut, damit Lilie mithören konnte. Es tutete zweimal, dann sprang der Anrufbeantworter an. »Guten Tag. Ich bin bis zum 15. dienstlich in Brüssel. Bitte hinterlassen Sie mir eine Nachricht, dann rufe ich in dringenden Fällen zurück.« Hanna legte noch vor dem Piepton auf. »Bis zum 15., das ist bis nächste Woche. So kommen wir nicht voran«, sagte sie missmutig.

»Aber wir haben doch schon einiges herausgefunden«, sagte Lilie. »Außerdem scheint Hermann Freude zu haben an unserem kleinen Ausflug. Und ich hätte nie gedacht, dass die Vorfahren meines Vaters so spannend waren.« Sie hätte liebend gern noch mehr über Georgette Agutte erfahren, dachte Lilie und schaute sich in dem Garten um, in dem auch die Malerin einst gesessen haben musste. Erst jetzt fiel ihr auf, wie laut es hier war. Offensichtlich stritten einige Vögel lautstark um die besten Plätze in den alten Bäumen.

Hanna schien die Natur nicht wahrzunehmen, sie überlegte und sprach halblaut vor sich hin. »Vielleicht suchen wir einfach nur an der falschen Stelle, quasi in den falschen Tagebüchern. Natürlich!«, sie schlug sich mit der Hand vor die Stirn. »Wir gehen davon aus, dass der geheime Matisse bei Georgette gelandet ist, aber aus ihren Aufzeichnungen geht doch hervor, dass Matisse sich mehr und mehr Marcel Sembat zugewendet hat. Vielleicht hat *er* das Bild bekommen.« Lilie sah ihre Freundin von der Seite an.

»Sag mal, glaubst du ernsthaft, dass es diesen Kunstschatz, von dem Madame Fucelle träumt, wirklich gibt?«, fragte Lilie ungläubig.

»Aber ja!« Hanna klang beinahe empört.

»Und du meinst, die zwei haben ihn vielleicht hier im Garten vergraben?«, fragte sie frotzelnd. »Ich sehe schon die Schlagzeilen vor mir: *Niederrheiner finden Matisse hinter der Hecke.*«

Jetzt musste auch Hanna lachen. »Noch besser klingt: *Niederrheiner graben Matisse aus.* Ich würde an deiner Stelle nicht so spotten«, fügte sie hinzu, »wer weiß, was wir auf dieser Reise noch entdecken.«

Hoffentlich mehr über das Leben der Georgette Agutte, dachte Lilie und sagte laut: »Also, wie machen wir weiter, werte Miss Marple?«

Hanna verdrehte die Augen. »Viel ist da oben ja nicht mehr. Das schauen wir uns heute noch an, und dann ...«

»Igitt«, rief Lilie in diesem Moment. Ein Vogel hatte mitten auf den Tisch geschissen und dabei auch ihrer Handtasche einige Spritzer verpasst. Mit spitzen Fingern versuchte sie, ein Papiertaschentuch zu finden, um das Übel zu beseitigen.

»Knapp daneben ist auch vorbei«, kommentierte Hanna trocken. »Hoffentlich ist das kein schlechtes Omen.«

Schatten über Mitsouko

Bonnières-sur-Seine, April 1912

Die Kraniche flogen kreuz und quer und wollten ihr einfach nicht gefallen. Georgette arbeitete an einem Bild, auf dem ein Zimmer mit japanischer Wandmalerei zu sehen war, und sie versuchte nun schon seit Stunden, das Blau des Gewandes zum Leuchten zu bringen. Sie tupfte den Pinsel in die Farben auf ihrer Palette und war unzufrieden. Seit Jahresbeginn arbeitete sie an einem großen Werk für den diesjährigen Herbstsalon. Sie stellte bereits zum dritten Mal aus, und dieses Mal erwartete sie von ihrem Werk, dass es alles, was ihr bislang gelungen war, übertraf. Sie wollte die Anerkennung von ihren Freunden, insbesondere von Henri, vor allem von ihm. Doch mit der Qualität der Arbeiten des von ihr so hochgeschätzten Künstlers konnte ihr Bild nicht mithalten. Es zeigte eine junge Japanerin bei einer Reinigungszeremonie, das Mädchen war nackt, kniete auf einem Kissen und hielt einen Spiegel, um zu begutachten, wie eine Frau in rotem Kimono sie frisierte. Es sollte ein fein gezeichnetes Gemälde werden, sie wollte sich bewusst von Matisse' flächigen Farben absetzen und sich genauso wenig mit Picasso messen müssen, der eine weitere Abstraktionsstufe entwickelt hatte. Sein Kubismus hatte in diesem Frühjahr beim *Salon des Indépendants* einen Skandal provoziert. Die Pariser hatten sich empört, Kunst und Künstler beschimpft, wie vor sieben Jahren die Fauvisten. Eine Weile hatte man befürchten müssen, der Herbstsalon dürfe nicht mehr im Grand Palais stattfinden, denn die Empörung hatte selbst die höchsten Kreise der Politik erreicht. Schließlich hatten Marcel und einige Mitstreiter erfolgreich im Parlament interveniert und die Freiheit der Kunst eingefordert.

Nicht aus Mutlosigkeit wollte Georgette sich deshalb vom Kubismus fernhalten, vielmehr wollte sie nun erst recht nicht einer Art Mode hinterherlaufen, denn seit dem Skandal zerlegte fast jeder – mehr oder weniger gelungen – seine Malerei in geometrische Formen und provozierte so ein unglaubliches Durcheinander von oben, unten, hinten, vorne, rechts und links.

Georgette kannte Picasso nicht gut, sie war ihm lediglich ein oder zwei Mal im Salon bei Gertrude Stein begegnet. Er war ihr unsympathisch, denn er stellte sich unverhohlen auf eine Stufe mit Matisse, prahlte sogar, kein anderer Künstler könne sich mit ihnen messen. Und Henri ließ sich auch noch auf diese Rivalität ein, als hätte er das nötig, dachte sie missbilligend. Die beiden hatten völlig unterschiedliche Herangehensweisen, ihrer Ansicht nach waren sie keinesfalls zu vergleichen. Während Henri nach der ultimativen Kraft der Farben suchte, spielte Picasso mit den Formen.

Die Tatsache, dass diese Malerei genauso wenig Anklang beim breiten Publikum fand wie die von Henri, war im Moment das Einzige, was die beiden gemeinhatten, fand Georgette.

Sie wollte weder der einen noch der anderen künstlerischen Strömung nacheifern, aber etwas Eigenes zu entwickeln, war nur die eine Hürde, ein gelungenes Bild abzuliefern, eine ganz andere Herausforderung, und dieses Bild war noch nicht gelungen, musste sie sich nach einem weiteren kritischen Blick eingestehen.

Sie beschloss, an die frische Luft zu gehen. Georgette blickte aus dem Atelierfenster und sah den Fluss gemächlich an dem kleinen Dorf vorbeiziehen. Um ihre Haare vor der Farbe zu schützen, trug sie eine lilafarbene Baskenmütze, dazu einen farblich passenden Matrosenkittel. Sie überlegte, ob sie so vor die Tür gehen konnte. Ich bin Künstlerin, entschuldigte sie sich in Gedanken, zog sich einen Mantel über und suchte Marcel, um ihm Bescheid zu sagen. Er war im Garten und las, wie immer. »Liebling, ich gehe ein wenig am Fluss spazieren«, rief sie ihm zu. Ihr Mann schien orientierungslos, wie so oft, wenn er bei der Lektüre gestört wurde. Er suchte, von wo der Ruf gekommen war, nahm die Brille von der Nase und winkte ihr, als er sie erblickt hatte: »Bleib nicht so lange fort, Henri will gleich vorbeischauen, er wird uns *La Petite Mulâtresse* bringen.«

»Fantastisch«, jubelte Georgette und war plötzlich wie elektrisiert, sie lief zu ihrem Mann und küsste ihn stürmisch. »Ich freue mich und bin so gespannt, ob ich sie nach seinen Beschreibungen richtig gemalt habe.«

»Hm«, brummte Marcel, »ich denke, der Meister ist doch immer noch für eine Überraschung gut.«

Georgette zog eine Schnute und drehte sich ohne ein weiteres Wort auf dem Absatz um. »Ich habe es nicht böse gemeint, meine Gette«, hörte sie Marcel beschwichtigend in ihrem Rücken rufen. Sie verließ den Garten durch das große Holztor, das zur Straße führte. Schnellen Schrittes ging sie hinunter an die Seine. Ein paar Grasfrösche hatten bereits in den Mulden gelaicht, und Georgette erinnerte sich daran, wie Marcel ihr, als sie noch ein kleines Mädchen gewesen war, einen Eimer Froschlaich in den Garten gestellt hatte und wie erst Kaulquappen und dann Frösche daraus geworden waren. Sie war fasziniert gewesen von diesen kleinen durchsichtigen Blasen mit einem schwarzen Punkt darin. Es begann langsam zu dämmern, die Sonne hatte sich bereits hinter ein paar dunklen Wolken verkrochen.

Marcel hatte leider recht, musste sich Georgette

eingestehen, als sie durch die abendliche Frühlingsluft ging. Sie hatte in den letzten Jahren wieder und wieder Henris Arbeiten kopiert, und auch wenn er ihr haarklein beschrieben hatte, wie er welche Farben zusammenmischte und wo sie aufzutragen wären, schien er seinen Bildern nahezu göttlichen Atem einzuhauchen, während die ihrigen nur leblose Leinwände blieben. Sie stolperte über eine Baumwurzel und wäre beinahe gefallen. Wütend trat sie mit dem Fuß gegen die Wurzel.

Trotzdem nagte auch an Henri der Zweifel, wusste Georgette. Er hatte mitnichten das Selbstvertrauen, das sein Rivale Picasso an den Tag legte. Henri benahm sich manchmal wie ein Kind, war verletzt und beleidigt, wenn ein Kritiker ihn nicht würdigte. Immer wieder musste Georgette ihm Trost spenden, weil sich seine Bilder nicht verkauften. Dabei war das doch wohl das Los großer Künstler, dass ihr Wirken nicht sofort erkannt wurde. Matisse schuf Werke für die Ewigkeit, davon war Georgette überzeugt, und um finanzielle Engpässe zu mildern, kauften sie ihm regelmäßig etwas ab. Mit der *Petite Mulâtresse,* die er heute persönlich liefern würde, hätten sie nun schon vier Bilder von ihm in ihren Häusern, und jedes Mal, wenn sie eines davon betrachtete, war sie fasziniert und traurig gleichermaßen, denn sie war sich so sicher, dass die Menschen Henri Matisse in zwanzig Jahren zu Füßen liegen würden. Warum konnte ein Künstler wie er nicht darauf vertrauen? Er hatte sogar eines seiner Bilder von einer Ausstellung zurückgezogen, hatte es im Atelier versteckt und dann sofort nach Russland verkauft, aus Angst vor den Kritikern und einem weiteren Skandal. Sie war darüber sehr wütend gewesen und hatte ihm ihre Enttäuschung in einem Brief so unverhohlen mitgeteilt, dass Marcel sie gebeten hatte, sich zu mäßigen, was zu einem ihrer seltenen Dispute geführt hatte. Zum Glück hatten sie einander nach einem scharfen Schlagabtausch rasch verziehen, und dann hatten sie sich geliebt. Ihre körperliche Beziehung hatte seit einigen Jahren wieder Fahrt aufgenommen, und es bereitete ihnen inzwischen größeres Vergnügen als früher. Das Alter hatte nicht nur schlechte Seiten, freute sich Georgette, aber sie achtete dennoch penibel auf Marcels Gesundheit, denn immerhin war er fast fünfzig Jahre alt. Sie hatte ihn auf Diät gesetzt, damit er nicht zu dick wurde und sein Herz nicht litt. Die Angst, Marcel zu verlieren, überkam sie in letzter Zeit mit ungekannter Heftigkeit. Wenn er nach Paris fuhr, machte sie sich nächtelang Sorgen. Sie stellte sich vor, wie ein Bote käme und ihr die Nachricht brächte, Marcel hätte einen Unfall gehabt, so wie es ihrer Mutter einst ergangen war, als ihr Vater starb. Ob ich ihren Schmerz als Kind im Bauch gespürt habe und deshalb so ängstlich bin, fragte sich Georgette manchmal. Sie wusste, dass sie sich in Gesellschaft damit lächerlich machte, denn ihre Mutter hatte sie nach dem Abendessen mit Familie Weiss neulich streng ermahnt. An jenem Morgen war es Marcel nicht gut gegangen. Er hatte Schmerzen in den Nieren und fühlte sich sehr müde, weshalb sie ihn auch am Abend, als die Gäste bereits da waren, besonders liebevoll umsorgte. »Reiß dich zusammen«, sagte ihre Mutter streng und nahm sie beiseite. »Sie tuscheln bereits darüber, dass du deinem Mann nachläufst wie ein Hündchen.« Offenbar hatte die neunzehnjährige Louise Weiss eine süffisante Bemerkung gemacht, aber was verstand ein so junges Ding schon von der Liebe?, dachte Georgette. Sie beobachtete Marcel an diesem Abend genau und sah, wie angestrengt er seine Schmerzen zu verbergen suchte, um ein guter Gastgeber zu sein. Als dann aber die Austern aufgetragen wurden, konnte sie nicht mehr an sich halten. »Marcel, Liebling, du darfst diese Austern nicht essen. Ich könnte nicht ertragen, wenn dir etwas passierte. Würdest du sterben, könnte auch ich nicht weiterleben.« Sie bemerkte, wie die junge Louise den Mund voll jugendlicher Hybris verzog, während alle anderen Gäste bei Tisch verlegen lachten, nur Marcel war wütend, wie sie ihn selten erlebt hatte. »Ist bald mal Ruhe mit dem einfältigen Geschnatter?«, hatte er ihr zugeraunt und den Rest des Abends kein Wort mehr an sie gerichtet.

Ging sie mit ihrer Liebe und Fürsorge zu weit,

fragte sie sich. Ihre Mutter hatte recht, sie musste sich zusammenreißen, und mit diesem Vorsatz machte Georgette auf dem Absatz kehrt und lief an der Seine entlang zurück nach Hause. Als sie die Tür öffnete, hörte sie schallendes Gelächter aus dem Salon. Henri war bereits eingetroffen, mit der *Petite Mulâtresse*, dafür ohne seine Frau, wie Georgette bedauernd feststellte, da sie zu Amélie in den vergangenen Jahren ein herzliches Verhältnis aufgebaut hatte. Auch Henri und Marcel verband längst eine enge Freundschaft, geprägt von intellektueller Nähe. Die beiden saßen abends oft beim Wein zusammen und theoretisierten über die Zukunft der Kunst. Marcel arbeitete gerade an einigen längeren Artikeln, sowohl über ihren Freund Albert Marquet als auch über Matisse selbst.

Plötzlich meldete sich wieder Georgettes Unzufriedenheit über ihr Bild zurück. *Mitsouko à sa toilette* hatte sie es genannt, vielleicht würde sie Matisse um Rat bitten. Sie gab dem Hausmädchen Mantel und Hut, schaute prüfend in den Spiegel und ging auf ihren Gast zu: »Henri, welch eine Freude, Sie zu sehen! Doch ich vermisse Amélie, sie ist hoffentlich nicht erkrankt?«

»Fang bitte nicht wieder mit deiner Schwarzmalerei an«, ging Marcel sofort dazwischen und erklärte an Matisse gewandt: »Gette sorgt sich momentan permanent um alles und jeden. Sie sieht Gespenster, wo keine sind.«

Doch Matisse antwortete lächelnd:

»Ihr geht es prächtig. Wir haben unsere Eltern zu Besuch, deswegen konnte sie nicht mitkommen. Ich hingegen war dankbar für einen guten Grund, das Haus zu verlassen«, dabei zeigte er auf das Gemälde, das er mitgebracht hatte. Sie hatten es bereits vor einem Jahr in Auftrag gegeben und seine Entstehung mit Faszination verfolgt. Henri hatte aus Marokko mehrfach geschrieben und sie über seine Ideen auf dem Laufenden gehalten, sodass Georgette in ihrem Atelier bereits eine *Petite Mulâtresse* gemalt hatte, noch bevor sein Werk vollendet gewesen war. »Sie ist wunderschön«, flüsterte sie berührt und versuchte herauszufinden, warum *ihre* Mulâtresse nicht einmal ansatzweise diese Leuchtkraft erreichte.

»Sie müssen mir Ihr Geheimnis verraten, Henri, ich will nicht unwissend sterben. Haben Sie eines, oder sind Sie einfach nur ein Genie?«

Henri lächelte vielsagend, unternahm jedoch nicht den Versuch, zu antworten. »Ich nehme an, das bedeutet, Sie sind ein Genie«, lachte Georgette und nahm die Hand ihres Mannes. »Das erleichtert uns Normalsterblichen das Leben.«

Sie setzten sich zum Abendessen, Marcel und Henri tranken Wein. Georgette sah, wie sich die Wangen ihres Ehemannes röteten, und hörte seine Stimme lauter werden. Sie aßen ausgiebig, doch dann löste Henri unabsichtlich die Tafel auf, indem er nach Georgettes neuesten Gemälden fragte. Marcel antwortete an ihrer statt.

»Gette arbeitet seit Wochen an einem asiatischen Thema. Es wird, wenn ich das mit meiner bescheidenen Expertise sagen darf, ein sehr anspruchsvolles Bild. Wir würden uns freuen, wenn Sie einen Blick darauf würfen.«

Georgette wurde heiß vor Zorn. Natürlich hätte sie gerne einen Rat von Matisse bekommen, aber den konnte doch Marcel nicht für sie einfordern. Doch sie wollte vor Henri keine Szene provozieren, weshalb sie ihn tapfer anlächelte und nickte. Hätte ich doch nur noch ein wenig weitergemalt, statt spazieren zu gehen, ärgerte sie sich insgeheim. Sie stand auf, nahm eine Öllampe, bat Henri, ihr zu folgen, und ging voran ins Atelier. Da es inzwischen draußen schon beinahe dunkel war, entzündete sie auch die modernen Glühlampen, die Marcel erst im vergangenen Jahr erstanden hatte. Henri schaute einen Moment auf das moderne Licht, entschied sich dann aber für die herkömmliche Methode, nahm Georgette die Öllampe aus der Hand und ging damit nah an die Leinwand heran. Er wippte vor dem Bild auf und ab, sodass die Balken unter ihm bedrohlich knarzten. Er kraulte sich den Backenbart und murmelte etwas Unverständliches, ging vor der Leinwand auf und ab und wirkte, als hätte er vergessen, dass Georgette und Marcel sich ebenfalls im Raum befanden.

»Geben Sie mir Ihre Palette«, wies Henri sie plötzlich an, und Georgette witterte ihre Chance. »Wissen Sie, mir gelingt es einfach nicht, das Blau zum Leuchten zu bringen.« Sie nahm Palette und Pinsel und zeigte ihm das Blau, das sie zuletzt benutzt hatte. »Vielleicht sollte ich noch etwas mehr Pigmente hineinmischen, was meinen Sie?« Matisse sagte keinen Ton. Ohne ein Wort zog er seinen Gehrock aus und legte ihn sorgfältig auf den Schaukelstuhl, in dem normalerweise Georgettes Mutter saß, dann nahm er Georgette die Palette aus der Hand und gab ihr im Gegenzug die Öllampe zurück. Er rührte mit dem Pinsel in der Farbe. Sie wollte etwas sagen, aber Marcel war von hinten an sie herangetreten und fasste sie an den Schultern. Als Henri den Pinsel schwungvoll an die Leinwand führte, hielt sie den Atem an, bis ihr schwindlig wurde. Zwei, drei Pinselstriche malte er auffallend vorsichtig, doch dann hatte er sich das Bild zu eigen gemacht. Ob ihm noch bewusst war, dass es Georgettes Gemälde war, ob es ihn nicht interessierte, sie wusste es nicht, aber sie sah mit einer Mischung aus Entsetzen und Entzücken, was da vor sich ging.

Henri malte jeden einzelnen Schatten neu. Zuvor hatten sie flach gewirkt, doch auf einmal gaben sie Halt, plötzlich bekam der Kimono einen Körper. Henri ließ den Pinsel achtlos zu Boden fallen, wo er einen blauen Fleck hinterließ und wie nach einem Akt erschöpft zur Seite rollte, dann rieb sich ihr Freund die Pigmente direkt auf den Daumen und verteilte sie auf die gelbe Wandtafel im Hintergrund, er wischte an den Schatten, er brachte das blaue Kleid unten rechts zum Leuchten, den Bonsaibaum erkannte man plötzlich als solchen, und das Gemälde wurde zu einem Kunstwerk. Henri arbeitete ruhig und konzentriert, im Gegensatz zu Georgette, die den Pinsel mit viel Kraft über die Leinwand schwang, berührte Henri das Bild sanft, beinahe zärtlich, und erzielte damit eine weit größere Wirkung. Immer wieder nahm er sich neue Pigmente, zerrieb sie auf der Hand, mischte mit dem Daumen, dass es Georgette beinahe um den Verstand brachte. Sie war einer Ohnmacht nahe und ließ sich von Marcel stützen. Sie hatte kein Gefühl dafür, wie lange dieses Wunderwerk dauerte, dem sie beiwohnen durften, sie hatte nur das sichere Empfinden, dass man diesen Prozess nicht durch das kleinste Geräusch stören durfte. Und so standen sie beide stumm da, muckmäuschenstill, während die Nacht über der Seine wachte.

»So«, sagte Henri schließlich, klatschte sich die letzten Pigmente von den Händen und drehte sich zu ihnen um. Marcel hatte als Erster die Sprache wiedergefunden. »Bravo«, rief er und applaudierte, »welch eine Freude. Sie haben Gettes Bild perfektioniert, und es sah so einfach aus. Es ist ein Wunder. Wir sind Ihnen zu großem Dank verpflichtet.«

Georgette konnte immer noch nichts sagen, sie

stand wie in Trance vor dem Bild, während die beiden Herren auf das vollendete Werk anstoßen wollten. Sie fühlte sich, als wäre sie aus ihrem Körper herausgetreten und sähe sich selbst vor der Leinwand stehen. Mit jeder Sekunde hatte sie das Gefühl, ein bisschen mehr von *Mitsouko* angezogen, geradezu aufgesaugt zu werden. Sie war wie betäubt, in ihrem Kopf rauschte das Blut so laut, dass sie nicht sicher war, ob die Geräusche in ihr waren oder sich ein Sturm über Bonnières zusammenbraute. Mit steifen Beinen ging sie durch das Atelier und betrachtete all ihre Gemälde, die dort aufgehängt waren. Immer wieder warf sie einen Blick zurück auf *Mitsouko*. Dann ging sie ins Schlafzimmer, wickelte ihr kostbarstes Bild, ihren geheimen Schatz, aus dem Leintuch und weinte stumm. »Es tut mir leid, Papa«, sagte sie leise, »es tut mir so leid.«

Ein Hinweis zum Abschied

»Hat sie danach nie wieder gemalt?«, fragte Hanna erschrocken, nachdem sie Georgette Aguttes Notiz zu diesem denkwürdigen Abend in genau dem Atelier, in dem sie gerade saßen, entziffert hatten. Lilie hätte gut verstehen können, wenn diese dramatische Lehrstunde ihre Urahnin hätte aufgeben lassen. »Wenn du erkennst, dass du etwas, wonach du dich mit jeder Faser deiner Seele sehnst, niemals erreichen kannst, dann wirft es dich ganz sicher aus der Bahn. Ich hätte an ihrer Stelle jedenfalls keinen Pinsel mehr in die Hand genommen«, sagte Lilie.

»Hat sie aber sehr wohl«, mischte sich Madame Fucelle ein, die über den schlafenden Hermann gewacht hatte, während Lilie und Hanna im Garten gewesen waren. »Die beiden haben vermutlich sogar noch ein paarmal zusammen gemalt. Jedenfalls gibt es Bilder von ihr, die sind signiert mit ›G. Agutte + M‹. Niemand weiß, wer sich hinter diesem M verbirgt, aber es könnte Matisse sein, hier in Bonnières sind die meisten Menschen dieser Überzeugung. Die Alten im Dorf können sich noch gut daran erinnern, wie Matisse hier ein und aus gegangen ist«. Da war er wieder, der stolze Unterton, dachte Lilie und schmunzelte.

»Gibt es hier denn so viele Menschen, die beinahe hundert Jahre alt sind?«, fragte Hanna scheinheilig, doch Madame Fucelle überhörte den Einwurf. Auf ihrer Stirn bildeten sich tiefe Falten. Lilie warf Hanna einen missbilligenden Blick zu und wechselte schnell das Thema.

»Sagen Sie, Madame Fucelle, warum verstehen Sie eigentlich so gut Deutsch?« Die Ablenkung funktionierte, Madame Fucelle lächelte geschmeichelt. »Oh, ich habe einige Jahre in Deutschland gelebt, bei einem Arzt aus Kassel.« Sie geriet ins Schwärmen: »Ach, die deutschen Männer sind so anders. Ich muss sagen«, dabei warf sie einen Blick auf den immer noch schlafenden Hermann, »ich weiß deutsche Männer wirklich sehr zu schätzen, sie sind so... solide.«

Es war, als hätte Hermann selbst im Schlaf Angst vor einem amourösen Übergriff bekommen. Er drehte seinen massigen Körper zur Seite, weg von Madame Fucelle, hin zum Fenster. Das Korbgeflecht des alten Schaukelstuhls knackte bedrohlich, ächzte, knackte wieder und flog im nächsten Augenblick mit Getöse auseinander.

»Ja, ich bin hier!«, rief Hermann, als der Stuhl unter ihm zusammenbrach und er mit einem Ruck unsanft aus dem Schlaf gerissen wurde. Madame Fucelle sprang ihrem Auserwählten mit aufgerissenen Augen zur Seite und nahm seine Hand. »Ist Ihnen etwas passiert, kann ich Ihnen helfen?«, fragte sie mit samtiger Stimme, woraufhin Hermann mit einem verwirrten »Nein, wozu?« reagierte, sich aufrappelte und den ramponierten Stuhl zur Seite schob. Die Arme, dachte Lilie, da macht sie ihm ganz ungeniert vor den Augen seiner Tochter Avancen, und er merkt es noch nicht einmal.

»Ich denke, wir sollten langsam zum Ende kommen, bevor wir Ihnen das übrig gebliebene Mobiliar auch noch demolieren«, sagte Hanna und blickte entschuldigend zu Madame Fucelle. »Sie haben wirklich kein Glück mit den Nachfahren.«

»Ach Unsinn, machen Sie sich keine Gedanken. So ein olles Ding«, rief Madame Fucelle übertrieben laut. »Sie wollen doch nicht etwa schon gehen? Sie haben doch noch gar nicht alles gesehen!«

Lilie schaute auf das verbleibende Häufchen Papier auf dem Schreibtisch: »Wieso, gibt es irgendwo noch einen weiteren Holzkoffer?«

»Das nicht. Aber wenn Sie etwas Bestimmtes suchen«, Madame Fucelle korrigierte sich hastig, »etwas genauer wissen wollen, kann ich Ihnen vielleicht weiterhelfen. Niemand kennt die Familie Agutte so gut wie ich.« Lilie beobachtete, wie Hanna und Hermann einen Blick austauschten. »Ich denke, wir sollten vielleicht endlich mal Madame Fucelle an unserem Rätsel teilhaben lassen.« Hermann lächelte die Museumsleiterin an und nickte seiner Tochter aufmunternd zu.

Unsicher begann Hanna zu erzählen:

»Madame Fucelle, es gibt einen speziellen Grund, warum wir nach Bonnières-sur-Seine gekommen sind. Wissen Sie, Mademoiselle Agutte ist überfallen worden. Die Diebe wollten ein Gemälde stehlen, allerdings eines von Georgettes Vater …«

»Ach, das geheimnisvolle Porträt gibt es wirklich?« Madame Fucelle ließ einen Moment von Hermann ab, in ihre Augen trat ein merkwürdiger Glanz.

»Was für ein Porträt meinen Sie?«, fragte Lilie erstaunt.

Madame Fucelle räusperte sich. »Na das, welches nie gefunden wurde. Der Legende nach soll es ein Meisterwerk gewesen sein. Ich habe doch schon von Georgettes Freundin und Zugehfrau erzählt, Bernadette Salin, Gott hab sie selig, sie will das Bild mit eigenen Augen gesehen haben, angeblich war es ein Porträt des verstorbenen Vaters, und das soll ein großer Künstler gemalt haben, aber sie konnte sich nicht mehr an den Namen erinnern, und niemand hat es je gefunden. Wohl auch nicht die Nachfahren, die unser Museum von oben bis unten auf den Kopf gestellt haben. Aber ich dachte immer«, sie lachte ungläubig, »lass die Leute nur reden. Das Gemälde ist das Loch Ness von Bonnières. Und Sie sagen, Sie besitzen es?«, fragte sie, und ihr Blick bekam plötzlich etwas Lauerndes, fand Lilie.

»Nein, nein«, erklärte sie schnell, »wir besitzen ein Gemälde, das Georgettes Vater gemalt hat, keines, das ihn zeigt.«

»Ach so, nein, das ist nichts wert«, seufzte Madame Fucelle, »so viel ist gewiss.«

»Das war's«, sagte Lilie grinsend zu Hanna, »ich werde mir wohl doch einen neuen Job suchen müssen. Aus der Traum vom heimlichen Kunstschatz.«

»Was redest du denn da? Jetzt fängt es doch erst an, spannend zu werden.« Hermann rieb sich die Hände und hatte offenbar nach seinem kurzen und rabiat beendeten Nickerchen wieder jede Menge Elan:

»Endlich wissen wir genau, wonach wir suchen müssen! Ein Porträt von Georgettes Vater, angefertigt von einem bedeutenden Künstler, vielleicht sogar von Matisse höchstpersönlich. Das ist doch eine konkrete Spur! Kommt, lasst uns in Georgettes Notizen nach möglichen Hinweisen suchen.«

»Fehlanzeige!« Hanna hatte die Arme verschränkt. »Während du geschlafen hast, haben wir fast alles durchgearbeitet.« Sie zeigte auf den dünnen Stapel. »Das ist noch übrig, und es müsste mit dem Teufel zugehen, wenn sich ausgerechnet da etwas findet.«

»Gut, dann geht das noch mal schnell durch, Mädchen.« Er blickte auf den zersplitterten Schaukelstuhl. »Ich werde mir mit Madame Fucelle derweil ein gemütliches Plätzchen suchen. Dürfen wir Sie vielleicht zum Essen einladen, zum Abschluss und als Dank für die Mühe, die Sie sich gemacht haben?« Madame Fucelle schien ihr Glück kaum fassen zu können und nickte heftig, während ihre Wangen sich kirschrot färbten. Hermann reichte ihr galant den Arm, und Lilie sah den beiden hinterher, wie sie von dannen zogen.

»Warum tut dein Vater sich das an?«, fragte Lilie.

»Vermutlich spielt er James Bond und versucht, ihr mit seinem Charme noch mehr Geheimnisse zu entlocken«, schmunzelte Hanna. »Wir sollten uns beeilen, bevor Pussy Galore ihn betäubt hat.«

Sie trafen Hermann und Madame Fucelle etwa eine Stunde später im nächstgelegenen Café. Auch in den restlichen Notizen hatten sie keinerlei Hinweise auf irgendein geheimes Gemälde gefunden, was Lilie nicht weiter wunderte. Sie hatten noch etwas über Experimente mit Asbest statt Leinwand gelesen, die Georgette Agutte einiges Lob eingebracht hatten, und sich dann auf den Weg gemacht. Hermann hatte Pastis bestellt, an dem er selbst offenbar nur genippt hatte, denn sein Glas war noch voll, der Pastis von Madame Fucelle hingegen ging bereits zur Neige. Sie saßen im Wintergarten, mit Blick auf den Fluss.

Lilie betrachtete Madame Fucelle, die die Hoffnung auf eine neue Liebe selbst in fortgeschrittenem Alter noch nicht aufgegeben zu haben schien, und insgeheim beneidete Lilie sie darum. Madame Fucelle kicherte und plauderte und wirkte dabei um Jahre jünger.

Jetzt, wo sie alle zusammensaßen, winkte Hermann dem Kellner, er möge die Speisekarte bringen. Da die Auswahl gering war, entschieden sie sich alle vier für den Bauernsalat. Und dann kam Hermann erneut auf das geheime Porträt zu sprechen. Er wollte genau wissen, wer im Dorf davon wusste, wer darüber was erzählt hatte, jedes noch so kleine Gerücht, und ob Madame Fucelle eine Vermutung hatte, wo es sein könnte.

»Ach, das habe ich Ihnen doch schon gesagt«, erklärte sie mit vom Alkohol gelockerter Zunge. »Es gab da ein Porträt von irgendeinem großen Maler, das hat Georgette ihrer Freundin Bernadette Salin vermacht. Aber die hat das wertvolle Gemälde nie gefunden, das hat sie meiner Großmutter erzählt, die sich später um die alte Dame gekümmert hat. Da muss sie dann fast achtzig gewesen sein, und wissen Sie, Bernadette Salin hatte ja keine Kinder mehr. Ihre beiden Söhne sind im Zweiten Weltkrieg geblieben, und das Mädchen ist schon als Kind gestorben. Sie hatte niemanden mehr, also hat meine Oma sie gepflegt. Bernadette muss am Ende immer wieder von diesem Bild gesprochen haben. Aber wie gesagt, keiner weiß, wo es geblieben ist.« Lilie wunderte sich, denn einige Stunden zuvor hatte Madame Fucelle das Porträt doch noch als Loch Ness von Bonnières abgetan.

»Und Sie haben diese Geschichten von Ihrer Großmutter gehört?«, hakte sie deshalb nach.

»Das war unser Familiengeheimnis«, lachte Madame Fucelle. »Meine Oma hat es meiner Mutter erzählt und meine Mutter mir. Sie ist vor einem halben Jahr gestorben, kurz vor ihrem neunzigsten Geburtstag.« Sie bekreuzigte sich schnell. »Ach ja, alte Familiengeschichten.«

»Da kennen wir auch so einige, nicht wahr, Hanna?«, antwortete Hermann und zwinkerte seiner Tochter zu.

»Haben Sie denn nie versucht, dieses Bild zu finden?«, fragte Hanna. »Es ist doch bestimmt sehr wertvoll.« Die ältere Dame schenkte sich noch einen Pastis ein, sie ließ die Frage für einen langen Moment unbeantwortet im Raum stehen, bevor sie sagte: »Nein. Es ist eine schöne Geschichte, aber meine Großmutter war am Ende doch sehr verwirrt.«

Es entstand ein trauriges Schweigen am Tisch, bevor Hermann noch einmal fragte: »Und trotzdem, wo würden Sie nach diesem Bild suchen?«

»Ach Gott«, sagte sie, »es kann überall sein. Vielleicht haben Georgette Agutte und Marcel Sembat das Bild gar nicht ihrer Freundin vermacht, sondern schon zu Lebzeiten verschenkt, als Dank für eine

Gefälligkeit. Aber ehrlich gesagt fehlt mir die Fantasie für so etwas.«

Hanna schlug erneut vor, nach weiteren Hinweisen zu suchen. Und Hermann gab zu bedenken, dass vielleicht ja auch der Ehemann Tagebuch geführt habe, vielleicht sei da etwas zu finden.

»Dazu müssten Sie sich ins Pariser Nationalarchiv begeben«, erklärte Madame Fucelle und trank den letzten Schluck Pastis. »Da muss man sich allerdings vorher anmelden. Ich kann das für Sie übernehmen, man kennt mich dort. Ich kann sie auch gerne dorthin begleiten und Ihnen helfen«, bot sie mit einem Seitenblick auf Hermann an.

»Es wäre nett, wenn Sie uns ankündigen könnten, aber dann haben Sie uns wirklich genug geholfen, Madame, wirklich«, betonte Hermann schnell und tätschelte ihren Arm.

Er bestellte die Rechnung, zahlte, und sie gingen schweigend die paar Schritte bis zum Haus Agutte-Sembat, wo sie sich herzlich von Madame Fucelle verabschiedeten.

»Ich bin mir sicher, dass es dieses Bild gibt«, sagte Hermann, als sie wenige Minuten später im Auto nach Paris saßen. Er schien voller Energie, und seine Augen blitzten schelmisch. »Ich weiß nur nicht, wo. Noch nicht!« Dann gab er Gas.

Ein Wackeldackel
schüttelt den Kopf

»Wer hätte das gedacht? Intellektuelle sind auch nur Menschen«, rief Hermann amüsiert, als sie in den Tagebüchern von Marcel Sembat blätterten und darin sehr viele Einträge fanden, in denen es weniger um den Geist als vielmehr um den Körper ging.

»Pscht«, zischte Hanna, »wir stehen hier unter Beobachtung! Eine falsche Bewegung und wir sind wieder draußen.«

Es hatte sie viel Mühe gekostet, so kurzfristig ins Pariser Nationalarchiv zu gelangen. Hanna und Hermann hatten alle Register gezogen, auch als Lilie schon hatte aufgeben wollen.

Zum ersten Mal war Lilie bewusst geworden, dass die klischeebelastete deutsche Bürokratie geradezu die Inkarnation der Flexibilität war im Vergleich zu dem, was man hier im Pariser Nationalarchiv veranstaltete. Sie hatten sich telefonisch angemeldet und dank der Unterstützung durch Madame Fucelle die Möglichkeit bekommen, ohne die übliche Bearbeitungszeit von durchschnittlich sechs Wochen das

Archiv aufzusuchen. Madame Fucelle hatte Lilie geraten, sie möge die Anfrage persönlich stellen, auf ihren Nachnamen verweisen und die verwandtschaftlichen Verhältnisse herausstellen, wenn sie überhaupt eine Chance haben wollten, die Akten kurzfristig einzusehen. Bis zum Eingang hatte auch alles geklappt, sie bekamen zwar ein leicht beklemmendes Gefühl, als sie von Metalldetektoren durchleuchtet wurden und ihre Personalausweise hinterlegen mussten, um bei der Materialausgabe vorsprechen zu dürfen, aber immerhin wurden sie eingelassen in die heiligen Hallen. Sie gingen zu einer Art Holztresen, und Lilie zeigte ihren Zugangsausweis.

»Wir hätten gerne die Kartons zum Aktenzeichen 637.«

»Alle?«, fragte der kahl geschorene junge Mann mit gelangweilter Miene.

»Wie viele sind es denn?«, fragte Lilie und traute ihren Ohren nicht, als sie hörte, es seien mehr als zwanzig Kartons. Nach einigem Hin und Her entschieden sie sich für drei Kisten, in denen sich die Tagebücher von Marcel Sembat befanden. Madame Fucelle hatte sie allerdings schon gewarnt, die seien deutlich ausführlicher als die Aufzeichnungen seiner Ehefrau, Marcel Sembat habe fast täglich geschrieben.

»Wer von ihnen bekommt die?«, fragte der Archivar, als er mit den drei Kartons zurückkam. Als Lilie wahrheitsgemäß antwortete, sie würden alle drei daran arbeiten, sich also entsprechend zusammensetzen wollen, wurde der Mann überraschend nervös.

»Oh, da müssen sie zu Madame la Présidente gehen. Ich weiß nicht, ob das möglich sein wird.«

»Zu Frau Sarkozy?«, fragte Hanna, ohne eine Miene zu verziehen. Der Archivar blieb ernst. Er zeigte stumm auf die Vorsitzende des Lesesaals. »Das dürfte doch wohl kein Problem sein«, sagte Hanna und marschierte auch schon los, Hermann und Lilie, die eine ungute Ahnung überkam, im Schlepptau.

»Guten Tag. Wir würden gerne gemeinsam ein paar Akten studieren und, ich vermute, nur pro forma, müssen wir Sie, Madame la Présidente, um Erlaubnis fragen«, zwitscherte Hanna und setzte dabei ihr freundlichstes Profi-Lächeln auf. Lilie hätte verstanden, wenn Madame la Présidente auf diese nassforsche Ansprache mit Arroganz reagiert hätte, niemals hingegen hätte sie erwartet, dass die Vorsitzende Opfer einer Panikattacke würde. Madame la Présidente zupfte nervös an ihren strähnigen roten Haaren, sie schluckte heftig, begann mehrfach vergeblich, Sätze zu formulieren, und suchte hektisch nach irgendetwas. Wie sich herausstellte, war es ein Handbuch mit Benimm- und Ausnahmeregeln für den Lesesaal, in dem sie nun wie wild blätterte.

»Was suchen Sie denn?«, fragte Hanna. Die Dame war inzwischen so aufgeregt, dass ihr Oberkörper von einem langsamen, fast hypnotisierenden Tremor erfasst wurde und ihr Kopf dabei wie der eines Wackeldackels hin- und her- schwankte. Dabei versuchte sie verzweifelt, die richtige Seite in ihrem Handbuch zu finden, was ihr nach für alle Beteiligten schier endlosen Minuten auch gelang.

»Hier steht es«, sagte sie erschöpft und drehte das Handbuch um, damit sie mitlesen konnten: »Einzelarbeit: rote Plätze; Gruppenarbeit: blaue Plätze.« Lilie sah, wie Hanna inzwischen im Takt von Madame la Présidente mitwippte, möglicherweise, um Augenkontakt halten zu können. Jetzt zeigte sie sich hocherfreut: »Na prima, dann müssen Sie uns ja nur blaue Plätze zuteilen, und schon ist das Problem gelöst.«

»Es gibt keine blauen Plätze«, antwortete die Vorsitzende und verschanzte sich hinter ihrem Computer, als wollte sie in Deckung gehen. »Wollen Sie mich hochnehmen? Machen Sie doch nicht so ein Gewese um irgendwelche Sitzplätze, das kann doch wohl nicht wahr sein!«, schimpfte Hanna los, als hätte die Vorsitzende persönlich das Regelwerk geschrieben. Lilie konnte das nicht länger mitansehen und schritt ein, zumal aus dem Lesesaal inzwischen laut vernehmbares Gezische zu hören war.

»Entschuldigung, Madame, könnten Sie nicht vielleicht eine Ausnahme machen, wissen Sie, wir kommen extra aus Deutschland, und wir kennen das Prozedere nicht. Wir müssen auch nicht zwingend nebeneinandersitzen, wenn wir nur gleichzeitig an den Akten arbeiten könnten, das würde uns die Recherche sehr erleichtern, wir haben nämlich nicht so viel Zeit.« Sie war mit der Frau so vorsichtig umgegangen, wie es ihr möglich war, aber der Effekt war niederschmetternd. Das Schaukeln des Kopfes hatte im Tempo zugelegt, die Dame nahm den Telefonhörer ab und wählte hektisch eine Nummer.

»Lass uns mal einen Schritt zurücktreten«, schlug Hermann vor. Die Vorsitzende nuschelte ein paar unverständliche Worte in den Hörer, stand auf und ging.

Hanna schaute auf die Uhr: »Mittagspause«, sagte sie knapp.

Tatsächlich dauerte es weitere zwanzig Minuten, bis Madame la Présidente zurückkam und mitteilte, sie habe die Vorgesetzte nicht erreichen können. In diesem Moment ging Hermann um den kleinen Tresen herum und legte der Dame behutsam die Hand auf die Schulter. »Darf ich einen Moment um Ihre Aufmerksamkeit bitten, Madame? Sie sind doch hier diejenige, die souverän entscheidet?«, sagte er in beinahe korrektem Französisch, das trotz oder gerade wegen seines Akzents ausgesprochen charmant klang. Die Dame nickte unsicher. »Oder sprechen Sie gar ein wenig Deutsch?«, fragte Hermann, und Madame la Présidente wiegte den Kopf und lächelte schüchtern. »Natürlich, eine gebildete Frau wie Sie«, schmeichelte Hermann. Dann sah Lilie, wie er die Dame zur Seite führte und auf sie einredete. Wenig später kicherte Madame la Présidente leise, hielt sich schnell die Hand vor den Mund und nickte dann heftig. Daraufhin kam Hermann zurück, schnappte sich eine Aktenkiste und wies auf einen Tisch ganz vorne, unter den Augen der gestrengen Dame.

»Mir nach!«, sagte er zufrieden, und Hanna und Lilie folgten ihm im Gänsemarsch.

»Wie hast du das angestellt?«, flüsterte Hanna ihrem Vater zu, doch sie bekam keine Antwort. »Jeder nimmt sich einen Karton«, bestimmte er. Eine Weile saßen sie schweigend da und blätterten. Lilie versuchte gar nicht erst, tiefer in die Tagebücher einzusteigen. Es waren seitenlange Abhandlungen über das, was Marcel Sembat täglich schon vor dem Frühstück las. Er studierte von morgens bis abends Bücher über Metaphysik, Philosophie, natürlich Politik und offenbar auch Psychologie, der Mann schien von einem allumfassenden Wissensdrang besessen gewesen zu sein. Sie fragte sich, ob Hermann irgendetwas von dem, was in den Tagebüchern geschrieben stand, verstehen würde, denn es war zum Teil stakkatohaft geschrieben, und das Vokabular war sicher zu anspruchsvoll für seine Französisch-Kenntnisse. Doch jetzt hatte er etwas entdeckt, das er übersetzen konnte und das ihn ausgesprochen erheiterte.

»Hier, hört mal, was er auf Englisch eingestreut hat«, schmunzelte Hermann. »*This morning good love.*

Und zwei Seiten weiter: *Yesterday most exellent good love. Long, Strong. Calm.* Oder auch: *Love yesterday not so good.* Und dahinter steht die Ziffer 4.«

»Mein Gott, hat der etwa jedes Mal Haltungsnoten vergeben?«, fragte Hanna und grinste. »Das muss ja die reine Freude gewesen sein. Wie beim Tanzwettbewerb, wo die Jury die Schilder mit Noten hochhält.«

»Aber anscheinend ist der Sex mit zunehmendem Alter immer besser geworden. Hört mal: *Now better than when younger, because stronger and longer*«, las Hermann weiter vor.

»Ich möchte gerne mal wissen, ob seine Frau die Bewertung geteilt hat«, lachte Hanna.

»Könnt ihr bitte aufhören mit diesen Albernheiten«, sagte Lilie streng. Sie schaute sich peinlich berührt um. Ihr schien es, als würde der ganze Lesesaal mithören, und Madame la Présidente hatte, vielleicht ebenfalls aus Scham, erneut mit dem Kopfwackeln begonnen, doch Hanna und Hermann beachteten sie gar nicht. »Guck mal hier«, sagte Hanna vergnügt, »an dem Tag war wohl eine Budapester Beinschere im Spiel: *Good, excellent love, long and strong, and calm and secure, and leisurely and masterly. Hurrah.*«

»Der hat sich nicht wirklich als ›meisterhaft‹ bezeichnet?« Nun konnte auch Lilie nicht mehr an sich halten und zog Hanna das Notizbuch weg. In dem Moment kam auch schon ein Saaldiener und ermahnte sie. »Könnten Sie bitte ein wenig leiser sein, sonst muss ich Sie leider bitten, den Raum zu verlassen«, flüsterte er mit stechendem Blick.

Lilie entschuldigte sich und vertiefte sich in die Notizbücher, während Hermann und Hanna nach weiteren Fundstücken in der Kiste suchten. Die Unterlagen waren akkurat verstaut, man hatte den Eindruck, in den letzten Jahren hätte niemand auch nur ansatzweise Interesse gehabt, sich mit ihnen zu befassen. Richtig spannend ist es wirklich nicht, dachte Lilie. Aber Hermann hatte vielleicht recht, wenn er ihre Suche nach einem Hinweis auf das geheimnisvolle Porträt mit einer Suche nach der Stecknadel im Heuhaufen verglich. Man musste eine Menge staubtrockenes Zeug beiseiteschieben. Seufzend machte sie sich weiter daran, die Schrift von Marcel Sembat zu entziffern. Akribisch hatte er notiert, welches Buch er wie lange studiert hatte und welche Gedanken er sich dazu machte. Jeden Tag schalt er sich, weil er nicht konzentriert genug an sich arbeitete, und war frustriert darüber, dass es ihm immer noch nicht gelungen war, eine herausragende Universalschrift zu verfassen. Er nahm sich stets vor, früher aufzustehen, um noch intensiver zu arbeiten. Seine politischen Treffen waren eindrucksvoll dokumentiert, und Lilie fand all die Namen wieder, die ihr früher in der Schule im Geschichtsunterricht begegnet waren: Léon Blum, Jean Jaurès, Aristide Briand, allesamt französische Größen des Sozialismus, ganz abgesehen von all den berühmten Malern und Schriftstellern, bis hin zu Émile Zola, den er im Zuge der Dreyfus-Affäre kennengelernt hatte.

Es verblüffte sie nicht einmal mehr, als Hermann triumphierend einen Brief hochhielt.

»Seht euch das an! Ein Brief von Rosa Luxemburg, der Mann hat ja wirklich einiges erlebt.«

Die deutsche Sozialdemokratin schrieb sehr vertraut an Marcel Sembat und gestand ihm, dass sie manchmal daran dachte, Deutschland zu verlassen, um sich fern der Heimat niederzulassen. Deutschland war das Land der Arbeit und des Kampfes, und sie träumte von einer Zukunft in Paris. Sie freue sich sehr darauf, einmal wieder mit Marcel Sembat zu diskutieren.

»Gab es dazu nicht etwas in Georgettes Unterlagen?«, erinnerte sich Hanna. »War sie nicht sogar ein wenig eifersüchtig auf Rosa Luxemburg?«

»Masterly good love, hooray«, flüsterte Hermann von der gegenüberliegenden Seite des Tisches und biss sich auf die Lippen.

»Ist es jetzt mal gut damit!«, ermahnte Lilie.

»Ganz ehrlich«, sagte Hermann nun wieder ernst. »Auch wenn er politisch auf der falschen Seite stand, es ist schon beeindruckend, wen der Mann alles kannte und getroffen hat. Er gehörte ganz offensichtlich zur Machtelite. Das scheint mir auch ohne Universalwerk keine schlechte Bilanz für ein Leben.«

Und für einen Moment sah Lilie Bedauern in Hermanns Augen, eine sanfte Traurigkeit.

Auch Lilie war beeindruckt von Sembats Wirken, der für sie politisch natürlich auf der völlig richtigen Seite gestanden hatte. Er hatte nicht nur für die Arbeiterklasse gekämpft, sondern auch für die Frauenrechte. Es schien ihr legitim, sich in seine politischen Ideen und Kommentare zu versenken, aber darüber hinaus fühlte Lilie sich nicht gut dabei, seine Tagebücher zu lesen, es hatte beinahe etwas Voyeuristisches, fand sie. Wenn er geahnt hätte, dass jemand viele Jahrzehnte nach seinem Tod darin lesen würde, hätte er dann seine sexuellen Aktivitäten derart penibel festgehalten? Immerhin hatte er sie schon damals absichtlich in einer Fremdsprache verfasst, damit sie nicht von jedem gelesen werden konnten.

Allerdings gab es auch auf Französisch verfasste Kommentare, die ausschließlich aufs Körperliche zielten. Er beschrieb detailliert seine Fettpölsterchen an den Hüften, seinen schlaffen Po und die kaum mit Muskeln bestückten Schultern. Wie ein Vorreiter des heutigen Jugendwahns betrachtete er beinahe täglich die Falten an Augen und Wangen, nahm sich vor, auf fettes Essen, Alkohol und Tabak zu verzichten, um doch immer wieder zu scheitern. Er schwor, anders als es seine euphorischen englischen Äußerungen vermuten ließen, immer wieder der Sexualität ab, die ihn von seiner intellektuellen Arbeit abhielt und ihn am nächsten Tag mit Kopfschmerzen strafte. *Keine erotischen Träumereien mehr!* ermahnte er sich in den schwarzen Notizbüchern, um sofort im Anschluss zu kommentieren: *Das habe ich schon in meine gelben Notizhefte geschrieben, als ich achtzehn Jahre alt war.* Er hatte ständig versucht, sich zu disziplinieren, und war ebenso häufig an seinen eigenen strengen Anforderungen gescheitert, was ihn in manchen Momenten als einen freudlosen, bitteren Menschen erscheinen ließ. Nur die Liebe zu seiner Georgette war in seinen Aufzeichnungen allgegenwärtig. Als sie als Erste mit Zementplatten statt einer Leinwand arbeitete und bei einer Ausstellung dafür gute Kritiken bekam, war er in seinen Tagebüchern voller Freude und Erleichterung. *Ich hatte so sehr gefürchtet, dass sie ihren Durchbruch nicht mehr erleben würde, jetzt kann sie schon in jungen Jahren in Erfolg baden. Mein Gott, bin ich glücklich.*

»Das gefällt mir«, sagte Lilie nachdenklich, »wenn beide so ehrgeizig sind und einander doch den Erfolg gönnen und sich gegenseitig unterstützen. Wie viele Ehepaare gibt es, denen das gelingt?«

»Man könnte sagen, der Mann war seiner Zeit voraus. Er hat den Beruf seiner Frau nicht nur geduldet, sondern gefördert, und das vor hundert Jahren schon. Das ist wirklich beeindruckend«, gestand Hermann freimütig ein. »Das schaffen ja leider die meisten Männer bis heute nicht«, knurrte Hanna, deren Beziehungen, zumindest ihrer Ansicht nach, ein ums andere Mal an ihrer Liebe zum Beruf gescheitert waren.

Lilie fand Marcel Sembat inzwischen hochinteressant. Er war ganz offensichtlich ein Vordenker und Freigeist gewesen, andererseits war er, wie man in seinen Tagebüchern las, bis zu seinem fünfzigsten Geburtstag nahezu hypochondrisch veranlagt gewesen. Später schien er reale körperliche Beschwerden bekommen zu haben. Er schlief schlecht und machte sich Sorgen wegen seines zu hohen Blutdrucks, den er als Ursache allen Übels vermutete. Seine Augen wurden immer schlechter, und oft bat er seine Gette, ihm bei seinen Studien zu helfen und ihm vorzulesen.

Und dann entdeckte Lilie einen Tagebucheintrag zu einem Ereignis, das offenbar zum Wendepunkt im Leben des Glamourpaars geworden war. Er war datiert auf den 31. Juli 1914.

Ein Pazifist
zieht in den Krieg

Bonnières-sur-Seine/
Paris, 31. Juli 1914

Georgette fuhr hoch. War es ein Traum gewesen, der sie geweckt hatte? Nein, da war es wieder. Sie horchte angestrengt, doch ihr Herz klopfte zu laut, um das Geräusch identifizieren zu können. Sie war nervös gewesen in den vergangenen Wochen, nervös, weil Marcel nervös war. Die Welt veränderte sich, das war unbestreitbar, es drohte Krieg. Sie waren erst am Morgen aus Brüssel zurückgekommen, wo sie gemeinsam mit der Sozialistischen Internationale für den Frieden demonstriert hatten.

Vermutlich würde der Zusammenschluss der europäischen Sozialisten bald der Vergangenheit angehören, hatte Marcel prophezeit, denn es gab zu viele Menschen auf der Welt, die sich nach Krieg sehnten, auch unter den Linken. In Frankreich erhoffte man sich Rache an Deutschland für die Schlappe im Krieg von 1870/71 und den Verlust des Elsass. Aber, so fürchtete Marcel, diesmal würde es ein Krieg sein, der die ganze Welt ins Verderben stürzte und vor dem man in keinen Winkel der Welt würde fliehen können. Marcel hatte alles getan, um für den Frieden zu werben, er hatte sich als »Deutschenfreund« beschimpfen lassen müssen, wohl vor allem wegen seiner Kontakte zu den deutschen Sozialisten, und er hatte sogar Morddrohungen erhalten. Seitdem war Georgettes Leben von Angst beherrscht. Normalerweise stand sie bereits beim kleinsten Geräusch auf und lief durchs Haus, auf der Suche nach der Geräuschquelle, danach ging sie häufig ins Atelier oder hielt mit ihrem Vater Zwiesprache. Sie schrieb ihm immer noch ab und zu Briefe, es half ihr, die Gedanken zu ordnen, ruhig zu werden, ähnlich erging es Marcel mit seinen Tagebüchern. Und so, wie sie die Intimität seiner Tagebücher respektierte und nicht heimlich darin las, fragte er nicht nach, was sie zu Papier brachte und anschließend in ein Couvert ohne Adresse steckte. Sie suchte nach einem Zündholz für die Kerze, dann blickte sie zu Marcel, der tief und fest schlief. Sie horchte noch einmal in die Richtung, aus der das Geräusch gekommen war. Vielleicht hatte sie sich verhört, vielleicht hatte sie sich dieses Klopfen an der Tür nur eingebildet. Sie wollte gerade wieder den Kopf in die Kissen sinken lassen, als es keinen Zweifel mehr gab. »Monsieur Marcel! Monsieur Sembat!«, schrie jemand offenbar direkt unter ihrem Schlafzimmerfenster. Nun fuhr auch Marcel hoch.

»Was ist los?«, fragte er schlaftrunken. »Gette, warum weckst du mich?«

»Ich habe dich nicht geweckt. Es steht jemand draußen unter dem Fenster«, flüsterte Georgette. Marcel suchte nach seiner Brille, und als er sie aufgesetzt hatte, brummte er: »Warum fragst du nicht, was er will?«

»Es könnte ein Mörder sein!«

»Du solltest nicht jeden Unsinn glauben, den man erzählt«, sagte er liebevoll, dann rief er in Richtung Fenster: »Einen Moment, ich komme sofort.«

»Sei vorsichtig, Marcel, geh nicht zu nah ans Fenster.« Georgette war aufgesprungen und hielt ihren Mann am Schlafrock fest. Marcel löste ihre Hand von seinem Rock. Wie in einem Nebel sah sie, dass er das Fenster zunächst nach innen öffnete und sich dann an den Läden zu schaffen machte. Im selben Moment hörte sie ein seltsames Knallen vom Bürgersteig. »Nein«, rief sie und warf sich vor ihren Mann, um die Kugel abzufangen. »Gette, was machst du denn da?«, fragte er verwirrt, als sie zu Boden ging. Offensichtlich war kein Schuss gefallen, aber was war es dann für ein Knall gewesen? Mühsam rappelte Georgette sich auf.

»Entschuldigung«, rief ihr Mann derweil nach unten, »meine Frau ist gestolpert. Warum klopfst du mitten in der Nacht.« Jetzt wagte auch sie den Blick aus dem Fenster und erkannte den Metzgerjungen, der mit einer zusammengerollten Zeitung in seine Handflächen schlug.

»Ah, Monsieur Marcel, ich habe schlechte Nachrichten. Jean Jaurès ist ermordet worden.« Diesmal war es Marcel, der schrie, und Georgette hatte das Gefühl, ganz Bonnières müsste davon erwachen. Benommen ging sie hinunter zu dem Jungen, um ihm eine Ausgabe des *Bonnet rouge* abzukaufen. Sie las, ohne glauben zu können, was dort stand. »Es waren die Deutschen«, meldete sich der Junge noch einmal zu Wort, obwohl er den Artikel offensichtlich nicht gelesen hatte. »Jetzt müssen wir in den Krieg ziehen. Ha!« Er stampfte mit dem Fuß auf, ballte eine Faust und wollte gerade verschwinden, als Georgette ihn am Schlafittchen packte.

»Du dummer Junge«, schalt sie ihn, »der Krieg wird viele Franzosen töten, wir werden Angst um unsere Väter, Brüder und Söhne haben. Rede nicht so einen Unsinn! Niemand, der imstande ist, vernünftig zu denken, will einen Krieg. Jaurès wollte keinen Krieg, er hat sich für den Frieden eingesetzt, willst du auf sein Grab spucken? Geh nach Hause und weine über den Tod eines Pazifisten.«

Ungehalten warf sie die Tür hinter sich zu. *Jaurès erschossen!* Wieder und wieder las sie die Schlagzeile, als würde die sich vielleicht ändern, wenn sie sich nur lange genug darauf konzentrierte. Eben waren sie noch mit ihm in Brüssel gewesen und hatten ihn reden hören im Cirque Royal, wo die Spitze der Sozialistischen Internationale zusammengekommen war. Sie alle, auch die Deutschen und deren Wortführerin Rosa Luxemburg, hatten Seite an Seite dagestanden, Jean zugejubelt und den unbedingten Willen bekundet, den Krieg zu verhindern. Marcel hatte mitgejubelt, und Georgette hatte ihm angesehen, wie zwiespältig seine Gefühle zu dem Mann oben auf der Bühne waren. Sie kannte solche Empfindungen nur zu gut, sie fühlte Ähnliches für Matisse: Es war grenzenlose Bewunderung gepaart mit Neid, das Bewusstsein, dass der andere besser war und man doch den innigen Wunsch verspürte, gesehen zu werden, den gleichen Ruhm und Applaus zu bekommen. Marcel war ein hervorragender Redner, aber er strengte seine Zuhörer an, vergrub sich in das Für und Wider, was bei einem juristischen Plädoyer funktionierte, aber keine Massen mitriss. Das jedoch vermochte Jaurès, und vorgestern war er brillant gewesen. Er hatte die Arbeiter aller Länder zum Generalstreik aufgefordert, falls die Regierungen den Krieg erklärten. Diese Tatkraft, die er ausstrahlte, an der mangelte es Marcel, doch dafür war er der umfassender Gebildete, der Intellektuellere, und das wussten beide. Jean war nur wenige Jahre älter als Marcel, aber er hatte sich schon früh für die Politik entschieden. Marcel hatte mit Eifersucht und Ehrfurcht auf Jean Jaurès geschielt, ihm jedoch stets wie selbstverständlich den Platz geräumt und den Rücken gestärkt. Spätestens in diesem Augenblick, mit seinem Tod für den Frieden, war Jean Jaurès unsterblich geworden.

Georgette bemerkte, wie sie am ganzen Körper zitterte. Vor einer Minute noch hatte sie um das Leben von Marcel gefürchtet, nun hatte es Jean getroffen, Marcels Freund, seinen Ratgeber, seinen Mentor, seinen Mitstreiter. Der Anschlag hätte ebenso gut Marcel treffen können, die beiden hatten Seite an Seite gegen den Krieg gekämpft. Als Georgette nach oben ging, fand sie ihren Mann auf dem Bett. Apathisch starrte er an die Decke. In der Dämmerung konnte sie erkennen, dass seine Wangen glänzten, seine Augen waren gerötet. Er wirkte, als wäre er weit weg. Wie ein Kind hatte er die Beine an den Körper gezogen.

»Vielleicht ist er nicht tot«, murmelte sie, obwohl sie selbst nicht daran glaubte. »Es muss ja nicht stimmen, was in der Zeitung steht. Vielleicht ist er nur verletzt.« Sie sah, wie ein Hoffnungsschimmer über das gemarterte Gesicht huschte und Marcel nach der Zeitung griff, doch er konnte sie nicht lesen. Seine Augen machten ihm seit einer Weile immer stärker zu schaffen, voller Tränen und im Halbdunkel hatte er keine Möglichkeit, die kleinen Buchstaben zu entziffern.

»Bitte lies mir vor, Gette.« Sie schluckte, nahm alle Kraft zusammen und ignorierte das schreckliche Kratzen in ihrer Kehle.

»Jaurès erschossen!«, hob sie an, dann erst bemerkte sie, dass auch ihr die Tränen über die Wangen liefen, eine war direkt unter die Schlagzeile getropft. Sie las, dass Jean im Café du Croissant, in der Rue Montmartre, gesessen habe. Es habe zwei Schüsse gegeben, die das Fenster durchschlagen hätten, eine Kugel habe ihn in den Kopf getroffen, die andere sei in einer Holzpaneele eingeschlagen. Es sei gegen einundzwanzig Uhr vierzig geschehen, Jean habe beim Diner mit Parteifreunden gesessen. Den Schützen habe man gleich dingfest machen können, es handele sich um einen im Elsass geborenen Nationalisten namens Raoul Villain.

»Schreiben sie, mit wem er zusammensaß?«, fragte Marcel mit einem merkwürdigen Unterton. Es stand nicht dabei. Ihr Mann krümmte sich immer noch auf dem Bett, als leide er unter Magenkrämpfen. Sie mussten umgehend nach Paris, so viel war klar. Auch wenn Georgette in großer Sorge war, auch wenn sie Angst um das Leben ihres Mannes hatte, so wusste sie doch, dass sie in diesem Moment die Initiative ergreifen musste. Marcel war nicht Herr seiner Sinne, zu sehr litt er unter dem Verlust, aber er konnte sich nicht hier in Bonnières verstecken. Er war immer die rechte Hand von Jean Jaurès gewesen, nun musste er selbst in die erste Reihe treten, und sie würde ihm dabei helfen.

»Marcel, mein Liebster, auch wenn es dir schwerfällt, wir müssen nach Paris. Vielleicht können wir die Mission unseres Freundes zu Ende führen. Lass uns versuchen, den Krieg zu verhindern.«

»Ich kann nicht«, sagte Marcel nahezu tonlos. »Ich kann nicht sehen. Meine Augen weigern sich zu sehen.«

»Ich werde für dich sehen, wenn es nötig ist«, sagte sie sanft. Sie packte eilig das Nötigste zusammen, nahm Marcels Notizbücher von seinem Schreibtisch, zwei Bücher, die er aufgeschlagen ebendort hatte liegen lassen, und ging wieder zurück ins Schlafzimmer. Ihr Mann saß auf der Bettkante, die gefalteten Hände in den Schoß gelegt. »Betest du?«, fragte sie überrascht, denn eigentlich lehnte Marcel die Religion ab und setzte sich seit Jahren für die Trennung von Staat und Kirche ein.

»Ich weiß nicht, was ich sonst tun kann. Hätte ich die Kugel abfangen können, wenn ich bei ihm gewesen wäre? Gette, ich schäme mich so.« Sie drückte seine Wange an ihren Bauch und streichelte ihm über den Kopf.

»Es gibt nichts, wofür du dich schämen musst. Ich bin froh, dass die Kugeln nicht dich getroffen haben, und ich habe keine Scheu, das zu sagen. Du musst in seine Fußstapfen treten, Marcel. Du musst Jean Jaurès nachfolgen.«

»Ich kann nicht, ich werde versagen.« Doch

Georgette redete ihm so lange zu, mal flehend, mal mahnend, bis er sich entschied, ihrem Rat zu folgen.

Der Morgen graute, als sie endlich das Haus verließen. Sie gingen zum Zug, wo einige Arbeiter bereits auf dem Bahnsteig standen. Offenbar hatten sich die Neuigkeiten inzwischen herumgesprochen.

»Herr Abgeordneter, ist es wahr, ist Jaurès tot?«, fragten sie Marcel, doch es gelang ihm nicht, zu antworten. Er stammelte unverständliche Sätze und sagte, er sei gerade noch mit Jaurès in Brüssel im Museum gewesen, um die flämischen Meister zu sehen.

»Wir wissen es nicht, wir hoffen noch, dass sich alles als Irrtum erweist«, versuchte Georgette, die aufgebrachten Menschen zu beruhigen. Einige Arbeiter klagten, der Krieg werde nun unaufhaltsam sein, was wieder andere mit lautem Jubel begrüßten. Ein gut gekleideter Herr ging sogar so weit, den Anschlag auf Jaurès zu verteidigen.

»Er hat es verdient. Er war es doch, der alle Arbeiter zum Streik aufrufen wollte im Fall eines Krieges. Das ist Verrat. Man hätte Frankreich nicht schlimmer schwächen können, nicht einfacher den hungrigen Deutschen zum Fraß vorwerfen können als mit einem Generalstreik im Krieg. Pfui!« Georgette drückte beruhigend Marcels Arm und zog ihn fort, so schnell es ging.

* * *

Die Straßen von Paris waren voller Menschen, trotz der frühen Uhrzeit. An den Ecken standen Zeitungsjungen und schrien die Nachrichten in die Welt. Fast immer lautete der zweite Satz: Es gibt Krieg. Georgette stützte Marcel, der seine Fassung immer noch nicht wiedergefunden hatte. Er weinte sogar noch, als sie bereits auf das Haus von Jean Jaurès zugingen. Vor der Tür reichte Georgette ihm ein Taschentuch: »Wir sind da. Du musst jetzt stark sein, Marcel«, beschwor sie ihn und betätigte den Türklopfer. Ein Dienstmädchen öffnete ihnen schweigend, nahm ihnen die Mäntel ab, und sie gingen hinein in den Salon. Es war still in dem Trauerhaus, obwohl sich dort bereits einige Menschen versammelt hatten, Parteifreunde, die Georgette zum Großteil kannte, aber wohl auch einige ihr unbekannte Familienangehörige. Als die Genossen Marcel erblickten, kamen sie zu ihm, umarmten ihn und suchten seine Nähe. Er fragte nach Madame Jaurès und erfuhr, dass sie im Schlafzimmer Totenwache hielt. Pierre Renaudel und Philippe Landrieu, die mit Jaurès im Café du Croissant gesessen hatten, begannen nun flüsternd, Marcel zu berichten, wie sie das Attentat erlebt hatten. »Er war sofort tot«, sagte Philippe, und das schien für alle ein wenig tröstlich.

Lange standen sie schweigend beisammen, dann

eröffnete Pierre die Diskussion: »Wie werden wir weiter vorgehen?«

»Sie sagen, sein Mörder war ein Deutscher. Wir sind dazu verpflichtet, ihn zu rächen, wir müssen dem Krieg zustimmen«, erklärte ein junger Parteigenosse. Einige nickten und schworen Rache für ihren ermordeten Freund.

»Das ist nicht erwiesen«, hielt ein weiterer dagegen. Es gibt auch Gerüchte, die besagen, der Täter sei ein französischer Nationalist und Kriegstreiber, der den Pazifisten aus dem Weg räumen wollte.«

Georgette beobachtete Marcel, der noch immer um Fassung rang, also antwortete sie an seiner Stelle.

»Ihr alle habt Jean noch vorgestern in Brüssel gehört. Sein Werk weiterzuführen würde heißen, für den Frieden zu kämpfen. Ihr dürft nicht mitmachen bei diesem Krieg, der die Welt zerstören wird. Ihr müsst standhaft sein.« Sie sah in die Augen der Männer und wusste, dass ihr Wort nicht zählte. Mochte es in Deutschland Rosa Luxemburg geben, in diesem Kreise hier waren die Frauen nur an der Seite ihrer Ehemänner geduldet. Innerlich war Georgette aufgebracht, aber sie sah Marcel an und wusste, sie würde in diesem Moment nicht auf seine Unterstützung zählen können, also schwieg sie und hörte zu, wie die Bestattungsfeier geplant wurde. Marcel sollte dort sprechen, drängten seine Parteifreunde, und er wehrte sich in diesem Moment nicht. Stattdessen begann er erneut zu weinen, und als Georgette aufblickte, konnte auch sie die Fassung nicht mehr bewahren, denn in jenem Moment betrat Jaurès' Tochter Madeleine den Raum, und ihr untröstlicher Blick traf sie bis ins Mark.

***

Unzählige Pariser Bürger waren gekommen, um Jean die letzte Ehre zu erweisen, langsam zogen die Trauernden durch die Straßen in Richtung Friedhof, gesäumt von einer Division Soldaten. Vor fünf Tagen war Jean erschossen worden, seit gestern herrschte Krieg, aber Georgette wusste, dass die Reitersoldaten nicht deswegen so präsent waren, vielmehr hatte die Regierung Angst vor einem Bürgerkrieg. Mehrfach hatte der Innenminister mit Marcel Kontakt aufgenommen, um zu erfahren, ob anarchistische Gruppierungen innerhalb der Linken einen Rachefeldzug gegen die Nationalisten planten, ob sie eine Revolution anzetteln würden oder den Generalstreik ausriefen, und er hatte Marcel inständig bekniet, seine Leute ruhig zu halten. Marcel war nunmehr der Anführer der Sozialdemokraten in Frankreich, er war an die Spitze getreten, doch genießen konnte er diese Position nicht, er hatte sie zu teuer bezahlt. Er hatte seit Jaurès' Tod merklich abgebaut, hatte kaum gegessen, wenig geredet, noch nicht einmal in sein Tagebuch geschrieben. Manchmal glaubte Georgette, ihm ein schlechtes Gewissen anzusehen. Das schlechte Gewissen darüber, dass er Jeans Platz eingenommen hatte. Sie stand an seiner Seite auf einer kleinen Empore, die man neben dem Grab aufgebaut hatte. Gemeinsam mit dem Staatspräsidenten, dem Ministerpräsidenten und anderen Führungskräften aus den Parteien und Verbänden demonstrierten sie Zusammenhalt angesichts des Schreckens. Wäre sie unter normalen Umständen stolz auf ihren Mann gewesen, der in dieser illustren Runde sprechen sollte, so wollte sich dieses Gefühl im Moment partout nicht einstellen. Sie empfand vielmehr eine große Nervosität, und zu ihrer Schande musste sie sich eingestehen, dass sie Marcel die Rede in seinem derzeitigen Zustand nicht zutraute. Sie fürchtete, dass er in diesem wichtigen Augenblick seine Emotionen nicht würde kontrollieren können.

Der Katafalkwagen bog um die Ecke und kam direkt vor ihnen zum Stehen. Sechs Soldaten legten die Trikolore über den Sarg und salutierten. Ein Priester hielt die Trauerzeremonie. Georgette betrachtete das Grab, es war ein schlichter grauer Granitstein darauf, ohne Kreuz, stattdessen mit einer Inschrift. Ein Zitat von Jean, das offenbar die Partei ausgesucht hatte: *Einer Tradition treu zu sein bedeutet, der Flamme treu zu sein und nicht der Asche* stand dort eingemeißelt, und Georgette überlegte, was das in Bezug auf Jeans Friedenswunsch bedeuten mochte. Sie beobachtete die Familie Jaurès und war tief beeindruckt von der Würde, die Jeans Witwe und seine Kinder zeigten. Wäre sie dazu in der Lage gewesen, wenn die tödliche Kugel Marcel getroffen hätte, fragte sie sich. Sie drückte seine Hand ein wenig fester, doch anders als sonst drückte er nicht zurück. Marcel war konzentriert, vielleicht auf seine Rede, vielleicht auf seine Haltung. Seine Augenbrauen zuckten, und seine Lippen bebten, als ginge er die Rede im Geiste noch einmal durch. Gut, dachte Georgette und ließ ihrerseits Revue passieren, was er sich zu sprechen vorgenommen hatte. Er hatte den Text mit ihr zusammen überarbeitet, denn seine erste Fassung war von den aktuellen Ereignissen überholt worden. Er hatte im Namen von Jean Jaurès ein Plädoyer für den Frieden halten wollen, er hatte die Regierung bitten wollen, die Generalmobilmachung zurückzunehmen, damit der große Humanist nicht umsonst gestorben war. Doch dann hatte Deutschland erst Russland und anschließend den Franzosen den Krieg erklärt und war ohne Umschweife ins neutrale Belgien einmarschiert.

»Wie soll ich die Regierung nach alldem aufhalten? Wenn ich mich jetzt noch für den Frieden ausspreche, bin ich dann nicht ein Vaterlandsverräter?«, hatte er sie zweifelnd gefragt. Sie hatten lange diskutiert, und Georgette hatte ihn davon überzeugen können, dass die Trauerfeier einem Pazifisten galt und man dessen Ansichten sehr wohl noch einmal laut kundgeben durfte, bevor sie endgültig im Kriegsgeschrei untergingen.

Marcel hatte nur wenige Worte auf einen Zettel geschrieben, den er nun in der Tasche seines Fracks trug. Georgette sah, dass ihr Mann stark schwitzte und er einen hochroten Kopf hatte, vermutlich hatte die Anspannung seinen Blutdruck nach oben getrieben. Doch auch sie bekam kaum Luft in der schwarzen Kleidung, es war ein flirrend heißer Tag.

Sogar der Staatspräsident Poincaré sagte ein paar Worte: Auch wenn Jaurès inhaltlich ein Widersacher gewesen sei, so verneige er sich vor der Größe des Verstorbenen, der doch nur für die gute Sache gekämpft habe. Nun sprach noch der Generalsekretär der Arbeitergewerkschaft, und dann wäre Marcel an der Reihe, als engster Freund und Wegbegleiter fiel ihm die Rolle dessen zu, der die letzte Würdigung vornehmen sollte.

Der Generalsekretär wurde im Verlauf der Rede immer lauter. »Wir Arbeiter wollten keinen Krieg, wir standen an der Seite von Jaurès. Aber es ist geschehen, und jetzt steht die Verteidigung des Landes vor allem anderen. Wir müssen uns gegen die Deutschen verteidigen, die uns in ein Massaker zwingen. Hier vor diesem Sarg schreie ich unseren Hass hinaus gegen den Imperialismus und Militarismus der Deutschen.« Was immer der Generalsekretär noch hatte sagen wollen, es ging in lautem Jubelgeschrei unter. Niemand hätte nach diesen markigen Worten noch sprechen können, und niemand vermisste hiernach die Rede von Marcel, er selbst am allerwenigsten, so schien es Georgette. Die Farbe in seinem Gesicht hatte von dunkelrot zu aschfahl gewechselt, und einen Moment lang befürchtete sie, er würde ohnmächtig werden. Sie wusste, was in seinem Kopf vorging: In diesem Augenblick hatten die Sozialisten Jean Jaurès' politische Ziele und seine Forderung nach Frieden aufgegeben. Der Generalsekretär der Gewerkschaft hatte die Richtung vorgegeben, und diese lautete: Die Linke zieht mit in den Krieg. Mehrfach hatte der Staatspräsident die Sozialisten gedrängt, sich im Falle eines Krieges an der Regierung zu beteiligen und einen heiligen Bund für Frankreich zu schließen. Marcel würde sich diesem Anliegen nicht mehr entziehen können, es sei denn, er hätte die Kraft, sich allein gegen alle zu stellen.

Ihr Mann hatte die Hände vor das Gesicht geschlagen, selbst wenn ihm noch jemand zugehört hätte, er wäre nicht mehr in der Lage gewesen, zu sprechen. Sein Körper zitterte unter Krämpfen. Vorsichtig nahm Georgette seine Hand und führte ihn von der Empore. Sie bahnten sich einen Weg durch die Menge, und Georgette führte ihren Mann behutsam nach Hause.

Am Nachmittag klopfte es an der Tür, einige Parteigenossen versammelten sich in ihrem Haus. Jules Guesde war dabei, Léon Blum und Édouard Vaillant. Marcel hatte sich so weit beruhigt, dass er in der Lage war, sie zu empfangen. Als Georgette anbot, bei ihm zu bleiben, um ihn zu stützen, schickte er sie weg. »Ich muss diesen Weg allein gehen«, sagte er, und sie verstand. Sie gab ihm einen Kuss und ließ ihn in den Salon gehen, wo ein Mädchen den Genossen bereits etwas zu trinken anbot. Doch alle lehnten ab, und Georgette bekam es mit der Angst zu tun, als sie die Tür hinter sich schloss. Sie hatten wie die Mitglieder eines Tribunals gewirkt. Würden sie Marcel dafür rügen, dass er seine Rede nicht gehalten hatte? Hatte er sich blamiert oder seine Partei enttäuscht? Gerade als sie das Ohr an die Holztür legen wollte, um zu lauschen, ging diese wieder auf, und die Genossen nahmen Marcel mit.

Er sagte keinen Ton, sondern ließ sich abführen wie zum Schafott. Niemand antwortete auf ihre Frage, wohin sie gingen. Marcel blickte ihr nur kurz in die Augen, sie konnte den Blick nicht deuten. Was machen sie nur mit ihm, fragte sich Georgette unruhig und ging in die Küche, um einen Schluck Wasser zu trinken. Sie setzte sich, stand wieder auf, lief in den Salon, um zu sehen, ob die Genossen irgendetwas zurückgelassen hatten, aus dem sie vielleicht hätte schließen können, wohin sie gegangen waren und was sie vorhatten. Aber der Raum war blitzsauber, als wäre der Besuch nur ein Hirngespinst gewesen.

Es war später Abend, als Marcel zurückkam, gebeugt von Gram und einer schweren Last, so schien es Georgette. Er ließ sich auf das Sofa sinken und blickte zu Boden.

»Die Linke beteiligt sich an der Regierung. Es wird zwei sozialistische Minister geben.« Marcel sprach langsam und bedächtig, und um seinen Mund lag ein Zug, den Georgette nicht kannte.

»Sie wollen Jules Guesde und mich«, fügte er hinzu.

»Aber das ist doch wunderbar«, entfuhr es ihr, und sofort hielt sie sich schamerfüllt die Hand vor den Mund. »Entschuldige, ich weiß, die Umstände sind furchtbar und anders, als wir es uns gewünscht hätten. Aber davon abgesehen, bist du endlich da, wo du hinwolltest. Jetzt hast du die Chance, dir einen Namen für die Ewigkeit zu machen.«

»Ich soll das Ministerium für öffentliche Arbeiten, Energie und Transport übernehmen.«

»Das ist ein wichtiges Ministerium«, unterstützte Georgette ihn, die erleichtert darüber war, so gute Nachrichten zu erhalten, doch Marcel schien seine neuen Aufgaben anders zu bewerten.

»Ja«, antwortete er knapp und machte eine lange Pause. Georgette wartete und schwieg geduldig. Erst nach und nach begriff sie das ganze Ausmaß von

Marcels Unglück. Mit dem Tod seines Freundes wurden alle seine Träume wahr. Er profitierte von dem Attentat, und er konnte sich dabei nicht einmal einreden, er setze das Werk des Ermordeten fort. Mit seiner Unterschrift und seinem Eintritt in die Kriegsregierung hatte er Jean und dessen Ideale verraten. Und wie der Held einer griechischen Tragödie fühlte er den Zorn des Schicksals.

»Es wird für uns kein Glück erwachsen aus dieser blutigen Erde, Gette. Ich habe Angst.«

Georgette und die Geschichte

Hermann fuhr, als gälte es, ein Rennen zu gewinnen. Und sobald sich der Mercedes einem Auto von hinten näherte, machte dieses auch schon bereitwillig Platz und wechselte die Spur, was Hermann offenbar eine diebische Freude bereitete. Sie fuhren mit hundertachtzig Stundenkilometern über die Autobahn, und Lilies Magen rebellierte. Sie trank einen Schluck Wasser und atmete tief durch. Seit drei Stunden waren sie bereits unterwegs, und Hermann wollte die sechshundert Kilometer von Paris nach Grenoble offenbar in Rekordzeit bewältigen.

Jegliche Angebote von Hanna und Lilie, man könne ihn jederzeit ablösen, hatte er mit dem Hinweis abgelehnt: »Das dauert zu lange.« Lilie saß im Fond, schaute aus dem Fenster und sah die Städte an sich vorbeiziehen: Auxerre, Chalon-sur-Saône, gerade die Ausfahrt Mâcon, als Nächstes lag Lyon vor ihnen, dann wäre es nur noch ein Katzensprung bis Grenoble.

Nach den Tagen im Pariser Nationalarchiv, die sie mit Sembats Tagebüchern verbracht hatten, wussten sie fast alles über sein politisches Wirken und Scheitern, seinen Einsatz für die Freiheit der Kunst und seine Liebe zu Georgette. Der Wackeldackel hatte sie schließlich doch noch ins Herz geschlossen, man konnte fast sagen, Madame la Présidente war zum Schluss regelrecht zwanglos gewesen und hatte sie sogar ohne Beaufsichtigung lesen und sich frei im Raum verteilen lassen.

Auf der Suche nach dem geheimen Porträt waren sie allerdings keinen Schritt weitergekommen, sie hatten nicht ein einziges Indiz in dem Archivmaterial gefunden.

Lilie war das gleichgültig. Sie war begeistert von dem, was sie über ihre Vorfahren erfuhr, und sie spürte, wie gut dieses letzte gemeinsame Abenteuer Hanna und Hermann tat. Auch für sie war es tröstlich, sich so intensiv vom Vater ihrer Wahl verabschieden zu können, und Erinnerungen zu sammeln, die für immer bleiben würden. Sie lachten viel zusammen, sie waren regelrecht unbeschwert, manchmal sogar albern, und sie wünschte, dass die Reise noch lange nicht zu Ende ginge, ganz unabhängig von dem, was sie herausfänden.

Nur Pierre fehlte ihr. Den Vortag hatte sie bei ihrer Mutter auf dem Land verbracht und so ausdauernd Fußball und Fangen mit ihrem Sohn gespielt, dass sie sich heute vor Muskelkater kaum bewegen konnte. Hermann und Hanna hatten sich als nächstes Ziel

Grenoble in den Kopf gesetzt, um die Kunstsammlung der Sembats anzuschauen. Zumindest Vater und Tochter schienen überzeugt davon, dass es dieses geheime Vater-Porträt von welchem bedeutenden Künstler auch immer wirklich gab und die Meisterwerke an den Wänden Grenobles ihnen den Weg weisen könnten.

Doch trotz aller Freude über die Fortsetzung der Reise sorgte sich Lilie um Hermann. Sein Schlafbedürfnis, das auf die Leberschädigung zurückzuführen war, wurde immer ausgeprägter, und selbst wenn er sich bemühte, vital zu wirken, hatte sie doch bemerkt, dass er abgekämpft und schwach war. Sie hatte Hanna darauf angesprochen, aber die hatte nur sehr ernst gesagt: »Es ist seine Entscheidung.«

Sie waren inzwischen in Grenoble angekommen und fuhren seit einer Weile an dem Fluss Isère entlang. Am anderen Ufer sah Lilie Häuser, die sich an Hügel schmiegten, dahinter erahnte man die Alpen. Grenoble wirkte verträumt, wobei Lilie zugeben musste, dass neben Paris fast jedes Städtchen so wirkte.

Hermann bog nach rechts in eine Seitenstraße ab. »Das muss es sein.« Sie stiegen aus und standen vor einem Bau, der Lilie an eine moderne Burg erinnerte. Es war ein weißer Kubus, gekrönt von verglasten Zinnen.

Auf in die Schatzkammer, dachte sie und lief

hinter Hanna die Stufen zum Eingang hinauf. Hermann überprüfte sorgfältig, ob der Mercedes auch wirklich abgeschlossen war, und folgte ihnen. An der Rezeption fragten sie nach Madame Geneviève Auguste, und bald darauf begrüßte die Kuratorin sie mit einem fröhlichen Lachen. Sie war eine quirlige Frau mit einer warmherzigen Ausstrahlung, die ihnen sehr unkompliziert einen Termin gegeben hatte. Madame Auguste schien sich über ihren Besuch zu wundern, war aber offensichtlich hocherfreut.

»Wie schön, dass sich endlich mal jemand für meine Georgette interessiert. Jahrzehntelang hat sich außer mir niemand um diese spannende Frau und Malerin geschert, und jetzt scheint sie geradezu in Mode zu kommen«, lachte sie kopfschüttelnd.

»Was meinen Sie damit?«, fragte Hermann. »Heißt das, dass ihre Bilder inzwischen auf dem Kunstmarkt einen gewissen Wert haben?«

Statt einer Antwort wandte sich die Kuratorin an Lilie: »Sie sind eine Nachfahrin von Georgette Agutte, nicht wahr? Aber ich kann Ihnen leider keine Hoffnung machen, falls Sie noch eines ihrer Bilder gefunden haben, reich werden Sie damit sicher nicht. Es tut mir leid«, sagte sie mit ehrlichem Bedauern.

»Aber warum sagen Sie dann, dass Georgette nun wieder ›in Mode‹ ist?«, insistierte Hanna, die wie ihr Vater bei dieser Formulierung hellhörig geworden war.

Geneviève Auguste sah Hanna offen ins Gesicht. »Weil innerhalb weniger Monate zum zweiten Mal jemand nach ihr fragt.«

»Wer denn noch?«, fragten Hanna und Hermann wie aus einem Mund. Lilie war immer wieder überrascht, wie ähnlich sich die beiden waren, in ihren Reaktionen, ihrem Denken, ihrem Handeln. Unverkennbar Vater und Tochter, dachte sie und fragte sich, ob auch sie vielleicht genauso ihrem unzuverlässigen, disziplinlosen Vater glich. Kaum hatte sie an Disziplinlosigkeit gedacht, spürte sie auch schon wieder das Bedürfnis, zu rauchen, doch sie unterdrückte den Impuls und konzentrierte sich auf die Worte der Kuratorin.

»Mein Namensgedächtnis gleicht einem Sieb«, lachte Madame Auguste, »dabei habe ich nun wirklich nicht besonders viele Besucher. Ich muss es gleich in meinem Kalender nachschauen. Wollen wir erst einmal in die Ausstellung gehen?«

Hanna, Hermann und Lilie folgten ihr und blieben vor einem alten Foto stehen, das Georgette Agutte vor einer Leinwand zeigte.

»Sie sah verhärmt aus«, befand Hermann.

»Ja, etwas verbissen«, stimmte Hanna ihm zu. »Wie alt mag sie auf dem Foto sein?«

»Ende dreißig?«, vermutete Lilie. »Ist schwer zu schätzen, schau mal, wie glatt ihre Haut ist, aber der

Mund und die Züge um die Augen wirken, als hätte sie schon einiges erlebt.«

»Vermutlich hat sie nie geraucht«, stichelte Hanna, »aber mach dir keine Gedanken, es gibt bis auf die Haarfarbe keinerlei Familienähnlichkeit zwischen euch.« Lilie betrachtete ihre Vorfahrin eingehend. Die Haare waren dunkel, fast schwarz und lockig, und auch den spitzen Haaransatz schien sie mit Georgette Agutte zu teilen, nur war deren Stirn deutlich flacher als ihre. Aber es gab noch eine Gemeinsamkeit: Die Ohrläppchen von Georgette Agutte waren angewachsen, genau wie ihre eigenen, was Lilie daran hinderte, Ohrringe zu tragen, denn die betonten ihrer Ansicht nach diesen Schönheitsmakel nur. Als sie weitergingen, erzählte Madame Auguste von der Sammlung, die das Ehepaar Agutte-Sembat dem Museum hinterlassen hatte: Es waren mehr als hundertfünfzig Bilder und allesamt, von Georgette Aguttes eigenen Bildern abgesehen, von den bedeutendsten Künstlern der Moderne gemalt.

»Georgette Agutte hatte wirklich ein gutes Auge für Kunst, und es scheint, als hätte sie ihrem Mann dabei geholfen, ebenfalls Geschmack und Sachverstand zu entwickeln. Denn damals konnte niemand mit Sicherheit voraussagen, dass Matisse hundert Jahre später einen solchen Ruf haben würde, aber da war Ihre Vorfahrin wie eine Seherin. Für sein berühmtestes Werk *Der Tanz* erntete Matisse damals

Schmähkritik. Er wurde verlacht und geradezu geächtet. Doch Georgette hat stets an ihn geglaubt und ihm seinen späteren Ruhm prophezeit.«

»Also ganz ehrlich: Ich kann dieser Krakelei bis heute nichts abgewinnen«, meldete sich Hermann zu Wort. »Was soll das bringen, wenn ein Auge am Bauchnabel hängt und die Ohren in den Kniekehlen rumflattern?«

»Papa!«, ermahnte Hanna ihren Vater. »Sag doch einfach mal nichts, wenn du keine Ahnung hast.«

Die Kuratorin hatte offenbar aufgrund von Tonfall und Gestik erahnen können, worüber Vater und Tochter diskutierten. Sie sah Lilie auffordernd an, und die übersetzte den Schlagabtausch in vorsichtigen Worten.

Geneviève Auguste lachte gutmütig. »Sie sprechen den Kubismus an. Aber da sind wir bei Picasso, Matisse hatte damit wenig zu tun.«

»Siehst du!«, zischte Hanna in Richtung ihres Vaters, doch der ließ sich nicht beirren: »Es ist mir egal, wie ihr das nennt. Meinetwegen könnt ihr ›Käsebrötchen‹ dazu sagen, es gefällt mir trotzdem nicht.«

»Achten Sie nicht auf meinen Vater«, wandte sich Hanna entschuldigend an die Kuratorin, »er ist ein störrischer alter Bauer.« Lilie musste lachen, das stimmte, Hermann war schon immer durch und durch konservativ gewesen und wollte mit neumodischem Schnickschnack nichts zu tun haben. Er schrieb seine Briefe bis heute auf einer alten Gabriele 100 mit Korrekturband und ärgerte sich über die langsame Beamtenpost, wie er sie immer noch nannte.

Doch sosehr Lilie ihn und seine Schrulligkeiten auch mochte, in Sachen Kunst fand sie ihn ausgesprochen ignorant, und sie fürchtete, dass ihre Gastgeberin ihnen die harschen Äußerungen übel nehmen könnte.

»Kein Problem, ich bin da nicht zu beleidigen«, sagte diese zu Lilies Erleichterung. »Aber wenn Sie überprüfen wollen, ob diese Malerei mit Können zu tun hat oder nicht, dann sehen Sie sich mal zwei Bilder im direkten Vergleich an: eins von Matisse und eins von Georgette Agutte.«

Sie führte das Trio vorbei an Bildern von Gauguin und an Briefen von Signac, die der Künstler mit Motiven aus Saint-Tropez bemalt hatte. Sie sahen Halbakte von Kees van Dongen und mystisch-düstere Szenen von Georges Rouault, dann kamen sie zu einem Dutzend Arbeiten, die unverkennbar von Henri Matisse stammten.

»Wir kommen gleich wieder zurück zu diesen Werken, aber lassen Sie uns zunächst in den Nebenraum gehen und dort einen Blick auf die Bilder von Georgette Agutte werfen«, schlug die Kuratorin vor und drängte sie weg von der Farbenpracht im ersten Raum.

»Na bitte, geht doch«, triumphierte Hermann, als

er die Bilder sah, »deine Tante hatte wenigstens Talent!« Sie standen in einem Raum voller Landschaftsmalereien, Bilder vom Garten in Bonnières, den sie mit etwas Fantasie sogar wiedererkannten, von einem lesenden Mann, offensichtlich Marcel Sembat, darüber hinaus waren ein paar nackte Frauen und Stillleben sowie ein großes Porträt einer älteren Dame zu sehen.

»Ist das Georgettes Mutter, Madame Debladis?«, fragte Hanna.

»Nein«, antwortete Geneviève August. »Das ist die Ehefrau des schwedischen Ministerpräsidenten, Madame Branting. Das Ehepaar war international bestens vernetzt. Aber ich wollte Ihnen etwas anderes zeigen.« Die Kuratorin stellte sich vor ein Stillleben, das einen Teppich zeigte, auf dem ein Blumentopf stand und ein paar aufgeschnittene Wassermelonen lagen. »Und, wie gefällt Ihnen dieses Bild?« Sie sah Hermann aufmunternd an.

»Hm«, antwortete der unentschlossen auf Französisch, »das beeindruckt mich nicht. Es ist irgendwie langweilig, leblos.«

»Und jetzt folgen Sie mir bitte zu dem entsprechenden Bild von Matisse.« Die Kuratorin war voll in ihrem Element, freudig marschierte sie auf ihren feinen Stilettos durch den Ausstellungsraum, und ihre Absätze hinterließen ein klackerndes Echo. Lilie ging hinterher und fragte sich, ob sie nicht das kunsthistorische Seminar vorübergehend schwänzen könnte, um draußen eine Zigarette zu rauchen. Sie hatte heute erst drei geraucht, was ungewöhnlich wenig war. Noch nicht, ermahnte sie sich und nahm sich erneut vor, ihren Tabakkonsum drastisch zu reduzieren. Doch je mehr sie darüber nachdachte, desto größer wurde das Verlangen.

»Kommst du?«, hörte sie in dem Moment Hanna ungeduldig rufen. Sie seufzte und fügte sich in ihr Schicksal, bis sie vor einem Gemälde stand, das einen leuchtend roten Teppich zeigte, in der gleichen Position, wie sie ihn zuvor auf dem Bild von Georgette Agutte gesehen hatten. Statt des Blumentopfes stand eine Vase dort, statt der Melonen eine Statue, doch obwohl das Motiv ansonsten beinahe identisch war, unterschieden sich die Werke in ihrer Wirkung vollkommen.

»Unglaublich!«, entfuhr es sogar Hermann.

»Vergleicht man die Werke, erkennt man, wie sehr sich Georgette bemüht hat, so zu malen wie Matisse«, erklärte Madame Auguste, »doch selbst ein Laie sieht, dass sie an seine Klasse nicht heranreichen konnte.« Lilie staunte, es war unglaublich, welche Kraft die Farben entfalteten, die Matisse verwendet hatte, daneben verblasste alles. Es dauerte eine ganze Weile, bis sie sich dem Sog des Bildes entziehen konnte, dann fragte sie: »Hatte Georgette denn so wenig Talent, dass sie nicht einmal, wie soll ich es ausdrücken, kopieren konnte?«

»Das ist schwer zu sagen«, erwiderte die Kuratorin zögerlich. »Sie war natürlich sehr reich und musste niemals von der Kunst leben, vielleicht fehlte ihr eine gewisse Dringlichkeit, die andere Maler umtrieb.«

»Sie können ruhig offen sprechen«, ermunterte Lilie sie mit einem Lächeln, »ich lerne meine Verwandte gerade erst kennen.«

Die Kuratorin lächelte zurück. »Also, sie hatte Talent, aber es war doch begrenzt. Sie hatte durchaus Erfolg, hatte Ausstellungen in den großen Galerien und gute Kritiken, allerdings fast immer in den Zeitungen, die Marcel Sembat gehörten oder in denen er wichtige Kolumnen schrieb. Manchmal wurde sie explizit als Madame Marcel Sembat kritisiert, als hätte sich der Schreiber ein wenig von der Künstlerin distanzieren wollen. Dennoch muss sie eine gewisse Bedeutung erlangt haben, denn vor allem Matisse hat eine ernste künstlerische Auseinandersetzung mit ihr geführt, wie es aus den Briefen hervorgeht. Darüber hinaus darf man aber nicht vergessen, dass sie als Frau zur damaligen Zeit noch sehr viel um Anerkennung kämpfen musste.«

»Sie war wohl ein bisschen die Mutter der Kompanie, so würde man sie bei uns nennen«, sagte Hermann. Lilie sah ihn an und war irritiert, denn das

Rot von Matisse' Bild schien sein Gesicht regelrecht anzuleuchten.

»Wenn ich jetzt mal rekapituliere, dann waren die beiden ein Glamourpaar, geliebt und geschätzt von den Großen ihrer Zeit, sowohl in politischen als auch in künstlerischen Kreisen. Warum erinnert sich dann niemand an sie?«, fragte Hanna und trat einen Schritt näher an das Bild heran.

»Es gibt zwei Thesen dazu«, sagte die Kuratorin nachdenklich. »Die eine besagt, dass sie zwar als Paar eine gewisse Bekanntheit erlangten, aber weder er noch sie ein Werk für die Ewigkeit geschaffen haben, abgesehen von dieser wunderbaren Kunstsammlung hier. Vielleicht liegt es daran, dass beide stets im Schatten von noch Größeren standen.«

»Er im Schatten von Jaurès und sie im Schatten von Matisse«, sagte Hanna.

»Ganz genau. Und die andere These besagt, ein Gedenken an diese Frau hätte politisch nicht ins Konzept gepasst.«

Hanna schüttelte skeptisch den Kopf: »Inwiefern nicht?«

»Nun, in den 20er-Jahren wurden die Frauenrechtlerinnen in Frankreich immer stärker. Die berühmten Suffragetten eroberten die Straßen«, die Kuratorin blickte kurz in die Runde, Hermann runzelte die Stirn, »und kämpften zum Beispiel für das Wahlrecht der Frauen.« Sie durchbohrte Hermann mit einem strengen Blick, doch der hielt diesem regungslos stand.

»Eine davon, vielleicht haben Sie den Namen schon einmal gehört, war Louise Weiss, und die hat sich sehr despektierlich über Georgette Agutte geäußert.« Sie machte eine Pause. Hanna schaute zu Lilie. »War die nicht zum Essen bei den Sembats?« Lilie nickte. »Stimmt, mit ihrer Familie, da war sie noch sehr jung. Hat nicht Marcel Sembat über diese Louise Weiss in seinen Tagebüchern geschrieben, sie sei so falsch?«

»Der Mann wird mir von mal zu mal sympathischer«, brummte Hermann und erntete einen vernichtenden Blick seiner Tochter.

»Nun, was auch immer Marcel Sembat mit ›falsch‹ meinte, sicher ist, dass Louise Weiss Georgette Agutte nicht besonders mochte. Sie beschreibt sie als hysterisch und so eifersüchtig, dass sie am liebsten weder Mensch noch Tier in der Nähe ihres Mannes geduldet habe, aus Angst, er könne ein anderes Wesen mehr lieben als sie. In ihren Memoiren schildert Louise Weiss eine Dinersituation, in der Georgette tatsächlich wie ein pures Anhängsel ihres Mannes wirkt, die sich ausschließlich über den Ehemann definiert. So jemanden wollten die Frauenrechtlerinnen vielleicht lieber aus den Geschichtsbüchern streichen.«

»Ha«, rief Hermann aus, »ich hab's doch gewusst. So durchtrieben, wie Frauen im Umgang miteinander sind, könnten wir Männer gar nicht sein. Wenn ihr etwas weniger stutenbissig wärt...« Er brachte den Satz nicht zu Ende, sondern wurde von einem bösen Hustenanfall unterbrochen.

»Kleine Sünden bestraft der liebe Gott sofort«, spottete Hanna und wurde blass, als sie bemerkte, dass Hermann verzweifelt nach Luft rang. Im nächsten Moment sackte er in sich zusammen und fiel zu Boden.

Kunst statt Krieg

Paris, September 1914

»Mein Gott! Bitte nicht!«, hörte Georgette ihren Mann unten im Salon schreien. Sie war gerade dabei, die Koffer zu packen. Hier waren sie nicht mehr sicher. Die Regierung zog wegen der heranrückenden Deutschen nach Bordeaux. Georgette ließ das Kleid fallen, das sie hatte zusammenfalten wollen, und lief die Treppe hinunter.

»Was ist passiert?«, rief sie ängstlich.

Marcel saß am Esstisch, wo noch die Reste ihres Frühstücks standen. Er hatte kurz zuvor die Zeitung und die Post gebracht bekommen, und nun starrte er stumm auf einen Brief. Tonlos reichte er ihr das Schriftstück. Sie erkannte die Schrift sofort. Der Brief war von Henri. »Um Himmels willen, ist Amélie oder ihm etwas geschehen?«, fragte sie und begann zu lesen, ohne auf eine Antwort zu warten.

»Das kannst du auf gar keinen Fall genehmigen!«, rief sie empört, nachdem sie die Zeilen überflogen hatte. »Das ist der reine Wahnsinn. Es ist Selbstmord.« Marcel hielt sich die Hand vor die Augen und nickte. Henri Matisse hatte sich in einem Brief an Marcel gewandt, an den Minister Marcel Sembat, um genau zu sein, und darum gebeten, als Soldat in den Krieg ziehen zu dürfen. Er wolle den Dienst am Vaterland verrichten, es sei ihm ein persönliches Anliegen, deshalb wende er sich auch an den Freund, um ihn um Unterstützung zu bitten, damit man ihn an die Front in den Ardennen versetzte. Der Brief bestand nur aus diesen wenigen Zeilen, es fand sich darin kein einziges privates Wort. Georgette war entsetzt. Diese Künstler waren manchmal wirklich weltfremd, was glaubte er denn? Dass es ein Spaziergang wäre, ein Abenteuer, das ihn inspirieren könnte? Wenn sie es nicht besser wüsste, würde sie sagen, die Vereinfachung seiner Bildmotive habe irgendetwas in seinem Kopf angerichtet, dachte sie zornig. Vielleicht war ihm die Realität da draußen inzwischen so egal wie auf seinen Leinwänden.

»Was sollen wir tun?«, fragte sie ihren Ehemann, doch der zuckte nur mit den Schultern. Seit dem Tod von Jean Jaurès hatte Marcel seinen inneren Kompass verloren und blieb unfähig, Entscheidungen zu treffen.

»Das darfst du nicht zulassen«, fuhr Georgette ihn an, »wie kannst du auch nur eine Sekunde ernsthaft darüber nachdenken? Henri hat Kinder, willst du ihnen etwa den Vater nehmen? Er ist Künstler, seine einzige Waffe ist der Pinsel und nicht das Gewehr! Er wird schon tot sein, noch bevor er auf dem Schlachtfeld ankommt!«

»Er ist unbedingt entschlossen, was soll man da machen?«, entgegnete Marcel matt.

»Ja was denkst du denn? Wir werden zu ihm fahren, um ihm diesen Unsinn auszutreiben. Am besten sofort! Ich werde mit Amélie sprechen.«

Als Marcel sich immer noch nicht regte, sagte sie energisch:

»Es wird dir guttun, Henri zu sehen, in seinem Atelier kommst du sicher auf andere Gedanken.« Sie küsste ihn auf die Stirn, um ihm zu verstehen zu geben, dass sie keinen Widerspruch duldete. Sie ging nach oben und machte sich fertig, das Packen würde warten müssen. Sie zog sich ein schlichtes graues Kleid an, darüber einen dünnen Mantel. Dann setzte sie den Hut auf, ging hinunter auf die Straße und bat einen Jungen, eine Kutsche kommen zu lassen. Sie ging wieder hinein, hielt auch Marcel ungeduldig Mantel und Hut hin und zog ihn hinter sich her. Er leistete keinen Widerstand.

Als sie in der Kutsche saßen, fragte Georgette: »Was denkst du, wie lange wir in Bordeaux bleiben werden? Sind wir Weihnachten wieder zurück?«

Marcel brummte nur etwas Unverständliches. Und da platzte Georgette der Kragen. »Alles, was ich in den letzten Wochen sage, frage oder tue, lässt dich kalt. Das kränkt mich, aber ich kann damit umgehen.

Doch heute musst du funktionieren.« Sie rüttelte Marcel am Revers. »Begreifst du das? Wir haben schon einen Freund wegen des Krieges verloren. Lass nicht auch noch den zweiten in sein Unglück ziehen. Du musst Henri aufhalten! Du musst überzeugend sein!« Sie ließ von ihm ab. Marcel schaute sie kurz an, dann wandte er den Kopf zur Seite und blickte aus dem Fenster. Den Rest der Fahrt schwiegen sie.

Als sie gegen Mittag bei Henri und Amélie ankamen, erkannte Georgette sofort, wie notwendig ihr Besuch war. Amélie hatte verweinte Augen, während Henri mit maskenhaften Gesichtszügen eine Tasche packte.

»Halten Sie ihn auf, bitte«, flüsterte Amélie Georgette zu, und Georgette strich der Freundin mit einer liebevollen Geste die Haare aus dem Gesicht.

»Deshalb sind wir hier. Er wird nicht fahren. Beruhigen Sie sich.« Sie schaute Marcel an und hoffte, dass er in diesem Moment zu seiner alten Größe zurückfände, dass er entschieden auftreten würde, verlässlich und überzeugend.

Sie ging mit Amélie in die Küche, half ihr, Kaffee zuzubereiten und Gebäck anzurichten. »Er ist wahnsinnig vor Sorge um seine Familie«, sagte Amélie, während sie mit geschickten Händen alles auf einem Tablett platzierte, »wissen Sie, seine Eltern und Geschwister leben genau dort, wo die Deutschen brandschatzen und morden. Man bekommt ja nicht viele Nachrichten aus der Region, aber was man hört, ist schrecklich.«

»Ich weiß«, bestätigte Georgette. Auch wir werden unsere Koffer packen, die Regierung zieht geschlossen nach Bordeaux.«

»Sie werden mitgehen?«, fragte Amélie mit großen Augen.

»Aber natürlich. Ich kann meinen Mann nicht alleinlassen. Und im Übrigen möchte ich auch Ihnen raten, gehen Sie mit Ihren Kindern in den Süden. Dort werden Sie sicher sein.« Betroffen blickte Amélie sie an. »Ich werde nicht ohne Henri gehen«, sagte sie entschlossen, doch Georgette insistierte. »Machen Sie es den Kindern zuliebe! Es ist zu gefährlich hier oben im Norden.«

»Haben wir den Krieg denn schon verloren?«, fragte Amélie ängstlich.

Georgette hätte sie gern beruhigt, aber sie konnte es nicht. Was würde aus ihrem Leben, wenn Frankreich den Krieg verlor? Müssten Sie nur Land im Osten abgeben, vielleicht die Ardennen, oder wollten sich die Deutschen alles einverleiben? Sie waren vor einigen Jahren in Deutschland gewesen, in Baden-Baden, eine unvergessliche Reise. Sie hatte dort junge Künstler kennengelernt, einer war ihr besonders in Erinnerung geblieben, weil er so ungestüm aussah, ein Graf mit russischen Wurzeln, so hatte er sich ihnen vorgestellt, Wladimir von Zabotin war sein

Name, und er konnte Unmengen an Wodka trinken. Er hatte damals gerade erst mit dem Studium an der Kunstakademie begonnen, aber er hatte schon einen besonderen Stil ausgebildet, er verehrte Matisse, war kraftvoll und wagemutig und zudem ein ausgesprochen gastfreundlicher Mensch. Was wohl aus ihm geworden war? Sie erinnerte sich auch gerne an das luxuriöse Hotel am Rande eines kleinen Parks, in dem sie mit Marcel lange Spaziergänge gemacht und Marcel sich fest vorgenommen hatte, endlich die deutsche Sprache zu lernen. Wehmütig dachte sie an die Zeit zurück, als Marcel noch voller Energie gewesen war. Deutsch hatte er lernen wollen und Chinesisch, sie schüttelte den Kopf. Das alles war erst wenige Jahre her, und ihr Verstand weigerte sich zu akzeptieren, dass all die Menschen, die sie dort kennengelernt hatte, ihr plötzlich nach dem Leben trachteten und zu Feinden geworden waren. Es waren nicht die Menschen, die den Krieg wollten, es waren die Regierungen. Und Marcel war ein Teil davon oder zumindest der Schatten, der von ihm übrig geblieben war. Vielleicht würde es besser, wenn sie erst in Bordeaux wären. Georgette drehte sich schwungvoll um und ging nach nebenan, ins Atelier, wo Henri und Marcel bereits ins Gespräch vertieft waren. Kurz vor ihrem Besuch hatte Marcel noch ein Schreiben aufgesetzt, das hochoffiziell wirkte, es war mit dem Briefkopf des Ministers versehen. Das holte er nun aus der Innentasche seines Mantels und reichte es Henri, als wäre es eine Gerichtsvorladung.

»Henri«, sagte Marcel ohne weiteres Zögern »die Regierung hat Ihr Gesuch abgelehnt. Es ist nicht im Interesse Frankreichs, dass Sie in den Krieg ziehen.«

Henri schaute seinen Freund ungläubig an.

»Aber«, stammelte er, »ich bin es meiner Familie schuldig. Verstehen Sie doch, der Hof meiner Großeltern wurde niedergebrannt, die Deutschen haben alle Männer verschleppt. Wenn sie noch leben, so sind sie in Kriegsgefangenschaft. Ich muss doch etwas für sie tun.« Georgette sah ihm die Pein an, die ihm der Gedanke daran bereitete, was die Deutschen mit den Kriegsgefangenen anstellen könnten. Plötzlich wurde er trotzig wie ein Kind.

»Sie können mich nicht aufhalten. Ich werde es nicht zulassen.«

Georgette warf einen Blick in die Küche, wo Amélie das Tablett aufnahm, um es zum Tisch zu bringen, doch ihre Hände zitterten so sehr, dass das Geschirr darauf bedrohlich klirrte.

»Henri, Sie haben selbst eine Familie. Amélie und die Kinder brauchen Sie!«, richtete sie nun das Wort an ihn.

»Es ist eine Frage der Ehre, Georgette, ich kann nicht anders.«

»Ehre«, Georgette fiel es schwer, ihren Unmut im Zaum zu halten, »was soll dieses dumme Gerede? Es geht nicht um Ehre, es geht um Ihren Tod, und ich sage Ihnen, Ihr Leben ist deutlich wertvoller als Ihre Ehre. Wenn ein Mensch ein solches Talent besitzt wie Sie, dann gehört er nicht nur sich selbst, dann gehört er der Gesellschaft. Sie haben nicht das Recht, für die Ehre in den Tod zu gehen.« Sie sah Marcel an, der durch ihre Worte neue Energie gewonnen zu haben schien, seine Augen blitzten wie früher, und in diesem Moment war er wieder der Mann, der Respekt und Sicherheit vermittelte.

Er ging einen Schritt auf Henri zu und legte beide Hände auf die Schultern des Malers.

»Es ist ehrenvoll, dem Vaterland zu dienen, mein lieber Freund«, sagte er mit tiefer, fester Stimme, »aber Sie dienen Ihrem Vaterland mehr mit Leinwand und Pinsel. Viele junge Männer werden sterben, aber nur Sie haben die Möglichkeit, unsterblich zu werden.« Bislang hatte Henri in der Mitte des Ateliers gestanden, die Hände auf eine Stuhllehne gestützt. Nun machte er auf dem Absatz kehrt und ging zur Staffelei, die er am Fenster aufgebaut hatte. Er schien kurz vor der Vollendung eines Bildes mit hohem Abstraktionsgrad. Georgette konnte nicht genau sagen, was es darstellte, vielleicht einen Turm mit einem Fenster. Das Fenster war hell erleuchtet, der Rest des Bildes nur schemenhaft in Blau angedeutet. Das Bauwerk bestand aus mehreren Rechtecken. Hatte sich Henri inzwischen doch mit dem Kubismus von

Picasso versöhnt? Einen Augenblick lang standen sie alle wie versteinert da, doch dann brach sich erneut Henris Temperament Bahn, er trat gegen die Staffelei, sodass das Bild mit der bemalten Seite auf den Boden fiel.

Das war zu viel für Georgette. Matisse trat gerade buchstäblich sein Talent mit Füßen, für das jemand wie sie alles gegeben hätte. »Henri! Jetzt reißen Sie sich aber zusammen!«, ermahnte sie ihn schroff. »Was fällt Ihnen ein, so arrogant mit Ihren Gaben umzugehen? Auserwählte gehören nicht sich selbst. Merken Sie sich das! Und nun heben Sie die Leinwand auf!« Es schien, als hätte ihr rabiater Ton Wirkung gezeigt, alle Luft, alle Wut schienen mit einem Mal aus ihrem Freund gewichen. Er nahm die Leinwand hoch und betrachtete sie. »Ich kann doch nicht hier herumsitzen und Notre-Dame malen«, sagte er kläglich.

»Dann malen Sie etwas anderes!«, hielt Georgette forsch dagegen. »Aber malen Sie!« Marcel hatte sich neben sie gestellt, an ihnen würde Henri nicht vorbeikommen.

Es herrschte Stille in dem kleinen Raum, bis Amélie, die offenbar schon eine ganze Weile hinter ihnen gestanden hatte, das Silbertablett mit lautem Scheppern auf dem Tisch abstellte. Beinahe provozierend schaute nun auch sie ihren Ehemann an, der sichtlich mit sich rang. Die beiden wechselten vielsagende Blicke. Dann ergriff Marcel erneut das Wort.

»Ich denke, die Entscheidung ist gefallen. Lassen Sie uns ein Telegramm schreiben, dann kündige ich Sie in Collioure an. Erinnern Sie sich nur, wie fruchtbar Ihre Arbeit 1905 dort war.« Er lächelte und fügte hinzu: »Vielleicht schlagen Sie als Wilder die deutschen Banausen mit Ihrer Malerei in die Flucht.« Er streckte Henri die Hand entgegen. »Gehen Sie in den Süden, mein Freund, ich verspreche Ihnen, Gette und ich werden Sie dort möglichst bald besuchen kommen.«

Henri gab sich geschlagen. Er nahm Marcels Hand und ließ sich von ihm umarmen. Dann löste er sich und bat: »Können Sie versuchen, etwas über das Schicksal meiner Familie herauszufinden?« Marcel versprach, alles zu tun, was in seiner Macht stand, und an Amélie gewandt sagte er: »Lassen Sie nicht zu viel Zeit verstreichen. Sie sollten bald abreisen.«

Wenig später verabschiedeten sie sich, sie mussten zurück nach Bonnières, um dort ihre eigene Abreise vorzubereiten. Noch in der Nacht würde sich die Regierung nach Bordeaux begeben.

Georgette war glücklich über den Verlauf des Tages. Marcel hatte an diesem Nachmittag endlich wieder den Elan und die Überzeugungskraft gezeigt, die sie so lange an ihm vermisst hatte. Seit fünf Wochen war Jean nun tot, fast genauso lange war Marcel Minister, und bislang hatte er sein Amt kaum ausfüllen können. Mit Léon Blum und Gustave Kahn hatte er jedoch zwei Vertraute in seinem Ministerium, die enorme Fähigkeiten an den Tag legten und sich für Marcel derzeit als unentbehrlich erwiesen. Aber er brauchte auch sie, Georgette. Für einen Augenblick hatte sie sich gewünscht, mit Henri und Amélie nach Collioure zu fahren, sie hatte den gemeinsamen Sommer am Mittelmeer in schönster Erinnerung. Sie wusste, dass sich Albert Marquet bereits dort aufhielt, sogar Picasso, hieß es, sei an der Küste. »Meinst du, wir können die beiden von Bordeaux aus besuchen?«, fragte sie, als sie in der Kutsche Platz nahmen.

»Ich würde es so gerne, Gette.« Marcel räusperte sich, und dann schienen sich all seine Ängste und Unsicherheiten der letzten Wochen erneut Bahn zu brechen. »Ich glaube, ich bin nicht geschaffen für solch ein Amt. Ich fühle mich wie gelähmt. Ich schlafe schlecht, ich habe ständig Kopfschmerzen, ich bin kein Minister. Ich fürchte, ich bin immer nur ein Theoretiker gewesen. Ich fresse seit einem halben Jahrhundert Zeile um Zeile in mich hinein, aber habe ich jemals selbst auch nur einen einzigen Satz eines umfassenden Werkes zu Papier gebracht? Es gibt kein Werk, das meinen Namen für alle Zeiten lebendig hält. Ich träume von einer besseren, gerechteren Welt ohne Krieg, aber ich weiß nicht, wie man sie erschafft. Ich denke, ich sollte das Amt aufgeben. Ich bin gescheitert.«

»Hör auf mit dem Unsinn. Du bist nicht gescheitert, du hast bloß noch gar nicht angefangen zu kämpfen«, entgegnete Georgette fassungslos. Sie hatte nicht damit gerechnet, dass sie heute gleich zwei Männer von einer Dummheit abhalten müsste. »Es ist unser gemeinsamer Weg, es geht nicht nur um dich. Wir sind da, wo wir sein wollten, an der Spitze der Gesellschaft. Marcel, die besten Künstler des Landes sind unsere Freunde, sie fragen uns um Rat, du bist Minister, kannst endlich deine Ideen aussprechen und umsetzen. Das darfst du nicht einfach so wegwerfen. Ich erlaube es dir nicht!« Sie fixierte ihn. »Versprich mir, dass du nicht aufgibst. Kämpfe«, wiederholte sie. Marcel nahm ihre Hände und küsste sie, dann zog er sie fest an sich. »Ich verspreche es«, flüsterte er.

Als sie wieder in Bonnières ankamen, dämmerte es bereits. Sie würden sich mit dem Packen beeilen müssen. Vor dem Haus wartete ein Bote mit einer Nachricht von Premierminister Viviani. Marcel überflog die wenigen Zeilen, dann trieb er Georgette zur Eile an. »Die Deutschen greifen Reims an. Eine Vorhut ist schon auf dem Weg nach Paris. Mach schnell.«

Georgette lief die Treppe hinauf. Als sie alles Nötige zusammengerafft hatte, fragte sie sich, was sie mit dem Bild ihres Vaters und mit ihrem geheimen Schatz machen sollte. Es schien ihr ausgeschlossen, sie in Bonnières zu lassen, sie musste die Bilder sicher verwahren, insbesondere das kostbare Hochzeitsgeschenk. Eben noch hatte sie Henri davon überzeugen wollen, dass die Kunst über den persönlichen Interessen stand, aber an diesem hehren Anspruch scheiterte sie selbst seit fast zwanzig Jahren. Unentschlossen wickelte sie das Gemälde aus dem Leinen, berührte vorsichtig die Ölfarbe. Es war ihr Vater, der hier auf kunstvollste Weise für die Ewigkeit festgehalten worden war, und sie würde ihn weder teilen noch hergeben, beschloss sie.

Geistesblitz in Grenoble

Unter dem *Roten Teppich* von Matisse war er zusammengebrochen. Es war blitzschnell gegangen, ohne Ankündigung, und während die Kuratorin mit dem Handy am Ohr losrannte, um das Tor für die Sanitäter zu öffnen, sah Lilie, wie Hanna neben ihrem Vater kniete und wie von Sinnen an ihm rüttelte. Schlagartig wurde sie ganz ruhig. Sie schob Hanna zur Seite, legte ein Ohr auf Hermanns Brust und versuchte, den Herzschlag auszumachen.

Sie konzentrierte sich darauf, was ihr ehemaliger Lebensgefährte ihr für einen solchen Notfall eingetrichtert hatte: Kopf überstrecken und Herzmassage. Bei der Massage, so hatte er erklärt, solle sie den Hit »Staying Alive« aus den 70er-Jahren vor sich hin summen, um den richtigen Rhythmus zu treffen. Sie summte also leise und versuchte, nicht darüber nachzudenken, wie bescheuert sie dabei wirken musste. »Ah, ah, ah, ah staying alive«, sie machte einfach weiter. Jetzt den Mund öffnen und reinpusten, befahl sie sich und begann wieder von vorne, bis ein Mann im weißen Kittel sie an der Schulter packte. Waren die Sanitäter so schnell gewesen, oder hatte sie so lange die Herzmassage betrieben? Sie blickte sich zu Hanna um, die neben der Trage stand.

»Er lebt, beruhigen Sie sich bitte, er lebt«, hörte sie den Sanitäter zu Hanna sagen. »Atmen Sie ruhig ein und aus, am besten fahren Sie mit uns ins Krankenhaus.«

Kurz darauf waren sie weg, und Lilie blieb allein unter dem Matisse zurück. Eine seltsame Stille breitete sich im Raum aus. Lilie zitterte am ganzen Körper; als sie aufstehen wollte, bemerkte sie, dass ihre Beine ihr nicht gehorchten. Sie gab auf und blieb auf dem Boden sitzen. Was sollte diese blöde Jagd nach einem wertlosen alten Gemälde. Mussten sie Hermann dafür wirklich durch halb Frankreich hetzen? Und hatte er sich sein letztes Abenteuer tatsächlich so vorgestellt? Lilie machte sich schwere Vorwürfe.

»Kommen Sie«, sagte in diesem Moment die Kuratorin und half ihr auf die Beine. »Ich mache Ihnen einen starken Kaffee, Sie sind weiß wie die Wand.« Lilie trottete ihr hinterher, ohne die Gemälde eines weiteren Blickes zu würdigen. Als sie in dem Büro von Madame Auguste angekommen waren, verspürte sie den unwiderstehlichen Drang zu rauchen, aber wie immer fand sie ihre Zigaretten nicht. Genervt drehte sie kurzerhand die geöffnete Handtasche um, sodass sich deren Inhalt auf dem Boden verteilte. »Entschuldigung«, murmelte sie und kam sich vor wie ein Junkie, als sie Tampons, Portemonnaie, Kindersocken und Papiertaschentücher zur Seite schob, bis sie endlich die Schachtel samt Feuerzeug gefunden hatte. Rasch räumte sie alles wieder lose in die Tasche bis auf ein kleines Häufchen Sand, das sich auf dem Boden gesammelt hatte. Verschämt warf sie einen schnellen Blick auf Madame Auguste, die ihr den Rücken zugewendet hatte und offenbar etwas im Regal suchte. Mit einer schnellen Handbewegung verteilte Lilie den Sand auf dem Teppich.

»Darf ich hier drinnen rauchen?«, fragte sie und wedelte mit der Zigarette, die sie schon aus der Schachtel gezogen hatte.

»O nein, hier im Haus natürlich nicht. Aber auf dem Balkon.« Lilie trat vor die Tür und ließ sich auf einen Plastikstuhl sinken. Auf dem Metallgitterboden stand ein Aschenbecher, in dem noch eine Kippe schwamm. Sie atmete den Rauch tief ein, bis es in den Bronchien leicht kratzte, und beobachtete die Isère, die langsam und gemächlich am Museum vorbeifloss. Sie saß da und rauchte, verbot sich, zu denken, und hatte keinerlei Zugang zu ihren Gefühlen. Es wollte nicht einmal Erleichterung in ihr aufsteigen, als Madame Auguste zu ihr hinauskam, ohne zu fragen, nach ihrer Zigarettenschachtel griff, sich eine nahm, anzündete und sagte:

»Er lebt. Er wird nicht sterben. Es war nur ein Schwächeanfall.« Sie schaute Lilie aufmunternd an.

»Vielleicht war er unterzuckert oder hat zu wenig getrunken, das ist kein Beinbruch.«

»Er wird sterben«, sagte Lilie tonlos, »er hat Krebs.« Die Kuratorin schluckte.

»Es tut mir leid, das wusste ich nicht«, sagte sie betroffen. »Sind Sie verwandt?«

»Er ist mein Vater.«

Madame Auguste war sichtlich erstaunt und schien zu überlegen, ob sie genauer nachfragen sollte. »Und die junge Frau, die mit ihm ins Krankenhaus gefahren ist, war ihre Schwester?«, formulierte sie schließlich zögerlich.

»Nein. Er ist der Vater meiner Wahl.«

Ohne weitere Aufforderung erzählte Lilie Geneviève Auguste, der Kuratorin des Grenobler Museums, die ganze Geschichte, während sie gemeinsam die Schachtel Gauloises rauchten.

»Und nun suchen wir nach einem geheimnisvollen Bild, das angeblich ein berühmter Künstler gemalt hat. Man vermutet, es zeige Georgettes Vater. Aber niemand weiß, wo es sich befindet oder wer ihren Vater porträtiert hat. Vielleicht Matisse, meinen die Menschen in Bonnières, weil der Georgette und Marcel ja so nahestand«, beendete sie nach einer Weile ihre Ausführungen.

Madame Auguste sah sie an. »Ich glaube, Sie sind da einer ziemlichen Räuberpistole aufgesessen«, sagte sie mit einem Schulterzucken. »Dieses Porträt von ihrem Vater müsste vor seinem Tod, also vor 1867, gemalt worden sein.«

»Richtig«, pflichtete Lilie ihr bei.

»Damit kommt Matisse als Maler nicht infrage. Der wurde nämlich erst 1869 geboren.«

»Stimmt, aber könnte es nicht sein, dass Matisse das Porträt nach Georgette Aguttes Angaben angefertigt hat? Oder könnten Sie sich vorstellen, dass ein anderer berühmter Künstler ihren Vater porträtiert hat?«

Die Kuratorin schnalzte mit der Zunge. »Wissen Sie, die Stadt Bonnières hat sehr darunter gelitten, dass alle Unterlagen und Bilder aus dem Haus in Archive gegeben oder verkauft wurden. Es war ein enormer Bedeutungsverlust für den kleinen Ort. Seitdem versucht der Agutte-Sembat-Förderverein immer mal wieder, Aufmerksamkeit auf sich zu ziehen. Sie streuen die wildesten Gerüchte, um Interesse zu wecken, und das nicht besonders seriös. Sehen Sie, jetzt erinnere ich mich auch wieder an den Namen: Eine Madame Fucelle war vor einiger Zeit hier und hat mich gebeten, an einem Buch über die beiden mitzuarbeiten. Ich habe es abgelehnt, ich bin Wissenschaftlerin, verstehen Sie, dem Verein ging es aber um eine pseudowissenschaftliche Gedenkschrift zu Ehren ihres Heimatortes.« Sie lachte kurz auf. »Für so etwas habe ich keine Zeit. Ach ja, und sie wollte unbedingt alle Bilder der Sammlung sehen, selbst die,

die im Moment nicht in der Ausstellung hängen, denn auch sie suchte vergeblich nach einem Porträt.«

»Warum sind Sie so sicher, dass es dieses Bild nicht geben kann?«

»Sicher kann man natürlich nie sein. Aber es ist sehr unwahrscheinlich. Die Herrschaften waren akribische Sammler, die es für ihre kulturelle Pflicht hielten, die neuen Strömungen der Kunst zu fördern und bekannt zu machen. Genau deshalb haben sie jedes einzelne Gemälde, das Sie hier heute gesehen haben, Matisse, Derain, Signac, van Dongen oder auch Goya, wirklich ausnahmslos alle, öffentlich zugänglich gemacht. Sie haben testamentarisch verfügt, dass diese Gemälde nicht in der Familie vererbt werden, sondern in ein Museum gegeben werden. Und Paul Signac war verantwortlich dafür, diesen letzten Willen auszuführen. Er kannte den Bürgermeister von Grenoble, deshalb haben die Bilder ihren Weg zu uns gefunden. Was ich sagen will: Sie hätten sicher kein wertvolles Gemälde versteckt. Das wäre gegen jede Überzeugung des Paares gewesen. Wenn es dieses Porträt gäbe, hätte ich es hier. Entschuldigen Sie mich.« Ihr Telefon klingelte, sie legte die Zigarette mit Bedacht in den Aschenbecher und ging hinein, um abzuheben.

Auf einmal wünschte Lilie sich beinahe trotzig, dass es dieses rätselhafte Porträt sehr wohl gäbe und dass sie es fänden, aber nicht, um sich daran zu bereichern. Sie hoffte für Hermann, dass er recht behielt und kurz vor seinem Tod noch eine Entdeckung machen konnte, die seinem letzten Abenteuer eine besondere Dimension verlieh.

»Und wenn wir das Porträt doch noch finden«, fragte sie, als Madame Auguste den Kopf wieder zur Balkontür herausstreckte, »was sollen wir dann damit machen?«

Über das Gesicht der Kuratorin huschte für einen kurzen Augenblick ein diabolisches Lächeln.

»Nach Japan verkaufen, wenn Sie Geld brauchen. Wenn nicht, dann gehört so ein Gemälde ins Museum, am besten zu mir in die Sammlung.« Im nächsten Moment wurde sie wieder ernst. »Aber ich glaube, es ist besser, wenn wir dieses Gespräch vertagen. Ich habe Ihnen bereits ein Taxi bestellt. Ihre, ähm, Freundin war am Telefon. Sie sollen dringend ins Krankenhaus kommen.«

***

Die Tür zum Zimmer war nur angelehnt, es war Visite, wie sich herausstellte, als Lilie nach vorsichtigem Klopfen den Raum betrat.

»Entschuldigung«, murmelte sie und wollte wieder hinausgehen, doch Hanna hielt sie zurück:

»Bleib bitte, ich bin froh, wenn noch jemand zuhört, der die Sprache beherrscht. Ich verstehe gerade nämlich ehrlich gesagt nur die Hälfte.«

Hanna stellte Lilie den Ärzten umgehend als Quasi-Familienmitglied vor und bat darum, man möge auch ihr die wichtigen Details erläutern, um sicherzustellen, dass alles richtig verstanden würde.

Der Oberarzt zögerte keine Sekunde.

»Gut, also, in Anbetracht der hohen Mortalitätswahrscheinlichkeit durch die Vorerkrankung ist eine Operation des Aszites nicht angeraten, wäre aber möglich...«

Lilie schwirrte der Kopf, sie war auf dieses medizinische Kauderwelsch nicht vorbereitet. Überhaupt fand sie es ungehörig, neben einem Patienten über ihn zu reden und ihn dabei völlig zu ignorieren, wie dieser Arzt es gerade tat. An Hannas Reaktion erkannte sie, dass es der Freundin ähnlich ging.

»Entschuldigen Sie, aber könnten Sie bitte vernünftig mit uns sprechen. Unser Vater wird sterben, das wissen wir, also nennen Sie es ruhig auch so. Und wenn Sie Ihre Empfehlung dann in verständlichem Französisch ausdrücken könnten, wären wir Ihnen sehr verbunden.«

Der Arzt schien sich eines Besseren zu besinnen und erklärte nun in nachvollziehbaren Worten, was passiert war. Durch die Schädigung der Leber hatte sich in Hermanns Bauch Wasser angesammelt, was bei schlankeren Patienten möglicherweise schon eher aufgefallen wäre. Der kranke Körper und letztlich auch das Herz waren mit dem Abtransport der

Flüssigkeit überfordert, sodass es im Museum zu einem Kreislaufkollaps gekommen war. Der Arzt empfahl einen Dauerkatheter, um das Problem langfristig zu lösen.

»Das macht er auf gar keinen Fall mit«, stieß Hanna entsetzt hervor. Lilie schaute betreten zu Boden. Auch sie hatte Mühe, sich diesen Bär von einem Mann mit einem Beutelchen an der Seite vorzustellen. »Gibt es denn keine Alternative?«, fragte sie.

»Doch. Wir könnten ihn operieren, um das Wasser abzusaugen. Die OP ist nicht allzu aufwendig, sie müsste in seinem Zustand allerdings alle zehn Tage wiederholt werden, sonst wird er den nächsten Schwächeanfall erleiden.« Seine Stimme blieb am Ende des Satzes oben, und Lilie vermutete, dass er den zweiten Teil des Gedankens lieber verschluckt hatte. *Wenn Sie sich diese Eitelkeit leisten wollen* hätte er wahrscheinlich gelautet. Lilie blickte Hermann an und wurde von einer Traurigkeit gepackt, die ihr die Luft zum Atmen nahm.

»Könnte ich einen Moment mit ihm allein sein?«, bat Hanna in diesem Moment leise. Erst jetzt wurde Lilie bewusst, dass Hermann völlig unbeteiligt dalag. Er hatte weder versucht, dem Gespräch zu folgen, noch hatte er eine Übersetzung erbeten. Er war mit sich selbst beschäftigt, es sah aus, als hielte er Zwiesprache mit sich. Lilie fühlte den Knoten in der Kehle anschwellen, sie drängelte sich an den Ärzten vorbei.

Draußen vor der Tür biss sie sich so fest wie möglich in die Hand. Die Schmerzen taten gut und waren um einiges erträglicher als die Mischung aus Traurigkeit, Mitleid und Ohnmacht, die in ihr tobte. Noch nie war sie einem Menschen im Tod so nah gewesen. Im Leben konnte man immer hoffen, auf die große Liebe, auf einen glücklichen Zufall, auf einen Ausweg, aber für Hermann gab es keine Hoffnung mehr, nur die Frage danach, wie sich seine Würde bewahren ließ. Sie hätte ihm so sehr einen heroischeren Tod gewünscht, vielleicht von einem Ferrari überfahren zu werden, dachte sie in einem Anflug von schwarzem Humor, das hätte ihm gefallen, aber so, mit Beuteln und Kanülen in einem Krankenbett, das passte nicht zu seinem beherzten Leben. Sie würde sich hier und jetzt von ihm verabschieden, beschloss sie, solange er noch seine Unbeugsamkeit besaß, sie wollte nicht sehen, wie er schwächer und schwächer wurde, es wäre ein zu intimer Blick. Entschlossen klopfte sie noch einmal an die Tür zum Krankenzimmer.

»Ja bitte?« Hermanns Stimme klang ungehalten und ließ ihr Herz in die Hose sacken.

»Ich wollte nur fragen, ob du mir den Schlüssel geben kannst. Ich würde dann das Auto vom Museum abholen. Unsere Koffer sind ja noch darin.«

»Ach so. Ja. Hier.« Hermann antwortete so knapp, dass Lilie nicht wagte, eine Sekunde länger als nötig bei den beiden zu bleiben.

Draußen schien immer noch die Sonne, und es war warm, die Vögel zwitscherten, Grenoble erlebte einen angenehmen Frühlingstag, der in absurdem Kontrast zu Lilies Gefühlen stand. Sie entschied sich, den Weg zum Museum zu Fuß zu gehen, und folgte dem Fluss in Richtung Brücke. Es war inzwischen später Nachmittag, halb sechs vielleicht. Lilie fragte sich, was sie tun würde, wenn sie nur noch wenige Monate zu leben hätte. Es gab vermutlich zwei Typen von Menschen, die einen, zu denen sie sich selbst zählte, verkrochen sich wie sterbende Tiere in einer Ecke und gingen den letzten Weg alleine. Die anderen hatten den Mut, sich anderen zuzumuten und ihre letzten Wochen, Tage und Stunden mit ihren Liebsten zu verbringen. Der Gedanke daran löste in ihr den dringenden Wunsch aus, die Stimme ihres Sohnes zu hören. Sie kramte in ihrer Handtasche und suchte nach ihrem Mobiltelefon. Das Handy war alt und verdreckt, das Display hatte Risse. Lilie hatte es fast immer ausgestellt, um den Akku zu schonen, als sie es einschaltete, piepte es mehrfach, und sie stellte fest, dass Hanna versuchte hatte, sie zu erreichen. Vermutlich hatte sie deshalb im Büro der Kuratorin angerufen. Auch ihre Mutter hatte es bereits mehrfach versucht, aber keine Nachricht hinterlassen, was Lilie einigermaßen erleichterte, denn wenn es etwas Dringendes gewesen wäre, hätte ihre Mutter sicher um Rückruf gebeten.

Sie wählte ihre Nummer: »Ja bitte«, meldete sich die vertraute Stimme.

»Maman? Hallo, wie geht es Pierre? Ich vermisse meinen kleinen Schatz.«

»Es geht ihm ziemlich gut, er hat heute sein Schwimmabzeichen gemacht, warte, ich rufe ihn ...«

»O nein, und ich war nicht da«, sagte Lilie bestürzt.

»Schätzchen, was ist los mit dir? Du klingst ja ganz aufgewühlt«, sagte ihre Mutter.

»Ich komme bald zurück, Maman, unsere Reise ist beendet«, sagte Lilie mit brüchiger Stimme. In der Leitung war es still, und es dauerte einen Moment, bis ihre Mutter das Gespräch wieder aufnahm, diesmal in ungewohnt sanftem Tonfall. »Ist er gestorben?« Lilie war überfordert von der Anteilnahme.

»Nein, aber es geht ihm sehr schlecht, er liegt in Grenoble im Krankenhaus.«

»Das tut mir so leid«, sagte ihre Mutter liebevoll. »Nimm Hanna von mir in den Arm. Es ist schrecklich, seinen Vater zu verlieren. Das arme Kind.«

»Maman, er ist ein bisschen auch mein Vater«, empörte sich Lilie und schämte sich sogleich für diese kindische Äußerung, doch Marguerite schien in diesem Moment weicher als sonst, geradezu sentimental.

»Ich weiß«, sagte sie leise, »und ich bin froh, dass du so einen guten gefunden hast. Warte, ich hole dir deinen Sohn ans Telefon.« Lilies Stimmung hellte sich augenblicklich auf, als Pierre ihr begeistert von seinem Schwimmabzeichen erzählte. Sie musste herzlich über sein Selbstbewusstsein lachen, denn natürlich war er der Schnellste, Beste und Mutigste der ganzen Gruppe gewesen, so wie es an diesem Abend zig andere Kinder ebenso gewesen waren, als sie ihren Eltern davon berichteten. Sie küsste ihn durchs Telefon und schwor ihm, bald nach Hause zu kommen, aber das schien er schon nicht mehr zu hören, da er mit Intox spielte, der offenbar Lilies Stimme durch den Hörer erkannt hatte, laut jaulte und nach dem Telefonhörer schnappte.

Nachdem sie aufgelegt hatte, versuchte sie, sich von der Sorge um Hermann abzulenken. Mal abgesehen von der Frage, ob das geheimnisvolle Porträt tatsächlich existierte oder nicht, hatte sich wirklich jemand danach auf die Suche gemacht und gehofft, sie könne es bei sich versteckt haben? Wenn es, wie die Kuratorin ihr versichert hatte, dieses Bild gar nicht gab und es nur ein Gerücht war, dann musste der Täter zumindest die gleichen Quellen gehabt haben wie sie. Es könnte also jemand aus Bonnières gewesen sein, aber dass sich Madame Fucelle in ein hautenges schwarzes Kostüm quetschte, um gleich einer Emma Peel in ihre Wohnung einzudringen, konnte Lilie sich beim besten Willen nicht vorstellen. Vielleicht war es einer der Nachfahren gewesen, der das Agutte-Sembat-Haus schon auf der Suche nach dem Bild ausgeräumt und die Archivierung nur vorgeschoben hatte, dachte sie. Auf jeden Fall war Lilie inzwischen sicher, dass es eine Verwechslung gegeben haben musste. Sie besaß ein Gemälde, das Georgettes Vater *angefertigt* hatte, nicht eines, das ihn *darstellte,* da konnte sich ein Durchschnittskrimineller schnell mal vertun. Die Frage blieb allerdings, wer konnte wissen, dass sie überhaupt ein solches Bild hatte. Yves hatte am Telefon gesagt, das Bild stamme von einem Flohmarkt in Bonnières, und er habe es vor etwa dreißig Jahren gekauft. Damit aber kamen die Erben, die das Haus zur Archivierung durchforstet hatten, als Täter nicht wirklich infrage.

Lilie stand mittlerweile vor dem Mercedes. Genau wie Hermann verströmte auch sein Lieblingsauto ein Gefühl von Sicherheit. Lilie setzte sich ehrfurchtsvoll auf den Fahrersitz, der so weit nach hinten gerückt war, dass sie mit den Händen kaum das Lenkrad erreichen konnte. Mit einem leisen Surren stellte sie den Sitz auf ihre Größe ein. Als sie den Automatikhebel auf D stellen wollte, fiel ihr Blick auf Hermanns Rennfahrerhandschuhe. Sie streifte die viel zu großen Handschuhe über und machte das gleiche Geräusch, das Pierre immer von sich gab, wenn er schnelles Autofahren simulierte. Mit einem kurzen traurigen Lächeln legte sie den Gang ein und fuhr zurück zum Krankenhaus.

Hanna saß im Eingangsbereich und telefonierte so laut, dass sie genervte Blicke der anderen Wartenden erntete. Als sie Lilie sah, winkte sie ihr zu und legte auf.

»Ich brauche Papas Kulturtasche und ein paar Sachen. Ich bring sie ihm hoch, und dann fahren wir ins Hotel. Den Rest erkläre ich dir später.« Damit riss sie Lilie den Autoschlüssel aus der Hand, lief los, besann sich eines Besseren, drehte sich wieder um und fragte, wo das Auto geparkt sei. Kurz darauf kam Hanna mit dem Koffer zurück und bat Lilie, auf sie zu warten, sie wolle Hermann die Sachen nur schnell ins Zimmer stellen.

Keine zehn Minuten später saßen sie im Auto auf dem Weg zum Hotel, wo Hanna bereits ein Zimmer reserviert hatte. Lilie wartete geduldig, bis Hanna ihr die versprochene Erklärung gab.

»Ich habe ein Hotel genommen, von dem aus wir morgen früh schnell auf der Autobahn nach Lyon sind«, sagte sie schließlich.

»Was machen wir in Lyon?«, fragte Lilie vorsichtig.

»Nicht wir. Ich. Ich fliege kurz nach Hause, ich muss etwas für Papa erledigen.«

»Willst du einen Krankentransport organisieren? Das könnten wir sicher auch von hier …«

»Nein, nein, etwas anderes, ich soll für ihn zum Notar.«

Lilie schwieg und schaute aus dem Fenster. »Wie

geht es dann weiter? Mit Hermann, meine ich?«, fragte sie schließlich.

Hanna atmete tief ein und wieder aus. »Du kennst ihn. Er ist ein störrischer alter Esel.«

»Was heißt das?«

»Das heißt, dass er sich operieren lassen will. Diese OP ist nicht beängstigend groß, es wird im Grunde das Wasser einfach abgezapft. Dann müsste es ihm eine Weile besser gehen, und er braucht erst mal keinen Katheter«, sagte sie und fuhr auf den Parkplatz des Hotels. Es war ein einfaches, aber ordentliches Haus mit Restaurant. Da sie beide keinen Appetit verspürten, gingen sie direkt aufs Zimmer. Hanna hockte sich vor die Minibar.

»Wollen wir Wodka-O trinken, so wie früher?« Lilie schüttelte den Kopf, dann besann sie sich.

»Doch, warum nicht. Wodka mit Orangensaft und Strohhalm, wie früher.« Als sie sich in Veen endlich etwas wohler gefühlt hatte, also nach dem kuriosen Karnevalsfest mit Tante Katty, war Lilie einige Male mit in die Dorfkneipe gegangen und, da sie die Kohlensäure und den Geruch von Bier nicht ertrug, hatte sie sich mit Hanna auf Wodka geeinigt. Sie vertrugen beide nicht besonders viel, und so hatte ihnen immer ein Drink gereicht, den sie sich mit zwei Strohhalmen teilten, um sich einen passablen Rausch anzutrinken. Lilie hatte sich bei späteren Besuchen von Hanna in

Frankreich mit reinem Gras aus den Überseegebieten revanchiert.

Nach ihrem zweiten gemeinsamen Wodka-O erzählte Lilie von dem Gespräch mit der Kuratorin.

»Dass Matisse ein solches Porträt nach Georgettes Angaben gemalt hat, kann ich mir auch nicht vorstellen«, sagte Hanna.

»Warum nicht?«

»Also erstens wusste sie ja selbst nicht genau, wie ihr Vater ausgesehen hat. Wie hätte sie ihn also beschreiben können? Sonst hätte sie ihn vermutlich auch selbst gemalt.«

»Das klingt logisch«, gab Lilie zu.

»Und außerdem kann man sich nicht vorstellen, dass ein Künstler wie Matisse eine so«, Hanna suchte nach dem passenden Wort, »konkrete Auftragsproduktion angenommen hätte.«

»Diese Argumente treffen aber auf so ziemlich alle Künstler zu, mit denen sie zu tun hatten«, sagte Lilie, saugte am Strohhalm und rieb sich die Schläfen. »Vermutlich ist es wirklich nur eine Räuberpistole, der wir aufgesessen sind.«

»Hat die Kuratorin denn sonst noch etwas gesagt?«

»Ja, unsere liebe Madame Fucelle war nicht nur im Nationalarchiv, sondern auch hier im Museum, und anders, als sie uns hat glauben machen wollen, sucht sie offenbar ebenfalls nach dem Porträt.«

»Guck an, sie hat uns also ausgehorcht. Und ich

dachte, sie sieht sich schon mit Papa vor dem Traualtar«, lachte Hanna, dann hielt sie inne und wurde schlagartig blass um die Nasenspitze. »O Gott, ich hab's, glaube ich.«

Lilie verstand nicht, wovon sie redete. »Was hast du?«

»Erinnere dich, wo haben wir das gelesen, in ihren Notizen? Pissarro war der Einzige, der den Vater selbst noch gekannt hat, der wusste, wie er aussah. Er war damals bei der Trauung. Und Georgette Agutte hat zur Hochzeit ein wertvolles Geschenk bekommen, zu dem sie sich nie wieder geäußert hat. Pissarro und ihr Vater haben doch zusammen im Wald von Fontainebleau gemalt. Ich wette, *er* hat ein Porträt von Georgettes Vater gemalt!« Lilie war bass erstaunt. Das klang plausibel. Völlig verrückt, aber plausibel. »Du bist fantastisch«, rief sie und klatschte in die Hände, »was finden wir wohl heraus, wenn wir dir noch einen Wodka geben?«

Hanna grinste und blickte auf die Uhr. »Ich fürchte, es ist zu spät, um Papa anzurufen. Er wird schon schlafen. Aber du solltest Yves kontaktieren, vielleicht hat er in der Zwischenzeit noch irgendwelche Hinweise gefunden. Er hat doch geschrieben, dass er noch andere Unterlagen besitzt.«

Sie nahm ihr Handy und suchte nach Yves' Nummer. »Verflixt, ich habe sie nicht gespeichert. Gib mir deins!«

Lilie kämpfte gegen ihren Unwillen an, aber der Wodka-O half. Außerdem regte sich in ihr zum ersten Mal die zarte Hoffnung, dass es dieses geheime Porträt wirklich geben könnte, egal, wie verrückt es klang.

»Lass nur, ich mach schon.«

Sie suchte die Nummer in ihrem Telefon und wählte mit Hannas Handy, weil ihr Akku mal wieder so gut wie leer war, außerdem hatte sie das dumpfe Gefühl, dass ihr Vater, sobald ihre Nummer im Display erschiene, vielleicht nicht abheben würde. Sie hörte das typische Tuten, wenn man nach Übersee anrief, und gerade, als sie wieder auflegen wollte, meldete er sich.

»Ja!«, sagte er fast schroff, ohne seinen Namen zu nennen.

»Lilie hier.« Sie wusste nicht weiter und ärgerte sich, dass sie sich nicht vorher genauere Gedanken darüber gemacht hatte, wie sie das Gespräch beginnen sollte, und so fragte sie mehr aus Verlegenheit: »Wie geht es dir?« Ein Fehler. Yves nutzte die Gelegenheit, um ausführlich darzulegen, wie schlecht es ihm ging, finanziell, aber auch gesundheitlich. Lilie hielt das Telefon vom Ohr weg. Hanna klopfte auf ihre Armbanduhr und signalisierte, Lilie solle Yves unterbrechen.

»Yves«, sie konnte nicht »Papa« sagen, das hatte sie zuletzt gesagt, als sie neun geworden war, »wir haben nicht viel Zeit. Ich wollte dich nur fragen, ob du weitere Unterlagen von Georgette Agutte gefunden hast. Du hattest von einem Brief oder so gesprochen.«

Sie hörte, wie Yves tief durchatmete, als müsse er sich beruhigen.

»Also, ich hatte wirklich keine Zeit, mich darum zu kümmern. Mir sitzt die Mafia im Nacken, ich habe Wichtigeres zu tun.«

»Die Mafia«, wiederholte Lilie ausdruckslos. »Natürlich!« Sie sah, wie Hanna die Augen verdrehte.

»Bevor du an einen Stein gekettet im Meer versinkst, könntest du mir zumindest noch sagen, ob du diese Unterlagen noch bei dir wähnst. Irgendwo, wo man sie finden könnte?«

Hanna biss sich auf die Lippen, während Yves Lilies Sarkasmus überhaupt nicht zu schätzen wusste.

»Ich weiß, dass du deinen Vater nicht ernst nimmst«, brummte er beleidigt. »Meinetwegen kannst du gerne herkommen, ich lade dich herzlich ein, selbst nach diesem Quatsch zu suchen, wenn dir das so wichtig ist. Ich muss mich um meine Geschäfte kümmern. Bis bald.« Damit legte er auf.

»Autsch«, sagte Lilie. »Der Schuss ist nach hinten losgegangen.«

»Wieso, was sagt er?«, fragte Hanna, die in der Zwischenzeit ihre Kulturtasche und ein Nachthemd aus dem Koffer geholt hatte und damit auf dem Weg ins Badezimmer war.

»Er hat keine Zeit, danach zu suchen. Wir sollen es selbst machen.«

Hanna, die bereits die Zahnbürste im Mund hatte, schob den Kopf durch die Türöffnung und nuschelte: »Alscho schind wir reif für die Inschel.«

Lilie nickte. »Scho oder scho«, antwortete sie so ernst wie möglich.

* * *

Am nächsten Morgen schrak Lilie hoch und brauchte einen Moment, um sich zu erinnern, was passiert war. Hanna rüttelte an ihrer Schulter: »Aufstehen, Schlafmütze«, rief sie munter und roch schon frisch geduscht. Sie war voller Tatendrang.

»Reise, Reise, Reise!«, trällerte sie. »Wir müssen alles genau planen: Ich komme heute Abend noch aus Deutschland zurück, dann sollten wir dein Ticket nach Guadeloupe organisieren. Wir buchen die nächstmögliche Verbindung.«

Der Satz drang nur halb zu Lilie durch, sie hatte noch keine Energie, um sich damit zu beschäftigen. Sie rieb sich die Augen, erst musste ihr Kreislauf mit einem Kaffee und einer Zigarette in Schwung gebracht werden, bevor ihr Gehirn in Betrieb genommen werden konnte. Alles tat ihr weh. Die dünnen Matratzen waren nichts für ihren Rücken. Sie stand auf und öffnete das Fenster, dann füllte sie ihre Lungen mit Sauerstoff.

»Komm, mach dich fertig, wir müssen los«, drängelte Hanna, »ich bin schon mal unten.«

Lilie drückte die Zimmertür hinter ihr fest zu, wie um sicherzugehen, dass der Sturm vorbei war. Sie seufzte, dann ging sie ins Bad. Das warme Wasser der Dusche weckte ihre Lebensgeister. Sie trocknete sich ab, zog sich an und warf einen prüfenden Blick in den Spiegel.

Unten angekommen, hielt Hanna ihr einen Pappbecher mit Kaffee hin. »Sehr schwarz und sehr viel Zucker. Du musst unterwegs trinken, sonst verpasse ich meinen Flug.«

Lilie trottete hinter Hanna her zum Auto, und als sie auf der Autobahn Richtung Lyon waren, fragte Lilie: »Sag mal, wer genau fliegt eigentlich gemäß deinen Plänen auf die Antillen?«

»Ich habe lange darüber nachgedacht«, antwortete Hanna, »und es gibt eigentlich nur die eine Möglichkeit: Du musst allein fliegen, die Unterlagen suchen und sie herbringen!« Lilie hätte sich fast an ihrem Kaffee verschluckt.

»Bist du von allen guten Geistern verlassen? Wie stellst du dir das vor? Soll ich Yves' Bude auf den Kopf stellen, auf der Suche nach hundert Jahre alten Zetteln, von denen wir nicht sicher sind, ob sie überhaupt existieren? Oder glaubst du, dass er das Porträt unter seinem Bett liegen hat, um es dort vor dem Paten zu verstecken?«

Hanna warf ihr einen strengen Blick zu. »Du schaffst das schon. Außerdem ist es einen Versuch wert. Dein Vater ist der Letzte, von dem wir wissen, dass er noch irgendetwas Schriftliches von Georgette Agutte hat, das der Rest der Welt vielleicht noch nicht kennt. Und ich kann Papa nicht allein zurücklassen. Bitte!« Lilie musterte Hanna, die konzentriert am Steuer saß. Sie wirkte entschlossen, und Lilie ahnte, dass Hanna sich von dieser Überzeugung nicht würde abbringen lassen. Dann wanderte ihr Blick hinunter in die Mittelkonsole, wo Hermanns Rennfahrerhandschuhe lagen. Wenn sie bei Yves etwas fände, das sie der Lösung des Rätsels näherbrachte, würde sie Hermann eine große Freude machen, vielleicht seinen letzten Wunsch erfüllen, das wusste sie. Andererseits, was wäre, wenn sie auf die Antillen flog und Hermann in dieser Zeit stürbe? Sie nagte an ihrer Unterlippe, doch dann gab sie sich einen Ruck und imitierte Marlon Brandos heisere Stimme.

»Hört sich an wie ein Angebot, das ich nicht ablehnen kann.«

Eine brisante Bouillabaisse

Paris, Dezember 1916

Georgette hatte ihr Kommen zugesagt, obwohl es ihr gar nicht passte. Sie hatte seit Monaten nicht mehr gemalt und hoffte ungeduldig auf einen ruhigen Moment, um sich endlich wieder der Kunst widmen zu können. Sie war auf dem Weg zu Étienne Clémentel, einem Parteifreund, der privat zum Mittagessen eingeladen hatte, sie würde Marcel dort treffen. Mit schnellen Schritten lief sie durch die Stadt. Sogar am Mittag lag noch eine leichte Eisschicht über Paris, sodass selbst ihr dicker Mantel die Kälte kaum abhielt. Georgette blickte durchgehend auf die Straße, sie fürchtete, auf einer vereisten Pfütze auszurutschen. Es war der zweite erbarmungslose Winter in Folge, und in der Stadt ängstigten sich die Menschen bereits vor einer weiteren Eiszeit, aber die apokalyptische Stimmung lag vielleicht auch an diesem schrecklichen Krieg. Die Blockade der Deutschen hielt jede Fröhlichkeit davon ab, ihren Weg ins Land zu finden. Auch Marcel hatte nicht wieder zu seiner alten Form gefunden. Georgette fragte sich manchmal, ob er das Drama seiner Kindheit noch einmal durchlebte.

Er war acht Jahre alt gewesen, als die Deutschen Bonnières belagert hatten. Sein Vater, der Postmeister, tat sich durch Mut hervor, indem er die Post für die Partisanen versteckte und heimlich weiterverschickte. Eines Tages rächten sich die Deutschen, sie plünderten das Haus, in dem Marcel und sie heute so glücklich waren, und Marcel musste mitansehen, wie sein Vater verprügelt und seine Mutter misshandelt wurde. Ob ihm selbst etwas angetan worden war, wusste Georgette nicht, denn er sprach nie darüber. Seit dem Frühjahr standen die Deutschen wieder vor den Toren von Paris, und Marcel wirkte wie gelähmt und litt dauerhaft unter zu hohem Blutdruck, weshalb er schon einige Male so stark aus der Nase geblutet hatte, dass er im Hospital hatte behandelt werden müssen. Darüber hinaus schien er von einer schweren Melancholie befallen, er schrieb nicht einmal mehr in seine Tagebücher, und wenn – Georgette hatte zum ersten Mal in ihrem Leben aus Sorge einen heimlichen Blick hineingeworfen –, waren seine Notizen von trüben Gedanken, Selbstzerfleischung und Verzweiflung geprägt. Es tat ihr weh, ihn so zu sehen, mit seinen traurigen wässrigen Augen, aus denen er sie kaum noch anschaute. Der Beschützer von einst, ihr starker Marcel, war zu einem Schützling geworden, der ihre Stärke brauchte. Wenn er Parlamentssitzungen beiwohnte, saß sie oft im nächstgelegenen Café, und er stahl sich aus der Sitzung, nur um einen

Moment bei ihr zu sein. Es hatte ihre Liebe nicht geschmälert, im Gegenteil, Georgette gab gern etwas von dem zurück, was sie über all die Jahre von Marcel empfangen hatte: Sicherheit und tiefes Vertrauen.

Sie wollte ihm in diesem Zustand in jedem Moment beistehen, deshalb ging sie nun sogar allein zum Essen bei ihrem Freund Clémentel. Er hatte zur Bouillabaisse geladen, die seine Mutter, eine mit über siebzig Jahren noch erstaunlich rüstige Frau, selbst machte. Marcel hatte sie angerufen und gesagt, er sei kurzfristig zum Ministerpräsidenten Aristide Briand gerufen worden. Er hatte am Telefon sehr geschmeichelt geklungen, er werde eingeweiht in die wichtigen Entscheidungen für das kommende Jahr, hatte er stolz erklärt und ihr versprochen, er fühle sich besser, es werde alles einen guten Verlauf nehmen. Sie war anderer Ansicht. Marcel ignorierte die Wirklichkeit auf den Straßen von Paris, wo sich die Menschen um Kohlebriketts prügelten. Wer eine Wohnung hatte, der blieb darin und hielt die Läden geschlossen, damit die Kälte nicht eindringen konnte, denn es gab nichts, um Feuer zu machen und zu heizen. Die Menschen waren kürzlich sogar in die öffentlichen Parks eingedrungen, hatten Bäume und Sträucher gefällt, um sie zu verfeuern, bis die Gendarmerie verstärkt Wachen aufgestellt hatte. Doch Marcel verschloss die Augen vor der Realität. Die Bürger von Paris waren wütend auf ihn, und Georgette ahnte, dass man in Partei und Kabinett schon lange nicht mehr ehrlich zu ihm war. Ihre eigenen zaghaften Versuche, ihm die Augen zu öffnen, waren bislang fehlgeschlagen. Georgette selbst war in den Armenküchen mehrfach als Deutschenfreundin beschimpft worden. Eine Frau hatte sie sogar angespuckt. »Wissen Sie überhaupt, wie das ist, wenn Ihre Kinder vor Hunger schreien? Wenn sich ihre Augen röten und die Haut ganz fahl wird, weil die Kälte nicht mehr aus dem Körper weicht?«, hatte die Frau gerufen. Es fehlte an Kohle, um zu heizen, aber genau das war Marcels Verantwortung als Minister, er war zuständig für die Eisenbahn, die Verteilung der Güter und die Energie, die Kohle, und nichts davon konnte er derzeit zum Wohle der Bevölkerung nutzen. Zurzeit standen jegliche Mittel nur für den Krieg zur Verfügung. Die Eisenbahnwaggons wurden mit Waffen und Soldaten beladen und an die Front geschickt. Was an Kohle vorhanden war, wurde für die Soldaten zurückgehalten, und selbst wenn etwas für die Zivilbevölkerung übrig gewesen wäre, hätte es keine Züge gegeben, um die Kohle nach Paris zu bringen. Die Zeitungen machten bereits Witze über die Unfähigkeit des Ministers Marcel Sembat, sie erfanden Wortspiele mit seinem Namen, die suggerierten, es interessiere ihn nicht im Geringsten, wie es den einfachen Menschen gehe, da er selbst wohlsituiert sei. Es braute sich ein Gewitter zusammen, und anders als ihr Ehemann glaubte Georgette nicht daran, dass Aristide Briand, der seit gut einem Jahr Premierminister war, auf Dauer zu ihm halten würde.

Wenn sie ehrlich war, dann hatte Marcel recht behalten. Er war ein feinsinniger Theoretiker, der einer brutalen Praxis nichts entgegenzusetzen hatte. Er hatte seine Parteigenossen desillusioniert und vielleicht sogar gekränkt, denn nach dem Tod von Jaurès waren sie bereit gewesen, ihn zu ihrem geistigen, moralischen und politischen Anführer zu machen, doch er hatte dieses Geschenk nicht genutzt. Vor zwei Jahren hatte Marcel an Rücktritt gedacht, und sie hatte es ihm ausgeredet. Ein Fehler, dachte sie jetzt, denn Georgette ahnte, dass die Parteifunktionäre einen Minister ohne Erfolge und ohne Rückhalt nicht mehr lange dulden würden. Marcel musste versuchen, das Blatt zu wenden, und zwar schnell.

Sie stand vor Clémentels Tür und betätigte den Klopfer. Unter den erstaunten Blicken der Anwesenden betrat sie erhobenen Hauptes den Saal und ging auf die Gastgeberin zu. Es herrschte eine angespannte Stille, und Georgette spürte die Blicke der Parteifreunde wie Pfeile in ihrem Rücken. Nicht bereit, sich davon verunsichern zu lassen, straffte sie die Schultern. Ja, es war ungewöhnlich, als Frau allein zu einem solchen Beisammensein zu erscheinen, aber es war vor zwanzig Jahren auch ungewöhnlich gewesen, dass eine Frau an den Kursen der Académie des Beaux-Arts teilnahm. Sollten sie doch denken, was sie wollten, sie war hier, um Intrigen gegen ihren Ehemann zu verhindern. Es waren etwa fünfzehn Herren anwesend, nur drei von ihnen hatten ihre Ehefrauen mitgebracht. Offenbar war dieses Mittagessen doch nicht so informell gemeint, wie es auf der Einladungskarte den Anschein gehabt hatte. Als sie alle begrüßt hatte, hielt das Schweigen an, und Georgette ahnte, dass sie zu spät gekommen war. Es hatte sich bereits eine Gruppe von jungen Abgeordneten zusammengerottet, und nach den unsteten Blicken bei der Begrüßung zu urteilen, warteten sie auf die nächstbeste Gelegenheit, um Marcel endgültig loszuwerden.

»Monsieur Sembat wird doch nicht krank sein«, wandte sich einer von ihnen nun heuchlerisch an sie.

»O nein«, lächelte Georgette und beobachtete genau die Regungen in seinem Gesicht, »er verspätet sich bloß, er hat noch eine wichtige Unterredung mit dem Premierminister.« Albert Thomas, ein ehrgeiziger Staatssekretär, gesellte sich zu ihnen, offenbar hellhörig geworden.

»Erarbeiten sie dort einen neuen Plan, um die Energieversorgung sicherzustellen?« Georgette musterte den jungen Mann. Er hatte einen unordentlichen Bart, eine kleine Brille und Pausbacken, die ihn harmloser erscheinen ließen, als er vermutlich war. Georgette versuchte herauszufinden, auf welcher Seite er stand. »Ich wüsste nicht, welchen Plan es geben könnte. Die Aufgabe ist unlösbar, oder sind Sie anderer Ansicht?« Sie hatte einen Punkt errungen, erkannte sie, als Monsieur Thomas hüstelte und nervöse Blicke mit den anderen Herren austauschte.

»Wir stehen natürlich fest an der Seite Ihres Gatten, Madame Sembat, es ist nur, wissen Sie, der Zorn der Bevölkerung wird von immer neuen Gerüchten befeuert. Neulich hörte ich sogar, Ihr Mann treibe den Kohlepreis absichtlich in die Höhe, da er der Schwiegersohn eines großen Kohleimporteurs sei, der am Elend der Bevölkerung sehr viel Geld verdiene.«

»Das ist eine infame Lüge, meine Herren! Mein Vater ist noch vor meiner Geburt gestorben, und selbst mein Stiefvater ist schon fast zwanzig Jahre tot.« Albert Thomas verzog den Mund für eine Millisekunde zu einem schiefen Lächeln, dann setzte er wieder die Maske des Fürsorglichen auf und zuckte bedauernd mit den Schultern: »Natürlich wissen wir das, aber was will man machen, das Volk friert, und es erwartet vom zuständigen Minister, dass er Kohle heranschafft. Die Menschen verstehen nicht, warum ein Minister nicht zuallererst an das eigene Volk denkt, statt den Amerikanern Lieferungen zuzusichern. Es kursieren momentan die wildesten Gerüchte. Hoffentlich ergeht es ihm nicht wie dem armen Jean.« Georgette blieb die Luft weg. War das eine Drohung gewesen? Ihr wurde schwindlig. Sie entschuldigte sich, ließ Albert Thomas und seine

Männer stehen und setzte sich zu den anderen Damen an den Nebentisch. Georgette gelang es nicht, dem Gespräch der drei Frauen zu folgen, ihre Gedanken kreisten während des Essens immer wieder um das, was man ihr gerade offenbart hatte. Sie musste dringend mit Marcel sprechen.

Wenn es eine Lösung für das Verteilungsproblem gab, dann musste er sie finden, sonst wäre es das Ende seiner Karriere, wenn nicht Schlimmeres. Trotz der Kälte hatte sie Schweißperlen auf der Stirn, was ihr aber erst auffiel, als ihre Gastgeberin, Madame Clémentel, mit einem Spitzentaschentuch ihr Gesicht abtupfte. Sie war eine liebevolle, rundliche Person, und Georgette hatte für eine Sekunde das Bedürfnis, sich an die mütterliche Brust zu lehnen und getröstet zu werden. »Es sind noch die Reste einer Grippe«, erklärte sie schwach, während Madame Clémentel ihr Luft zufächelte. »Natürlich, mein Kind, wollen Sie sich vielleicht ein wenig frisch machen?«

Georgette nickte, und Madame Clémentel führte sie durch den großen Salon in einen Nebentrakt des Bürgerhauses. Sie durchquerten ein Büro, und Georgette war überrascht, an den Wänden Fotografien zu sehen, die Étienne anscheinend selbst gemacht hatte. Es waren ungewöhnliche Landschaften und Perspektiven und immer wieder Bilder von seiner verstorbenen Frau. »Er hat ein gutes Auge, Ihr Sohn«, sagte sie beeindruckt.

»Ja, und er liebt Ihre Kunst, wussten Sie das, Madame Agutte?«, entgegnete ihre Gastgeberin strahlend. Gemeinsam passierten sie eine Bibliothek und erreichten endlich einen großzügigen Waschraum. »Hier sind Sie ungestört. Wenn Sie wollen, kann ich vor der Tür warten.«

»Danke, das wird nicht nötig sein, ich denke, ich finde allein zurück.« Georgette schloss die Tür hinter sich, nahm ihr Taschentuch aus dem Ärmel und ließ kaltes Wasser darüberlaufen. Sie wrang es aus, setzte sich auf den Stuhl und hielt sich das kühle Tuch an die Stirn. Sie hatte tatsächlich unter einer schweren Grippe gelitten, wie so viele im Moment. Henri war wegen einer Bronchitis an die Côte d'Azur gereist, seine Ärzte hatten ihm das milde Klima dringend ans Herz gelegt. Er hatte ihr von dort das erste Mal seit langer Zeit wieder einen innigen Brief geschrieben, der Georgette sehr glücklich gemacht hatte. Seit sie ihm ausgeredet hatten, in den Krieg zu ziehen, war ihr Kontakt weniger eng gewesen, und sie hatte befürchtet, Matisse hätte ihnen ihre Einmischung übel genommen. Aber es lag einfach nur am Krieg und an der räumlichen Entfernung, die zwischen ihnen lag, wusste sie mittlerweile. Marcel und sie waren damals nach Bordeaux gereist, aber die Regierung war nur einige Monate dort geblieben und dann nach Paris zurückgekehrt. Manchmal kam sie sich vor, als wäre sie gerade hier in der Hauptstadt vom restlichen Frankreich abgeschnitten. Sie hustete. Diese Grippe war wirklich hartnäckig, dabei konnte sie ihre Krankheit wenigstens in geheizten Räumen auskurieren, anders als ein Großteil der Bevölkerung.

Kein Wunder, dass die Menschen einen Sündenbock suchten, und wie einfach war es von dieser intriganten Politikermeute, ihnen Marcel als solchen zu liefern. Als sie den Waschraum verließ, vernahm sie Stimmen aus der Bibliothek. Die Tür war einen Spalt breit geöffnet, sie hörte mehrere Männer diskutieren, auch Minister Clémentel höchstpersönlich war dabei. Georgettes Herz klopfte heftig, sie ging vorsichtig ein paar Schritte näher, eine sonore Stimme sagte:

»Wir dürfen so nicht mit ihm umgehen. Er hat immer noch das Fußvolk der Partei hinter sich.« Ein Mann, dessen Stimme sich deutlich jünger anhörte, konterte:

»Er hat niemanden mehr hinter sich. Den Kontakt zur Partei in der Provinz hat er längst verloren, und in Paris sind seine einstigen Anhänger enttäuscht.« Georgette wusste sofort, dass über Marcel gesprochen wurde, sie haderte mit sich, ob sie lauschen oder einfach weitergehen sollte.

»Briand hält an ihm fest«, gab der ältere Mann zu bedenken. Ein Dritter merkte an, dass er sich in den nächsten Tagen im Parlament diversen Fragen stellen müsse, auf die er keine Antwort habe. »Dann wird auch der Premierminister von ihm abrücken.

Sembat ist ein peinlicher alter Mann, dem die Brillanz von einst abhandengekommen ist. Auf der Parteiveranstaltung im Sommer konnten wir ihn nicht mehr reden lassen, erinnert ihr euch nicht? Ständig hatte er feuchte Augen und stammelte. Er verheddert sich in seinen Argumenten, und am Ende steht er meist mit rotem Kopf auf dem Podium. Er ist untragbar.«

»Wer soll seinen Posten einnehmen?« Georgette wollte nicht mehr hören, sie ertrug es nicht länger. Sie stürmte in die Bibliothek und genoss die schreckensbleichen Gesichter der Verschwörer. Keiner im Raum reagierte, es herrschte eisiges Schweigen. Georgette hörte ihre eigenen Worte falsch klingen, was daran lag, dass ihre Stimme mindestens eine Oktave zu hoch war. »Ich störe die Herren wohl bei einer politischen Diskussion. Entschuldigung«, sagte sie. Noch immer regte sich keiner der Männer, jeder schien darauf zu hoffen, dass ein anderer die peinliche Situation auflöste. Der Minister erholte sich als Erster von dem Schock. »Wie können wir Ihnen helfen, Madame Sembat?«

»Herr Minister, ich fürchte, ich habe mich in Ihrem wunderschönen Haus verlaufen. Ihre Frau Mutter war so freundlich, mir die Waschräume zu zeigen, und nun bin ich hier gelandet, wo ich gar nicht sein sollte.« Sie lachte hohl in den Raum hinein und klimperte übertrieben mit den Wimpern, während die Herren betreten zu Boden starrten. Jeder im

Raum wusste, dass sie alles mitangehört hatte. Der Minister reichte ihr den Arm und führte sie hinaus. »Ich denke, wir sind ohnehin fertig«, sagte er zu den anderen gewandt und brachte sie zurück in den Salon. Es war früher Nachmittag, und ein Großteil der Gäste machte sich bereits auf den Heimweg. Auch Georgette bat um ihren Mantel, doch als sie gerade in die Kälte hinaustreten wollte, kam Marcel in einer Kutsche vorgefahren. Er begrüßte sie gut gelaunt. »Meine Gette, hattest du keine Zeit mehr, um auf mich zu warten?« Georgette wollte unter allen Umständen verhindern, dass er seinen Häschern aus den eigenen Reihen begegnete. »Ich glaube, die Grippe kommt zurück. Würdest du mich nach Hause begleiten?« Doch ihr Mann war nicht zu bremsen. »Liebe, bleib doch bitte noch einen Moment hier, ich muss den Herren etwas mitteilen. Es wird nicht lange dauern.« Sie seufzte und ließ sich von ihm an der Hand zurück ins Haus des Ministers ziehen. Schlimmer konnte der Tag nicht mehr werden, befand sie und hoffte, dass die Verschwörer zumindest für heute von ihrem Opfer abgelassen hätten. Doch als sie hörte, was Marcel den anderen zu erzählen hatte und mit welch unverhohlenem Stolz er berichtete, sank ihr Mut endgültig. Marcel hegte keinerlei Verdacht, dass sein Stuhl längst wackelte.

»Briand will das gesamte Kabinett auflösen, um einige Minister loszuwerden«, triumphierte er, weil er sich als Eingeweihter offenbar in trügerischer Sicherheit wähnte. Er erzählte von seinem Mittagessen mit Briand und dem Kriegsminister Roque. Briand habe ihm auf dem Weg ins Restaurant ein Gerücht anvertraut, demnach Roque vorhabe, im Zuge der Kabinettsumbildung als Kriegsminister zu demissionieren, um als General zurück an die Front zu gehen. Er, Marcel, habe den Kriegsminister darauf angesprochen und festgestellt, dass der diese Idee nie gehabt hatte. »Ich glaube, es war ein Trick von Briand. Er will Roque loswerden, deshalb hat er das Gerücht selbst in die Welt gesetzt«, schloss er seine Ausführungen.

Georgette tat es in der Seele weh, zu sehen, wie arglos ihr Ehemann war. Ganz offensichtlich hatte Briand an diesem Tag zwei Minister einbestellt, die er abberufen wollte, und Marcel hatte keine Ahnung, dass längst auch über ihn Gerüchte im Umlauf waren, möglicherweise von Briand höchstpersönlich gestreut oder zumindest gesteuert.

Das peinliche Entsetzen seiner Parteifreunde war mit Händen zu greifen, vermutlich hatten selbst sie gerade Mitleid mit diesem unschuldigen Menschen, der zu fein war, um sich vorzustellen, dass in den Hinterzimmern bereits sein Nachfolger gesucht wurde.

Hoffnung aufs Paradies

Der Air-France-Schalter, bei dem sie ihr Ticket kaufen wollte, war noch nicht besetzt. Es war erst Viertel nach sechs, Hanna hatte die erste Maschine nach Deutschland genommen, und vermutlich würden die Mitarbeiter der Fluggesellschaft frühestens um acht mit der Arbeit beginnen. Lilie schaute sich nach einem Café um, entschied dann aber, lieber zurück nach Grenoble zu fahren und das Ticket online zu kaufen. Sie hatte Hanna gegenüber angedeutet, dass sie sich den Flug auf die Antillen eigentlich nicht leisten konnte, und angeboten, das Geld in Raten zurückzuzahlen, aber Hanna hatte davon nichts wissen wollen. »So weit kommt es noch. Natürlich zahlen wir den Flug. Das versteht sich doch von selbst.« Sie hatte keine Widerrede geduldet, und Lilie war ausnahmsweise froh darüber gewesen. Sie zog sich einen Kaffee am Automaten und machte sich auf den Rückweg nach Grenoble, um Hermann im Krankenhaus Gesellschaft zu leisten.

Schon von Weitem sah sie eine Handvoll Patienten in einer großen Wolke aus Qualm vor dem Eingangsportal stehen. Einige waren sogar mit ihrem Tropf vor die Tür gerollt, um sich ihre Frühstücksration Nikotin abzuholen, und husteten in regelmäßigen Abständen, und noch während Lilie dachte, dass sie dringend mit dem Rauchen aufhören musste, atmete sie begierig den heißen Qualm ein. Sie hatte früher oft mit Hermann zusammen im Wohnzimmer gesessen und geraucht, er hatte sich dann genüsslich über eine Zigarre hergemacht und Rauchringe geblasen wie eine Lokomotive. Sie hatten nicht viel geredet, außerdem waren ihre Deutschkenntnisse miserabel gewesen, aber Hermann hatte sie immer verstanden. Oder zumindest so getan als ob. Es war wirklich merkwürdig. Sie hatte sich nie um ihn bemühen müssen, während er von allen anderen Menschen aus seinem Umfeld enorme Leistungen forderte und selten zufrieden war. Wobei sie fand, dass Hanna die Ansprüche, die ihr Vater an sie stellte, durchaus als Kompliment verstehen durfte. Er erwartete viel von Hanna, weil er ihr auch viel zutraute. Bei Lilie waren die Erwartungen nie allzu groß gewesen, und diesen Pessimismus hatte sie nicht enttäuscht, dachte sie. Trotzdem hatte Hermann zu ihr gehalten, als sie damals im hohen Bogen von der Schule geflogen war. Eigentlich hätte sie umgehend zurück nach Hause fahren müssen, denn mit dem Rauswurf endeten sowohl das Austauschprogramm als auch der Versicherungsschutz. Aber statt sie wegzuschicken, hatte

Hermann sie ohne Kommentar oder gar Vorwurf über seine Krankenversicherung mitversichert, hatte sie einfach als Familienmitglied eingetragen und ihr zu verstehen gegeben, dass sie dazugehörte und sie gemeinsam dafür sorgen würden, dass sie ihren Weg fand. Sie suchte lange in ihrer Handtasche, bis sie ein Kaugummi gefunden hatte, kaute einen Moment darauf herum, um ihren Tabakatem mit Pfefferminz zu übertünchen, und ging nach oben.

Auf dem Flur herrschte hektisches Treiben. Ärzte und Krankenschwestern liefen auf und ab, dazwischen standen einige Patientenbetten. Die Tür zu Hermanns Zimmer stand offen, und Lilie sah, dass es leer war. Ihre Knie wurden weich, eine ungute Ahnung beschlich sie. Sie ging trotzdem hinein, wie um sich zu vergewissern, dass weder Hermann noch sein Krankenbett noch irgendwelche Sachen von ihm darin waren. Lilie wagte nicht, das Unvorstellbare zu denken. Ihr würde übel, dann ließ sie sich an der Wand entlang auf den Boden gleiten.

»Lilie, was ist denn los mit dir?«

Lilie erschrak. Hermann stand im Türrahmen, seine Haare waren zerzaust, der Bademantel über seinem Pyjama kaum geschlossen, und die Füße rutschten aus alten Hotelpantoffeln, aber er stand lebendig da.

»Hast du etwa gedacht, ich wäre tot?«, fragte er. »Ich trete nicht ab, bevor ich dieses Bild gefunden habe, das müsste dir doch klar sein.« Er zwinkerte ihr zu. Das war typisch Hermann, dachte Lilie. Selbst vom Tod wollte er sich kein Datum vorgeben lassen, sondern den Termin so weit wie möglich selbst bestimmen.

»Man hat mich umgebettet. Hier in der Notaufnahme konnte ich nicht bleiben, deshalb bin ich oben auf der Station.«

»Hast du mich gesucht?«, fragte Lilie und drückte sich an der Wand hoch.

»Nein. Warum?« Er schaute einen Moment verloren drein und schien zu überlegen. »Verflixt, was wollte ich denn hier unten? Ich muss mich verlaufen haben. Merkwürdig.« Dann drehte er sich um und ging wieder in die Richtung, aus der er gekommen war. Lilie folgte ihm eilig und fragte sich, ob seine Verwirrtheit zunehmen würde. Der Arzt hatte sie, genauso wie die Müdigkeitsattacken, vorausgesehen und auf die geschädigte Leber zurückgeführt.

Sie nahmen den Aufzug; zurück in seinem neuen Zimmer, öffnete Hermann sofort das Fenster. »Hier mieft es nach Krankheit. Ich brauche frische Luft«, sagte er angewidert. »Vermutlich können sie übermorgen schon den Eingriff durchführen, dann kann ich hier endlich raus.«

Hermanns Hoffnungen hingen bleischwer im Raum. Eine Weile schwieg Lilie, dann fiel ihr ein, dass Hermann ja noch gar nichts von Hannas Theorie wusste.

»Hanna ist gestern Abend draufgekommen, von wem das geheime Bild sein könnte«, sagte sie ohne Umschweife.

Hermann, der sich an seinem Kopfkissen zu schaffen gemacht hatte, drehte sich ruckartig zu ihr um.

»Und das sagst du mir erst jetzt? Los, erzähl!«

Lilie zog sich den Stuhl ans Bett heran, auf das sich Hermann gesetzt hatte. Sie ließ sich Zeit, da Hermann jedes Detail begierig aufsaugte und offenbar Spaß daran hatte, mitzuraten.

»Und dann«, schloss sie, »ist Hanna schließlich draufgekommen, wer es gemalt hat.«

»Warte, gib mir noch ein Stichwort«, bat Hermann.

Lilie überlegte. »Stichwort Ehe!«

»Ehe? Ehemann. Marcel hat gemalt? Quatsch. Ihr erster Mann? Warte, sag nichts.«

»Hochzeitsgeschenk!«, sagte sie, Hermann runzelte die Stirn, er dachte angestrengt nach. »Kannte den Vater persönlich«, gab sie ihm den entscheidenden Hinweis, und dann fiel es Hermann wie Schuppen von den Augen. »Natürlich. Warum sind wir nicht eher darauf gekommen?! Es war Pissarro, nicht wahr?«, rief er begeistert, und Lilie lächelte.

»Also wenn es dieses Porträt wirklich gibt, ja, dann ist es vermutlich ein echter Pissarro.«

»Und wo vermutet ihr das Porträt?«, fragte Hermann.

»Na ja«, sagte Lilie zögerlich. »Dieser Teil des Rätsels ist leider noch nicht gelöst.« Sie beobachtete Hermann genau, als sie weitersprach.

»Hanna und ich glauben, dass Yves vielleicht noch einen Hinweis haben könnte«, sie zögerte, »aber ...«

»Aber er will ihn nicht rausrücken?«, unterbrach Hermann sie.

»Das kann man so nicht sagen. Er hat bloß keine, wie soll ich sagen, Gelegenheit gehabt, sich damit zu beschäftigen.«

»Auf gut Deutsch, er hat keine Lust, seine Hütte aufzuräumen und es zu suchen«, brachte es Hermann auf den Punkt.

»So ungefähr. Er sagt, wir können gern zu ihm kommen und selbst vor Ort suchen.« Vorsichtig fügte sie hinzu: »Also haben Hanna und ich entschieden ...«, sie konnte den Satz nicht mehr beenden, weil Hermann vom Bett aufsprang.

»... dass wir auf die Antillen fliegen. Eine glänzende Idee! Ich frage gleich die Ärzte, wann es losgehen kann.«

O Gott, dachte Lilie, und nun? »Ich meinte eigentlich, dass ich allein fliege«, sagte sie zaghaft.

»Das kommt gar nicht infrage! Ich bin dabei! Wir drei fliegen zusammen. Einer für alle, alle für einen.«

»Hermann, bitte, sei nicht so unvernünftig«, versuchte Lilie es noch einmal.

»Ende der Diskussion, Lilie«, sagte er bestimmt. »Man schaltet einen *Tatort* nicht fünf Minuten vor dem Ende aus. Jetzt will ich auch wissen, wo der Pissarro steckt. Und außerdem war ich noch nie in der Karibik. Ich finde, es ist ein perfektes Ziel für die letzte Reise. Wenn der Sensenmann da lauert, kommt er wenigstens in Badehose, das ist doch gleich viel freundlicher. Ruf Hanna an, dass sie in unserem Xantener Reisebüro die Flüge bucht, ich habe kein Vertrauen in dieses Internetz.« Lilie musste unwillkürlich lachen, über Hermanns Abneigung gegen moderne Technik und über seinen Elan. Sie konnte dem nichts entgegensetzen und wollte es auch nicht. Sollte Hanna heute Abend versuchen, ihn zur Vernunft zu bringen, ihr, Lilie, würde das ohnehin nicht gelingen. Und vielleicht war es trotz tropischer Hitze, trotz der acht Stunden Flug, trotz der Gefahr genau das Richtige. Lilie begriff, dass es Hermann in diesem Moment in Wahrheit nicht um das Bild oder irgendein Rätsel ging, sondern darum, dass er bis zur letzten Sekunde die Hoheit über sein Leben und sein Handeln behalten wollte.

Merci, Monsieur Sembat

Paris, Dezember 1916

Es war der Anfang vom Ende. Georgette brachte es nicht übers Herz, ihrem Mann auf der Rückfahrt von dem Komplott zu berichten, das sie im Haus des Ministers Clémentel belauscht hatte. Was hätte das auch geändert, fragte sie sich. Gewinnen konnte er nicht mehr, nur noch in Würde verlieren, und dabei zu helfen, war ihre Aufgabe.

Georges Clemenceau, der konservative Politiker und Zeitungsverleger, gab Marcel am nächsten Morgen in einem Artikel zum Abschuss frei und forderte seine Entlassung aus dem Kabinett. In einem langen Pamphlet, das sich über eine ganze Zeitungsseite erstreckte, geißelte er den Minister Sembat für seine Unfähigkeit, die Bevölkerung zu versorgen. Zum ersten Mal fand Georgette sogar das Gerücht niedergeschrieben, er sei der Schwiegersohn eines Kohleimporteurs, und sie fragte sich, ob so etwas wirklich Briand in die Welt gesetzt hatte oder ob der Staatssekretär Thomas es Clemenceau geradezu in die Feder diktiert hatte. Sie fand Marcel an diesem Morgen mit vor Entsetzen geweiteten Augen am

Frühstückstisch sitzend, in den Händen den vernichtenden Artikel.

»Das ist infam. Wie falsch kann ein Mensch sein?«, brüllte er, sprang auf und begann, im Raum auf und ab zu gehen.

»Er ist noch nie deiner Ansicht gewesen«, versuchte sie, Marcels Wut zu bremsen, »du weißt doch, wie wenig er die Sozialisten mag. Und du als«, sie schluckte, »eine der Führungspersönlichkeiten bist ihm natürlich ein Dorn im Auge.« Sie musste ihn zunächst einmal beruhigen, sagte sie sich, in diesem emotionalen Zustand würde er die ganze Wahrheit nicht verkraften.

»Aber wie kann er mir vorwerfen, ich täte nichts? Sie haben mir doch verboten, die Eisenbahn für den Kohletransport einzusetzen, darüber herrsche im Moment der Kriegsminister, hieß es. Und was soll dieses blöde Gerücht über einen Schwiegervater? Das ist Rufmord.«

»Mein Vater war Maler«, erwiderte Georgette ruhig, »sag ihnen das. Ein feingeistiger Künstler. Ich will, dass sie das wissen!«

»Meine Gette, es tut mir leid, dass du so etwas miterleben musst. Das habe ich nicht gewollt. Ich werde Briand aufsuchen, wir werden eine Lösung finden. Es ist Zeit, dass etwas passiert.«

»Marcel, sei vorsichtig!«, sagte sie und sehnte sich auf einmal danach, mit ihm nach Bonnières zu fahren, dort gemeinsam im Garten zu sitzen und die Welt auszusperren. Sie überlegte, wie sie ihn warnen konnte, ohne ihn mit allen Gemeinheiten konfrontieren zu müssen, die sie am Vortag gehört hatte. »Ich glaube, deine Feinde kommen aus den eigenen Reihen.«

Er stutzte: »Wie meinst du das?«

»Ich bin nicht ganz sicher, aber ich glaube, dass einer bei Clémentel Stimmung gegen dich gemacht hat.«

»Wer, Albert Thomas? Ha, das würde mich nicht wundern, diese Schlange!« Er nahm Hut und Mantel. »Bitte warte im Café auf mich«, sagte er und küsste sie aufs Haar.

Dann ging er hinaus. Georgette blieb allein zurück, sie hörte die Stille in ihrem Kopf toben. Die Politik war kein ehrliches Geschäft, und in diesem Moment schien es ihr nahezu tröstlich, dass Marcel bald nichts mehr damit zu tun haben würde. Natürlich, auch unter Künstlern gab es Rivalitäten. Matisse konnte mit den Kubisten nicht viel anfangen, es war nicht sein Weg, doch er würde niemals deren Kunst zu torpedieren versuchen. Auch Marcel war zu kultiviert für die Niederungen der Politik, war im Herzen ein Künstler, auch wenn er niemals einen Pinsel in die Hand nehmen würde. Ein Grund mehr, ihn zu lieben, dachte Georgette. Sie konnte in diesem Moment nicht verhindern, dass er verletzt wurde, aber sie würde ihn gesund pflegen.

Sie wollte sich gerade ankleiden, um wie verabredet im Café auf Marcel zu warten, als Bernadette ihr mit einem Brief entgegenkam. Ihre alte Freundin aus Kindertagen lebte, seit die Schlacht um Verdun im Februar begonnen hatte, bei ihnen in Paris. Das Schicksal hatte es nicht gut mit ihr gemeint. Ihre Tochter war an einer Lungenentzündung gestorben, und nun war auch noch ihr Ehemann bei Verdun gefallen. Ihre Söhne befanden sich immer noch an der Front. Georgette versuchte, die Freundin zu stützen, wo es nur ging. Seit zehn Monaten wohnte Bernadette in dem alten Mädchenzimmer. Statt einer Miete, die Georgette niemals von ihr hätte verlangen wollen, ging sie im Haushalt ein wenig zur Hand, vornehmlich organisierte sie die Einkäufe für Dinereinladungen, und sie war Georgettes Vertraute, mit der sie in manchen Momenten herumalbern konnte wie zu Kinderzeiten, um der Tristesse und dem Schrecken des Krieges zu entfliehen.

»Den hat ein kleiner Junge draußen abgegeben, ohne ein Wort zu sagen. Er ist sofort weggerannt«, erklärte Bernadette und hielt Georgette ein Silbertablett mit einem Umschlag unter die Nase. Plötzlich wurden ungute Erinnerungen an die Nachricht von Jeans Tod in Georgette wach, und sie griff unsicher nach dem Brief. Er glitt ihr aus der Hand und segelte unter die Kommode im Entree. »Lass ihn liegen. Ich habe das Gefühl, dass ich diesen Brief nicht sehen will«, sagte sie zu Bernadette, drehte sich um und ging hinauf, um sich umzuziehen. Sie entschied sich für eine karierte Bluse mit weißem Spitzenkragen zum langen dunkelgrauen Rock, denn Marcel mochte diese Kragen an ihr. Als sie wieder hinunterkam, lag der Brief auf dem Tisch, und in der Sekunde wurde ihr klar, warum sie bei seinem Anblick ein ungutes Gefühl gehabt hatte: Die Adresse auf dem Umschlag war mit Schreibmaschine getippt, das konnte nichts Gutes verheißen. Handschriften waren persönlich, sie verrieten den Absender, wer hingegen mit einer Maschine schrieb, der wollte anonym bleiben. Mit zitternden Händen riss sie den Umschlag auf, nahm den Brief heraus, las ihn und hatte umgehend das Gefühl zu ersticken. Sie atmete und atmete, aber der Sauerstoff wollte nicht in ihren Lungen wirken. Ihre Hände begannen zu kribbeln, als würden tausend Ameisen darauf umherrennen, sie verlor das Gleichgewicht, dann wurde ihr schwarz vor Augen.

Als sie wieder zu sich kam, wurde ihr übel von einem merkwürdigen Gestank, es war eine Mischung aus Ammoniak und Eukalyptus aus einem Riechfläschchen, das Bernadette ihr unter die Nase hielt. »Georgette, Georgette«, rief sie. »So wach doch auf. Soll ich einen Arzt rufen?« Benommen drückte Georgette die Hand mit dem furchtbaren Riechsalz zur Seite. Sie blickte Bernadette verwundert an und brauchte einen Moment, bis sie zur Besinnung kam.

»Der Brief«, sagte sie tonlos und zeigte auf das Papier, das nun schon zum zweiten Mal zu Boden gefallen war. Bernadette hob es auf und brachte es Georgette.

»Was steht darin?«, fragte sie.

»Hier, lies selbst.« Bernadette las laut vor. Minutenlang schien es zu dauern, bis sie begriffen hatte, dass sie eine Morddrohung in den Händen hielt. Sie war gerichtet an »Madame Marcel Sembat«, offenbar hatten die Übeltäter gewartet, bis Marcel das Haus verlassen hatte, um ihre gedruckte Galle loszuwerden. Georgette wurde ein weiteres Mal als Deutschenfreundin beleidigt, Marcel als Verräter. Und es erging der »gute Rat« an sie, mit ihrem Mann zu verschwinden, »nach Deutschland meinetwegen«, sonst würde man ihnen bald »Blumen schicken, die Ihnen nicht mehr gefallen könnten«. Eine merkwürdige Formulierung, dachte Georgette, beinahe poetisch, wenn die Bedeutung nicht so furchtbar wäre. Waren das wirklich Leute aus dem Volk, fragte sie sich, oder Parteigenossen, die ihr Angst machen wollten, damit Marcel seinen Platz in der Regierung freiwillig räumte? Wer auch immer es war, er hatte sein Ziel erreicht. Sie würde Marcel bitten, sein Amt unverzüglich niederzulegen. Sie könnten für eine Weile in die Schweiz gehen, überlegte sie, Marcel liebte die Berge. Ja, sie wollte weg. Weg von dem Krieg, weg von Intrigen. Sie sah Bernadette an, die immer noch fassungslos auf den Brief starrte.

»Ich muss zu Marcel. Bitte sei so gut und bereite alles Notwendige vor. Es kann sein, dass wir für längere Zeit verreisen, vielleicht müssen wir in die Schweiz fliehen.«

»Was soll ich einpacken?«, fragte Bernadette hilflos. Georgette sah sie lange an und überlegte. »Alles, was in die Koffer passt«, sagte sie dann kurz entschlossen. Sie schaute auf die Uhr am Kaminsims, es war elf Uhr vormittags. Sie hatte noch zwei Stunden, ehe sie Marcel im Café treffen würde.

»Warte hier. Ich brauche eine Stunde in meinem Atelier. Dann machen wir uns gemeinsam an die Arbeit.« Sie war plötzlich sehr klar im Kopf. Sie musste Vorkehrungen treffen, für alle Fälle. Marcel hatte ein Testament gemacht, in dem er verfügte, dass ihre Kunstsammlung geschlossen an ein Museum gehen sollte, und sie hatten ihren engen Freund Paul Signac zum Nachlassvollstrecker erkoren. Er kannte die Museumsszene wie kein Zweiter, er sollte bestimmen, wem die kostbaren Werke gestiftet würden. Marcel wollte in jedem Fall, dass alle Bilder der Öffentlichkeit zugänglich gemacht wurden, und er war sich sicher, dass all die heute noch umstrittenen Werke eines Tages in die Geschichte eingehen würden. Georgette war selbstverständlich gleicher Meinung, nur ein einziges Bild wollte sie auch weiterhin vor den Blicken der Menschen schützen, das Porträt, das Pissarro von ihrem Vater gemalt hatte, das sie so lange schon vor allen Blicken geschützt und dessen Anblick sie stets im Geheimen genossen hatte. Es war ein Bild, das sie im tiefsten Innern berührte und das nur ihr gehörte. Als sie dem großen Maler damals bei einem ihrer Spaziergänge für dieses wundervolle Hochzeitsgeschenk hatte danken wollen, hatte er nur gesagt. »Es hat seine Bestimmung bei dir gefunden. Das ist gut so.« Es war ein Geheimnis zwischen ihnen beiden gewesen, und in diesem Moment fehlte der väterliche Freund ihr schmerzlich. Mehr als zehn Jahre war er nun tot, die Anerkennung, die ihm in den letzten Jahren seines Lebens zuteilgeworden war, hatte sich noch vergrößert, sicher war er inzwischen sogar den Deutschen bekannt. Es gab viele Retrospektiven, und seine Werke wurden zusammen mit Monet, Cézanne, Renoir und Degas ausgestellt. Sie musste das Bild in Sicherheit bringen oder es so präparieren, dass sie es mit auf die Reise nehmen konnte. Sie ging in ihr Atelier und betrachtete zunächst das Bild, das ihr Vater gemalt hatte. Es war in keinem guten Zustand. Die Leinwand war inzwischen mehr als fünfzig Jahre alt. Georgette überlegte. Das Gemälde von Pissarro war ungefähr genauso alt. Sie würde beide doublieren müssen, um die Leinwände zu stabilisieren, sonst würden sie Schaden nehmen. Die Bilder waren so sehr Teil ihres Lebens geworden, dass sie sich nicht vorstellen konnte, auf sie zu verzichten. Sie dachte einen Moment nach, rang mit sich, dann hatte sie sich entschieden und begab sich an die Vorbereitungen. Sie holte eine sehr dünne, noch jungfräuliche Leinwand aus dem Regal, die als Verstärkung dienen sollte, rollte sie auf dem großen Schreibtisch von Marcel aus und holte das Bügeleisen. Sie nahm das Bild, das ihr Vater gemalt hatte, von der Wand und den Pissarro aus ihrer Kommode, wo er immer noch in dasselbe Leintuch eingewickelt war wie bei ihrer Hochzeit. Als sie *Die Reiterin* aus dem Rahmen löste, fiel ihr ein Brief an den Vater in die Hände, den sie vor mehr als vierzig Jahren geschrieben und dort versteckt hatte. Damals war sie noch ein junges Mädchen gewesen. Liebevoll steckte sie den Brief wieder in den Umschlag und beschloss, ihn später hinten in den Keilrahmen zu klemmen. Er gehörte zu diesem Bild. Konzentriert arbeitete sie etwa eine Stunde lang, dann betrachtete sie ihr Werk und war zufrieden. Hinten auf die Leinwand *Der Reiterin* schrieb sie eine Widmung für Bernadette. Wenn ihnen etwas passieren sollte, würde ihr Vater bei ihrer engsten Freundin in guten Händen sein.

Es schlug Mittag, als sie zu Bernadette in die Küche kam und ihr eine Liste in die Hand drückte, was noch zu besorgen wäre und was sie mitnähmen. »Bitte kümmere dich um meinen Vater, falls uns etwas zustoßen sollte. Ich möchte, dass du sein Gemälde in deine Obhut nimmst«, sagte sie und umarmte die Freundin. Ohne eine Reaktion abzuwarten, ging sie hinaus in die Kälte. Sie war mit Marcel im Café de la Paix verabredet, dem Ort, an dem sie sich vor mehr als zwanzig Jahren wiedergetroffen hatten. Zu Fuß war es bei der Kälte zu weit, also nahm sie eine Kutsche und setzte sich eine Viertelstunde später an einen Holztisch neben einer der ionischen Säulen.

»Es tut so gut, dich zu sehen«, sagte Marcel, als er ins Café kam. Er wirkte müde und abgekämpft, regelrecht zerzaust. Sein sonst so akkurat gezogener Scheitel war unordentlich, und die Brille saß ein wenig schief auf der Nase, sodass Georgette trotz allem lächeln musste. Wenn sie es nicht besser gewusst hätte, wäre sie auf den Gedanken gekommen, er sei bei einer fremden Frau gewesen und in flagranti erwischt worden.

»Sie wollen mich fertigmachen, Gette. Ich habe in der Debatte heute eine infame Lüge nach der anderen parieren müssen. Stell dir vor, sie behaupten, ich hätte den Briten ein Entnahmerecht für die Ölfelder in Algerien eingeräumt. Woher haben sie bloß so einen Unsinn?, frage ich dich. Aber ich war gut. Ich habe das Gefühl, meine Lebensgeister sind neu erwacht. Ich habe ihnen dargelegt, dass sie sich entscheiden müssen zwischen Krieg und Komfort, zwischen Armee und Annehmlichkeiten, und wenn sie diese

Entscheidung getroffen haben, dann werde ich sie als Minister auch umsetzen. Ich war überzeugend, und Briand hat fortwährend zustimmend genickt.«

»Warum hörst du nicht einfach auf? Sie suchen nur einen Sündenbock, und der solltest du nicht sein«, sagte Georgette ohne Umschweife und ergriff seine Hand. Marcel blickte sie erstaunt an.

»Ich laufe doch nicht einfach so davon!«

»Es gibt aber Grund zum Davonlaufen, Marcel. Wir bekommen Morddrohungen, hier, sieh nur.« Sie hielt ihm den Brief unter die Nase. Marcel rückte seine Brille zurecht und überflog die Drohung.

»Es tut mir leid, dass du so etwas lesen musst, Gette. Aber das sind Feiglinge, und ich kann mich nicht von Feiglingen in die Knie zwingen lassen. Es sind nicht die ersten Morddrohungen, die wir bekommen. Und es werden nicht die letzten sein. Wir sind stärker als diese Drohungen, das verspreche ich dir.«

»Ich habe Angst um dich. Denk an Jean, dann weißt du, wozu Menschen fähig sind. Wir könnten uns doch für Besseres einsetzen als für einen verlorenen Kampf. Ist es nicht das, was du auch Matisse geraten hast: sich nicht für die falsche Sache zu opfern?« Ihr flossen inzwischen Tränen über die Wangen. Sie wischte sie ungeduldig weg und erkannte aus den Augenwinkeln, dass die Menschen an den Nebentischen zu ihnen herüberschauten.

»Bitte!«, sagte sie noch einmal drängend, doch Marcel blieb hart.

»Nein. Ich kann nicht. Es wäre unehrenhaft.«

»Und wenn sich hinter den Erpressern keine Fremden verbergen, sondern Neider aus deiner eigenen Partei? Es war nicht nur Albert Thomas, alle haben sich bei Clémentel gegen dich ausgesprochen.« Sie hätte es sanfter sagen, es ihm schonender beibringen sollen, aber nun war es raus, und sie sah, dass die Worte ihre Wirkung nicht verfehlten. Marcel wurde bleich.

»Wer sind alle?«, fragte er knapp.

»Ich weiß es nicht, ich kannte sie nicht, und ich habe sie nicht genau gesehen«, log Georgette. »Marcel, ich habe alles packen lassen. Wir könnten für eine Weile in die Schweiz gehen, bis der Krieg vorbei ist, du könntest dich in den Bergen erholen. Oder lass uns wenigstens in den Süden fahren, an die Côte d'Azur zu Henri. Hauptsache, weg aus dieser Schlangengrube. Bitte sag Ja.«

»Schweig!«, entgegnete Marcel mit vor Wut zusammengepressten Lippen, und Georgette war wie vom Donner gerührt. »Ich werde mich nicht davonjagen lassen wie ein Hund, schon gar nicht, wenn man dafür sorgt, dass meine Ehefrau die Leine führt! Wie kannst du dich auf ihre Seite schlagen?! Ich werde um mein Amt kämpfen. Und dann sehen wir weiter.« Georgette war bestürzt über seinen Tonfall und über seine Verbohrtheit. Er würde hier in Paris nichts mehr bewirken können. Alle wussten es. Nur ihr Ehemann war zu stur und zu stolz, die Zeichen zu verstehen.

Wortlos stand Marcel auf und ging davon. Georgette blieb noch eine Weile an dem kleinen Tisch sitzen. Sie lehnte ihren Kopf gegen die Säule und schloss für einen Moment die Augen.

***

Marcels Agonie dauerte noch drei Tage, in denen die Zeitungen eine regelrechte Hetzkampagne lostraten. Jeden Morgen konnte er neue Lügen oder Bosheiten über sich lesen. Mal wurde ihm Unfähigkeit, mal Gleichgültigkeit unterstellt. In diesen Tagen traute sich Georgette kaum auf die Straßen, jeder Gang glich einem Spießrutenlauf. Die Menschen erkannten sie, starrten sie an, manchmal wurde sie sogar beschimpft. Am Vormittag des dritten Tages kam ein Botenjunge mit einer Depesche vom Ministerpräsidenten, der um sofortige Antwort bat. Aristide Briand bestellte Marcel zum Mittagessen ein. Marcel wirkte ruhig, nahezu gelassen, Georgette hatte den Eindruck, dass er froh war, es nun beenden zu können. Hatte er drei Tage zuvor noch Kampfgeist gezeigt, so hatte ihn die Zeitungskampagne endgültig zermürbt. Er kleidete sich sorgfältig an. Georgette hatte Herzklopfen, als er wortlos das Haus verließ. Sie wusste nicht, was sie tun sollte. Die Koffer, die sie nach der Morddrohung gepackt hatte, standen unverändert im Schlafzimmer neben dem Bett. Sie öffnete den großen Schrankkoffer, holte ihr Malzeug heraus und ging an die leere Staffelei. Sie versuchte, die Leinwand auf den Rahmen zu spannen, aber es dauerte nicht lange, bis sie aufgab. Sie konnte sich nicht konzentrieren. Schließlich setzte sie sich in den Salon, studierte die Zeitung und warf sie dann angewidert in den Kamin. Sie sah zu, wie die Lügen über Marcel in Flammen aufgingen. Jetzt war ihr wohler. Sie ging in ihr Atelier zurück, setzte sich erneut, diesmal in den Schaukelstuhl, und wartete.

Als Marcel zwei Stunden später zurückkam, nahm er sie in den Arm und drückte sie mit aller Kraft an sich. »Lass uns nach Hause fahren«, bat er, und Georgette nickte. Sie wusste, dass er eine Zeit lang brauchen würde, um alles zu erzählen. Also wartete sie geduldig. Sie schwiegen, während die Koffer in die Kutsche gebracht wurden, sie schwiegen auch auf dem Weg zum Bahnhof. Und selbst im Zug brachte Marcel noch kein Wort heraus. Erst als sie in Bonnières angekommen waren, er den Kamin befeuert hatte und sie auf dem Sofa saßen, begann er zu sprechen.

»Es ist vollbracht«, sagte er. Und dann berichtete er, wie er mit Aristide Briand in freundlicher Atmosphäre zu Mittag gegessen hatte. Man habe sich zunächst über Banalitäten wie das Wetter unterhalten, Briand habe nach Georgette gefragt, wie es ihr gehe. Und dann habe er ihm sanft den Todesstoß versetzt.

»Marcel«, habe er gesagt, »du weißt, ich stehe an deiner Seite, dessen wollte ich dich noch einmal versichern. Wenn du willst, wirst du auch in meiner neuen Regierung dabei sein, dass habe ich allen gesagt, die dich ersetzt sehen möchten. Ich habe gesagt, nein, Sembat ist mein Freund, sein Platz ist an meiner Seite. Und das bleibt er.« Einen Moment habe er noch Hoffnung gespürt, gab Marcel zu, aber dann habe sich Aristides Stimme verändert, habe sie plötzlich hohler geklungen, und da habe er gewusst, was er tun müsse. Briand habe ihn sehr geschickt mit den Anfeindungen konfrontiert. Marcel imitierte den Ministerpräsidenten jetzt und ließ ihn beinahe wie eine Karikatur wirken. »Wenn du jedoch sagst, dass du die Kampagne, die zweifellos weitergehen wird, nicht mehr erträgst, wenn du befürchtest, dass durch die mangelnde Akzeptanz die nächste Regierung in Mitleidenschaft gezogen wird, dann würde ich das verstehen, auch das habe ich allen gesagt. Aber solange du willst, ist der Platz meines Freundes an meiner Seite.«

»Er hat dir die Entscheidung überlassen. Das war anständig von ihm«, sagte Georgette resigniert.

»Ja, und ich habe ihm geantwortet, ich wolle nicht aus Freundschaft auf dem Ministerposten bleiben«, erwiderte Marcel und lächelte tapfer. Offenbar hatte der Ministerpräsident Sorge gehabt, er könne es sich anders überlegen, jedenfalls hatte er ihm daraufhin blitzschnell die Hand gereicht und Marcels politisches Schicksal besiegelt. »Das verstehe ich gut«, hatte Briand gesagt, »und ich nehme deinen Rücktritt an.«

Marcel lehnte sich zurück. Es war der 12. Dezember, und es war vorbei. Georgette setzte sich neben ihn und küsste ihn zärtlich. »Lass uns Weihnachten hier in Bonnières verbringen und dann in den Süden reisen.«

Über den Wolken

Mit Wucht wurde Lilie in den Sitz gedrückt, als das Flugzeug beschleunigte und langsam in die Luft stieg. Sie saßen tatsächlich zu dritt in der Maschine mit dem Ziel Pointe-à-Pitre, Guadeloupe. Hermann hatte die Drainageoperation gut verkraftet, mehr noch, er schien voller Energie. Vier Tage war der Eingriff her, doch es kam Lilie deutlich länger vor. Sie hatte zwei Tage mit ihrem Sohn in Paris verbracht. Pierre hatte viele Fragen gestellt, über Hermann und Hanna, und natürlich, warum sie nun auf die Antillen fuhren. Sie hatte alles so kindgerecht wie möglich beantwortet und ihm versprochen, eines Tages mit ihm zusammen dorthin zu fliegen. Seine Begeisterung war grenzenlos gewesen, und so hatte auch sie sich davon anstecken lassen und freute sich nun darauf, nach so vielen Jahren in die Karibik zurückzukehren, auch wenn die Umstände schwierig waren. Sie erinnerte sich daran, wie sie vor zwanzig Jahren zum ersten Mal auf Les Saintes gewesen war. Sie hatte nie zuvor ein so schönes Fleckchen Erde gesehen. Das Wasser war kitschig türkis und der Sand so weiß wie auf einer Postkarte. Sie sah sich mit Patrick am Strand des Pain de Sucre liegen. Die Füße im Wasser, Hand in Hand, stundenlang. Was wohl aus Patrick geworden war? Hatte er die Insel längst verlassen und lebte vielleicht sogar in Paris? Wie er heute wohl aussah. Lilie konnte sich immer noch mit nahezu schmerzlicher Klarheit an sein Gesicht erinnern. Sie hatte damals Stunden damit verbracht, ihn verliebt anzuschauen. Wenn er noch auf der Insel war, so würde sie ihn sicher sofort erkennen, selbst wenn er mittlerweile einen Vollbart, Glatze und einen dicken Bauch hätte.

»Was möchten Sie trinken?«, unterbrach die Stewardess ihre Gedanken, und Lilie bestellte Wasser, Hanna und Hermann Tomatensaft. Sie saßen zu dritt in einer Reihe, aber da das Flugzeug nicht ausgebucht war, überlegte Lilie, sich nach der Mahlzeit in eine freie Mittelreihe zu legen. Sie würden am nächsten Tag gegen Mittag karibischer Zeit landen, und sie wollte versuchen, den Jetlag so gering wie möglich zu halten. Die nächsten Tage würden eine emotionale Herausforderung werden, dessen war sie sich bewusst. Ihr wurde mulmig, wenn sie daran dachte, wie es sein würde, Yves nach so langer Zeit gegenüberzustehen, und was sie empfinden würde, wenn Hermann Yves kennenlernte. Wie lange hatte sie ihren Vater nicht mehr gesehen? Zehn Jahre, fünfzehn, sie konnte sich nicht genau erinnern.

»Hoffentlich hat dein Vater wenigstens eine grobe Ahnung, wo in seinen Habseligkeiten wir nach den

Unterlagen suchen sollen«, sagte Hanna. Lilie verzog skeptisch den Mund. »Das Gute ist, dass er nie Geld für eine große Wohnung hatte. Der Ausgrabungsbereich ist also überschaubar.«

»Ich habe ein gutes Gefühl«, sagte Hermann fröhlich und nippte an seinem Tomatensaft. Er tippte sich an die Nase. »Mein Instinkt sagt mir, dass hier des Rätsels Lösung liegt. Sie muss bei Yves zu finden sein!« Lilie und Hanna sahen sich an. »Wieso bist du da so sicher?«, fragte Hanna.

»Ganz einfach: Unsere Madame Fucelle sucht doch offenbar schon seit einiger Zeit, vermutlich seit dem Tod ihrer Mutter, nach dem geheimnisvollen Bild. Sie hat alle Quellen gelesen, die wir auch gelesen haben: Georgettes Notizen, Sembats Tagebücher, die Briefe. Sie kennt alle Unterlagen aus dem Nationalarchiv und hat sich die Bilder in Grenoble angesehen. Aber sie hat vermutlich nie *Die Reiterin* gesehen und schon gar nicht die Unterlagen dazu, also die ›Bastelanleitung‹, wie Yves es nennt, oder was immer es ist, was er noch hat. Ergo kann die Lösung nur dort liegen. Ist doch klar, das ist das letzte Puzzleteil.« Hermann schaute Hanna und Lilie zufrieden an, bis Hanna grinsend fragte: »Kennt ihr den klassischen Trugschluss?« Lilie und Hermann verneinten. »Der geht so: Alle Menschen sind Zweibeiner. Einige Zweibeiner sind Vögel. Ergo: Einige Menschen sind Vögel.« Sie lachte. »Deine logische Folgerung erinnert mich daran.«

Hermann tat beleidigt. »Wenn du meinst.«

»Also ich würde keine Wetten abschließen, lassen wir uns doch einfach überraschen«, sagte Lilie und machte Platz für die Stewardess, die das Essen brachte.

Als sie kurz darauf ihren pappigen Reis mit Hühnchen in sich hineinschlang, sehnte sie sich nach den Zeiten zurück, als sie ein solches Essen nicht angerührt hätte. Heute aß sie fast immer mit Appetit. Neben ihr pickte Hermann lustlos in dem Aluminium-Schälchen herum. Das hätte es früher auch nicht gegeben, seufzte sie. Hermann hatte sich jedes einzelne Pfund auf den Rippen mit großer Essensfreude verdient, und Lilie konnte sich noch an Restaurantbesuche beim Jugoslawen in Xanten erinnern, wo er die feurige Dalmatienplatte für drei Personen wie ein Anwärter auf das Guinnessbuch der Rekorde quasi im Alleingang verputzt hatte, während die drei Frauen am Tisch sich mit je einem halben Ćevapčići begnügten.

»Was gibt es eigentlich Neues von unserem Restaurator?«, fragte Lilie, die wusste, dass Hanna kurz bei ihm vorbeigeschaut hatte, als sie am Niederrhein gewesen war. »Ist der inzwischen aus Brüssel zurück, oder hat er unseren Pissarro gefunden und sich damit aus dem Staub gemacht?«

»Das wäre nur vorstellbar, wenn der Pissarro eine Frau wäre«, feixte Hermann.

Hanna rollte mit den Augen. »Der alte Schwerenöter ist brav zu Hause und arbeitet an seinem Rubens. Dein Bild fristet immer noch ein trauriges Dasein in einer dunklen Kammer. Michael sagt, *Die Reiterin* brauche noch ein bisschen Dehnung, ansonsten war er keine große Hilfe.«

»Hast du ihm denn von der Pissarro-Theorie erzählt?«

Hanna schüttelte den Kopf. »Ich dachte, bevor wir jemanden einweihen, sollten wir vielleicht einen handfesten Beweis haben.«

Lilie brummte zustimmend, schnallte sich dann ab und machte ihren beiden Mitreisenden ein Zeichen, dass sie sich zum Schlafen auf die leeren Nachbarsitze legen würde. Doch Hanna setzte sich zu ihr, ehe sie die Augen schließen konnte.

»Bist du nervös wegen deines Vaters?«, fragte sie.

»Ein bisschen vielleicht. Aber eigentlich bin ich nervöser wegen *deines* Vaters.« Lilie warf einen Blick nach rechts, wo Hermann inzwischen den Kopf gegen das Fenster gelehnt hatte und eingeschlafen war. Es sah nicht sehr gemütlich aus, wie er da hing, zumal sein Kopf immer mal wieder auf die Brust sackte.

»Wirst du ohne deinen Vater zurechtkommen?«, fragte Lilie leise.

»Er wird mir fehlen, aber natürlich komme ich zurecht. Man weiß ja, dass Eltern eines Tages sterben. Nur«, Hanna zögerte, und ihre Stimme klang rau, als sie weitersprach, »wenn es nach mir ginge, hätte ich gerne noch mindestens zwanzig Jahre mit ihm.«

»Hast du keine Angst, dass ihm das Tropenklima zu sehr zusetzt? Ich meine, diese Reise wird für ihn wirklich beschwerlich.«

»Es ist seine große Hoffnung, dass ihm dort das Herz versagt.« Als Hanna Lilies entsetztes Gesicht sah, sagte sie schnell: »Es ist ja nicht mehr die Frage, ob er stirbt. Es geht darum, wie. Und ihm ist alles lieber als ein Siechtum im Krankenbett. Es wäre wenigstens ein schöner Tod. Lieber im Paradies sterben als in der Hölle, hat er gesagt.«

»Was ist denn, wenn er dort ins Krankenhaus muss? Ich weiß nicht, wie gut die medizinische Versorgung auf den Inseln ist. Sicherlich nicht wie in Paris.«

»In Veen gibt es auch nicht gerade eine Uniklinik«, sagte Hanna und fuhr dann ernst fort: »Ich weiß das alles. Ich habe versucht, ihm diese Reise auszureden, das kannst du mir glauben. Aber es ist sein Leben, und es ist auch sein Sterben. Ich finde, wir haben nicht das Recht, ihm aus Angst oder Bequemlichkeit diesen Wunsch abzuschlagen. Er will in die Karibik, und er will bei uns sein, wenn er stirbt.«

Lilie war bislang nicht bewusst gewesen, dass diese gemeinsame Reise eine regelrechte Sterbebegleitung werden sollte. Etwas in ihr sträubte sich dagegen.

»Ich glaube, ich kann das nicht, Hanna. Ich weiß nicht, wie ich damit umgehen soll.«

»Aussteigen geht jetzt schlecht«, sagte Hanna nur. Und dann fügte sie hinzu: »Das ist so in einer Familie. Mitgefangen, mitgehangen. Und wir rechnen ohnehin mit dem Schlimmsten, also, was kann da noch schiefgehen?«

Künstlerbesuch an der Küste

Cagnes-sur-Mer, August 1918

Sie waren angekommen. Auf dem Bahnhof von Nizza drängten sich die Menschen, fächelten sich Luft zu, die Damen hielten Sonnenschirme, es war beinahe unerträglich heiß. Georgettes Kleid klebte am Rücken, Marcel liefen die Schweißtropfen an den Schläfen hinunter. Sie hob den Kopf und sah Henri Matisse, der mit einem Strohhut winkte. Neben ihm stand seine Frau Amélie in einem weißen Leinenkleid, sie breitete als Willkommensgruß die Arme aus.

»Eine Kutsche steht bereit. Lassen Sie uns schnell ins Hotel fahren und etwas Kühles trinken«, sagte Henri und umarmte erst Georgette, dann Marcel. Auch Georgette und Amélie begrüßten sich innig; sie hatten sich seit fast vier Jahren nicht mehr gesehen. Amélie sah blendend aus, die frische Meeresluft schien ihr gut zu bekommen. Georgette atmete tief ein, roch das Salz und genoss für einen Moment den Wind, der ihr ins Gesicht wehte.

»Es ist wundervoll, hier bei Ihnen zu sein«, sagte sie und drückte Amélies Arm. »Wir haben uns so viel zu erzählen.«

»Wir haben einiges in den Zeitungen gelesen, es muss im Moment furchtbar sein in Paris«, erwiderte Amélie. »Es ist gut, dass Sie zu uns gekommen sind. Sie hätten viel eher kommen müssen!«

Nach Marcels Rücktritt hatten sie bereits mit dem Gedanken gespielt, die Matisses an der Côte d'Azur zu besuchen, doch Marcel hatte es vorgezogen, das Land für einige Monate zu verlassen, also waren sie in die Schweiz gereist, im Frühjahr 1917 aber wieder nach Bonnières zurückgekehrt, wo sie ein Jahr geblieben waren. Doch der Krieg bedrohte einmal mehr ihr Zuhause. Seit März waren die Deutschen wieder auf dem Vormarsch, und man fürchtete, sie würden endgültig in Paris einmarschieren. Im Juni hatten sie nur noch eine halbe Tagesreise vor der Hauptstadt gestanden, und da hatte Marcel, wie viele andere Pariser, beschlossen, erneut gen Süden zu ziehen. Sie waren zunächst nach Saint-Tropez gereist, wo sie die letzten Wochen mit Paul Signac verbracht hatten, einem der wenigen Künstler, der auch während des Krieges regelmäßig Briefe geschrieben hatte, mit Aquarell-Zeichnungen, die als Einladung zu verstehen gewesen waren und die viele tröstende Worte beinhaltet hatten, da er die Kampagne gegen Marcel als Minister verfolgt und bedauert hatte.

Es war Signacs Idee gewesen, weiter nach Osten zu ziehen, um Henri und den alten Auguste Renoir zu besuchen, der regelmäßig junge Künstler um sich scharte. Paul Signac wollte in ein paar Tagen nachkommen.

Amélie und Georgette schlossen zu den Männern auf und setzten sich in die Kutsche. Die Matisses wohnten an der Kaistraße, mit Blick auf das Mittelmeer, in einem Apartment direkt neben dem Hotel Beau Rivage, in dem Marcel und sie übernachten würden.

Georgette war erleichtert. Sie waren neunhundert Kilometer von Paris entfernt, und hier an der Küste schien der Krieg Lichtjahre entfernt. Bei Paul in Saint-Tropez hatte sie sich bereits sicher gefühlt, aber es war ein verschlafenes Dorf, während Nizza vor Leben brodelte. Die Menschen schienen so ausgelassen und fröhlich, wie Georgette es in Paris schon lange nicht mehr erlebt hatte.

Am Hotel ließ Henri einen Pagen kommen, der sich um das Gepäck kümmerte. Die Matisses waren im Hotel gut bekannt, sie hatten die ersten Monate ihres Nizza-Aufenthalts hier ein Zimmer gemietet. Der Page grüßte Henri ehrfürchtig. Im Frühjahr hatte es in der Pariser Galerie Guillaume eine Ausstellung mit Picassos und Henris Werken gegeben. Henri wurde inzwischen eine führende Rolle in der französischen Malerei zugesprochen, was Marcel schon vor fünf Jahren in einem Artikel vorausgesagt hatte.

Amélie machte ihnen ein Zeichen, und gemeinsam

gingen sie in den Garten des Beau Rivage und tranken einen eisgekühlten Saft im Schatten einer Palme.

»Wie lange werden Sie bleiben?«, fragte Henri. Marcel fächelte sich mit seinem Hut Luft zu. »Ich hoffe, dass es bald vorbei ist. Die Generäle der Deutschen sind zerstritten, und ich habe den Eindruck, dass sich seit der Schlacht bei Amiens der Wind gedreht hat. Ich bin sicher, dass der Krieg noch in diesem Jahr zu Ende geht.«

»Hoffentlich«, sagte Amélie mit dünner Stimme, ihre Söhne waren immer noch an der Front, und Georgette konnte Henris Blick nicht entnehmen, ob bei ihm Angst oder Stolz überwog. Er wechselte das Thema.

»Wir sind heute Abend bei Auguste Renoir eingeladen, er veranstaltet ein Diner in seinem Garten. Er freut sich sehr, Sie endlich kennenzulernen. Ich schlage vor, wir machen uns ein wenig frisch und fahren dann gemeinsam dorthin.«

Die Matisses gingen in ihr Apartment nebenan, und Marcel und Georgette bezogen ihr Hotelzimmer. Sie hatten einen großen Balkon zum Meer hinaus, und als Georgette sich auf das Bett setzte, hatte sie das Gefühl, über dem Wasser zu fliegen.

Sie nahm sich einen Block und machte eine schnelle Skizze. Hier würde sie in den nächsten Wochen malen. Lange nicht mehr hatte sie einen solchen Drang verspürt. Sie zeichnete sich selbst an einer Staffelei über dem Meer stehend, es wäre der richtige Moment für ein Selbstporträt.

»Ich freue mich, Renoir kennenzulernen«, sagte Marcel, der sich neben ihr auf dem Bett niedergelassen hatte. »Henri sagt, er muss ein beeindruckender Mann sein. Sein Geist ist trotz des hohen Alters noch völlig klar.« Er strich Georgette über die Wange. »Hoffentlich ist uns das später auch vergönnt.«

Georgette nahm Marcels Hand und küsste sie.

»Wenn du weiterhin so dem Wein zusprichst wie in den letzten Wochen mit Paul, sehe ich schwarz«, sagte sie lachend, legte ihren Block zur Seite und umarmte ihren Ehemann.

Es dauerte eine knappe Stunde, bis sie in Cagnes-sur-Mer am Landhaus von Auguste Renoir ankamen. Sein Sohn Claude kam ihnen entgegen und führte sie in den Garten an eine große Holztafel. Der alte Maler begrüßte sie und entschuldigte sich, dass er nicht aufstehen konnte. Seine Muskeln hatten offenbar keine Kraft mehr, er saß im Rollstuhl, und seine Hände waren krumm und verwachsen. Georgette fühlte sich ertappt, als Renoir erklärte: »Ich muss mich füttern lassen, weil meine rheumatischen Finger den Löffel nicht mehr halten können, aber«, lachte er, »ich habe mir vorgenommen, an der Leinwand zu sterben. Jeden Morgen bindet Claude mir einen Pinsel an die Hand, damit ich malen kann. Zum

Glück sind meine Augen noch gut, Henri, würden Sie unseren Freunden nachher das Atelier zeigen, damit sie sich selbst davon überzeugen können?«

Henri nickte. »Er ist immer noch fantastisch«, flüsterte er Marcel und Georgette anerkennend zu. »Sie werden staunen.«

Am anderen Ende des Tisches saß ein junges Paar. Georgette kannte den Namen des Malers, als er ihr vorgestellt wurde, aber sie hatte ihn nie zuvor gesehen. Amedeo Modigliani war ebenso wie sie vor den Deutschen aus Paris geflohen, seine Frau war höchstens zwanzig Jahre alt, schätzte Georgette, und sie war schwanger. Jeanne Hébuterne war ihr Name, und Georgette fand sie auf Anhieb sympathisch. Darüber hinaus war sie eine Schönheit. Ihre Augen waren so dunkel, dass sie fast schwarz wirkten, sie hatte langes Haar, das ihr ungeknotet über die Schulter fiel, und ihre Lippen strahlten eine unglaubliche Sinnlichkeit aus. Sie wirkte gleichermaßen sanft und wild, und ihr Blick drückte eine besondere Willenskraft aus. Man sah Modigliani an, dass auch er von Jeannes Schönheit hingerissen war. Immer wieder betrachtete er sie und berührte ihr Haar, selbst wenn er sich mit jemandem bei Tisch unterhielt, musste er zwischendurch den Augenkontakt abbrechen, um seine Frau anzusehen. Georgette war von diesem Paar verzaubert, etwas an ihnen erinnerte sie an Marcel und sie selbst in jungen Jahren.

Von Modiglianis Talent hatte sie schon viel gehört. Er hatte vor einem Jahr einen Skandal verursacht, als in der Galerie von Berthe Weill seine Bilder ausgestellt wurden. Es waren allesamt Akte gewesen, und die Ausstellung war schließlich von der Polizei verboten worden, weil sie als zu freizügig galt.

»Amedeo hat großes Talent«, sagte Renoir gerade, als ein Mädchen aus der Küche einen großen Topf mit Fischsuppe, dazu Schalen und Löffel an den Tisch brachte. »Aber er ist noch ein bisschen hitzig. Wenn ich ihm Ratschläge gebe, wird er wütend, doch das wird sich noch legen.« Georgette schaute zu Modigliani, der den alten Künstler liebevoll anlächelte. Dann wandte sich Renoir direkt an Matisse. »Henri, Sie sind die nächste Generation, und Sie sind an der Reihe. Bald müssen Sie die jungen Maler stützen. Wir Alten können nichts mehr tun. Wir sterben.« Georgette betrachtete den alten Mann. Seine Arme und Beine waren dünn wie Stöcke, seine Wangen eingefallen. Er würde wirklich nicht mehr lange leben, dachte sie. Auch die anderen großen Meister seiner Generation waren inzwischen alt.

»Waren Sie bei der Beerdigung meines Freundes Rodin?«, wandte er sich nun an Georgette und Marcel. »Nein«, antwortete Marcel, »aber wir hatten zu Lebzeiten einige Male die Gelegenheit, mit ihm zu sprechen.« Er wiegte den Kopf. »Ihr Freund war den jungen Künstlern gegenüber nicht so aufgeschlossen wie Sie, Monsieur Renoir.«

»Er war ein elender Sturkopf«, brummte Renoir, »aber ein Genie.«

»Ohne Zweifel. Beides«, erwiderte Marcel und lachte. »Aber von jüngeren Künstlern wollte er nichts hören. Er kannte Paul Signac nicht, hatte die Namen Cross und Rouault noch nie gehört. Und als ich«, er warf einen Blick auf Henri, »ihn nach Matisse fragte, da kramte er in seinen Erinnerungen und sagte schließlich: ›Ja, der Name ist mir schon mal untergekommen. Von dem redet man jetzt viel.‹« Henri lachte am lautesten über Marcels Anekdote, und Renoir schüttelte den Kopf. »Der alte Ignorant. Gott hab ihn selig.«

Ein Mädchen brachte Käse, Wein, Oliven und Brot. Die Tafel blieb rudimentär gedeckt, weder Teller noch Messer und Gabel wurden aufgetragen, lediglich ein großes Messer lag neben dem Käsebrett. Georgette beobachtete, mit welcher Mühe Renoir kaute. Er nahm wenig zu sich, während die anderen Männer mit Appetit aßen und viel Wein tranken. Marcels Gesicht glühte, was Georgette trotz der Dunkelheit wahrnahm. Es gab nur zwei Wachsfackeln, die, an einen Baum gebunden, ein flackerndes Licht spendeten. Es war kühler geworden, die Luft fühlte sich seidig an, Georgette nahm den Geruch von Rosmarin und Thymian wahr. Sie fühlte sich so frei und gelöst wie schon lange nicht mehr. Dieser Abend war wie eine Reise in die Vergangenheit. Er erinnerte sie an den Sommer 1905, als sie mit Matisse und Derain in Collioure gemalt hatte und die beiden als sogenannte Fauvisten nach Paris zurückgekehrt waren.

Als es endgültig Nacht geworden war und die Fackeln zur Hälfte heruntergebrannt waren, entschuldigte sich Renoir. »Ich muss ins Bett«, sagte er, »aber bleibt und amüsiert euch. Und Henri, bitte zeigen Sie Monsieur und Madame Sembat doch noch das Atelier.«

Claude begleitete den alten Künstler ins Haus, und sie blieben ein wenig unschlüssig zurück. »Dann lasst uns schauen, an welchem Werk der Meister gerade arbeitet«, sagte Henri schließlich, und alle, bis auf die schwangere Jeanne, die sich ebenfalls zurückzog, folgten ihm ins Atelier. Er zündete mehrere Kerzen an, damit sie sich orientieren konnten. Rundum waren große Fensterfronten. Georgette machte zwei Staffeleien aus. Auf der einen unverkennbar ein Werk von Renoir, das noch nicht vollendet war. Es zeigte zwei nackte Frauen im Vordergrund und einige weitere, die im Hintergrund badeten. Die beiden vorderen lagen auf einer Wiese und schienen sich zu unterhalten. Die Wiese war mit bunten Blumen übersät. Die Pinselführung war so fein und so exakt, dass Georgette Zweifel kamen, ob die Geschichte stimmte, die Renoir vorhin bei Tisch erzählt hatte. War es wirklich möglich, so präzise zu malen, wenn man den Pinsel nicht mehr aus eigener Kraft halten konnte? »Es ist unglaublich, nicht wahr?«, sprach Henri ihren Gedanken aus. Doch Amedeo Modigliani ließ ihnen nicht die Zeit, bei diesem Bild zu verweilen. Offensichtlich nutzte er die zweite Staffelei, und er hatte es eilig, sein Werk zu präsentieren.

Als Georgette näher kam, erkannte sie im Kerzenschein die schwangere Jeanne. Obwohl die Formen nicht naturalistisch waren, konnte man ihren gewölbten Bauch erkennen. Modigliani hatte, ähnlich wie Matisse, mit großen Farbflächen gearbeitet, aber seine Farben waren deutlich ruhiger und zurückhaltender. Er hatte seine schwangere Frau in erdigen Rot- und Ockertönen gemalt, die eine sanfte Wärme verströmten. Georgette sah, dass auch Marcel fasziniert war und offenbar daran dachte, ihre Sammlung zu vergrößern.

»Würden Sie mir dieses Bild verkaufen, Amedeo?«, hörte sie ihn da auch schon fragen. »Meine Frau ist nicht zu verkaufen«, sagte dieser und lachte albern. Er hatte zu viel Wein getrunken und Haschisch geraucht. Marcel lächelte ihn wohlwollend an.

»Dürfte ich Ihnen dann wenigstens meine Frau leihen?«, fragte er und fügte hinzu: »Ich würde mir wünschen, dass Sie ein Porträt von ihr anfertigen.« Georgette hielt den Atem an und fürchtete, dass die Situation für sie sehr peinlich werden könnte. Doch zu ihrer Überraschung sagte Modigliani mit schwerer Zunge zu.

»Es wäre mir ein Vergnügen, wenn Sie in den nächsten Wochen Zeit für mich hätten«, erklärte er förmlich und wollte den Vertrag per Handschlag besiegeln, doch er war anscheinend so berauscht, dass er mit Schwung ins Leere griff.

»Wann halten wir unsere erste Sitzung ab?«, fragte Georgette, tat, als wäre nichts geschehen, und hielt Modigliani ungerührt die Hand hin, bis der sie endlich ergriff.

Tropische Nächte

So etwas konnte nur ihr passieren, ärgerte sich Lilie. Der Koffer musste sich irgendwo verhakt haben, als sie ihn mit Schwung auf einen Gepäckwagen hatte hieven wollen. Er war aufgesprungen, und sein Inhalt verteilte sich im Ausgangsbereich des Airport Guadeloupe. Lilie fluchte, wütend trat sie vor den Gepäckwagen und spürte den Schmerz in ihren Zehen. Sie drehte sich hilflos nach Hermann und Hanna um, aber die hatten ihr Missgeschick nicht bemerkt und waren schon in Richtung Taxistand weitergegangen. Sie rief nach ihnen, aber die beiden drehten sich nicht um. Dann sah sie, dass ein kleiner Junge ihre Haarbürste durch die Halle kickte. Sie seufzte und bückte sich, um ihre Sachen aufzuklauben. Vor ihren Füßen lagen zwei Zigarettenschachteln, das Spielzeugauto, das ihr Sohn vor zwei Tagen verzweifelt gesucht hatte, Unterwäsche, T-Shirts, Papiertaschentücher, Handcreme und diverse Medikamente. Ein Mann hatte damit begonnen, ihr beim Einsammeln zu helfen, und weil er ihr den Rücken zudrehte, dauerte es einen Moment, bis sie ihn erkannte: Es war Yves. Sie erschrak, denn sie hatte nicht damit gerechnet, dass er sie am Flughafen abholen käme. Sie zögerte einen Moment und hatte nicht den Mut, ihn anzusprechen, doch dann sah sie Hanna und Hermann zurückkommen. Sie winkte ihnen und deutete mit dem Zeigefinger auf Yves, der entweder mit der Situation ebenso wenig umgehen konnte wie sie oder sie wirklich nicht erkannt hatte. Hanna war als Erste auf seiner Höhe und ging energisch auf Lilies Vater zu. »Yves, wie schön, dass du uns abholst. Darf ich dir meinen Vater vorstellen.« Als Hermann dazustieß und Yves die Hand reichte, war Lilie wie vom Donner gerührt. Unterschiedlicher als diese beiden Männer konnte man nicht sein. Hermann groß, Yves klein, Hermann adrett in Hemd und Blouson, Yves in einer zerschlissenen kurzen Jeans und einem T-Shirt, das längst in die Wäsche gehört hätte, der eine mit Bauch, der andere sportlich schlank, hier volles Haar mit Schnitt, dort Halbglatze und die restlichen Locken hinten zum Zopf gebunden. Lilie guckte Hanna an, und als sich ihre Blicke trafen, brachen sie in Gelächter aus. »Geschichte wiederholt sich«, prustete Hanna, und als sie sich wieder beruhigt hatte, erklärte sie den beiden verdattert dreinschauenden Männern: »Wir haben uns gerade daran erinnert, wie wir uns damals das erste Mal begegnet sind. Wie schön, dass ihr euch kennenlernt.« Dann endlich ging Yves auf Lilie zu. Sie hatte das Gefühl, wie ein Stock dazustehen, als ihr Vater ihr zwei Küsse auf die Wangen drückte.

»Guten Tag! Wie geht's?«, sagte sie unbeholfen. »Ich räume nur schnell meinen Koffer wieder ein.« Sie bückte sich und faltete umständlich ihre T-Shirts, bis Hanna ihr die Kleider aus den Händen riss und in den Koffer schmiss. »Ich denke, so ordentlich brauchen wir es gerade nicht«, sagte sie energisch, schloss Lilies Koffer notdürftig mit einem Band aus Hermanns Reisegepäck und legte ihn auf den Wagen.

Dann hakte sie sich bei beiden Männern unter. »Los, wir gehen erst mal einen Kaffee trinken. Die Plörre im Flieger war ja ungenießbar.«

»Ich hoffe, du hältst es noch ein bisschen aus. Wir müssen erst noch mit der Fähre übersetzen. Ich wohne auf der Nachbarinsel«, erklärte Yves im Hinausgehen und nickte Hermann freundlich zu. »I'm a neighbour«, radebrechte er dann auf Englisch, weil er wohl davon ausging, dass Hermann des Französischen nicht mächtig war. Hermann lächelte Yves freundlich an, Yves' Akzent im Englischen war so stark, dass, selbst wenn der Satz einen Sinn ergeben hätte, Hermann ihn vermutlich nicht verstanden hätte. Gut, dachte Lilie, so würden ihre Gespräche vermutlich kurz und banal bleiben.

***

Bislang war die Begegnung völlig unspektakulär verlaufen. Lilie fragte sich, wovor sie solche Angst gehabt hatte. Yves hatte sie freundlich begrüßt und so getan, als hätten sie sich neulich erst gesehen. Sie hatten die erste Fähre verpasst, weil Yves' Auto nicht angesprungen war, es war ein alter Renault Clio, dessen beste Zeiten mindestens ein Jahrzehnt zurücklagen. Nach einigen Fehlzündungen stiegen beide Männer aus, öffneten die Motorhaube und beugten sich darüber. Mit Händen und Füßen verständigten sie sich, bis sie schließlich übereinkamen, es müsse an der Batterie liegen.

Yves schien das nicht besonders zu wundern, jedenfalls ging er ohne Umschweife an den Kofferraum, holte ein Überbrückungskabel heraus und wandte sich an den nächsten Autofahrer, der ihm unter die Augen kam, um ihn um Starthilfe zu bitten. Lilie mochte nicht darüber nachdenken, wie sie das fand, sie weigerte sich, ein Schamgefühl zu entwickeln. Es hatte auch Vorteile, wenn man sich für seinen Vater und dessen Schlampigkeit nicht verantwortlich fühlen musste, dachte sie.

Die folgende einstündige Überfahrt mit der Autofähre war eine Tortur für Hermann, der mit heftiger Übelkeit zu kämpfen hatte, sorgenvolle Blicke aber mit Humor abtat. »Ich werde den Teufel tun und mich übergeben«, er grinste schief, »ich gebe ungern wieder her, was ich einmal zu mir genommen habe.« Seine Hautfarbe, die leicht grünlich war, strafte ihn jedoch Lügen, und tatsächlich verschwand er schließlich in der Bordtoilette, wohin Hanna ihm folgte. Lilie blieb allein mit Yves zurück, der seine Nase in den Wind gestreckt hatte und mit geschlossenen Augen die wärmenden Sonnenstrahlen genoss. Er war alt geworden, fand Lilie, und dennoch hatte er immer noch das verwegene Aussehen eines Abenteurers. Sie horchte in sich hinein, um festzustellen, was sie für ihren Vater empfand, aber es waren zu viele widerstreitende Gefühle, als dass sie in der Lage gewesen wäre, sie zuzuordnen. Sie setzte sich auf eine der weißen Bänke.

»Bist du eingecremt?«, fragte Yves, der zu ihr herüberkam. »Heute ist es bewölkt. Da kommen nur die gefährlichen Sonnenstrahlen durch.« Lilie fragte sich, woher er diese Theorie wohl hatte, doch ihr Vater hielt ihr bereits eine Tube hin.

»Ein bisschen Bräune wird mir guttun«, erwiderte sie, statt die Creme entgegenzunehmen. Doch Yves ließ nicht locker, und Lilie wunderte sich, woher diese ungewohnte Fürsorglichkeit kam.

»Ich habe mit Marguerite telefoniert«, sagte er zögerlich. Lilie reagierte nicht, sie wollte nichts von Yves' Geldsorgen hören. »Deine Mutter hat mir erzählt, wie schlecht es Hermann geht.« Er schwieg einen Moment und wartete auf eine Reaktion, doch Lilie blieb immer noch stumm. Sie wollte nicht mit Yves über Hermann reden.

»Er bedeutet dir sehr viel, nicht wahr?«, versuchte ihr Vater es noch einmal.

»Ja«, sagte sie einsilbig.

»Ja«, wiederholte Yves und ließ es dabei bewenden.

Lilie sah, wie Hanna und Hermann die enge Treppe zum Oberdeck hinaufkamen.

»Er versteht übrigens recht gut Französisch und spricht es auch«, informierte sie ihren Vater.

»Prima«, antwortete Yves fröhlich.

Hanna und Hermann setzten sich, und Yves artikulierte übertrieben, als er Hermann ansprach. »Sie müssen den Horizont fixieren, dann wird Ihnen nicht schlecht.« Hermann reckte den Daumen in die Höhe und lächelte kläglich.

Lilie wusste, dass Yves recht hatte, auch sie konzentrierte sich auf den Horizont und konnte dort inzwischen die Umrisse von Les Saintes ausmachen.

Als sie eine halbe Stunde später von Bord gingen und den kurzen Landungssteg entlang auf den Marktplatz zuliefen, erschien die Insel Lilie genau wie in ihrer Erinnerung, so als wäre die Zeit hier stehen geblieben. Sie sah die Apotheke, den kleinen Souvenirladen und den Leuchtturm, der die Besucher in Empfang nahm. Zur ihrer Rechten hielt sich immer noch die Bar La Croque mit der blauen Markise. Es roch nach dem Fisch, der vermutlich vor wenigen Stunden noch am Quai feilgeboten worden war. Auf den schmalen Straßen waren nur wenige Menschen zu sehen, wie es in der Mittagshitze auch schon vor zwanzig Jahren der Fall gewesen war. Lilie atmete tief durch. »Na, was sagst du?«, fragte sie Hanna.

»Veen im Sommer«, antwortete die trocken. »Vielleicht etwas farbenfroher.«

Am Ende des Marktplatzes stand ein Wagen mit dem Namen ihres Hotels, offenbar hatte Yves diesen Service organisiert, und Lilie war darüber angenehm überrascht, denn auch wenn die Insel sehr klein war, so gab es doch den Morne du Chamenau, eine dreihundert Meter hohe Erhebung, über die sie hinübermussten, um zu ihrem Hotel zu gelangen, und dreihundert Höhenmeter waren bei fünfunddreißig Grad ganz schön anstrengend. Sie war damals fast täglich mit Patrick über diesen Hügel gefahren, auf dem Mofa, mit nackten Beinen und ohne Helm, an seinen Rücken geschmiegt.

Der Page kam ihnen entgegen und nahm ihnen das Gepäck ab. Sie stiegen ein und fuhren langsam durch die Straßen, vorbei an einem Meer aus Blumen, die von Balkonen rankten und Gärten zierten. Im Dorfkern waren die Häuschen karibisch bunt gestrichen, doch als sie die Anhöhe hinauffuhren, sah Lilie unter sich nur noch mondäne Häuser mit roten Ziegeldächern und weißen Fassaden. In ihrer Erinnerung war Les Saintes deutlich exotischer gewesen.

Mit dem Auto dauerte die Fahrt nicht einmal zehn Minuten. Sie beschlossen, die Zimmer zu beziehen und sich danach zu einem Begrüßungsdrink am Hotelstrand einzufinden.

Drei Stunden nachdem ihr Flugzeug in Pointe-à-Pitre gelandet war, saßen sie endlich unter einer Kokospalme im Schatten, die nackten Füße im weißen Sand. Hermann sah glücklich aus, fand Lilie, und Hanna benahm sich wie ein Kind an Weihnachten. Sie roch an den Passionsblumen und schwor, noch nie so schöne Pflanzen in freier Wildbahn gesehen zu haben. Sie wies ihren Vater auf jede neue Orchideenart hin, da Orchideen die Lieblingsblumen ihrer Mutter gewesen waren. Sie lief mit einem Glas Maracujasaft in der Hand zum Wasser und ging bis zum Saum ihrer Jeans-Shorts hinein. »Fünfundzwanzig Grad Wassertemperatur«, sagte Lilie zu Hermann gewandt und strahlte ihn an.

»Es ist der perfekte Ort«, sagte Hermann nach einer Weile zu Yves, der sich den Begrüßungsdrink nicht hatte entgehen lassen, »ich kann verstehen, dass Sie sich hier niedergelassen haben. Es kommt dem Paradies sehr nahe.« Lilies Vater schien Hermanns Akzent gut zu verstehen; er nickte und sagte:

»Da drüben ist unser Zuckerhut, der heißt genauso wie der Berg in Brasilien, ist nur nicht ganz so hoch. Dafür gilt seine Bucht als eine der schönsten der Erde. Ihr solltet morgen auf jeden Fall hinüberfahren. Ich besorge euch ein Boot.« Lilie war damals in der Bucht mit Patrick Wasserski gefahren. Sie erinnerte sich noch an das stolze Gefühl, das sie erfasst hatte, als sie zum ersten Mal oben auf den Brettern blieb und hinter dem Boot hersauste, in dem Patrick am Steuer stand und sich mit hochgerecktem Daumen zu ihr umdrehte.

Sie verscheuchte die Erinnerung und beobachtete Hermann, der mit einer Hängematte kämpfte. Er setzte sich zunächst vorsichtig hinein, die Füße auf dem Boden, doch jedes Mal, wenn er die Beine anhob, drohte die Hängematte zu kippen. »Gott verdammich, das muss doch gehen«, hörte sie ihn fluchen. Drei Versuche zählte Lilie, ehe er seufzend zu ihnen zurückkehrte.

Auch Hanna kam mit nassen Beinen aus dem Meer zurück. Sie schüttelte sich wohlig und schlug vor, den Rest des Tages einfach zu genießen und erst am nächsten mit der Suche nach Georgette Aguttes Unterlagen zu beginnen.

»Yves, hättest du morgen denn Zeit für uns?«, fragte sie. Lilie war dankbar, dass Hanna die Planung übernahm und sie ihren Vater um nichts bitten musste. Die Wärme, das flirrende Licht ließen sie schläfrig werden und gelöst, und nicht mal der für Yves so typische Satz konnte sie erschüttern.

»Also ich muss morgen eigentlich geschäftlich nach Antigua, aber ihr könnt natürlich meine Wohnungsschlüssel haben. Kein Problem, ihr könnt sie dann anschließend...«, weiter kam er nicht, dann mischte Hermann sich ein.

»Was ist das für ein Geschäft?«

»Ich, also«, stammelte Yves, der seine Ausrede offenbar nicht besonders gut geplant hatte. »Dort wird ein Hotel gebaut, ich muss den Pool konzipieren und vermessen. Aber«, er rieb sich den Schweiß aus dem Nacken und wirkte unter dem durchdringenden Blick von Hermann ein wenig verunsichert, »ich denke, ich kann da einiges auch erst mal telefonisch erledigen.« Yves räusperte sich. »Dann machen wir es also so, wie Hanna vorgeschlagen hat. Und heute Abend seid ihr meine Gäste. Ich zeige euch das beste Restaurant der Insel«, er zwinkerte Lilie zu. »Es ist dort drüben, am Strand von Terre-de-Bas.« Er zeigte mit ausgestrecktem Arm auf die Nachbarinsel und wartete auf Zustimmung.

»Mit dem allergrößten Vergnügen«, sagte Hermann. »Aber jetzt gehe ich erst mal ins klimatisierte Zimmer und ruhe mich aus.«

Auch Yves verabschiedete sich. Lilie sah ihm nach, wie er um die Ecke des Hotels verschwand.

»Ein Abend der Big Spender, am nächsten Morgen Streit und Abfahrt. Das ist der gewohnte Ablauf meiner Vater-Begegnungen«, sagte sie.

»Nein«, erwiderte Hanna entschlossen. »Das wird diesmal anders. Ganz bestimmt.«

***

Sie hatten sich an der Landungsbrücke verabredet, denn Yves hatte ein Motorboot organisiert, mit dem sie zur Nachbarinsel Terre-de-Bas fuhren, die knapp zwei Kilometer entfernt war. Yves kannte dort eine alte Dame, die als die beste Fischköchin des Archipels galt. Das Ambiente des Restaurants war einfach gehalten. Sie saßen auf Plastikstühlen, von fahlem Neonlicht beleuchtet, die Füße baumelten im Sand. Hanna und Hermann gingen, als es bereits dunkel geworden war, ein Stück ins Wasser, um das Meeresleuchten zu beobachten. Lilie betrachtete sie, wie sie Hand in Hand ins fluoreszierende Wasser wateten. Sie saß mit Yves allein am Tisch und war unangenehm berührt, bis ihr Vater das Schweigen brach.

»Ein sympathischer Mann.«

»Und ein guter Vater.« Lilie wollte nicht garstig sein, aber der Gedanke war ihr rausgerutscht, ehe sie ihn hatte zurückhalten können. Yves schaute weiterhin auf Vater und Tochter im Wasser, er schien einen Moment zu überlegen, ob er sich gegen den Vorwurf wehren sollte, und entschied sich dagegen.

»Ich bin froh, dass du ihn gefunden hast.«

Lilie fiel nichts ein, was sie dazu hätte sagen können. Yves war auf eine Art entwaffnend ehrlich. Immer großzügig bereit, Verantwortung auf andere zu übertragen. Konnte sie ihm das übel nehmen? Vermutlich hatte er auch ihrer Mutter nie etwas anderes versprochen. Sie spürte eine unbestimmte Wut in sich aufkommen. Es fühlte sich kindisch an, und sie fand sich zu alt, um dem Gefühl nachzugeben. Also schwieg sie.

»Ah, das hat gutgetan«, rief Hermann schon von Weitem, als die beiden aus dem Wasser kamen. Er fühlte sich anscheinend sehr wohl in der lauen Abendluft. »Ich glaube, ich habe einen Sonnenbrand am Bein«, sagte er. »Das Wasser war eine schöne Abkühlung.« Seltsam, dachte Lilie, er war doch fast gar nicht in der Sonne. Sie selbst war nicht besonders empfindlich, ihre Haut bräunte schnell und intensiv, und sie erhoffte sich von dieser Woche auf den Antillen einen Teint, der auch in Paris noch ein Weilchen anhielt. Damals mit Patrick hatte sie ständig einen Bräunevergleich gemacht, aber selbst ihr tiefstes Braun hatte neben ihm noch blass gewirkt. Sie seufzte.

»Sag uns doch noch einmal, wie du das Bild von Georges Agutte genau erstanden hast? Kannst du dich noch daran erinnern?«, lenkte Hanna beim Dessert, das aus einem Eisbecher von Ben & Jerrys bestand, schließlich das Gespräch auf den eigentlichen Grund ihrer Reise.

»Ich habe es auf einem Flohmarkt gekauft, glaube ich. Ehrlich gesagt weiß ich weder genau wo noch wann, vermutlich auf dem Flohmarkt von Saint-Ouen, da habe ich mich früher häufiger rumgetrieben.« Er lachte. »Ich hatte ja kein Geld, und da konnte man einfach alles verkaufen, was man so am Straßenrand fand.«

»Aber du hast uns doch geschrieben, das Bild sei von einem Flohmarkt in Bonnières-sur-Seine«, unterbrach Hanna ihn verblüfft.

Yves schien einen Moment zu überlegen. »Ja, das ist auch möglich. Wenn ich es mir recht überlege, habe ich es aus Bonnières. Jetzt erinnere ich mich: Eine alte Dame war gestorben, und ihre Erben haben altes Silber, eine Standuhr, Bilder und so einen Kram verkauft. Ich habe mich damals viel um Hausauflösungen gekümmert, wisst ihr, so konnte man ...«

»Und wovon hast du das Bild gekauft, wenn du kein Geld hattest?« Lilie war rüde dazwischengegangen, weil sie keine Lust hatte, Vagabundenfolklore zu hören. Tatsächlich war es so, dass Yves bei seinen diversen Flohmarktbesuchen auch Familienschmuck ihrer Mutter verscherbelt hatte, um sie abends ins Restaurant einzuladen, zumindest hatte ihre Mutter etwas Ähnliches mal erzählt.

»Es wird schon nicht so teuer gewesen sein. Ich erinnere mich aber sehr genau, dass ich die Signatur ›Agutte‹ gesehen habe und dachte, das will ich haben. Die Verkäufer haben mir sogar einen Rabatt gegeben, weil sie die Geschichte mit dem Nachnamen so skurril fanden.«

»Wann war das?«, fragte Hermann.

»Lilie war noch klein«, überlegte Yves. »Also das wird etwa fünfunddreißig Jahre her sein.«

»Ob das die Zugehfrau aus Bonnières war, deren Wohnung aufgelöst wurde? Die, von der Madame Fucelle erzählt hat? Die hat doch angeblich auch den Pissarro geschenkt bekommen«, sagte Lilie.

Hanna suchte im Fotoalbum ihres Handys nach der Aufnahme. »Hier! ›Ich schenke dieses Bild meiner treuen Freundin zum Andenken. 9. Dezember 1916.‹ Damit könnte Bernadette gemeint gewesen sein, sie war schließlich Georgettes engste Freundin.«

»Aber die kann in den 70er-Jahren nicht mehr gelebt haben. Dann wäre sie deutlich über hundert geworden«, merkte Hermann an.

»Das soll's ja geben, denk nur an unsere Tanten«, lachte Hanna.

»Na ja, aber sie muss in etwa so alt gewesen sein wie Georgette. Dann ist sie vielleicht 1867 geboren und wäre 1973 hundertsechs gewesen. Außerdem hat Madame Fucelle uns erzählt, dass Bernadette Salin gestorben ist, als sie noch ein Kind war«, erinnerte er sich, »und bei allem Respekt, das war wohl eher in den 40er-Jahren. Aber Madame Fucelle hat doch gesagt, dass Bernadette am Ende ihres Lebens ganz allein war, keine Erben hatte und …«

»Und Madame Fucelles Großmutter hat Bernadette Salin gepflegt. Vielleicht hat die ihr zum Dank das Bild von Georges Agutte hinterlassen«, setzte Lilie den Gedanken fort.

»Und somit hätte Madame Fucelle auch wissen können, wo das Bild gelandet ist, weil es vermutlich ihre Eltern oder Geschwister waren, die es verkauft haben«, schloss Hermann triumphierend.

»Habt ihr gerade Bernadette gesagt?«, mischte sich Yves ein. »Der Name kommt mir bekannt vor.« Hermann, Hanna und Lilie schauten ihn ungläubig an. »Was meinst du damit?«, fragte Lilie.

»Ich bin mir nicht sicher, aber damals habe ich mich ein bisschen mit der Geschichte meiner Urahnin befasst, und ich meine, bei dem Bild war auch ein Brief, der an eine Bernadette adressiert war. Der klebte hinten auf der Leinwand, die Verkäufer haben behauptet, den könnte man als Echtheitszertifikat verstehen. Aber ich erinnere mich nicht genau, das alles ist schon so lange her«, winkte er ab.

»Ist das diese ominöse ›Bastelanleitung‹, die Sie erwähnt haben?«, fragte Hermann lauernd, doch Yves wurde das Gespräch offenbar zu anstrengend.

»Ich weiß das alles nicht mehr. Aber wir können ja morgen schauen, ob wir den Kram noch finden.«

Hermann schien konzentriert nachzudenken. Er flüsterte Hanna etwas zu, das Lilie nicht verstand, dann wandte er sich wieder an Yves:

»Es ist nett von Ihnen, dass Sie das Bild mit Familientradition an Ihre älteste Tochter weiterverschenken.« Lilie und Yves sahen sich verwundert an, und als Lilie gerade zu einer Erklärung ansetzen wollte, schnitt Hanna ihr das Wort ab.

»Das finde ich auch. Lasst uns darauf trinken!« Sie winkte der Kellnerin und orderte noch vier Gläschen Rum, denn Wein oder Sekt waren hier auf der Insel entweder unerschwinglich oder ungenießbar. Sie prosteten sich zu und nippten vorsichtig. Lilie trank selten Alkohol, sie mochte den Geschmack nicht besonders, aber jetzt erinnerte sie sich wieder, wie sie damals mit Patrick den Rum genossen hatte: mit viel Zucker und Limette.

»Also eigentlich habe ich es noch gar nicht offiziell verschenkt«, hörte sie Yves sagen, nachdem er sein Glas wieder abgesetzt hatte. »Du weißt ja, dass ich es nicht so mit Familientradition habe. Aber wenn du Wert darauf legst, kannst du es gerne haben.«

»Das ist eine wundervolle Idee«, sagte Hanna an Lilies Stelle. Lilie musste lachen.

»Danke«, sagte sie also an Yves gewandt, »ich mag das Bild sehr.« Dabei fragte sie sich, ob sie jemals in ihrem Leben eine Wohnung haben würde, in der Platz wäre, um es aufzuhängen, falls der Restaurator überhaupt in der Lage wäre, es zu retten.

»Ach, ich kann es ja hier ohnehin nirgendwo aufhängen«, sagte Yves nun, und Lilie befand, sie sei ein Opfer ihrer Gene. Hermann war müde geworden, das Klima strengte ihn an, es wirkte, als habe er Schmerzen. Sein rechtes Bein war feuerrot.

»Lass uns gehen«, schlug sie daher vor, »mir steckt die Nacht im Flieger noch in den Knochen.«

Ein Chalet in Chamonix

Chamonix, Januar 1920

Es war kalt und verschneit, die Sonne glitzerte auf dem Schnee der Gipfel. Genauso liebte sie es. Sie legte die Holzscheite in den Korb und ging zurück ins Haus, schloss die quietschende Tür hinter sich und stellte den Korb neben den Kamin, dann legte sie einen weiteren Scheit ins Feuer. Sie rieb sich die farbverschmierten Hände und blies hinein. Georgette und Marcel hatten im Sommer ein kleines Chalet in den Alpen bei Chamonix gekauft. Sie hatten es bei ihrem Urlaub während einer Wanderung entdeckt: ein kleines Holzhaus mit einer großen Terrasse und Blick auf die Berge. Georgette hatte sich sofort für den Ausblick begeistert, und als sich dann auch noch herausstellte, dass das Chalet unbewohnt war, war sie nicht mehr zu halten gewesen. Sie hatte im ganzen Ort nach dem Besitzer gefragt und schließlich eine alte Dame ausfindig gemacht, der der lange Weg vom Rande des Gletschers bis ins Dorf zu beschwerlich geworden war. Sie hatte es ihnen gerne für einen angemessenen Preis überlassen, und seitdem verbrachten Marcel und Georgette hier jede freie Minute, und wann immer sie hierherkamen, unternahmen sie ausgedehnte Bergtouren. Als es noch warm genug gewesen war, hatten sie oft Proviant mitgenommen, sich auf eine Bergwiese gesetzt und gepicknickt. Georgette hatte ein Faible für das Unmittelbare und Einfache, zu dem die Berge sie zwangen. Sie brachen ein Stück Brot, schnitten ein Stück Käse, aßen mit bloßen Händen und unterhielten sich stundenlang. Marcel dachte derzeit viel über den Menschen der Zukunft nach und darüber, wie man in hundert Jahren wohl leben würde. Vermutlich, weil er mehr und mehr seine eigene körperliche Fehlbarkeit spürte. Beinahe täglich formulierte er neue Diätvorschläge, an die er sich halten wollte, um seine Eingeweide nicht mehr als nötig zu strapazieren, und er prophezeite, dass die Menschen in absehbarer Zukunft Pillen mit Geschmack und Nährstoffen zu sich nehmen würden, sonst nichts. Er war darüber hinaus der festen Überzeugung, dass im nächsten Jahrhundert die körperliche Unsterblichkeit lockte, ermöglicht durch wissenschaftlichen und medizinischen Fortschritt. Georgette hätte seine Unsterblichkeit schon jetzt sehr praktisch gefunden, was sie ihm auf einem ihrer Spaziergänge neckend mitgeteilt hatte. »Dann musst du halt gut auf mich aufpassen«, hatte Marcel erwidert, und sie hatte damit gedroht, das zu beherzigen. Ihrer Ansicht nach war die ideale Diät für ihren Ehemann ganz simpel: weniger Wein. Doch als sie ihm das vorschlug, konterte er: »Oder mehr. Alkohol konserviert, wie man weiß.« Sie hatten sich schließlich darauf geeinigt, dass Gymnastik gesund wäre. Marcel hielt sich seitdem daran und machte jeden Morgen, noch vor dem Frühstück, seine Übungen.

»Soll ich uns einen Tee kochen?«, fragte Georgette ihren Mann, der am Küchentisch las und schrieb, solange das Tageslicht es seinen schlechten Augen noch erlaubte.

Er brummte etwas Unverständliches und war offensichtlich so in die Arbeit vertieft, dass er ihr gar nicht richtig zugehört hatte. Seit einiger Zeit hatte er endlich wieder zu seiner alten Form zurückgefunden, zumindest schien es ihr so. Sie legte ein weiteres Stück Holz auf, denn es war wirklich kalt, und am Abend erwarteten sie Paul Signac, der das Mittelmeerklima gewohnt war.

Vom Kamin aus beobachtete sie Marcel. Er hatte seine eigentümliche Art, ein Buch zu halten, nie abgelegt. Er hielt es immer in der linken Hand, sehr nah am Gesicht, statt es auf den Tisch zu legen und sich darüberzubeugen. Gerade arbeitete er seine Monografie über Henri Matisse, die bald erscheinen sollte, ein letztes Mal durch. Gaston Gallimard wollte in seinem Verlag eine Schriftenreihe mit dem Titel *Neue französische Künstler* herausgeben, und Marcel war gebeten worden, den Auftaktband über Henri zu schreiben.

Georgette hatte bei der Entstehung des Buches jeden Satz mitverfolgt, ein Großteil der Monografie war in intensiver Diskussion zwischen Marcel und ihr entstanden. Am Abend wollten sie ihre Thesen mit Signac durchgehen, und Georgette war sehr gespannt, ob der ihren Blick auf Matisse teilte.

Es wäre das erste Mal, dass Henris Werk umfassend katalogisiert und analysiert würde, dass seine Bedeutung für die französische und die internationale Malerei gewürdigt würde. Marcel hatte Henri in Nizza auf seine Idee angesprochen, und er hatte sich natürlich geschmeichelt gezeigt und sogar für das Deckblatt mit Feder und Bleistift ein Selbstporträt skizziert.

Vor einer Woche hatte Marcel die Druckfahnen zugeschickt bekommen, die er gerade noch einmal kritisch durchging, und Georgette hatte das Gefühl, ihn seit Langem nicht mehr so glücklich gesehen zu haben.

»Wie, glaubst du, wird Paul reagieren?«, fragte er sie, als er aufblickte.

»Hast du Angst, er könnte eifersüchtig sein?«, erwiderte sie. »Das kann ich mir nicht vorstellen. Er hat es nicht nötig, so anerkannt, wie er bereits ist.«

»Aber er ist auch eitel in seiner Arbeit, und er hat Henri nie richtig verziehen, dass er den Pointillismus als Stil nicht weiterverfolgt hat«, gab Marcel zu bedenken.

»Ach, du kennst doch Paul. Natürlich muss er von dem, was er tut, völlig überzeugt sein, aber du weißt auch, wie tolerant er ist. Vielleicht hätte er sich gewünscht, dass ein Maler wie Matisse seinem Weg folgt, aber das hat er längst verwunden. Und im Übrigen ist es doch schmeichelhaft, dass du die Zeit, die Henri und er zusammengearbeitet haben, als eine prägende Epoche von Henris Werk beschreibst.« Marcel nickte. Das Œuvre von Henri Matisse war inzwischen so umfangreich, dass Marcel es in der Monografie am Beispiel von dreißig in dem Buch abgebildeten Werken in verschiedene Perioden eingeteilt hatte: die Anfänge, geprägt von kühn geschwungenen Linien, die Zeit mit Paul Signac in Saint-Tropez, die er als wichtige Findungsphase beschrieb, die Epoche Collioure, die Phase der Trunkenheit, die zu *Der Tanz* geführt hatte, die Ruhe der Marokkojahre und schließlich seine Arbeit in Nizza. Diese Periode, so hatten Georgette und Marcel übereinstimmend befunden, war die Phase, in der Matisse vollkommen zu sich selbst gefunden hatte.

Georgette stand von ihrem Schemel vor dem Kamin auf, ging hinüber zum Küchentisch und küsste Marcel auf die Stirn. Seit seinem Rücktritt als Minister vor etwas mehr als drei Jahren hatte sie ihren Mann immer wieder gebeten, sich ganz aus der Politik zurückzuziehen und sich ausschließlich seiner intellektuellen Arbeit zu widmen. In diesem Bereich akzeptierte und respektierte man ihn und seine Fähigkeiten. Die Politik hingegen war für Marcel ein steter Quell von Sorge und Enttäuschungen geblieben. Und doch konnte er nicht von ihr lassen, obwohl er sich manchmal wie ein einsamer Rufer im Wald fühlte, wie Kassandra, deren Warnungen niemand hören wollte. »Wenn ich ihnen rate, sich zu mäßigen«, hatte Marcel bei einer ihrer Wanderungen kürzlich geklagt, »sehen sie mich bloß an wie einen müden alten Mann.«

Das vergangene Jahr war in dieser Hinsicht sehr anstrengend gewesen. Es hatte damit begonnen, dass Rosa Luxemburg in Deutschland ermordet worden war, was Marcel zutiefst betrübt hatte und in ihm den alten Schmerz um Jaurès erneut hatte aufflackern lassen. Kurz darauf war dann auch noch Jeans Mörder von einem Geschworenengericht freigesprochen worden. Die Juroren hatten Raoul Villain sogar noch mit der Begründung gefeiert, wenn er den Kriegsgegner Jaurès nicht umgebracht hätte, hätte Frankreich den Krieg nicht gewinnen können. Jeans Witwe musste die Prozesskosten zahlen, was Marcel so empörend fand, dass er ihr finanzielle Hilfe anbot. Ganz Frankreich war, so schien es ihm, berauscht vom Sieg über die Deutschen, und Marcel ahnte, dass aus dieser Überheblichkeit neues Ungemach entstehen würde. Im Juni des vergangenen Jahres hatte der neue Ministerpräsident Georges Clemenceau den Deutschen einen Friedensvertrag abgerungen, den Marcel für demütigend hielt. Die Reparationsforderungen waren seiner Ansicht nach zu hoch, und sie würden, da war er sicher, bei den gedemütigten Deutschen zu Rachegefühlen führen. Der Versailler Vertrag war ein Sieg auf Abwegen, so hatte er es genannt. Aber auf ihn hatte ja niemand gehört. Vor drei Wochen war der Vertrag in Kraft getreten.

Auch in der Partei gab es heftige Querelen, und Marcel fürchtete, dass sich die Sozialisten, die sich unter Jean Jaurès zu einer Partei und Kraft vereinigt hatten, aufspalten würden in einen radikalen Zweig, der die Revolution mit allen Mitteln anstrebte, und in einen gemäßigten Teil, der den Weg über den Parlamentarismus gehen wollte.

Marcel fühlte sich ohnmächtig in einer politischen Gemengelage, die ihn krank machte, sodass Georgette sich erneut gezwungen gesehen hatte, ihren Mann aus Paris herauszuholen. Nun waren sie in Chamonix, und Marcel blühte von Tag zu Tag mehr auf. Das Holzhaus besaßen sie inzwischen seit fünf Monaten und waren immer noch damit beschäftigt, es einzurichten. Chamonix würde, wenn es nach Georgette ging, ihr zweites Zuhause werden. Zunächst hatten sie nach dem Sommer 1918 an der Mittelmeerküste überlegt, ob sie sich, ähnlich wie ihre Freunde Matisse und Signac, ganz dort niederlassen sollten. Vor allem das Landgut von Renoir, das hoch über dem Meer lag, hatte es Georgette angetan. Allein die Hitze tat Marcel nicht gut. Sein hoher Blutdruck machte ihm zu schaffen, deshalb hatten sie sich darauf geeinigt, in die Berge zu ziehen. Chamonix lag mittendrin, zwischen Paris und der Côte d'Azur. Sie lebten hier sehr abgeschieden, sodass sie je nach Witterungsverhältnissen tagelang auf Depeschen und Zeitungen warten mussten. Vor allem Marcel fand dadurch zu sich selbst, während ihm in Bonnières die politischen Nachrichten keine Ruhe ließen. Hier war er nur der Kunstexperte, hier war er nur ihr Ehemann, und so mochte Georgette ihn am liebsten. Das Leben in den Bergen war einfach, die Luft frisch und gesund, keine Hausangestellten, keine Nachbarn, bis auf geladene Besucher waren sie die meiste Zeit unter sich. Das bot auch für Georgette die Möglichkeit, sich endlich wieder intensiv der Malerei zu widmen. In den letzten Jahren hatte sie für ihren Geschmack viel zu wenig Zeit und noch weniger Ruhe gehabt, zu sehr war sie in Sorge um Marcel gewesen, dem es gesundheitlich sehr schlecht gegangen war. Fast täglich hatte er über hämmernde Kopfschmerzen geklagt, seine Ohren hatten geschmerzt, seine Augen waren entzündet gewesen, und er hatte oft nicht einmal mehr selbst lesen können, sodass sie ihm vorgetragen hatte. Hier in Chamonix fühlte sie endlich das altbekannte Kribbeln in den Fingern, sobald sie nur die Fensterläden öffnete. Sie konnte sich nicht sattsehen am Alpenpanorama, und Marcel hatte neulich gespottet, sie würde dem Montblanc inzwischen verliebtere Blicke zuwerfen als ihm. »Dann wirst du halt in den Bergen posieren müssen«, hatte sie ihn geneckt, und er hatte versprochen, ihr in den kommenden Tagen vom gegenüberliegenden Bergmassiv aus zuzuwinken.

Zuletzt hatte Georgette in Nizza gemalt, als sie im Hotel Beau Rivage wohnten. Ihr war dort innerhalb kurzer Zeit ein Selbstporträt gelungen. Es zeigte sie, wie sie es sich am ersten Tag vorgenommen hatte, an einer Staffelei über dem Meer. Es gefiel ihr ausgezeichnet, und sie hatte es ihrer Mutter geschenkt. Ihr Aufenthalt in Nizza war damals von der deutschen Kapitulation beendet worden. Anfang Oktober hatten die Deutschen um einen Waffenstillstand gebeten, das war für Marcel das Zeichen zum Aufbruch gewesen. Er hatte in die Hauptstadt zurückfahren wollen, um das zu verhindern, was in Versailles später geschehen war: eine für Deutschland kränkende Niederlage. Sie waren abrupt abgereist, und Georgette bedauerte, dass Modiglianis Porträt von ihr nicht fertig geworden war. Ein paarmal hatte sie ihm bei Renoir im Atelier Modell gesessen, immer in einer weißen Spitzenbluse, die Marcel so an ihr mochte. Modigliani hatte bereits Skizzen angefertigt, war aber mit dem eigentlichen Gemälde noch nicht fertig, als sie sich verabschiedeten. Sie hatten sich erst ein Jahr später wiedergetroffen. Im Dezember war Auguste

Renoir gestorben, seine sterblichen Überreste waren in Essoyes beerdigt worden, wo auch seine Frau begraben lag. Modigliani und Jeanne Hébuterne waren zur Trauerfeier angereist, und als sie nach der Bestattung ins Gespräch kamen, war Georgette zunächst enttäuscht gewesen, zu hören, dass Modigliani an ihrem Porträt immer noch nicht weitergearbeitet hatte. Doch er hatte ihr versprochen, sich als Erinnerung an ihre gemeinsame Zeit bei Renoir sofort daranzubegeben.

Sie wusste genau, wo dieses Bild hängen sollte, nämlich hier, im Chalet von Chamonix. »Liebling«, holte Marcel sie aus ihren Gedanken, »wollen wir noch eine kleine Runde gehen, bevor Paul kommt?«

Sie sah zum Himmel. »Ich glaube, es ist zu spät für einen veritablen Spaziergang. Aber lass uns einfach hinausgehen und zusehen, wie die Sonne hinter den Gipfeln verschwindet.«

Sie warfen sich schnell warme Sachen über und setzten sich auf die Holzbank vor dem Haus. Der Blick von hier auf den Gipfel Aiguille du Midi war atemberaubend. Sie ließ die Bergluft in ihre Lunge strömen. Plötzlich kniete Marcel vor ihr und umarmte sie fest. Er kitzelte sie mit seinen weichen langen Barthaaren und küsste sie innig. Sie sah ihm in die Augen. Es war lange her, dass sie so glücklich miteinander gewesen waren.

»Die Monografie ist vollendet, Gette«, flüsterte er.

»Endlich ein Werk, unter das ich meinen Namen schreiben kann.«

»Ich bin stolz auf dich«, sagte sie, schmiegte sich an ihn und bedauerte in diesem Moment, dass sie den Abend nicht allein verbringen würden.

Paul unterbrach den intimen Moment mit einem dröhnenden Lachen. Sie begrüßten ihn mit herzlichen Umarmungen, dann genossen sie für einen Augenblick, wie die Berggipfel in zartes Rosa getaucht wurden.

»Lasst uns hineingehen«, sagte Georgette. Sie nahm Paul und Marcel Hut und Mantel ab, dann holte sie eine Flasche Pastis. Die Männer setzten sich an den Holztisch.

Während sie Brot, Wurst und Käse zubereitete und dazu einen Wein holte, hörte Georgette, wie Marcel von seiner Einteilung der Werke Henris in die verschiedenen Schaffensperioden erzählte. Und genau wie Georgette erwartet hatte, war Paul erfreut, Teil einer dieser Epochen zu sein; er neidete Henri die Aufmerksamkeit der Kunstwelt nicht.

»Wo sehen Sie denn Matisse im Vergleich zu Picasso?«, fragte Paul jetzt. Marcel sah Georgette an, denn er wusste, das war ihr Lieblingsthema.

»Ich habe den Eindruck«, sagte sie beherzt, »dass Picasso zu überladen malt. Er will immer alles, er will viel zu viel auf einmal ausdrücken. Matisse ist in meinen Augen das genaue Gegenteil. Er simplifiziert, wo er nur kann. Mir liegt seine Methode näher.« Paul schmunzelte. »Sie scheinen den Spanier nicht sehr zu mögen. Trotzdem können Sie nicht leugnen, dass er große Bedeutung erlangt hat.«

»Er hatte die richtigen Förderer und ein auffälliges Auftreten«, sagte Georgette kühl. Picasso hatte schon zu Beginn seiner Karriere bei den Steins verkehrt, und Georgette hatte nie verwunden, dass die Geschwister ihr Matisse' *Frau mit Hut* vor der Nase weggeschnappt hatten.

»Aber hatten Sie nicht auch den Eindruck, dass Matisse sich zwischenzeitlich dem Kubismus genähert hat? Ihr Freund zumindest scheint sich mit Picasso blendend zu verstehen«, stichelte Paul und lachte.

»Sie sind beide bedeutend«, schlichtete Marcel. »Ich weiß nicht mehr genau, wer das gesagt hat. Einer von beiden jedenfalls: Sie suchen dasselbe auf verschiedenen Wegen.«

Signac nickte zustimmend. »Tun wir das nicht alle?«, sagte er zu Georgette gewandt.

Er war in Diskutierlaune, und so sprachen sie im Laufe des Abendessens ausführlich über Politik und die russische Revolution, die Marcel und Paul gleichermaßen ablehnten.

»Es ist alles der gleiche Mist«, erklärte Paul schließlich mit großer Geste und vom Wein schwerer Stimme. »Anarchie ist die einzige vernünftige Staatsform, alles andere wird über kurz oder lang im Chaos enden.«

»Bloß, dass bei eurem Konzept das Chaos von Anfang an gegeben ist«, lachte Marcel. Die beiden hatten politisch nicht die gleichen Ansichten, was ihrer Freundschaft zwar keinen Abbruch tat, dennoch wollte Georgette dieses Thema nicht zu sehr strapazieren.

»Wie geht es denn unserem hübschen Künstlerpaar Amedeo und Jeanne?«, fragte sie schnell, um ein gefälligeres Thema zu finden. »Hast du Neuigkeiten von unserem Porträt?«

Paul schien schlagartig wieder nüchtern. »Habt ihr es nicht gehört?«, fragte er mit Entsetzen.

»Was?«, fragte Georgette verständnislos.

»Sie sind tot«, sagte er langsam, »eine Tragödie.« Er schenkte sich Wein nach und trank einen Schluck, als müsste er sich Mut antrinken.

»Amedeo ist zum Jahresende sehr krank geworden. Die Tuberkulose ist erneut ausgebrochen. Die Ärzte konnten nichts mehr für ihn tun. Jeanne war wieder schwanger.« Er stockte. »Sie hat sich aus dem Fenster gestürzt.«

Marcel war bis ins Mark erschüttert. »Mein Gott!«, stammelte er. »Wie konnte sie das nur tun?«

Einen Moment herrschte andächtige Stille in dem Chalet, dann brach Georgette das Schweigen und flüsterte: »Ich kann sie verstehen.«

Schatzsuche

Am nächsten Morgen gingen sie auf ihrem Weg zu Yves durch die schmalen, nicht asphaltierten Gassen der Insel an den Steinhäuschen vorbei, die in leuchtenden Farben gestrichen waren. Hanna erfreute sich an den gepflegten Vorgärten der Saintois, wie die Bewohner der Insel genannt wurden, in denen Bougainvillea, exotische Lilien, Guaven und verschiedene Orchideensorten blühten. Vor nahezu jedem Haus prangte eine stattliche Palme.

»Die wären bei *Unser Dorf soll schöner werden* aber ganz vorne mit dabei«, kommentierte Hermann, er schnaufte heftig, obwohl sie nicht besonders schnell gingen.

»Bitte?«, fragte Lilie, die den Sinn des Satzes nicht erfasst hatte.

»Ach, das ist ein Wettbewerb am Niederrhein. Die Dörfer konkurrieren miteinander um die Krone des schönsten. Und es stimmt, ein so schönes Dorf wie dieses habe ich eigentlich noch nie gesehen. Da kann Veen leider nicht mithalten.«

Lilie schüttelte den Kopf über diesen Vergleich. Je weiter sie die Straße entlanggingen, umso häufiger erkannte sie Plätze von früher wieder. Da drüben war die Pizzeria, vor der sie sich jeden Abend mit Patrick und seinen Freunden getroffen hatte. In der Boutique daneben hatte sie sich regelmäßig ein Fläschchen Avocadoöl gekauft, um ihre Bräune zu intensivieren. Sie würde nachher dort vorbeigehen, beschloss sie, und dann standen sie auch schon vor Yves' Häuschen. Es war leuchtend rot gestrichen, allerdings bröckelte an manchen Stellen bereits die Farbe ab. Als er die Tür öffnete, bot sich ihnen ein chaotischer Anblick. Überall lagen Bücher auf dem Boden, auch Fotos und Papiere waren wild verstreut. Eine Fensterscheibe hinter dem Sofa war eingeschlagen.

»Mein Gott, haben die Ihre Wohnung zugerichtet. Das ist ja furchtbar«, sagte Hermann.

»Wer?«, fragte Yves verdutzt.

»Na, die Einbrecher, die Sie neulich überfallen haben.«

Lilie ahnte das Missverständnis vor allen anderen und presste die Lippen aufeinander, als Yves mit misstrauischem Unterton weiterfragte.

»Was meinen Sie? Welcher Einbruch?«

»Wer lügt, muss ein gutes Gedächtnis haben«, flüsterte Hanna auf Deutsch. Und zu Yves sagte sie laut. »Na, der Mafia-Überfall von neulich.«

Yves war ein charmanter Verlierer. Er verzog den Mund zu einem schiefen Lächeln und sagte. »Ach die. Die haben nur den Safe gestohlen.«

»Oh«, kommentierte Hanna süffisant, »dann hast du wohl gerade bloß etwas gesucht.«

Yves warf ihr einen beleidigten Blick zu, doch Hanna strahlte ihn so offen an, dass er ihr nicht böse sein konnte.

»Wollt ihr erst mal einen Kaffee?«, beendete er das Gespräch über seine Unordentlichkeit.

»Nein«, »Gerne«, »Lieber Wasser«, antworteten sie alle drei fast gleichzeitig. »Gut, setzt euch auf die Veranda. Ich komme gleich.«

Sie gingen hinaus und setzten sich nebeneinander auf eine türkisfarbene Holzbank vor dem Haus.

»Ich glaube, dein Vater hat uns als Entrümpelungskommando einfliegen lassen und den Rest gnadenlos erfunden«, bemerkte Hermann.

Hanna lachte los, doch Lilie war die Situation peinlich. »Es tut mir leid, ich...«, stammelte sie und wurde von Hermann unterbrochen:

»Unsinn. Da gibt es nichts, was dir leidtun müsste. Ich bin froh, dass wir hier sind. Ich möchte nirgendwo anders sein und mit niemand anderem!«

Lilie bemerkte erneut, wie kurzatmig Hermann war.

»Schau mal, Lilie, da drüben ist Patrick«, rief Hanna plötzlich aufgeregt.

Es war wie ein Schlag in die Magengrube.

»Wo?«, fragte Lilie panisch.

»Da drüben, er geht gerade in den Laden rein.

Schnell, guck!« Lilie sah nur noch den Rücken eines Mannes. Sie fühlte sich, als hätte ihr jemand einen Kübel Eiswasser über den Kopf geschüttet, dann erst kam die Skepsis.

»Woher willst du das wissen? Du kennst Patrick doch überhaupt nicht.«

»Na, zumindest habe ich gerade einen Mann gesehen, der genauso aussah wie deine Patrick-Zeichnungen von früher.«

»Ach, den Rastafari gab's echt?«, staunte Hermann.

»Ich weiß bis heute nicht, ob es ihn wirklich gab oder ob er nur meiner Teenagerfantasie entsprungen ist«, murmelte Lilie und versuchte immer noch, sich von dem Schreck zu erholen. Sie ging hinein zu Yves, um die Getränke zu holen, von denen sie glaubte, dass sie längst bereitet sein müssten, und fand ihren Vater auf einem wackeligen dreibeinigen Hocker stehend im obersten Fach eines Küchenschranks herumwühlen.

»Um Himmels willen, sei bloß vorsichtig. Du brichst dir ja den Hals«, sagte sie und trat hinter ihn.

»Tatataaa!« Mit einem Tusch zog Yves den Kopf aus dem Inneren des Schranks. »Ich hab sie«, triumphierte er. »Ich wusste es doch. Sie war ganz hinten im Vorratsschrank. Keine Ahnung, wer sie da hingestellt hat. Egal. Voilà, meine Preziosentruhe!«

»Sind darin etwa die Briefe?«, fragte Lilie erstaunt.

Yves sah sie irritiert an, schüttelte den Kopf, sprang vom Hocker, ließ seine Tochter stehen und eilte hinaus zu seinen Gästen. Lilie seufzte und suchte nach einem Tablett, um Kaffee und Wasser hinterherzutragen. Draußen klappte Yves die unverzierte Blechdose auf. »Echte Jasminblüten aus China«, pries er seine Waren an, »das sind die letzten. Ich habe vor Jahren mal geschäftlich dort zu tun gehabt.« Lilie verdrehte die Augen und hörte nicht mehr zu. Ob es wirklich Patrick gewesen war, den Hanna in den Laden hatte gehen sehen? Sie könnte ihren Vater fragen, ob er immer noch hier wohnte, wollte sich diese Blöße aber nicht geben. Sie wusste bis heute nicht, was Yves von Patrick hielt, er hatte ihre Beziehung damals ignoriert, wie er auch sie überwiegend ignoriert hatte. Weder Hanna noch Hermann waren an einem Jasmintee interessiert, und so brachte Yves die Blechdose mit hängenden Schultern zurück ins Haus.

»Ich denke, wir sollten dann loslegen«, sagte Hanna ungeduldig. »Papa, du kannst ja hier in Ruhe dein Wasser trinken. Wir zwei durchsuchen das Häuschen und sagen dir Bescheid, wenn wir etwas Interessantes finden.«

Yves kam ihnen entgegen, als sie in den Flur traten. »Fangt ruhig schon an«, sagte er ungeniert. »Ich brauche erst mal einen Tee.«

Lilie schüttelte den Kopf und sah Hanna an, die mit

den Schultern zuckte und auf Deutsch sagte: »So ist er halt.«

Das Gute an Yves' Unordnung war immerhin, dass sie keinerlei Scham verspürte, in seinen Sachen herumzustöbern, dachte Lilie und folgte Hanna ins Schlafzimmer.

»Lange kann das nicht dauern«, sagte Hanna nach einem Blick durch den Raum. Dort gab es lediglich einen Schrank und ein Bett, unter dem sich ein Stauraum auftat. Im Wohnzimmer war nur die alte Holztruhe interessant, darüber hinaus gab es dort einen Kühlschrank, der in der Küche keinen Platz gefunden hatte, und eine Regalwand voller Bücher und DVDs. Außerdem würden sie sich vorsichtshalber auch die Vorratsschränke in der Küche vornehmen. Ihre Arbeit war überschaubar, fand auch Lilie. Sie einigten sich darauf, mit dem großen Bettkasten zu beginnen. Er war wie eine überdimensionale Schublade konstruiert. Sie zogen sie mit vereinten Kräften auf; der Kasten quoll über von Briefen, Papieren, Blöcken und kleinen Kartons.

»Das ist ja ungefähr die gleiche Menge wie im Nationalarchiv«, seufzte Hanna, »nur unsortiert.« Wahllos zog sie ein paar Sachen hervor: ein in Leder gebundenes Liederbuch, ein Säckchen mit irgendeinem Pulver, einen aufwendig verzierten Dolch in goldener Scheide.

»Was meinst du? Hat er den von Dschingis Khan persönlich geklaut?«, grinste sie.

»Nein«, antwortete Yves, der gerade zur Tür hereinkam. »Den habe ich von einem Massai aus Tansania.«

»Aha«, murmelte Hanna. »Und was ist das?«

»Das meiste in diesem Kasten ist von meiner Mutter, auch das Liederbuch. Sie war Gitane, doch mein Vater wollte nicht, dass sie ihre Volkslieder singt«, erklärte Yves. »Mein Vater war kein angenehmer Mensch«, schob er mit heiserer Stimme hinterher und blickte zu Boden.

Lilie hatte ihren Großvater nie kennengelernt, doch da war ihr jemand wie Yves, der chaotisch und unaufmerksam war, allemal lieber als jemand, der der eigenen Frau das Singen verbat.

»Was ist in dem Beutelchen?«, fragte Hanna und wollte gerade nach dem Pulver greifen, doch Yves schlug ihr sanft auf die Hand.

»Finger weg. Darin ist Gift.« Hanna zuckte zurück. Lilie vermutete, dass sich in dem Säckchen Drogen oder einfach nur Sand verbargen, aber keiner von ihnen hatte das Bedürfnis, es zu überprüfen. Sie schauten sich ein paar Fotos an, von Yves als Kind, möglicherweise bei seinen Großeltern mütterlicherseits, das wusste er selbst nicht so genau, jedenfalls vor einem alten Wohnwagen.

Lilie und Hanna teilten den Schubladeninhalt in zwei Hälften und machten sich konzentriert an die

Arbeit, während Yves beteuerte, er wolle Hermann nicht allein draußen sitzen lassen. »Meldet euch einfach, wenn ihr Fragen habt«, rief er ihnen noch über die Schulter zu und war im nächsten Augenblick bereits verschwunden.

»Er nutzt die Situation schamlos aus«, zischte Lilie, doch Hanna lachte bloß.

»Lass ihn doch!«

Zwei Stunden später hatten sie sich erfolglos durch den Inhalt der Schublade gearbeitet, und da Lilie, anders als ihr Vater, viel Wert auf Übersichtlichkeit legte, war nun alles fein säuberlich geordnet. Hanna war bereits zu dem klapprigen selbst gezimmerten Schrank an der gegenüberliegenden Wand gegangen. Lilie sah, wie sie ihn von der Wand wegrückte und die Rückwand eingehend betrachtete. Dann fuhr sie mit den Fingern unten am Boden entlang und kletterte auf einen Stuhl, um auch oben alles inspizieren zu können.

»Lass gut sein, Miss Holmes«, seufzte Lilie.

»Vielleicht gibt es hier irgendwo ein Geheimfach«, gab Hanna augenzwinkernd zu bedenken. »So wie früher in Tante Kattys alten Schränken.«

»Wir sind hier nicht am Niederrhein. Und außerdem hat mein Vater diesen Schrank selbst gebaut. Ich kann mir nicht vorstellen, dass sein Talent für ein Geheimfach reicht«, sagte Lilie und öffnete die wackelige Tür. »Da ist nichts, nur Klamotten.«

Hanna warf sicherheitshalber noch einen Blick hinein, dann gingen sie ins Wohnzimmer.

Die alte Holztruhe erschien ihnen vielversprechend, doch auch hier wurden sie enttäuscht. Sie fanden Silberbesteck, das schwarz angelaufen war, einen Koffer mit Laguiole-Messern, ein paar Hanteln, einen alten Videorekorder und mottenzerfressene Alpacka-Wolldecken.

»Okay. Als Nächstes die Vorratsschränke«, sagte Hanna, dann besann sie sich. »Yves«, rief sie nach draußen, »hast du irgendwo noch alte Koffer?«

»Seid ihr etwa im Schlafzimmer schon fertig?«, fragte er und klatschte freudig in die Hände. Zu Lilies und Hannas Erstaunen lief er an ihnen vorbei ins Schlafzimmer, sie konnten hören, wie er die Schublade auf- und wieder zuschob. »Das sieht fantastisch aus, vielen Dank«, sagte er erfreut, als er wieder vor ihnen stand. »Wisst ihr, was mir eben wieder eingefallen ist: Ich habe damals selbst ein wenig recherchiert und in Antiquariaten nach alten Kunstbänden gesucht. Ich habe sogar ein Buch von Marcel Sembat über Henri Matisse gefunden, stellt euch vor. Eine Monografie, die Sembat geschrieben hat.«

»Echt?«, rief Hanna begeistert. »Hast du die noch?«

»Leider nein. Ich habe sie irgendwann verkauft. Ich brauchte Geld. Aber die Kunstbände wollte keiner, und ich meine mich zu erinnern, dass ich damals den Brief von Georgette als Lesezeichen benutzt habe. Ihr müsstet euch also nur noch über das Bücherregal hermachen«, sagte er grinsend.

»Sag mal, wusstest du das etwa schon die ganze Zeit?«, fragte Lilie ungläubig, doch bevor Yves antworten konnte, hörten sie von draußen schallendes Gelächter: »Wat en Schlickefänger! Lilie, ich kann von deinem Vater noch viel lernen«, rief Hermann.

Yves ging zufrieden mit sich und der Welt zurück zu Hermann, während sich Hanna und Lilie wortlos an die Arbeit machten. Als sie den vierten Kunstband aus dem Regal holten, fiel ihnen ein Brief in die Hände, auf dem sie Georgettes wohlbekannte Handschrift entdeckten. Der Umschlag war adressiert an Bernadette Salin in Bonnières-sur-Seine, der Poststempel trug das Datum 5. September 1922.

Warte auf mich!

Chamonix, 5. September 1922

Kümmere Dich um meinen Vater, liebe Freundin.
Und denke an mich. In tiefer Freundschaft und
Dankbarkeit,
Georgette

Sie ließ den Stift sinken. Es kostete sie unendlich viel Kraft, ihren Liebsten mitzuteilen, was passiert war. Es war der zweite Brief, den sie verfasst hatte. Zuerst hatte sie an Paul Signac geschrieben und ihn gebeten, sich wie vereinbart um die Sammlung zu kümmern, all ihre Bilder einem Museum zugänglich zu machen, mit einer Ausnahme: Die Vater-Bilder wollte sie wie geplant Bernadette überlassen, das hatte sie in dem gerade fertiggestellten Brief verfügt. Jetzt fühlte sie sich leer.

Es hatte Warnsignale gegeben, ja, dennoch hatte Georgette nicht damit gerechnet, dass so etwas passieren könnte. Marcels Zustand hatte sich in der letzten Zeit dramatisch verschlechtert. Doch er hatte all ihre Warnungen in den Wind geschlagen und sich noch einmal mit ganzer Kraft der Partei gewidmet. Er hatte sein Lebenswerk in Gefahr gesehen, seines und das seines Freundes und Mentors, Jean Jaurès': die Einheit der Sozialistischen Partei. Kurz vor Weihnachten 1920 fand ein Parteikongress in Tours statt, und sie bekniete ihn, nicht dorthin zu fahren. »Das wird dich noch ins Grab bringen«, warnte sie, doch Marcel ignorierte sie.

»Das verstehst du nicht. Ich muss dorthin, und wenn es das Letzte ist, was ich tue. Ich muss versuchen, das Schlimmste zu verhindern.«

Wochenlang bereitete er sich auf seine Rede vor, Georgette konnte förmlich mitsprechen, als er in Tours ans Pult trat. Sie wisperte ihm die Worte zu wie eine Souffleuse, obwohl er sie mitten in der Menge weder hören noch sehen konnte. Aber sie sandte ihm all ihre Kraft, fieberte mit und musste dennoch mitansehen, wie er auf ganzer Linie scheiterte. Die jungen Delegierten buhten ihn schon nach wenigen Sätzen aus, und zu ihrer eigenen Verblüffung hörte Georgette sich rufen: »So lasst ihn doch sprechen! Hört ihn doch an!« Aber es half nichts. Mehrfach musste Marcel seine Rede unterbrechen, damit Saaldiener die Ordnung wiederherstellen konnten, dann brach er ab. Er verließ das Pult mit hängendem Kopf und zögerlichen Schritten. Verzweifelt versuchte Georgette, sich einen Weg durch die Menschenmenge zu bahnen, es dauerte eine gefühlte Ewigkeit, bis sie endlich bei ihrem Ehemann ankam. Man hatte ihn in den Flur hinausbegleitet und gestützt, es wirkte, als hätte er einen Schwächeanfall erlitten. Sie ließ Wasser und einen kühlen Lappen kommen und beugte sich über Marcel, der zwar bei Bewusstsein war, aber seine Nerven nicht mehr kontrollieren konnte. Er weinte und schluchzte wie ein Kind. Georgette setzte sich neben ihn auf den Boden und streichelte sein Gesicht. Sie küsste seine Stirn, die glühend heiß war. Sie saß neben ihm, bis jemand aus dem Saal stürmte und fragte, ob Marcel in der Lage sei, seine Stimme abzugeben: für oder gegen die 3. Internationale. Er konnte es nicht. Doch seine Stimme hätte sowieso kein Gewicht gehabt. Die Delegierten sprachen sich mit großer Mehrheit für den Anschluss an die 3. Internationale und damit für den Willen zur Revolution aus. Die Spaltung der Partei war nach diesem Votum beschlossene Sache. Marcel war ein gebrochener Mann. Er hatte jegliches Vertrauen in seine rhetorischen und argumentativen Fähigkeiten verloren.

Eine Zeit lang versuchte Georgette wieder, ihn für die Kunst zu begeistern, schlug ihm vor, nachdem seine Matisse-Monografie guten Anklang gefunden hatte, etwas Ähnliches über Paul Signac oder André Derain zu schreiben. Sie malte ihn und forderte ihn anschließend auf, ihre Bilder zu kritisieren, doch er murmelte nur belanglose Antworten.

Drei linke Zeitungen baten ihn um eine tiefere Analyse der Ereignisse von Tours, doch er lehnte ab, er wollte mit Parteipolitik nichts mehr zu tun haben. Schließlich ließ Georgette ihn in Ruhe und fuhr mit ihm nach Chamonix.

Seine Augen waren wegen seines hohen Blutdrucks sehr schwach und empfindlich geworden, sodass sie ihn oft die Berge hinaufführen musste, aber die Spaziergänge und Wanderungen brachten ein paar Lebensgeister zurück. Ende Februar fuhren sie zurück nach Bonnières, weil Georgette sich nach ihrem Atelier sehnte, und Marcel nahm seine intellektuelle Arbeit wieder auf. Über Stunden saßen sie zusammen im Atelier, sie las ihm Kants *Kritik der reinen Vernunft* vor. Dann wieder bat er sie, für ihn zu schreiben, ob in sein Tagebuch oder Notizen für eine analytische Schrift über den Versailler Vertrag. *Sieg auf Abwegen* wollte er sie nennen.

Es gab Tage, an denen hatte er so heftige Kopfschmerzen, dass er wimmerte, oft brannten seine Augen, und er magerte stark ab, weil er kaum noch aß. Georgette machte sich große Sorgen, aber ihm schien diese Form der Selbstkasteiung fast zu gefallen. Glücklich und tatkräftig wirkte er allerdings nur noch in Chamonix, sodass sie schließlich hier so viel Zeit wie möglich verbrachten.

Und trotzdem hatte sie nicht gut genug achtgegeben. Sie hatte schon so viel geweint, geschrien und getobt, dass sie das Gefühl hatte, innerlich leer zu sein und zugleich zu zerfallen. Ihre Augen brannten, jeder Muskel in ihrem Körper schmerzte, wohl auch, weil sie lange Stunden neben ihm gekniet hatte, in unbequemer, unnatürlicher Haltung. Hätte sie ihn davor bewahren, seine Last für ihn schultern können, fragte sie sich schon seit Stunden immer und immer wieder. Ihre Lippen schmeckten Blut. Sie stellte sich an die Staffelei und begann zu malen. Sie malte seinen Kopf mit dem vollen Haar, das immer korrekt gescheitelt gewesen war, seinen dichten weichen Bart, den sie so gern an ihre Wange geschmiegt hatte, seine traurigen Augen ließ sie geschlossen, wie sie ihn zuletzt gesehen hatte.

Warum? Warum? Warum? – Weil sie es zugelassen hatte.

Es war ein Morgen nach ihrem Geschmack gewesen, die Sonne hatte sie geweckt, und sie hatten beschlossen, eine Wanderung zu unternehmen. Marcel fühlte sich gut, er trug seine Bergbrille mit den blauen Gläsern, die das Auge rundum umschlossen, weil der Augenarzt sie ihm empfohlen hatte. Kurz vor dem Gipfel fanden sie den Mann. Er war fast bewusstlos vor Schmerzen. Sie eilten sofort zu ihm.

»Ich fürchte, mein Fuß ist gebrochen«, stöhnte er. Er war völlig durchgefroren, weil er hingefallen war und schon lange auf dem kalten Boden lag.

»Wir müssen ins Tal, Marcel, und Hilfe holen. Wir

brauchen eine Trage oder einen Schlitten«, sagte Georgette.

»Bis jemand aus dem Tal hier oben ist, vergehen Stunden, bis dahin ist er womöglich tot«, widersprach Marcel. Er wandte sich an den Verletzten.

»Wie lange liegen Sie hier schon?« Der Mann konnte kaum noch sprechen, er stöhnte etwas Unverständliches.

»Können Sie aufstehen und sich auf uns stützen?« Der Mann schüttelte verzweifelt den Kopf. Marcel hatte recht, sie mussten schnell handeln.

Marcel zog seinen Mantel aus und legte ihn neben den Verletzten. Georgette fuhr zusammen, Marcels Gesundheit war so labil, dass er es sich nicht leisten konnte, in Hemd und Pullover hier oben in den Bergen zu stehen.

»Bitte nicht«, sagte sie, aber er schüttelte nur bestimmt den Kopf.

»Jetzt nicht! Hilf mir bitte, Gette.« Vorsichtig hob er die Beine des Mannes an und legte sie auf den Mantel. Der Mann schrie auf. Marcel ignorierte den Schrei, stemmte seine Hände unter die Achseln des Verletzten und zog auch seinen Oberkörper auf den Mantel. Er atmete ein paarmal heftig aus und betrachtete den improvisierten Krankentransport.

»Vielleicht können wir ihn so gemeinsam tragen. Was meinst du?«

Georgette war durchaus kräftig, aber sie bezweifelte, dass sie den Mann bis ins Tal tragen konnten. Doch es half nichts, sie konnten ihn schließlich nicht hier liegen lassen. Sie zählten bis drei, dann hoben sie ihn gemeinsam an und liefen ein paar Meter. Sie verschnauften. Dann trugen sie ihn weiter. Doch schon bald mussten sie wieder anhalten. »Es hat keinen Zweck«, sagte Marcel, »so kommen wir nicht voran.« Er rüttelte den nahezu Bewusstlosen am Arm und sagte energisch: »Sie müssen jetzt tapfer sein und aufstehen. Wir werden Sie stützen, Sie müssen mit aller Kraft auf einem Bein hüpfen, sonst wird es dunkel, ehe wir auch nur die Hälfte des Weges hinter uns gebracht haben.« Der Mann wimmerte, als sie ihn hochzerrten. Er war ein Stück kleiner als Georgette und Marcel, sodass er sich schwer über ihre Schultern hängte und Georgette zur Seite trat, um nicht umzufallen, wobei sie ihm unseligerweise auch noch auf den gesunden Fuß stieg.

»Entschuldigung«, murmelte sie. Dann schleppten sich die drei voran. Es ging schneller als beim ersten Versuch, aber dennoch war es ein mühseliges Unterfangen.

»Ich brauche eine Pause«, sagte Marcel schließlich, der sich mit hochrotem Kopf auf den Weg konzentrierte, da seine Augen ihn unter dieser Anstrengung im Stich ließen. Sie legten den Mann vorsichtig ab und setzten sich auf einen großen Stein. Georgette hatte ausreichend Brote geschmiert, die sie verteilte. Der verletzte Mann schüttelte den Kopf. »Sie müssen essen«, ermahnte Marcel ihn. »Wir brauchen Ihre Kraft.« Doch er konnte nicht. Sie saßen für einen Moment schweigend da, hastig aßen Georgette und Marcel ihr Brot.

»Haben wir noch mehr Wasser?«, fragte Marcel.

»Noch eine volle Feldflasche. Die sollten wir uns einteilen.« Er nickte, doch als sie sah, wie sehr er, obwohl sie nun schon zehn Minuten rasteten, noch immer um Atem rang, bot sie ihm einen Schluck aus der Flasche an.

»Nein, danke. Nimm du dir etwas. Du bist sehr tapfer.« Marcel stand auf und zog seinen Mantel aus, diesmal nicht, um ihn zu einer Trage umzufunktionieren, sondern weil er stark schwitzte.

»Ich werde ihn hierlassen und morgen holen«, verkündete er.

Dann machten sie sich wieder auf den Weg, den Verletzten zwischen ihren Schultern. Nach einer weiteren Stunde waren ihre Wasservorräte aufgebraucht, was Georgette große Sorgen bereitete. Sie selbst war genügsam wie ein Kamel, aber Marcel wirkte sehr angeschlagen.

Als sie endlich unten ankamen, war die Sonne bereits untergegangen. Der junge Mann hatte zwischendurch beinahe wieder das Bewusstsein verloren. Möglicherweise war er dehydriert, denn er hatte sich geweigert, seinen Rettern auch nur einen Schluck

Wasser wegzutrinken. Sie waren am Ende ihrer Kräfte, als sie das Chalet erreichten.

»Machst du ein Feuer«, bat sie Marcel, »ich gehe ins Dorf zum Arzt.«

Was dann geschah, sah sie verlangsamt, wie in einem Traum. Marcel fasste sich an den Kopf und stöhnte. Georgette beobachtete ihn und lächelte, sie dachte, er habe vom schweren Tragen Nackenschmerzen bekommen. »Man wird nicht jünger«, neckte sie ihn, bis sie sah, wie er sich auf die Stuhllehne stützte und offenbar von Schwindel gepackt wurde. Er torkelte ein paar Schritte auf sie zu. »Marcel«, rief sie, »geht es dir nicht gut?«, und er antwortete mit schwerer Zunge nur bruchstückhaft. »Mein Kopf, Gette, mein Kopf.« Seine Unterlippe fiel plötzlich kraftlos nach unten, sodass sein Gesicht völlig verzerrt wirkte, dann zuckte er am ganzen Körper und stürzte zu Boden. Georgette hörte sich schreien, und ihre Schreie kamen wie ein Echo zu ihr zurück. Sie warf sich zu Boden, beugte sich über den immer noch zuckenden Körper ihres Mannes und umarmte ihn, damit er sich beruhigte. Sie nahm das Glas mit Wasser vom Tisch, benetzte seine Lippen und drückte ihr Gesicht voller Angst an seine Brust. Erst nach einigen Minuten wurde sie gewahr, dass noch jemand schrie: der junge Mann, den sie auf einen Stuhl am Fenster bugsiert hatten. Er hatte in seiner Verzweiflung und Unbeweglichkeit ein Fenster aufgerissen und brüllte aus Leibeskräften nach einem Arzt. Wie kann er in diesem Moment an sich denken, durchfuhr es Georgette, bis sie begriff, dass Marcel derjenige war, der dringend einen Arzt benötigte. Sie rannte, so schnell sie konnte, in Richtung Dorf und rief um Hilfe. Als einige Männer auf sie zukamen, erklärte sie hastig, was passiert war, dann wurde ihr schwarz vor Augen.

Im Hospital von Chamonix kam sie wieder zu sich. Es war inzwischen hell geworden. Sie sah ein Holzkreuz an der Wand, erschrocken fuhr sie hoch. Eine Krankenschwester saß lesend in der Ecke, dann sah Georgette, dass Marcel im Bett neben ihr lag und schlief. Gott sei Dank, er lebt, dachte sie und kletterte umständlich aus dem Bett, um ihn zu umarmen. Die Krankenschwester hielt sie sanft, aber bestimmt davon ab.

»Nicht. Bitte. Setzen Sie sich, ich hole den Arzt.« Georgette war verwirrt und zu benommen, um sich zu widersetzen, also tat sie wie geheißen. Der Arzt war ein Herr um die sechzig, in Marcels Alter, und wirkte vertrauenerweckend. Er hatte eine warmherzige Ausstrahlung.

»Madame Sembat«, er kam auf sie zu, um ihr die Hand zu reichen, »es tut mir sehr leid.«

»Was ist«, krächzte Georgette, »was ist mit Marcel?«, setzte sie noch einmal an, wobei ihre Stimme noch heiserer klang als üblich.

»Ihr Mann hatte einen schweren Schlaganfall ...«

»Aber er lebt doch, er atmet doch, es geht ihm doch bald wieder gut?«, fragte sie und kam sich im selben Moment sehr dumm vor. Sie spürte, wie Dunkelheit sie umfing. »Er lebt doch. Er muss leben. Er darf nicht sterben.«

»Madame Agutte, Ihr Mann liegt im Koma, wir wissen nicht, ob er noch einmal daraus erwacht. Wenn, dann wird er«, der Arzt zögerte einen Moment, »er wird dann nicht mehr derselbe sein. Es ist vielleicht besser, wenn Sie ihn gehen lassen.« Georgette stieß ein gellendes Wehklagen aus. Der Arzt schaute sie mitfühlend an, dann ließ er eine Ordensschwester kommen.

Georgette war nicht religiös, aber jetzt betete sie. Sie wusste nicht, was, doch der monotone Singsang begleitete sie in den ungewissen Stunden, in denen sie hoffte und bangte.

Gegen Mittag hatte Marcel es geschafft. Bis zum Schluss hatte sie seine Hand gehalten.

Georgette hatte in den vergangenen Stunden wieder und wieder darüber nachgedacht, wie es weitergehen sollte, nun stand es ihr klar vor Augen. Und sie war bereit. Sie hatte ihren Mann zum Abschied auf die Stirn geküsst. »Warte auf mich!«, hatte sie ihm ins Ohr geflüstert.

Sie nahm den Brief an Bernadette noch einmal zur Hand und überlegte. Dann fertigte sie kurzerhand eine Skizze an. Vielleicht würde die Freundin diese Andeutung verstehen und ahnen, wo sich das Bild von Pissarro befand, doch Georgette glaubte nicht daran. Bernadette hatte keinen forschenden oder fragenden Geist, ihre Freundin würde vermutlich hinnehmen, was sie bekam, und es in Ehren halten. Seit dreißig Jahren hielt Georgette Pissarros Meisterwerk vor aller Augen versteckt. Ihr Vater oder vielmehr das Bild von ihm war für sie eine Art Schutzengel gewesen, ein ständiger Begleiter, anwesend, aber nicht greifbar, so würde es bleiben. Sie hatte Antworten und Seelenheil von ihm empfangen, nun hatte auch er das Recht auf Ruhe.

Es fehlte nur noch ein letzter Brief an die Familie.

Wie viele Stunden war sie schon wieder in ihrem Chalet? Sie hatte kein Zeitempfinden mehr, sie spürte nur eine tiefe Unruhe.

Sie ging noch einmal zurück an die Staffelei, wo sie Marcels Umrisse gemalt hatte. Sie nahm den Pinsel zur Hand und streichelte damit über seine Wange, dann küsste sie seine Stirn und vergrub ihre Nase an seinem Hals, doch es roch nur nach Öl und Lösungsmittel.

Warum, fragte sie sich, warum habe ich nicht besser aufgepasst? Sie kratzte sich an den Armen, bis sie blutig waren. Er ist nicht mehr da. Er ist nicht mehr da. Rastlos nahm sie wieder den Pinsel zur Hand und wischte mit kräftigen Strichen kreuz und quer über das Porträt, bis der Kopf ihres Mannes nicht mehr zu erkennen war. Da, wo vorher Marcel gewesen war, klaffte jetzt ein schwarzes Loch. Georgette fühlte sich angezogen von dieser Tiefe, sie wünschte sich, darin zu versinken.

Und dann wurde sie ganz ruhig. Es war so weit. Sie war vorbereitet. Sie musste ihn wiederfinden, ja, bestärkte sie sich, er brauchte sie doch, und sie brauchte ihn. Sie gehörten zusammen. Langsam ging Georgette von der Staffelei zum Schreibtisch, an dem Marcel stets gesessen und gelesen hatte. Sie nahm noch einmal Papier und Feder zur Hand und schrieb an ihren Neffen.

Nimm die Papiere aus dem Schreibtisch in Bonnières, es handelt sich um ein Buchmanuskript meines Mannes. Sorge bitte dafür, dass dieses Werk veröffentlicht wird. Signac wird im Sekretär weitere Anweisungen finden und alle Unterlagen, die er für sein Tun benötigt.
Bitte sag meiner Mutter, wie sehr ich sie liebe. Denkt an uns zwei. Ich liebe Euch, aber ich kann ohne Marcel nicht leben.

Sie schloss den Umschlag und holte ein neues Blatt Papier hervor. Noch einmal stand sie auf und blickte in die Nacht hinaus. Man konnte die schneebedeckten

Berge erkennen und die Lichter von Chamonix. Sie lächelte. Dann schrieb sie eine letzte Notiz:

Mitternacht. Vor zwölf Stunden ist er gegangen. Ich bin spät dran.
G. Sembat

Aus der linken Schublade nahm sie eine Löschpapierwippe und trocknete die Tinte. Dann griff sie in die rechte Schublade, holte den Revolver hervor, lud ihn durch, setzte ihn an die Schläfe und drückte ab.

Mit Letztem Willen

»Warum hat sie das nur gemacht?«, fragte Hanna, nachdem sie Georgettes Brief an die Freundin gelesen hatten. »Sie hatte doch so vieles, was ihr etwas bedeutet hat. Die Kunst, ihre Freunde, ihre Familie. Ich finde, das ist auch ein Gewaltakt gegenüber den Menschen, die man hinterlässt«, echauffierte sie sich.

»Aber sie hat ihn über alles geliebt, das ist doch ziemlich offensichtlich.« Ausgerechnet Yves gab den Romantiker und fing sich einen bösen Blick von Lilie ein. Hermann sagte nichts, dabei war er derjenige, der vielleicht am ehesten die Situation nachvollziehen konnte. Er hatte unter dem Tod seiner Ehefrau viele Jahre lang unsagbar gelitten. Lilie fand ihn merkwürdig unbeteiligt.

»Vielleicht hat sie sich schuldig gefühlt«, überlegte Hanna.

»Interpretiere nicht mehr hinein als nötig«, erwiderte Lilie. In diesem Moment unterbrach Hermann die Diskussion.

»Könnte mich bitte einer ins Hotel begleiten?« Man sah ihm an, dass er Schmerzen hatte. Sein Bein war feuerrot und geschwollen, und ihnen dämmerte langsam, dass es kein normaler Sonnenbrand sein konnte.

»Wollen Sie sich bei mir hinlegen?«, bot Yves an, doch Hermann schüttelte den Kopf. »Nein, ich würde gerne ins Hotel.«

»Natürlich, leg das Bein dort hoch. Ich besorge dir etwas Eis zum Kühlen.« Hanna wirkte besorgt und fragte Yves nach einem Arzt. »Am besten sagt ihr im Hotel Bescheid, die haben hoffentlich einen Notfalldienst. Und wenn alle Stricke reißen, müssen wir ihn nach Guadeloupe hinüberfahren und dort ins Krankenhaus bringen.«

»Auf gar keinen Fall. Mich kriegen hier keine zehn Pferde ins Krankenhaus. Da kann ich ja gleich in eine Metzgerei gehen«, entschied Hermann.

Yves reagierte ein wenig beleidigt auf Hermanns abwehrende Geste. »Wir sind hier nicht in der Wüste, wir sind in Frankreich. Die medizinische Versorgung ist exzellent, da müssen Sie sich keine Sorgen machen.«

Hanna und Yves stützten Hermann von beiden Seiten, er ließ es wortlos geschehen. Lilie bot sich an, noch schnell in der Apotheke Schmerzmittel zu besorgen. Und ein wenig hoffte sie, bei der Gelegenheit vielleicht Patrick zu begegnen. Ein Saintois verlässt die Insel nicht, dachte sie, er ist es vielleicht wirklich gewesen. Hermann steckte mit einer fahrigen Handbewegung den Brief ein, den Georgette an Bernadette

Salin geschrieben hatte. »Entschuldigt bitte, ich habe gerade Mühe, mich zu konzentrieren, vielleicht können wir ihn nachher noch einmal genau lesen«, sagte er. Lilie schaute dem wankenden Trio hinterher, und ihre Nackenhaare sträubten sich. Sie hatten sich in der letzten Zeit so intensiv mit Georgette Agutte und Marcel Sembat beschäftigt, dass sie das Gefühl hatte, alles zu vermengen, und so musste sie sich die Augen reiben, um in Hanna und den beiden Männern nicht Georgette, Marcel und den Verletzten zu sehen, über die sie in dem alten Schinken *Französische Künstler des 19. Jahrhunderts* gelesen hatte. Sie ging die paar Meter bis zur einzigen Apotheke der Insel und verlangte nach einem leichten Schmerzmittel. Als sie in ihrer Tasche nach dem Geldbeutel suchte, fielen ihr so viele Paracetamol in die Hände, dass sie sich anders entschied.

»Ach danke, lassen Sie nur, ich sehe gerade, ich habe doch noch genug«, sagte sie peinlich berührt. Da sie sich auf dem zentralen Dorfplatz befand, waren es nur ein paar Schritte bis zu dem Geschäft, in dem es von T-Shirts mit »I love Les Saintes«-Aufdrucken bis zu Hängematten, Postkarten, Kinderspielen, Strandschuhen und ihrem geschätzten Avocadoöl so ziemlich alles gab, was das Touristenherz begehrte. Das Regal mit den diversen Ölfläschchen sah immer noch genauso aus wie vor zwanzig Jahren. Lilie studierte die verschiedenen Sorten und entschied sich für eine große Flasche traditionellen Avocadoöls. Als sie sich durch die von der Decke herabhängenden Hängematten-Fransen einen Weg zur Kasse gebahnt hatte, sackte ihr das Herz in die Hose.

Er stand im Gegenlicht, aber sie spürte, dass er es war, sie hatte Gänsehaut. Wie angewurzelt blieb sie stehen und wusste nicht, was sie tun sollte. Sie musste sich daran erinnern, ein- und wieder auszuatmen.

»Kann ich Ihnen helfen?«, fragte Patrick mit seinem unverwechselbaren Bass. Sie bekam keinen Ton heraus. »Do you speak English?«, versuchte Patrick es erneut. Er erkennt mich nicht einmal mehr, dachte Lilie mit Bedauern, ich habe ihm rein gar nichts bedeutet, wahrscheinlich wusste er schon ein paar Monate später meinen Namen nicht mehr. Sie stellte das Avocadoöl auf den Tresen.

»Sag mal, du kommst mir so bekannt vor«, sagte Patrick im selben Moment und musterte sie mit selbstbewusstem Gesichtsausdruck, unwillkürlich zog Lilie den Bauch ein wenig ein.

»Bist du es, Lilie?«, fragte er.

»Patrick?«, sie versuchte, so zu tun, als hätte auch sie ihn gerade erst erkannt. »Was machst du denn hier?«, fragte sie, und die Frage kam ihr sofort unglaublich dämlich vor. Ja was wohl, er steht an der Kasse und kassiert. Vor ihrer inneren Stimme hatte noch nie ein Flirtversuch standhalten können, aber überraschenderweise nahm Patrick die Frage dankbar auf.

»Ich helfe meiner Schwester aus. Sie musste nach Hause, weil eines ihrer Kinder krank ist. Ich habe da drüben mein Orchideenhaus. Ich exportiere Blumen nach ganz Europa.«

»Ah«, sagte Lilie wenig schlagfertig und ärgerte sich. Als ihr die nächste Frage in den Sinn kam, fielen sie sich gegenseitig ins Wort. Sie lächelte verschämt. »Du zuerst«, bot sie an.

»Nein, nein, ladies first.«

»Ich wollte fragen, ob du die Orchideen auch selbst züchtest.«

Er lächelte sie an. »Wenn du möchtest, komm doch später vorbei, dann trinken wir ein Glas auf unser Wiedersehen, und ich erzähle dir alles. Ich würde mich sehr freuen. Mein Garten ist nicht weit von hier, in der Rue de la Savane, der letzte vor dem kleinen Urwald. Mein Haus ist blau.«

»Ähm«, sagte Lilie, »ich bin nicht allein hier, sondern mit meiner Familie, wenn du so willst. Ich weiß nicht, ob das geht.«

»Oh, du bist mit Mann und Kind hier?«, fragte er. Hatte er enttäuscht geklungen?

»Nein, nein, ganz und gar nicht. Es ist eine lange, komplizierte Geschichte. Ich werde sehen, ob ich es schaffe, okay?« Er wusste, dass das ein Ja war, auch wenn sie sich Mühe gab, noch ein wenig geheimnisvoll zu wirken. Und sie mussten beide darüber lachen. Dann deutete sie auf das Ölfläschchen.

»Das muss ich noch bezahlen.«

»Fünfzehn Euro, bitte.«

Lilie kramte in ihrer Tasche und kramte und kramte.

»Ich finde mein Portemonnaie nicht«, sagte sie verblüfft. »O mein Gott, ich muss es verloren haben.« Sie überlegte, dann kam es ihr in den Sinn. »Vielleicht ist es in der Apotheke.« Sie lief los, ihr Gesicht brannte vor Scham. Sie war erleichtert, als sie das Portemonnaie tatsächlich bei der Apothekerin fand, und rannte wieder zurück. »Entschuldigung«, murmelte sie atemlos.

»Du hast dich nicht verändert«, sagte er leise.

Sie musste sich sehr zügeln, um nicht aus dem Laden hinauszutanzen. Schon lange hatte sie sich nicht mehr so frisch und lebendig gefühlt, vergessen war die jüngste Enttäuschung mit dem Möchtegern-Jamaikaner, wie Hanna ihn nannte, der sie so schnöde hatte sitzen lassen. Ha, dachte Lilie, dir heule ich keine Träne nach.

Als sie nach einem ordentlichen Fußmarsch im Hotel eintraf, eilte ein Concierge auf sie zu. »Mademoiselle Agutte, Sie sollen bitte sofort ins Zimmer 119 kommen, das hat mir ihre Freundin mitgeteilt.« Lilies Euphorie war schlagartig passé. Sie lief die Treppe hinauf in den ersten Stock und klopfte heftig an die Tür. Hanna öffnete und schaute sie vorwurfsvoll an.

»Da bist du ja endlich. Wir haben schon auf dich gewartet. Wo warst du denn so lange?«

Sie beäugte Lilie, und als die rot wurde, zog ein breites Lächeln über ihr Gesicht. »Nein, das glaube ich jetzt nicht. Hast du etwa Patrick getroffen?«

Lilie biss sich auf die Unterlippe, doch sie verlor den Kampf gegen ihre Gesichtsmuskeln. Von einem Ohr bis zum anderen strahlend, sagte sie: »Jep!«

»Geht das auch in ganzen Sätzen?«

»Es gibt nicht viel zu erzählen, wir haben uns zufällig getroffen und...«

»Klar, zufällig!«

»Ja, wie auch immer. Wir haben uns halt wiedererkannt und uns lose für später verabredet.«

»Und? Hat es gefunkt wie bei Georgette und Marcel, als sie sich in Paris wiederbegegnet sind?«, fragte Hanna lachend.

Lilie fand solche Parallelen albern. Doch sie fühlte sich immer noch wie benommen. Nicht, dass sie ernsthaft glaubte, mit Patrick gerade den Mann ihres Lebens wiedergefunden zu haben, aber es hatte tatsächlich etwas in ihr berührt. Sie ließ ihre Freundin an den Gedanken nicht teilhaben.

»Was für ein Unsinn«, sagte sie stattdessen, »wir sind nur alte Freunde.«

»Könnt ihr mal mit dem Mädchenkram aufhören«,

meldete sich Hermann vom Balkon. »Wir haben für so etwas keine Zeit.«

»Wie geht es ihm?«, fragte Lilie, und Hanna zuckte mit den Schultern: »Mittelprächtig. Es ist schwer zu sagen, weil er sich sehr beherrscht.«

»Kommt raus, wir müssen reden. Ich glaube, ich hatte recht. Das hier ist ein bisschen wie eine Schatzkarte.« Hanna war sofort hochkonzentriert, und auch Lilie drehte sich überrascht in Richtung Balkon. Schnell gingen sie zu ihm.

»Was hast du da gerade gesagt?«, fragte Hanna.

»Schaut euch das an! In diesem Brief an Bernadette Salin ist von *Bildern* die Rede. Plural! Sie muss also mehr bekommen haben als nur *Die Reiterin*, die Georgettes Vater gemalt hat.«

»Vielleicht war Georgette etwas durcheinander, als sie den Brief geschrieben hat.«, sagte Lilie und fand selbst, dass das wenig überzeugend klang. Ihr Einwurf wurde von Hanna und Hermann überhört.

»Also hat Bernadette Salin tatsächlich auch das Porträt bekommen«, überlegte Hanna. »Aber warum ist es nie aufgetaucht? Und wo ist es jetzt?« Auch Hermann schien mit Feuereifer dabei, die letzten Puzzleteile zusammenzusetzen, doch Lilie entging nicht, wie schwer er atmete und wie erschöpft er aussah.

»Georgette hat es versteckt. Und ich bin sicher, dass sie ihrer Freundin einen Wink gegeben hat, wo sich das Porträt befindet. Ich wette, der Hinweis befindet sich in diesem Brief. Wir müssen ihn nur erkennen.« Hermann hielt die zweite Seite von Georgettes Brief kurz hoch, um sie eingehend zu prüfen.

»Was könnte diese Zeichnung bedeuten?«, fragte er, mehr an sich selbst gerichtet.

Sie erkannten eine schemenhafte Skizze *Der Reiterin* und einen Hinweis bestehend aus zwei Pfeilen. Eine dritte Zeichnung zeigte zwei gleich große Leinwände, die aufeinanderlagen. Daneben war etwas abgebildet, das aussah wie ein merkwürdiges Boot. Einen Text zum Verständnis gab es nicht.

»Hieroglyphen sind leichter zu lesen«, seufzte Hanna.

»Was soll das denn hier sein?«, fragte Lilie. »Das sieht aus wie ein Boot. Vielleicht hatten die beiden eines an der Côte d'Azur, und dort ist das Bild versteckt.«

»Ein Boot mit Griff?«, fragte Hanna skeptisch.

»Es könnte der Segelmast sein«, verteidigte Lilie ihre Idee.

»Nein, das sieht eher aus wie ein Bügeleisen. Wisst ihr, wie auf einer Waschanleitung«, überlegte Hermann. Hanna und Lilie sahen ihn verblüfft an. »Auch wenn ihr es nicht glaubt, aber ich habe meine Wäsche jahrelang selbst gewaschen«, grinste Hermann.

»Meinst du, Georgette Agutte hat ihrer Freundin noch schnell aufgetragen, die Wäsche zu machen?«, fragte Lilie ironisch, doch Hermann brachte sie zum Schweigen.

»Unsinn. Jetzt wird's mir klar! Natürlich, das ist wirklich ein Bügeleisen. Michael hat uns doch gesagt, dass sie das Bild mit einer zweiten Leinwand stabilisiert hat und dass man dazu die Verstärkung aufgebügelt hat. Das hier ist eine Doublierungsanleitung! Und es kann eigentlich nur einen Grund dafür geben, dass sie dem Brief an ihre Freundin so eine Skizze beilegt.«

»Du hast recht!«, rief Hanna und fasste sich an die Stirn. »Papa, du bist ein Genie! Das ist fantastisch!«

»Entschuldigung, ihr zwei Schlaumeier, könnte mir mal irgendjemand erklären, was hier los ist?«, sagte Lilie ungeduldig.

»Ist doch klar«, erklärte Hanna. »Sie hat *Die Reiterin* doubliert, also hinten eine zweite Leinwand draufgeklebt, das wussten wir längst. Doch was wir nicht wussten: In dem Zwischenraum muss der Pissarro sein!«

Lilie fing lautstark an zu lachen. »Ihr macht Witze. Das ist absurd. Hätte euer Restaurator das nicht sofort gemerkt?«

»Ja, das hätte er vielleicht bemerkt, wenn das Bild nicht immer noch zwischen zwei Platten gepresst in der Feuchtkammer wäre«, antwortete Hanna. »Aber, erinnert ihr euch noch, dass Michael sich beschwert hat, wie unordentlich das Bild doubliert ist? Am besten, wir rufen ihn gleich an.« Hanna blickte auf die Uhr. »In Deutschland ist es halb elf abends. Meinst du, wir können ihn noch anrufen, Papa?«

»Immer schön mit der Ruhe!« Hermann atmete immer noch schwer, vielleicht vor Aufregung, hoffte Lilie. Er hatte das Bein hochgelegt, es war längst nicht mehr so geschwollen und hatte auch wieder eine relativ normale Farbe. Nur das Wetter schien ihm stark auf den Kreislauf zu schlagen.

»Wir sollten genau überlegen, wie wir vorgehen.«

»Wie meinst du das?«, fragte Lilie skeptisch.

»Falls sich das Bild wirklich in dem Zwischenraum befindet, sollten wir uns vorher genau überlegen, was damit geschehen soll.«

»Also, ich denke, die Frage stellt sich nicht, oder? Das Bild gehört doch wohl nach Grenoble ins Museum«, sagte Lilie.

»Das ist natürlich letztlich deine Entscheidung, Lilie. Aber ich erinnere daran, was die Kuratorin geraten hat: nach Japan verkaufen.«

»Hermann, das hat sie doch nicht ernsthaft vorgeschlagen. Das ist ...«

»Was denn? Niemandem würde unrecht getan. Die Kunstwelt hat den Pissarro in den letzten hundertfünfzig Jahren nicht vermisst. Sie wird davon nicht untergehen.«

Lilie wusste nicht, was sie von diesem Vorschlag halten sollte. Sie fand es unredlich, auch wenn es vermutlich stimmte, dass die Kunstgeschichte auch ohne dieses Bild auskäme. Es wunderte sie nur, dass Hanna ihrem Vater nicht längst in die Parade gefahren war. Normalerweise stauchte sie ihn sofort zusammen, wenn Hermann zu materialistisch daherkam. »Wenn du das Bild verkaufst, bekommst du vielleicht ein bisschen Geld. Und wenn ich richtig informiert bin, könntest du das doch gut gebrauchen.« Er atmete ein paarmal schnell ein und aus. Dann räusperte er sich und sagte: »Und ich wüsste dich und deinen Sohn versorgt.«

»Wir kommen schon klar!« Lilie hatte ruppiger geklungen, als sie wollte. »Das ist sehr lieb von dir, dass du so an uns denkst«, fügte sie deshalb schnell hinzu. Hermann konnte halt nicht anders, und er meinte es gewiss nicht böse. Aber ein Bild ihrer Urahnin nach Japan zu verkaufen behagte ihr kein bisschen. Auch wenn es stimmte, dass sie sich insbesondere um Pierres Zukunft regelmäßig sorgte.

»Und im Übrigen«, schob Hermann nach, »hat deine Vorfahrin ja auch nicht gewollt, dass es in ein Museum gelangt. Du würdest also der Familientradition treu bleiben.«

»Aber Georgette hätte das Bild sicher nicht verkauft«, erwiderte Lilie streng. Sie sah Hanna Hilfe suchend an, doch ihre Freundin blickte hinaus aufs Meer. Erst als Lilie und Hermann schwiegen, sagte sie: »Ihr seid dabei, das Fell des Bären zu verteilen, bevor er überhaupt erlegt ist. Erst mal sollten wir wissen, ob dort wirklich ein Pissarro versteckt ist und in welchem Zustand er ist. Die Jahre über dem Herd in der Rue de Sévigné werden ihm vermutlich nicht gutgetan haben, wenn es ihn überhaupt gibt. Außerdem haben wir keine Expertise, also wird es ohnehin nicht allzu leicht, einen Käufer dafür zu finden.«

»Ach, Michael ist ein Filou. Er kauft und verkauft dir alles, was du willst, auf der ganzen Welt. Der fällt immer mit dem Hintern in die Butter«, sagte Hermann.

»Wenn wir uns einig sind, versuche ich jetzt, Michael zu erreichen, damit wir Gewissheit haben«, sagte Hanna und warf erneut einen Blick auf die Uhr. Lilie hatte eigentlich nicht das Gefühl, dass sie sich schon einig waren, aber auch sie war neugierig. Hanna hatte das Handy auf Lautsprecher gestellt, sie hörten das Tuten in der Leitung, dann ging der Anrufbeantworter an.

»Guten Abend, Michael. Hanna hier. Entschuldige die späte Störung, aber wenn du das abhörst, könntest du uns bitte so schnell wie möglich zurückrufen? Danke.« Hanna hatte, während sie sprach, ihren Vater fixiert. Auch Lilie schaute Hermann an. Er war inzwischen so kurzatmig, dass es beinahe wie ein Hecheln klang. Lilie hatte den Eindruck, dass es für alle Beteiligten besser wäre, sich auszuruhen.

»Ich möchte ein wenig spazieren gehen«, sagte sie deshalb, gab Hermann einen Kuss auf die Wange und verließ den Balkon. Sie musste nachdenken. Hanna holte sie an der Zimmertür ein.

»Ich mache mir große Sorgen wegen seiner Kurzatmigkeit. Kannst du Yves bitten, dass er mit seinem Boot erreichbar bleibt? Ich will meinen Vater jederzeit ins Krankenhaus fahren können.«

»Wollen wir ihn nicht vorsichtshalber direkt hinbringen?«, gab Lilie zu bedenken.

Hanna blickte sorgenvoll: »Ich weiß nicht, er ist so störrisch. Er will partout nicht, und ich kann ihn schlecht zwingen.« Sie schaute auf die Uhr. »Wir warten noch ein wenig«, beschloss sie dann. »Vielleicht ändert sich sein Zustand, sobald die Sonne untergeht und es kühler wird. Wenn es ihm in einer Stunde nicht bessergeht, fahren wir, ob er will oder nicht. Aber warn Yves bitte schon vor, nicht, dass wir ihn nachher suchen müssen.«

»Ich werde nicht lange wegbleiben«, versprach Lilie und zog die Tür sanft hinter sich zu.

Sie lief am Strand entlang Richtung Dorf und beobachtete die Sonne, die schon weit Richtung Meer gesunken war. Sie zündete sich eine Zigarette an. Sie war traurig und rastlos, doch kaum war sie am Wasser, konnte sie nur noch an Patrick denken. Sie kam sich schäbig vor. Ihr Ersatzvater lag im Sterben, und sie war verknallt. Sie hatte nicht wirklich geplant, zu

Patrick zu gehen, doch sie erkannte nun, dass sie sich unwillkürlich auf den Weg zu ihm gemacht hatte. Nur um ihm abzusagen, beruhigte sie sich. Ich werde ihm nur sagen, dass ich heute Abend keine Zeit habe, dass wir wahrscheinlich nachher die Insel verlassen und dass ich ihn wohl nie mehr wiedersehen werde. Ihr Magen krampfte sich zusammen, ihr war nun doch hundeelend zumute. Als sie am Haus ihres Vaters vorbeikam, schilderte sie ihm kurz die Lage und bat ihn, sich bereit zu halten.

»Es gibt einen Rettungshubschrauber auf der Insel. Ich denke, das geht schneller. Ich werde dem Piloten sagen, dass er heute nicht trinken soll«, antwortete ihr Vater. Lilie legte die Stirn in Falten. »Wieso, tut er das sonst immer?« Yves machte eine vage Kopfbewegung: »Ich will nur ganz sichergehen. Ruf an, wenn ihr uns braucht, ich werde da sein.«

Es wäre das erste Mal, dachte Lilie, aber sie wollte sich jetzt nicht mit altem Groll belasten. Sie rauchte noch eine Zigarette vor Yves' Tür, dann stopfte sie sich hastig einen Kaugummi in den Mund und versuchte, den Pfefferminzgeschmack in jedem Winkel ihres Mundes zu verbreiten. Sie ging um die Ecke, die Straße entlang, auf das leuchtend blaue Haus zu. Ihr Herz schlug bis zum Hals. Sie suchte in ihrer Tasche nach einem Stück Papier, wickelte den Kaugummi darin ein und klopfte mit zitternder Hand an die Tür.

»Nanu, du konntest es wohl gar nicht mehr abwarten, mich zu sehen«, sagte Patrick, als er ihr öffnete, und Lilie musste lachen.

»Ich komme eigentlich nur, um mich zu verabschieden. Wir werden vermutlich heute Abend noch abreisen.«

Patrick schien ihr nicht wirklich zuzuhören. Er zog sie von der Veranda hinein ins Haus und gab ihr einen zärtlichen Kuss auf die Wange.

»Wie viel Zeit bleibt mir noch?«

»Wofür?«, fragte Lilie entrüstet.

»Um dich zu überzeugen, für immer hierzubleiben«, antwortete Patrick, und sie drohte seinem Charme zu erliegen.

»Ich fürchte, so viel Zeit gebe ich dir nicht«, grinste sie. »Aber für einen Kaffee und eine Zigarette wird es reichen.«

Patrick ging in die Küche und bereitete den Kaffee in einer Espressokanne zu, so wie es Lilie am liebsten mochte.

»Nur Zucker, aber davon viel, richtig?«, erinnerte er sich. Zur Bestätigung hielt sie den Daumen hoch. Als er sich zu ihr setzte, sahen sie sich eine Weile schweigend an, bis Lilie es nicht mehr aushielt.

»Wie war dein Leben in den letzten zwanzig Jahren?«, fragte sie.

»Schön«, antwortete er, »einfach. Und nicht viel anders als in den zwanzig Jahren davor.« Er lachte sie herzlich an und küsste sie kurz auf die Schulter. »Und wie geht es deiner Familie?«, fragte sie.

»Es geht allen sehr gut. Nur Omi ist vor zwei Jahren gestorben, an einer Lungenembolie. Aber sie war auch schon alt. Erinnerst du dich noch an sie? Sie hat uns immer mit Mangosaft abgefüllt, wenn wir bei ihr waren.« Patrick erzählte weiter von seinen unzähligen Verwandten, aber Lilie hörte nicht mehr richtig zu. Irgendetwas hatte sich in ihrem Gehirn festgesetzt, das sie noch nicht richtig zu greifen vermochte. »Und mein Bruder François lebt schon lange in Paris. Er hat geheiratet, seine Frau hat einen kleinen Laden im 14. Arrondissement. Ich glaube, sie verkauft Handtaschen oder so etwas.«

»O mein Gott!« Lilie sprang auf, warf dabei den wackligen Bistrotisch samt Kaffeetassen um und lief durch den Vorgarten zur Straße.

»Was ist denn los«, rief Patrick irritiert hinter ihr her, »habe ich etwas falsch gemacht?« Sie lief zu ihm zurück und gab ihm einen Kuss auf die Wange. »Bitte hilf mir, sag Yves, er soll den Helikopter startklar machen. Und schick sie zum Bois Joli.« Sie warf einen Blick auf ihr Handy, aber der Akku war leer. Dann lief sie, so schnell sie konnte, in Richtung Hotel. Ihre Lungen brannten, und sie verfluchte jede einzelne Zigarette, die sie in ihrem Leben je geraucht hatte, doch sie hielt durch. »Holen Sie den Notarzt, schnell«, rief sie dem Mann an der Rezeption zu und rannte hinauf in Zimmer 119. Sie trommelte wie wild gegen die Tür, und als Hanna ihr aufmachte, sah sie, dass ihre Freundin ähnlich alarmiert war.

»Er hustet und hat Schmerzen in der Brust. Ich denke, wir sollten lieber ins Krankenhaus«, sagte Hanna unsicher und schien sich über Lilies aufgelösten Zustand zu wundern.

»Wir müssen sofort los. Es ist eine Thrombose«, sagte Lilie, »wenn wir uns nicht beeilen, wird es eine Lungenembolie.« Hermann lag auf dem Bett. Er hatte in etwa die gleiche Atemfrequenz wie Lilie in diesem Moment, und sie hatte den Eindruck, dass seine Sinne bereits umnebelt waren.

»Ach Lilie«, keuchte er, »das ist ja schön, dass du auch hier bist.« Er atmete ein paarmal schnell ein und aus und versuchte, den Kopf zu heben. Sein Blick geisterte durchs Hotelzimmer, dann schloss er erneut die Augen.

Als die Sanitäter kamen und ihn auf eine Trage legten, schreckte Hermann kurz hoch. Er suchte Hannas Blick, und seiner Tochter, die die ganze Reise über so stark gewesen war, liefen die Tränen über die Wangen, sie zitterte am ganzen Körper. Sie ließ seine Hand nicht los, als sie mit den Notärzten zum Helikopter lief, und auch nicht, als sie ihn hineinhoben. Lilie stand unschlüssig daneben, dann winkte jemand auch sie ins Innere des Hubschraubers. »Kommen Sie, schnell, wir haben keine Zeit.«

Yves hatte ganze Arbeit geleistet, das musste man ihm lassen, die Sanitäter waren vorbereitet gewesen, und bis zum Eintreffen des Hubschraubers hatte es nur wenige Minuten gedauert. Lilie sah ihn unten am Hotel stehen, er hielt einen Arm wegen des aufwirbelnden Staubes schützend vor die Augen. Geduldig legten die Sanitäter Hermann die Sauerstoffschläuche wieder und wieder um, denn Hermann riss sie sich permanent aus der Nase.

»Warum habe ich nicht eher reagiert?«, murmelte Hanna. Sie sah in diesem Moment klein aus, untröstlich. Lilie streichelte ihren Arm.

»Er stirbt, weil er genau so sterben wollte«, flüsterte sie, »es war sein Letzter Wille.«

Die letzte Ehre

Der Eichensarg stand in einem Meer aus Blumen und Kränzen auf einem schwarzen Untersatz, und er war geschlossen, wofür Lilie sehr dankbar war. In manchen Gemeinden herrschte die Sitte, die Toten in der Leichenhalle offen aufzubahren, damit die Trauernden sich von ihnen verabschieden konnten. Lilie fand das entwürdigend. Sie wollte Hermann lebend in Erinnerung halten, und sie war sich sicher, dass der Leichnam ihres Wahl-Vaters ihr auf ewig Albträume bereitet hätte. Sie hörte die Menschen in der kleinen Halle und die, die draußen warteten, beten. Der Pfarrer und zwei Messdiener kamen herein, gefolgt von acht Sargträgern. Lilie beobachtete, wie Hanna angestrengt zu Boden schaute. Sie war überrascht, wie viele Menschen gekommen waren, um sich von Hermann zu verabschieden oder auch um seine Angehörigen ihrer Unterstützung zu versichern. War es ein Zeichen für ein gelungenes Leben, wenn im Tod so viele Menschen trauerten?

Hunderte, so hatte Madame Fucelle in Bonnières beteuert, hätten dem Ehepaar Agutte-Sembat die letzte Ehre erwiesen. Ob es stimmte, dass die beiden

Liebenden in einem einzigen Sarg lagen? Lilie konnte sich kaum vorstellen, dass die Behörden so etwas zuließen, aber vor hundert Jahren vielleicht schon. Drei Monate nach ihrem Begräbnis in Bonnières, so hatte Madame Fucelle ihnen erzählt, hatte die Sozialistische Partei eine Gedenkzeremonie für das Ehepaar veranstaltet. Es hieß, der Saal des Gaumont-Palastes sei aus allen Nähten geplatzt. Vermutlich waren auch all diejenigen anwesend, dachte Lilie, die Marcel Sembat wenige Jahre zuvor als Minister hatten loswerden wollen. Heuchler, davon gab es vermutlich auf jedem Friedhof eine Menge. Wie lautete noch gleich dieser Spruch, überlegte sie, nirgendwo wird so viel gelogen wie auf Geburtstagen und Beerdigungen.

Sie zogen an den Menschen vorbei. Alle waren schwarz gekleidet, viele Frauen trugen Hüte mit Schleier, die meisten hielten Blumen in der Hand, manche weinten. Wenn der Anlass nicht so traurig gewesen wäre, hätte Lilie diese Zeremonie beinahe schön finden können. Das Dorfleben hatte sicher seine Schattenseiten, aber sie wusste, dass in Paris manchmal Särge über den Friedhof gerollt wurden, hinter denen lediglich eine einsame Witwe herlief. Hier blieb man nicht allein.

Lilie schwitzte in ihrem schwarzen Jackett. Die Sonne schien unerbittlich, sie setzte ihre Sonnenbrille auf. Der Trauerzug bog um die Ecke, und dann standen sie vor dem frisch ausgehobenen Grab. Lilies

Hals schmerzte, sie fühlte einen Kloß darin. Sie hielt Hanna fest an den Schultern.

Der Priester sprach gerade von einem »erfüllten Leben«, und Lilie fragte sich, was das bedeutete. Hatte Hermann sich alle seine Wünsche erfüllt? War er wirklich glücklich gewesen? War sein Leben nicht schon allein deshalb unerfüllt geblieben, weil er deutlich vor dem von ihm erhofften Zeitpunkt hatte abtreten müssen?

War das Leben von Marcel und Georgette erfüllt gewesen, mit dem sie sich nun so intensiv beschäftigt hatten? Das allumfassende Werk, von dem Sembat geträumt hatte, existierte nicht. Immerhin hatten seine Erben drei Jahre später noch sein letztes Manuskript veröffentlicht. *Sieg auf Abwegen* hatte er es genannt und damit politische Weitsicht bewiesen. Bis zum Zweiten Weltkrieg war das Grab in Bonnières zur Pilgerstätte für Sozialisten geworden. Jedes Jahr zum Todestag waren Hunderte von ihnen dorthin gekommen. Und dann war die Erinnerung an dieses Ausnahmepaar erloschen.

Wie lange würde man sich an Hermann erinnern, fragte sich Lilie und nahm sich vor, ihrem Sohn so oft wie möglich von ihm zu erzählen, von einem besonderen Menschen, der wie ein Vater für sie gewesen war.

Es war so weit. Der Priester hatte eine Handvoll Erde auf den heruntergelassenen Sarg geworfen. Jetzt musste Hanna vortreten. Sie stützte sich auf Lilie, die beiden gingen die wenigen Schritte bis zum Grab gemeinsam. Dann warf Hanna beinahe hastig einen Brief und eine weiße Nelke in das Grab und entfernte sich. Lilie stand noch einen Moment länger am Grab. »Merci«, sagte sie, dann folgte sie ihrer Freundin.

»Das war der schlimmste Moment«, sagte Hanna, als Lilie sie erreicht hatte, »alles ist so endgültig, wenn man in den Abgrund schaut.«

Sie gingen ein Stück in Richtung Kirche, denn in Veen wurde der Gottesdienst erst abgehalten, nachdem der Verstorbene zu Grabe getragen worden war. Hanna blinzelte zum Himmel. »Sieh mal, nur eine einzige dunkle Wolke.« Sie machte eine Pause. »Vielleicht hat Papa die geschickt? Etwas scheint ihn gestört zu haben.«

Dann lachte sie hysterisch los, und Lilie lachte mit. Es war eine Mischung aus Lachen und Weinen, das sie erst wieder unter Kontrolle bekamen, als sie vor der Kirche standen.

Beim Leichenschmaus in dem einfachen Dorf-Café mit dem hochtrabenden Namen *Zur deutschen Flotte* saß Lilie umringt von Menschen, denen sie vermutlich bereits in ihrer Jugendzeit am Niederrhein begegnet war. Einen von ihnen erkannte sie sogar, es war Tommy, mit dem sie Karneval 1987 ausgelassen getanzt hatte. »Wie schön, dass ihr immer noch Kontakt habt, Lilie«, sprach er sie an, und sie unterhielten sich eine Weile.

Plötzlich kam Michael auf sie zu. Sie hätte ihn außerhalb seines Ateliers, ohne Brille und Kittel fast nicht wiedererkannt. Jetzt ahnte Lilie, dass er als junger Mann so manches Frauenherz gebrochen hatte. »Guten Tag, Lilie«, sagte er und reichte ihr die Hand zur Begrüßung. »Ich denke, wir sollten uns unterhalten.«

»Ja, natürlich«, sagte Lilie, obwohl sie fand, dass es nicht der richtige Augenblick dafür war.

»Hermann war einer meiner besten Freunde«, sagte Michael mit heiligem Ernst. »Er hat mich wenige Stunden vor seinem Tod noch angerufen.« Er schaute Lilie so prüfend an, dass sie sich genötigt sah, zu reagieren. Sie entschied sich, ihre Verwirrung zu überspielen, und sagte schnell »Ich weiß«. Michael fuhr fort. »Ich habe das Bild bei mir im Atelier gut verwahrt.« Er schien sie nun noch intensiver zu beobachten. »Um genau zu sein, ich habe beide Bilder bei mir.«

Lilie nickte. »Vielen Dank.«

Michael hatte sich am Morgen nach Hermanns Tod bei Hanna gemeldet. Sie hatte ihm erzählt, was passiert war, und ihn gebeten, nach dem Pissarro zu suchen. Bereits wenige Stunden später hatte er erneut angerufen und aufgeregt bestätigt, dass tatsächlich ein Bild zwischen *Der Reiterin* und der stabilisierenden Leinwand versteckt war. Der Riss im Bild war so weit oben, dass das darunter versteckte Gemälde glücklicherweise nicht in Mitleidenschaft gezogen worden war. Das Porträt eines jungen Mannes, vielleicht fünfzig mal fünfzig Zentimeter groß, von herausragender künstlerischer Qualität. Er war selbst überrascht gewesen, in welch gutem Zustand sich das Bild befand, das zwischen den beiden Leinwänden konserviert worden war.

»Hermann muss Ihnen sehr vertraut haben«, sagte Lilie nach einer Weile zu Michael.

»Wie gesagt, vierzig Jahre Freundschaft, da kennt man sich. Hermann hätte mir niemals seine Frau anvertraut«, er lachte laut, »aber sein Leben und alles andere sehr wohl.«

Was für ein schlechter Witz, dachte Lilie und wunderte sich, dass sie diesen Mann trotzdem von Grund auf sympathisch fand.

»Hermann hat dich und deinen Sohn sehr gern gehabt«, sagte Michael jetzt wieder ernst. »Und es war seine große Hoffnung, dass du dich entschließen kannst, das Bild zu verkaufen, damit ihr in Zukunft etwas unbeschwerter durchs Leben gehen könnt. Wenn du bereit dazu bist, dann lass es mich wissen. Ich habe im Handumdrehen einen Interessenten. Und ein paar Hunderttausend dürften dabei wohl rausspringen.«

Lilie verschluckte sich fast an ihrem Kaffee. »Wie bitte?«

»Na, ich schätze so um die dreihundert.« Er warf einen gekonnt nonchalanten Blick auf seine Fingernägel und setzte bedauernd nach: »Mehr wohl nicht, denn wir haben ja keine Echtheitszertifikate oder Expertisen.«

»Entschuldigung, aber ich muss sofort eine rauchen«, sagte Lilie mit brüchiger Stimme.

»Natürlich«, grinste Michael, »wir sehen uns gleich. Ich bin noch eine Weile hier.«

Lilie suchte Augenkontakt zu Hanna und signalisierte ihr mit hochgehaltener Zigarette, dass sie kurz an die Luft gehen würde. Sie sah ihre Freundin verständnisvoll nicken und mit den Schultern zucken. Sie konnte die Nachbarn und Verwandten nicht allein lassen. Lilie war verblüfft darüber, wie selbstverständlich so ein Leichenschmaus vonstattenging. Die Menschen lachten und weinten im Wechsel, viele genossen offenbar ein Wiedersehen nach langen Jahren, und die Stimmung war beinahe ausgelassen. Die Trauer hatten sie auf dem Friedhof gelassen, das Leben ging weiter. Draußen inhalierte Lilie den Rauch so tief, dass sie husten musste. Ich muss endlich damit aufhören, sagte sie sich und schmiss die Zigarette weg, obwohl sie nur die Hälfte geraucht hatte. Dann holte sie ihre Schachtel erneut aus der Tasche, um zu zählen, wie viele noch übrig waren. Zwölf. Die noch und dann ist Schluss, schwor sie sich, und wie um das Aufhören frühestmöglich herbeizuführen, steckte sie sich gleich noch eine an.

Sie sah dem Rauch nach, der erst ruhig und gemächlich aus ihrem Mund kam, um sich hiernach in feinen Wirbeln aufzulösen. Dann fasste sie einen Entschluss.

Sie trat die Zigarette aus, ging ins Café und schüttelte Michael, der gerade bei ein paar Herren seiner Generation stand und Anekdoten von Hermann erzählte, fest die Hand.

»Abgemacht«, sagte sie.

»Abgemacht«, strahlte Michael zurück.

Nach dem Leichenschmaus saß Lilie mit Hanna in der Opkammer, dem kleinen Wohnzimmer im Zwischengeschoss. »Ich bin froh, dass wir das hinter uns haben«, sagte Hanna, »es ist leichter, wenn der Alltag zurückkehrt, an dem man sich festhalten kann.«

»Ich habe Michael übrigens grünes Licht gegeben«, sagte Lilie.

»Wirklich? Gratuliere. Ich glaube, das war eine gute Entscheidung.«

»Er meint, er bekäme bis zu dreihunderttausend dafür.«

»Hm. Kann gut sein.« Hanna wirkte abwesend, und Lilie fürchtete, es sei pietätlos von ihr gewesen, an diesem Tag über Geld zu reden. Doch dann ergriff Hanna wieder das Wort. »Was wird eigentlich Yves sagen, wenn er es erfährt? Er wird doch bestimmt wütend sein, weil wir ihm das Bild so unverblümt aus dem Kreuz geleiert haben.«

Lilie zuckte mit den Schultern. »Ach, das ist ihm nicht wichtig, schätze ich. Er macht sich nichts aus Geld, das weißt du ja. Deswegen hat er auch nie welches. Und außerdem, wenn es mit dem Verkauf tatsächlich klappt, wäre das Geld ja auch Familienbesitz.« Sie hatte in den Tagen nach Hermanns Tod ihren Vater mit anderen Augen gesehen. Es war das erste Mal gewesen, dass er, ohne zu zögern, für sie da gewesen war, dass sie sich auf ihn hatte verlassen können, und sie war dankbar dafür. Sie hatte ihm versprochen, sobald wie möglich mit Pierre zurückzukommen, damit Yves endlich seinen Enkel kennenlernen konnte.

»Wollen wir uns das Bild morgen Vormittag mal anschauen?«, fragte Hanna. Lilie war erst am Morgen zur Beerdigung angereist und seit der Entdeckung des Bildes noch nicht wieder am Niederrhein gewesen. Sie horchte in sich hinein und sagte: »Lieber nicht. Sonst entscheide ich mich womöglich noch um.«

Hanna lächelte müde. Sie hingen eine Weile ihren Gedanken nach, bis Lilie schließlich das Schweigen brach.

»Was glaubst du eigentlich, wer für den Einbruch in meiner Wohnung verantwortlich ist? Meinst du wirklich, es war Madame Fucelle, die jemanden dazu angestiftet hat?«

»Entweder sie selbst oder die Nachfahren von Bernadette Salin. Vielleicht haben sie irgendwann erkannt, was sie damals für ein paar Kröten auf dem Flohmarkt verscherbelt haben«, antwortete Hanna.

»Oder doch nur Junkies und das Schicksal hat uns einfach so einen Wink gegeben«, überlegte Lilie.

»Das wäre schon ein sehr glücklicher Zufall. Also ich tippe auf Madame Fucelle. Die war ja immerhin auf Recherchereise in Grenoble und hat sehr genau gewusst, wonach sie sucht.«

»Sollten wir doch noch die Polizei einschalten?«, fragte Lilie. »Ich meine, wir haben doch wirklich ein paar konkrete Anhaltspunkte.«

»Bist du verrückt?! Da kämen wir ja selbst in die Bredouille«, gab Hanna zu bedenken. »Das mit den dreihunderttausend kannst du dann auch vergessen.«

Hannas Augen leuchteten plötzlich auf.

»Ich habe eine Idee«, sagte sie aufgeregt. »Wir wollen ja, dass du in Zukunft vor weiteren eventuellen Einbrüchen deine Ruhe hast! Und deshalb sollten wir uns alle Mitwisser aus Bonnières ein für alle Mal vom Hals schaffen.«

»Und wie willst du das anstellen?«, fragte Lilie.

»Wir schreiben ein Telegramm, das wir morgen Mittag schicken. Madame Fucelle soll es irgendwo im Museum aushängen.«

Lilie begann zu ahnen, worauf Hanna hinauswollte. Falls einer der Agutte-Sembat-Anhänger weiterhin nach dem Pissarro suchte, würde man Lilie vielleicht wieder belästigen.

»Was soll denn in dem Telegramm stehen?«

Hanna grinste sie an.

»Wir werden Bonnières darüber informieren, dass wir gefunden haben, wonach sie suchen. Und dazu leihen wir uns ein Zitat deiner Urahnin:

Vor zwölf Stunden ist er verkauft worden. Sie kommen zu spät. L. Agutte.«

Epilog

Das Leben war unbeschwert auf Les Saintes, vor allem in der Weihnachtszeit. Lilie saß im Sand und ließ die Füße sanft von den Wellen umspielen. Ein paar Meter weiter schwamm Pierre mit seiner Taucherbrille im flachen Wasser. Sie verbrachten die Weihnachtsferien auf den Antillen und wohnten bei Yves, der sich zumindest in der vergangenen Woche als hervorragender Großvater erwiesen hatte.

»Maman, schau, was ich gefunden habe«, rief ihr Sohn begeistert und hielt die gefühlt hundertste Muschel hoch. »Prima«, rief sie zurück und klatschte zur Sicherheit auch noch in die Hände. Sie hatte sich die Flugtickets von dem Pissarro-Geld, wie sie den finanziellen Segen heimlich nannte, geleistet, doch den Rest würde sie sinnvoll anlegen. Seit ein paar Tagen dachte sie darüber nach, sich einen Traum zu erfüllen und ein eigenes kleines Unternehmen zu gründen. Es sollte sich im weitesten Sinne mit Design beschäftigen, und sie war sich sicher, wenn es ihr gelänge, dann würden Millionen Frauen ihr das Produkt aus den Händen reißen. Sie wollte eine Handtasche entwerfen, die modisch und funktional zugleich war, elegant und doch alltagstauglich, eine Handtasche nämlich, in der man möglichst viel verstauen und trotzdem alles auf Anhieb finden konnte. Ihres Wissens gab es eine solche Handtasche noch nicht.

Lilie winkte ihrem Sohn zu und lehnte sich zurück. Sie hatte sich schon lange nicht mehr so zufrieden und entspannt gefühlt wie in den letzten Tagen. Das lag vielleicht auch an Patrick, mit dem sie ein paarmal ausgegangen war.

Doch sie vermisste Hermann schmerzlich. Sie wünschte, er könnte sie hier sehen, und vor allem wünschte sie, sie hätte ihm von Herzen dafür danken können, dass er sie immer zur Familie gezählt hatte, und dafür, dass sie diese letzte Reise mit ihm hatte unternehmen dürfen. Durch ihn hatte sie eine besondere Malerin entdeckt, deren Hingabe an die Kunst und die Liebe sie berührt und beeindruckt hatte. Sie hatte ihre eigene Verwandtschaft erstmals schätzen gelernt, und das war ein unerwartet gutes Gefühl. Und sie hatte Yves eine neue Chance gegeben.

Sie beobachtete ihren Sohn und hoffte inständig, dass auch er eines Tages jemanden fände, der wie ein Vater zu ihm wäre.

Sie griff in die Strandtasche und zog den Brief heraus, den Yves ihr zugesteckt hatte, kurz bevor sie zum Schwimmen gegangen war.

»Post für dich. Aus Deutschland. Grüß Hanna,

wenn du zurückschreibst. Sie soll uns bald mal besuchen kommen.«

Lilie hatte sich gewundert und sich gefragt, warum Hanna sie nicht einfach anrief. Es war ein schwerer Umschlag. Sie riss ihn auf und zog zu ihrer Verblüffung einen Zeitungsartikel aus den *Niederrhein Nachrichten* heraus. Hanna Terhöven hatte ihn geschrieben, und das Foto dazu zeigte das Porträt eines jungen Mannes in Öl auf Leinwand. Die Signatur war auf einem zweiten Bild vergrößert: *C. Pissarro 1865*. Lilies Herz klopfte heftig, als sie versuchte, das Zeitungsdeutsch zu übersetzen. Sie verstand nicht alles, aber offenbar war am Niederrhein ein bislang unbekanntes Gemälde des Impressionisten Camille Pissarro aufgetaucht. Ein anonymer Spender hatte es dem Museum Schloss Moyland bei Bedburg-Hau geschenkt, wo erste Expertisen seine Echtheit bestätigten. Zitiert wurde ein Restaurator namens Michael Pollmann, der zu berichten wusste, dass es sich bei dem Porträtierten vermutlich um den Maler Georges Agutte handelte, der mit Camille Pissarro gemeinsam zur Schule von Barbizon gezählt hatte, der jedoch zu jung gestorben war, als dass sein Talent sich hätte voll entfalten können. Lilie legte die Zeitung wieder in die Strandtasche. Ihr schwirrte der Kopf.

Sie nahm den handschriftlichen Brief, faltete ihn auseinander und las.

Liebe Lilie,
wie Du siehst, ist Georges Agutte schließlich doch noch da gelandet, wo er hingehört: im Museum. Es tut mir leid, dass mein Vater und ich mit Dir eine kleine Scharade spielen mussten. Wir haben Dich hoffentlich nicht in allzu große Gewissensnöte gebracht, als wir Dir so massiv zugeraten haben, den Pissarro zu verkaufen.
Es war Papa ein dringendes Bedürfnis, Dir etwas zu hinterlassen, und wir wussten beide, dass Du niemals Geld von ihm angenommen hättest. Also hat er sich die Geschichte mit dem ominösen japanischen Käufer überlegt. Als ich von Grenoble kurz nach Hause geflogen bin, habe ich mit Michael alles Nötige arrangiert. Damals ging es allerdings noch darum, Dir anonym Die Reiterin *abzukaufen, und auch die hätte Papa dem Museum Schloss Moyland gespendet. Als es dann ein Pissarro wurde, konnte ich mich mit ihm nicht mehr darüber verständigen, was er in diesem Fall tun würde.*
Ich hoffe, ich habe in seinem Sinne gehandelt.
Was das Bild von Georges Agutte angeht, Michael hat es, so gut es ging, restauriert. Es hängt in Veen über dem Sofa, auf dem Papa immer gesessen hat. Ich finde, dort macht es sich sehr gut, das Sofa wirkt so etwas weniger leer. Aber es ist natürlich Dein Bild, und Du kannst es abholen, wann immer Du möchtest.

Ich vermisse meinen Vater sehr, und es tut gut, zu wissen, dass ich damit nicht allein bin.
Ich umarme Dich und Pierre,
Hanna

Lilie ließ den Brief sinken.

»Maman«, rief Pierre und klang ganz hohl, weil er mit Schnorchel im Mund sprach. »Warum weinst du? Ist etwas passiert?«

Sie schüttelte den Kopf.

»Nur etwas sehr Schönes. Die Familie Agutte hat endlich einen festen Platz am Niederrhein.«

Nachwort und Dank

Köln, Juli 2015

Ich hätte mir für meinen Vater gewünscht, dass er tatsächlich ein letztes Abenteuer hätte erleben dürfen, eine letzte Reise mit seinen Kindern hätte antreten können, um seinen letzten Atemzug nicht in einem Krankenhausbett tun zu müssen. Es war ihm nicht vergönnt.

Hätte er die Wahl gehabt, so hätte er, wie sein Alter Ego Hermann Terhöven, alle Bedenken in den Wind geschlagen. Wir haben keine Chance? Also nutzen wir sie!

Er war mir ein guter Vater, der mir die Richtung fürs Leben vorgegeben hat, und er hat, wie Hermann Terhöven, unsere französische Gastschülerin Elodie unter seine Fittiche genommen. Sie stand Pate für Lilie Agutte. Dennoch ist Lilie eine Romanfigur, ihr Leben, ihre Lebensdaten und ihre Handlungen sind erfunden.

Aber eines ist echt: das enge Band, das Elodie und meine Familie verbindet. Es kann wie Gummi auseinandergehen, aber in schweren Zeiten wird es ganz eng.

Wir haben gemeinsam viel erlebt, wir haben gemeinsam um meine Eltern getrauert, und wir haben gemeinsam eine Reise auf den Spuren der Georgette Agutte unternommen, die ihre Ururgroßtante soundsovielten Grades war.

Die reale Georgette Agutte, die Malerin aus der Belle Époque, war tatsächlich mit Marcel Sembat verheiratet, sie war eng befreundet mit Matisse, Signac und vielen weiteren großen Künstlern ihrer Zeit, und niemand weiß genau, warum sie ins Dunkel der Geschichte abgetaucht ist.

Geblieben sind die Sammlung in Grenoble und die Rue Georgette-Agutte in Paris, in der meine ehemalige Gastschwester Elodie tatsächlich vor Jahren gewohnt hat und wo das Gemälde *Die Reiterin* von Georges Aguttes in der Abstellkammer ein trauriges Dasein fristete. Inzwischen ist *Die Reiterin* restauriert und hängt als freundliche Leihgabe in unserem Wohnzimmer in Köln.

Das im Roman erwähnte Pissarro-Gemälde von Aguttes Vater dagegen ist nur literarische Fiktion.

Für die Recherche zu diesem Roman sind Elodie und ich im Maison Agutte-Sembat in Bonnières-sur-Seine gewesen, wir haben das Nationalarchiv in Paris aufgemischt, Grenoble einen Besuch abgestattet und Rum auf Les Saintes getrunken.

Ich danke ihr für die schon so lange währende Freundschaft und für das Vertrauen, das sie mir beim Schreiben dieses Romans geschenkt hat.

Mein Dank gebührt darüber hinaus vor allem meiner Lektorin Sandra Heinrici, die einfach nicht lockerlässt. »Da musst du noch mal ran!« – ist ihr Standardsatz. Aber ihre Begeisterungsfähigkeit ist schier grenzenlos, und das beflügelt ungemein. Hör bitte nicht damit auf!

Ariane Waldschmidt und Rainer Dieckhoff haben als Kunsthistoriker dafür gesorgt, dass sich bei den vielen berühmten Malern von Agutte bis Zabotin möglichst keine Patzer einschlichen.

Enden würde ich am liebsten mit einer Liebeserklärung an meinen Mann und meinen Sohn. Allerdings verhält es sich damit wie mit Georgettes geheimnisvollem Porträt: Sie ist nicht für die Öffentlichkeit bestimmt.

Anne Gesthuysen

Bücher, die mich beim Schreiben dieses Romans begleitet haben

Archives Nationales (Hrsg.): Entre Jaurès et Matisse. Marcel Sembat et Georgette Agutte à la croisée des avant-gardes. Paris, 2008

Celdran, Françoise/Vidal y Plana, Ramon-R.: Triangle. Échange artistique. Henri Matisse. Georgette Agutte. Marcel Sembat. Montigny-le-Bretonneux, 2006

Musée de Grenoble (Hrsg.): La collection Agutte-Sembat. Paris, 2003

Sembat, Marcel: Les Cahiers Noirs. Journal 1905–1922. D'après les manuscrits originaux conservés à l'office universitaire de recherche socialiste (OURS). Texte établi, présenté et annoté par Christian Phéline. Paris, 2007

Anmerkungen

S. 219 f.: Brief von René Piot nach: Archives Nationales: Entre Jaurès et Matisse. Marcel Sembat et Georgette Agutte à la croisée des avant-gardes, Abb. 127

S. 257 f.: Kritik an Fauvisten, Figaro, Gil Blas, u. a. nach: Ferrier, Jean-Louis: Fauvismus. Die Wilden in Paris, S. 14 f.

S. 266 f.: Briefe der Eheleute gestaltet nach: Archives Nationales: Entre Jaurès et Matisse, S. 10 ff.

S. 291: Georgette Aguttes Trost für Matisse gestaltet nach: Lettres de Georgette Agutte à Henri Matisse, Archives Nationales. s. o., Abb. 129/130, S. 125

S. 322 f.: Englische Einträge aus dem Tagebuch Marcel Sembats zitiert nach: Sembat, Marcel. Les Cahiers Noirs, 1906–1922, div. Einträge

S. 327: Sembats Freude über Georgettes Erfolg übersetzt nach: Sembat, Marcel. Les Cahiers Noirs., Eintrag vom 11. März 1914, S. 544

S. 432 f.: Aussagen Briands bei Abdankung entworfen nach: Sembat, Marcel. Les Cahiers Noirs. Eintrag vom 18. Dezember 1916, S. 608–612

Inhalt

Prolog 7
Ein alter Schinken 13
Vater meiner Wahl 24
Freunde fürs Leben 31
Ein festes Band 39
Ein Hauch von einem Rubens 63
Tag am See 75
Georgette im Netz 87
Paul Flat kniet nieder 109
Eine impressionistische Hühnersuppe 120
Wiedersehen in Paris 133
Fax zum Frühstück 146
Zerrüttung schwarz auf weiß 164
Platz ist in der kleinsten Hütte 172
Vermählung mit Öl auf Leinwand 186
Briefe unterm Dachjuchhe 198
Ein Talent mit Geldsorgen 214
Fatale Flatulenz 234
Von Wilden und Wegbereitern 241
Pilger an trister Stätte 265
Von politischen Klippen und Wüstenschiffen 273
Schere dich nicht um die Kritiker! 283
Schatten über Mitsouko 295

Ein Hinweis zum Abschied *308*
Ein Wackeldackel schüttelt den Kopf *317*
Ein Pazifist zieht in den Krieg *329*
Georgette und die Geschichte *348*
Kunst statt Krieg *362*
Geistesblitz in Grenoble *375*
Eine brisante Bouillabaisse *398*
Hoffnung aufs Paradies *411*
Merci, Monsieur Sembat *418*
Über den Wolken *434*
Künstlerbesuch an der Küste *441*
Tropische Nächte *452*
Ein Chalet in Chamonix *469*
Schatzsuche *482*
Warte auf mich! *492*
Mit Letztem Willen *506*
Die letzte Ehre *525*
Epilog *536*

Nachwort und Dank *541*
Anmerkungen und Literatur *544*

Drei Schwestern, drei Leben, drei Lieben – und das Porträt eines Jahrhunderts.

Adele wird 100. Das Geheimnis ihres langen Lebens: »starker Kaffee ohne alles und jeden Tag um elf Uhr einen Schnaps«. Mit ihren Schwestern Katty und Martha lädt sie zum großen Fest. So unterschiedlich die drei sind, haben sie doch vieles gemeinsam: Eigensinn, Humor und Temperament, das in diesen Tagen auch mal mit den alten Damen durchgeht; schließlich lauert hier auf dem Tackenhof in jedem Winkel die Erinnerung ...

Leseproben und mehr unter www.kiwi-verlag.de

Zwei Frauen, zwei Generationen – und das Ringen um ein selbstbestimmtes Leben.

Ruths Ehe steht nach fünfundsechzig Jahren vor dem Aus, während ihre Enkelin Sara um eine Entscheidung ringt, die als junge Mutter nicht nur ihr Leben bestimmen wird. Humorvoll und feinfühlig erzählt Anne Gesthuysen das Schicksal zweier starker Frauen vom Niederrhein.

Leseproben und mehr unter www.kiwi-verlag.de

Anne Gesthuysen erzählt mit unvergleichlichem Witz, großer Herzenswärme und Feingefühl von von einer jungen Pastorin am Niederrhein, die ihre Gemeinde aufmischt, vom Aufwachsen zweier ungleicher Schwestern in Adelskreisen und vom Mut, den es braucht, ein Leben selbst zu gestalten, wenn alles vorherbestimmt scheint.

Leseproben und mehr unter www.kiwi-verlag.de

Kiepenheuer & Witsch